中國當代文學與國民性

樊星 著

自序　探討「國民性」的複雜與神秘

樊星

開始關注「國民性」的話題，是在一九八〇年代初。那時，因為高曉聲的《陳奐生上城》、韓少功的《回聲》、張賢亮的《土牢情話》等作品的轟動效應，也因為在紀念魯迅誕辰一百周年的日子裏，重溫魯迅有關「改造國民性」的論述再度成為思想界、文學界的熱門話題，我開始注意「國民性」問題：麻木不仁、隨波逐流、明哲保身、自欺欺人……這些「劣根性」為什麼綿綿不絕？「文革」那一幕歷史悲劇中，這些「劣根性」有了怎樣的新表現？

但很快，我就讀到了李準的《黃河東流去》、汪曾祺的《大淖記事》、劉紹棠的《蒲柳人家》、張承志的《北方的河》、賈平凹的《商州初錄》、矯健的《河魂》、阿城的《棋王》……那樣一批謳歌民魂的篇章，並且被隨後高漲的「尋根」熱潮所吸引。這一切，使我對「改造國民性」的話題產生了質疑：按照什麼模式去「改造國民性」？真按照西方文化的模式來個「全盤西化」，可能嗎？有必要嗎？

因此才發現了「國民性」的複雜與一言難盡。

因此才有了探討「國民性」的複雜的濃厚興趣。

這樣一來，進一步發現了「國民性」中「劣根性」與「優良傳統」的水乳交融、魚龍混雜——儒家文化既培育出繁瑣的「禮教」也薰陶出「富貴不能淫，貧賤不能移，威武不能屈」的士大夫精神；道家文化中既有「反智」的思想也有「獨與天地精神往來」的氣概；佛家文化既有「四大皆空」的歎息也造就了「普度眾生」的聖人……所謂「優」，所謂「劣」，原來因人而異，因時而異，因境（環境，還有心境）而異。

這樣一來，還發現了「國民性」與「地方性」、「個性」、「人性」的彼此關聯、難以分割：在「無湘不成軍」、「無徽不成商」、「無紹不成衙」這些俗語中，已經昭示了「國民性」的豐富多彩，難以一概論之。在那些個性鮮明的政治家、思想家（包括高僧）、軍事家、文化人、商人、民間高人的個性中，我們常常可以感受到他們與傳統文化之間有繼承也有摒棄、有改造也有發揚的複雜關係。而在林語堂先生關於「我們要發覺中國民族為最近人情之民族，中國哲學為最近人情之哲學，中國人民，固有他的偉大，也有他的弱點，絲毫沒有邈遠玄虛難懂之處。中國民族之特徵，在於執中，不在於偏倚，在於近人之常情，不在於玄虛理想。中國民族，頗似女性，腳踏實地，善謀自存，好講情理，而惡極端理論，凡事只憑天機本能，糊塗了事。凡此種種，頗與英國民性相同」和「英國與中國民性最近，如相信庸見，講求實際等。但是英國人比中國人相信系統制度，兼且在制度上有特著的成績……中國人卻缺乏這種對制度組織的相信。我深信中國人若能從英人學點制度的信仰與組織的能力，而英人若從華人學點及時行樂的決心與賞玩山水的雅趣，兩方都可獲益不淺」的論述中[1]，還有陳寅恪先生關於「西洋各國中，以法人與吾國人，性習為最相近。其政治風俗之陳跡，亦多與我同者。美人則與吾國人相去最遠，境勢歷史使然也。然西洋最與吾國相類似者，當首推羅馬。其家族制度尤同。皆以男系為本……稍讀歷史，則知古今東西，所有盛衰興亡之故，成敗利鈍之數，皆處處符合」[2]的論述中，以

---

1 《翦拂集・大荒集》，人民文學出版社，一九八八年版，第一五二、一五三、一六二頁。

2 引自吳學昭：《吳宓與陳寅恪》，清華大學出版社，一九九二年版，第七頁。

及辜鴻銘先生在〈美國人的心態〉一文中關於「為何我們中國人和美國人能夠聯合起來呢？……（因為）我們中國人也像美國人一樣是一幫孩子。不過在這個問題上，中國人和美國人存在著下述區別；我們中國人是一幫孩子，可她是一個偉大的擁有三千多年文明歷程的民族。而美國人則是一個偉大的但其文明歷程不足半個世紀的民族」的論述中[3]，在錢穆先生關於「中國人對外族異文化，常抱一種活潑廣大的興趣，常願接受而消化之，把外面的新材料，來營養自己的舊傳統。中國人常抱著一個『天人合一』的大理想，覺得外面一切異樣的新鮮的所見所值，都可融會協調，和凝為一。這是中國文化精神最主要的一個特性」的高見中[4]，還有錢鍾書先生關於「東海西海，心理攸同」的思想中[5]，我們都能讀出先賢對於「國民性」的重要發現：中國文化為什麼具有強人的生命力？中國人為什麼善於兼容並包其他民族的文化？答案也許就在於：因為中國人的生命意志、文化品格，本來就是人類文明的重要組成部分。而中國人的某些「劣根性」，其實也是「人性惡」的證明——中國歷史上屢見不鮮的「造神」狂熱與納粹德國的「造神」狂熱沒什麼不同；日本法西斯殺人的瘋狂也與中國歷史上那些惡魔草菅人命的悲劇如出一轍。

也是以這樣的眼光去看伴隨著當代政治崛起、經濟騰飛再度高漲的民族主義熱潮，才會發現「國民性」正在巨變中有所蛻變：當代大多數人「已經沒有了『五四』先驅們『改造國民性』的憤激之情，沒有了毛澤東『六億神州盡舜堯』的浪漫想像，而是對民眾的獨立意志的獨特理解——他們有自己的信仰，暴力壓不滅；他們有自己的活法，連政治運動也無隙可入；他們有自己的歷史，遠比官方的歷史生動；他們有自己的意志，雖然渺小也足以感天動地！」[6]另一方面，中國人根深蒂固的許多不文明習慣、不健康心態以及層出不窮的許多社

3 《中國人的精神》，海南出版社，一九九六年版，第二二〇、二二五頁。
4 《中國文化史導論》（修訂本），商務印書館，一九九四年版，第二〇五頁。
5 《談藝錄・序》，中華書局，一九八四年版，第一頁。
6 參見拙文：〈新時期文學與「新民族精神」的建構〉，《文學評論》二〇〇九年第四期。

會矛盾也使「劣根性」以空前可怕的規模擴散了開來！對於無視法律的貪官污吏、居心叵測的奸商掮客、為所欲為的流氓地痞、投機取巧的市儈小人，開放的環境是「大撈一把」的大好時機！因此，我常常說：「思想解放」的另一面是「為所欲為」；「個性解放」的另一面是「我行我素」。

因此，我想與「改造國民性」的旗幟保持一定的距離，在閱世與讀書的過程中，努力探討、揭示「國民性」問題的複雜性，在自己的筆下寫出當代文學的多重主題來：既寫出「改造國民性」的不易，也寫出「理解國民性」的必要，還寫出「國民性」的混沌、多變、根深蒂固又與時俱進。

這，便是本書第一輯的基本主旨。

第二輯收集了幾篇研究文學中的神秘主義思潮的文章。

中國文化中，神秘主義占了相當的比重——從陰陽五行學說到「道可道，非常道」的道家思想和求長生、得道成仙的道教觀念，從「五百年必有王者興」的儒家信念到「天意從來高難問」的士大夫喟歎，從薩滿教的泛神信仰到禪宗的神秘體驗，還有關於命運、術數、巫術、風水、鬼神、氣功、經絡、面相、算命、緣分、直覺、感應、偶然、讖語、擇吉的種種說法……有的是迷信，有的則是科學解釋不了的無情事實。而即便是迷信，也由於歷史的機緣，在文化的長河中塑造了人們的信仰、道德、感情與行為方式：在敬天地、信鬼神的情感中，不僅透露出「天人合一」的思想，也孕育出從《搜神記》、《西遊記》到《聊齋志異》這些文學名著；在求長生、得道成仙的信仰中，也催生了不少絕非荒唐的養生術……雖然，一直有所謂唯物主義思想家、科學家在努力破除著神秘主義的神話（他們的努力也結出了可觀的思想與科學的成果），但宗教的生命力之長久以及許許多多神秘形象得不到科學的破解，仍然使神秘主義文化深入人心。作家們瞭解生活，瞭解人心，瞭解文化，就必然會寫到這些神秘現象。何況，他們中許多人從來就深信：世界的本質是神秘。文化的本質是神秘。人生的本質也還是神秘。對世界、文化、人生的探索，遲早會與難以理喻的神秘相遇。而現代主義思潮的非理性內核，不就是神秘主義的另一個說法嗎？

而當代人在飽嚐了僵化的理性主義教訓之苦以後，一旦與在民間根深蒂固的神秘主義邂逅，自然會體會到新的思維、新的氣象。無論是宗教的復興，還是探尋文化奧秘（如「神秘文化熱」），也不管是發現天機莫測，還是頓悟心靈的奇蹟——都顯示了神秘文化復興的感召力和人們爭相遠離僵化的理性主義的思潮。神秘主義因此值得關注。

說到我自己，雖然從小受的是唯物主義的教育，卻不知為什麼對於那些鬼故事充滿好奇。後來下鄉當知青，經歷過一件不可思議的怪事以後，開始漸漸對神秘主義有了關注，並在讀書的過程中時時留意。一直到後來寫了一些這方面的文章，並在給我的學生們講當代文學思潮時特別提到具有神秘主義傾向的一批作家——賈平凹、韓少功、馬原、格非、蘇童、范小青、馬麗華、陳忠實、高建群、遲子建……這個話題常常引起大家特別的興趣，並引發他們對我講述他們生命中那些不可思議的奇特經歷。於是，我確認這是一個有趣的研究話題。

也許是因為我的學術興趣太廣泛，所以我沒有因為對神秘主義有興趣而沉迷其中。我明白：僅僅研究神秘主義是不可能瞭解當代文化思潮的全貌的。我對一切文化思潮以及它們之間的碰撞、交匯、消長，都充滿興趣。

一本書的結集是一段學術生涯的小結，也是新的研究的起點。熱心的鄭伊庭編輯囑我寫一篇序，於是，就有了上面的文字。在此特別對促成此書出版的蔡登山先生和我的博士生韓晗也表示感謝！

二〇一二年四月二十二日於珞珈山麓

目次

第二輯　大陸當代文學與神秘文化

第一輯

當代文學與國民心理

遠離啟蒙的文學現代派與世俗化浪潮

啟蒙，是二十世紀中國思想的一個重要主題。從「五四」運動呼喚「科學與民主」到「文革」以後以破除「現代迷信」為核心的思想解放運動（所謂「新啟蒙」），作為現代化開路先鋒的知識份子前仆後繼，譜寫了中國現代思想史上的光輝篇章，也為推動中國的現代化進程發揮了舉足輕重的作用。

現在的問題是：如何看待兩次現代啟蒙運動的終結？

在當代學界，關於世紀初啟蒙運動的終結，有李澤厚先生關於「救亡壓倒啟蒙」的論斷，曾經在一九八〇年代影響巨大。這一學說既總結了歷史的教訓，也為當代「新啟蒙」運動提供了堅實的理論依據。到了一九九〇年代，在總結、反思一九八〇年代思想遺產的浪潮中，一批深受現代西方「後現代」思潮影響的學者宣告了「新啟蒙」的終結，其中，張頤武的有關論述是很有代表性的：「海子之死加上八九年中國美術館的槍擊事件構成了整個時代的背景：新時期那套話語的合法性終結，不僅因為政治變動，而是時代本身發生了轉變。啟蒙的，現代性的話語原來的意義已經枯竭。『後新時期』是一個在商業化和大眾傳媒支配下多元話語形成的時期……精英文化既喪失政治合法性，又喪失文化合法性」，因此只好「放棄整體目標，放棄啟蒙的任務」。[1]這

[1] 引自袁幼鳴：〈詩人何為——九三中國「二十一世紀新空間」文化研討會綜述〉，《鍾山》一九九四年第二期。

樣的說法為許多青年學子所認可。

也就是說，在二十世紀的前半葉，是救亡壓倒了啟蒙；到了二十世紀末，又是商業化（其實也就是現代化）壓倒了啟蒙。如此說來，啟蒙的影響力為什麼那麼有限？一個可能的答案也許是：啟蒙是知識份子的事業，而知識份子在中國的人口總數中一直是少數。以少數人的吶喊去改變多數人的思想觀念、生活方式，常常不那麼容易。（雖然知識份子在人類歷史上一直扮演了不斷改革、改善人類思想觀念和生活方式的嚮導角色。）但問題不止於此。現實矛盾的錯綜複雜，常常只有在時過境遷以後才漸漸顯示出來。

現代主義的衝擊

一九八〇年代，是啟蒙浪潮再度高漲的年代。但是，在多元化的思想文化格局中，啟蒙只是其中的一元。具有理想主義色彩的啟蒙主張從一開始就遭遇了具有虛無主義色彩的現代主義的衝擊。

作為一種追求文學創作新思維的文學思潮，現代主義一開始似乎只是以新的觀念、新的手法引人注目的。從北島、舒婷、顧城等人為代表的「朦朧詩人」和以王蒙的「意識流」小說為代表的「新潮小說」開闢了中國文學發展的新空間。與此同時，虛無主義的浪潮也隨著文學新潮一起進入了當代人的思想視野，動搖著長期以來佔據了主導地位的樂觀主義世界觀——在北島的〈一切〉中，充滿了悲涼的歎息：「一切都是命運／一切都是煙雲／……一切語言都是重複／……一切信仰都帶著呻吟……」這首詩曾經觸發了舒婷的〈這也是一切〉：「不是一切呼籲都沒有迴響；／不是一切損失都無法補償；不是一切深淵都是滅亡／……不是一切心靈／都可以踩在腳下，爛在泥裏；／不是一切後果／都是眼淚血印，而不展現歡容」，可舒婷也寫出過十分無奈的詩篇〈牆〉：「我無法反抗牆，／只有反抗的願望。」「我是什麼？／它是什麼？很可能／它是我的漸漸老化的皮膚，／既感覺不到雨寒風霜，／也接受不了米蘭的芬芳。／還有可能／我只是株車前草，／裝飾性地寄生在它的泥縫裏，／我偶然，它必然。」還有「童話詩人」顧城，也在〈我是一個任性的孩子〉中寫下了這樣的悵惘：「我在希望／在想／但不知為什麼／我沒有領到蠟筆／沒有得到一個彩色的時刻／我只有我／我的手指和創痛／只有撕碎那一張張／心愛的白紙／讓它們去尋找蝴蝶／讓它們從今天消失」。這些傷感而無奈的歎息，在啟蒙思潮高漲的一九八〇年代也並不稀少。從那個年代過來的人應該都還記得，記得潘曉的歎息——「人生的路啊，怎麼越走越窄？」記得那些引起過爭議的電影、劇本和小說《苦戀》、《在社會的檔案裏》、《假如我是真的》、《飛天》中那沉重的絕望，記得報刊上關於「信仰危機」的討論……其中有對於苦難歷史的悲歎，也有對西方虛無主義的認同。儘管這種虛無主義的情緒常常受到「主旋律」的批評和打壓，但並沒有、也不可能煙消雲散。到了一九八〇年代中期，隨著「新潮文學」的進一步風起雲湧，以韓少功的《爸爸爸》、劉索拉的《你別無選擇》、徐星的《無主題變奏》等作品為代表的「新潮小說」和以一九八六年《深圳青年報》、安徽《詩歌報》共同推出的「中國詩壇一九八六現代詩群體大展」為代表的「現代詩」潮流，不約而同地強化了虛無主義的時代主題。一直到「新潮小說」退潮以後，緊跟而上的「新寫實小說」仍然繼承了虛無主義的主題，以一批描寫「煩惱人生」無邊苦悶的作品表達了對虛無主義的認同。如果說，「朦朧詩」中的虛無主義情緒還散發出「小資情調」的氣息，那麼，「新寫實小說」則充分宣洩了老百姓生活的苦悶與無奈。劉震雲的《一地雞毛》、池莉的《煩惱人生》寫出了「活著」的煩惱與無意義；方方的《風景》、余華的《現實一種》解構了「家」的溫馨，展示了家庭暴力的殘酷；蘇童的《妻妾成群》、《紅粉》消解了「女神」的神話，剖析了女性心理深處的陰暗；他的《刺青時代》、《黑臉家林》和劉恒的《逍遙頌》、《黑的雪》則質疑了「童心」的傳說，還原了少年的喧譁與騷動……一時間，虛無主義的浪潮大漲。雖然從文學創作手法的角度看，「新寫實小說」是對於「新潮小說」的反撥，同時也是對於現實主義的回歸，但從格調和精神這個角度看，「新寫實小說」明顯繼承了「新潮小說」的虛無主義內核，並以更加驚世駭俗、更加審醜溢惡的風格將那虛無主義又向極端的方向推動了一大步。

而既然生命的意義是虛無，那麼「啟蒙」又有什麼用？當年，魯迅在一九二七年「大革命」失敗以後深刻反思了啟蒙的悲哀，把自己的啟蒙比作「幫助」「排吃人的筵宴」：「中國的筵席上有一種『醉蝦』，蝦越鮮活，吃的人便越高興，越暢快。我就是做這醉蝦的幫手，弄清了老實而不幸的青年的腦子和弄敏了他的感覺，使他萬一遭災時來嚐加倍的苦痛，同時給憎惡他的人們賞玩這較靈的苦痛，得到格外的享樂。」[2]話雖有憤激之嫌，卻不無深刻之見。這樣的深刻之見一方面顯示了魯迅在啟蒙與絕望之間的無盡彷徨，另一方面也的確寫出了思想啟蒙的悲哀：啟蒙給許多人帶來的痛苦，常常為啟蒙者始料未及。而啟蒙者因為理想與現實之間的巨大差距常常發出的憤激之辭、絕望之語，也常常在道出了人生的殘酷與無奈的同時，曝露了啟蒙思想的陰暗一面：在「改造國民性」思想的深處，無疑有民族虛無主義的陰影；而在如何「改造國民性」的問題上，自由主義與激進主義、保守主義、社會主義與法西斯主義之間展開的錯綜複雜的殘酷鬥爭也使我們民族付出了極其慘重的代價。而在倡導「民主與科學」的新文化思潮中，也存在著民主與個性的矛盾（「文革」中的「大民主」就是戕害個性的黑幡，更不要說「民主集中制」導致的一幕幕權力鬥爭的悲劇），還有崇尚科學與宗教信仰自由之間的矛盾、開發自然與保護環境之間的矛盾等等問題。其中的許多問題，是現代化運動也解決不了的。也正因為有如此錯綜複雜的矛盾與鬥爭、代價與教訓，才使得虛無主義一直有著比較廣闊的市場——從魯迅、周作人到北島、韓少功，一直綿綿不絕。連性情溫和、追尋信仰的史鐵生在一九八六年末就已經明白：「不知道上帝把什麼給藏起來了。誰也不知道」，於是活著的意義就在於「在命定的路上行走」（中篇小說〈禮拜日〉）；連曾經寫出過〈北方的河〉的當代理想主義代表人物張承志也在一九八九年的中篇小說〈西省暗殺考〉中終於發出了絕望的歎息：「剛烈死了。情感死了。正義死了。時代已變，機緣已去」，他只好自比

2 〈答有恆先生〉，《而已集》，人民文學出版社一九五八年版，第四十一頁。

為「一朵錯開的花」（中篇小說〈錯開的花〉）；而在「尋根派」韓少功看來，「真正偉大的人格就是既看透了一切又充滿著博愛」，他眼中的魯迅就是典範：「他看透了很多事情，有時裝糊塗，有些事情看起來沒有意思，可他還是去辦。」[3]他的中篇小說〈爸爸爸〉就是通過一個種族的衰落揭示這樣的主題：「理性和非理性都成了荒誕，新黨和舊黨都無力救世。」[4]在當代作家的陣營中，史鐵生、張承志、韓少功都是知青出身，都比較注意堅守作家的社會責任感，也都不似北島那樣寒氣逼人。他們的作品，或充滿博愛的溫情（如史鐵生），或張揚浪漫的激情（如張承志），或富有理性的思想（如韓少功），但即使如此，他們也不能不直面慘澹的人生。由此可見虛無主義力量的強大。

就這樣，「現代派」在給當代中國文壇帶來了創新的活力、多元化的格局的同時，也將迷惘、苦悶、絕望、瘋狂的虛無主義情緒帶入了中國。這樣的情緒像瘟疫一樣在充滿青春期苦悶的青年中迅速擴散開來，並將「文革」結束以後一度洋溢於中國思想文化界的啟蒙主義使命感、理想主義上進心沖了個七零八落。就像美國思想家丹尼爾・貝爾在批判現代主義文化、後現代主義時談到的那樣：「……現代主義文化——承接了同魔鬼打交道的任務。可它不像宗教那樣去馴服魔鬼，而是以世俗文化（藝術與文學）的姿態去擁抱、發掘、鑽研它，逐漸視其為創造的源泉。」而且，「今天，現代主義已經消耗殆盡。……反叛的激情被『文化大眾』加以制度化了。它的試驗形式也變成了廣告和流行時裝的符號象徵。」而「各式各樣的後現代主義（它們以幻覺拓展意識的無窮疆界）僅僅是在對個性的抹殺中努力分解自我。」[5]這裏，現代主義文化呈現為一種深刻的悖論：一方面，它是現代文化的產物。它是在現代社會的重壓下個性發出的尖叫。它對現代社會的批判既尖刻又變態；另一方面，它又因為找不到出路、或者是在上下求索都碰壁的情況下徹底放棄了變革現實的想法，而在封

---

3 引自林偉平：〈文學和人格——訪作家韓少功〉，《上海文學》一九八六年第十一期。
4 韓少功：〈答美洲《華僑日報》記者問〉，《鍾山》一九八七年第五期。
5 〔美〕丹尼爾・貝爾：《資本主義文化矛盾》（中譯本），三聯書店一九八九年版，第六十五、六十六、七十五頁。

閉自我、銷磨自我、放縱頹唐的情緒中將最後的希望寄託在文藝手法的變革中。回眸文化發展的歷程，我們不難發現：以啟蒙主義為先鋒的現代思想在成功喚起了現代人的個性意識以後不久就遭遇了那些崇尚叛逆、頹廢放蕩的個性的狙擊。而個性在現代化社會體制下被異化、被擠壓的痛苦也進一步凸現了個性的脆弱與無助。啟蒙運動喚起了人類的個性意識，但個性的脆弱與無助與人性中的其他弱點（諸如妄自尊大、排斥異己、貪婪、嫉妒、懶惰等等）一起，又在現代社會遭遇了新的困境。

而俄國作家陀思妥耶夫斯基也從「人性惡」的角度質疑過啟蒙思想。在他那部著名的《地下室手記》中，他告訴人們：「是誰第一個宣告，說人只是因為不知道自己真正的利益，所以才做壞事的；又說如果給他以啟蒙，讓他看到真正的、正常的利益，那麼他便會立即停止幹壞事，便會立即成為善良的和高尚的人，因為他既受了啟蒙，並懂得了自己真正的利益，因此就會看出在善的裏面有他自己的利益，而大家知道，沒有一個人會因為故意反對本身的利益而行動……」可作家卻指出：「無數事實證明，人們明明知道，也就是說，完全懂得自己的真正利益所在，卻把它們置之腦後，反而奔上另一條道路去冒險、去碰運氣……可見這種固執和任性的確對他們比一切利益更為愉快」。這裏的問題是理性主義的啟蒙思想迴避不了又解決不了的。因為，「這可就是整個的心理學了呀。」人心的深不可測，人心的瞬息多變，人心的難以理喻，人心的猶豫彷徨，常常是啟蒙理論難以對症下藥的。

我無意低估啟蒙思想在人類思想史上發揮過的巨大推動作用。但就像任何思想都不可能無懈可擊，不可能永不褪色一樣，啟蒙思想也有啟蒙思想的盲區和誤區。正是這些盲區和誤區的存在與難以消除，才有了非理性主義（現代派的主要思想武器）的崛起與流行。而非理性主義在一百多年的時間裏相當有力地改變了人類的文化觀念和思想意識，也足以表明啟蒙主義的脆弱。我想，這很可能與啟蒙主義的知識份子氣質有關吧。啟蒙主義，是一種知識份子的理論主張，帶有濃厚的理想主義和理性主義色彩。但在知識份子的思想觀念與大眾的文化習俗之間，常常存在著難以逾越的鴻溝。不錯，在歷史上曾經有過這樣的時刻：知識份子在啟蒙思想的鼓舞下，深入民間，喚起民眾，並在相當程度上改變了社會。但這樣的事情常常發生在那些非常時期（例如十九世紀的俄國民主主義運動和二十世紀上半葉的中國民主主義革命運動）。而且，在那些非常的歷史時期，啟蒙思想在普及的過程中也常常是發生了深刻的變異的。知識份子對大眾傳播的那些啟蒙思想常識常常是要經過大眾的檢驗與選擇的，而這檢驗與選擇又常常是要經過他們的傳統文化觀念的過濾的。因此，大眾對啟蒙思想的接受就常常是打了折扣的。民間傳統文化觀念的根深蒂固究竟在多大程度上受到了啟蒙思想的動搖與顛覆，是很可以打個問號的。經過現代啟蒙風雨的沖洗以後，西方宗教文化的依然穩固，中國民間儒家禮儀、道教迷信、佛家信仰的深入人心，都是例證。

也許，這不應該僅僅被看作是知識份子文化的悲哀。這其實也是人類的本性的悲哀。

回到我們的話題上來。

「新潮文學」就這樣有力狙擊了新時期啟蒙運動的深入發展。由於「新潮文學」的那套話語的過於西化，雖經期刊界、評論界和書商的大力炒作，也終於在「個性化」的道路上越走越遠，並因為遠離大眾的「先鋒」姿態而受到了大眾的冷遇。這樣，在現代化進程中，「新潮文學」只短暫地熱鬧了幾年（其高潮只在一九八五—一九八六這兩年間），就不得不讓位給了「新寫實小說」和「通俗文學」。

前面說過，「新寫實小說」在精神實質上是繼承了「新潮文學」的虛無主義內核的。另一方面，「新寫實小說」貼近百姓生活的姿態又是世俗化浪潮高漲的重要標誌。下面，我想從當代文學的世俗化思潮這個角度，來回顧一下當代作家走近大眾（但決不再是為了啟蒙，而是認同世俗生活價值觀）的大略旅程，看看他們是如何悄悄離開啟蒙的旗幟的。

世俗化思潮的衝擊

中國一向是世俗觀念深入人心的國度。就像錢穆先生說過的那樣：「中國文化是一種現實人生的和平文化，這一種文化的主要泉源，便是中國民族從古相傳一種極深厚的人道觀念。」[6]儒家講「經世致用」，道家講「逍遙」、「養生」，進退之間，全在世俗生活。又因為「經世致用」的道路格外坎坷，所以絕大多數平民百姓是立足於把「小日子」過好的。他們從儒家那裏，拿來了「溫柔敦厚」的「禮教」，以維護正常的社會秩序。他們更多地是認同道家的處世哲學的，對怎樣「逍遙」，如何「養生」，有一系列的講究。正如錢穆先生所云：「中國人生活上的最長處，在能運用一切藝術到日常生活中來，使生活藝術化……縱使吃飯喝茶，最普通最平常的日常人生，中國人也懂講究。」「中國文化精神便是要把外面大自然和人的內心德性天人合一而藝術化，把自己生活投進在藝術世界中，使我們的人生成為一藝術的人生，則其心既安且樂，亦仁亦壽。」[7]盛世不用說了。就是在亂世，中國人也常常善於逍遙處世的。「文革」中，在「造反派」和「保守派」你死我活的鬥爭之外，還有看淡了政治鬥爭的「逍遙派」，在那裏靜心養生、研究烹飪、打傢俱、學外語。正是這一批政治熱情不高、愛惜自己的羽毛的人們，在那個瘋狂的年代裏悄悄守護了傳統文化的精神家園。

「文革」結束以後，當大多數作家緊跟時代，痛定思痛，控訴「文革」，反思歷史的時候，是汪曾祺率先打開了「懷舊」的窗櫺。他的《受戒》，既生動再現了童年的美好生活，使人很自然會想到魯迅的《從百草

6 錢穆：《中國文化史導論》（修訂本），商務印書館一九九四年版，第五十頁。
7 錢穆：〈中國文化十二講〉，引自沙蓮香主編：《中國民族性》（一），中國人民大學出版社一九八九年版，第二五九—二六〇頁。

園到三味書屋》和廢名的《竹林的故事》、沈從文的《邊城》那些「懷舊」之作，同時也妙趣橫生地描繪了鄉村和尚有妻子、有豔遇的世俗生活。汪曾祺為什麼能在思想解放的啟蒙浪潮中別開生面，復興了「懷舊」的浪漫文學傳統？一個很重要的原因是，他「不問政治」。[8]他曾經自道：「我不會寫政治。」[9]「我的小說有一些優美的東西，可以使人感到安慰，得到溫暖。但是我的小說沒有什麼深刻的東西。」他將自己定位在「一個文體家」，就表明他無意追求思想性、政治性（無論是主旋律的思想性，還是啟蒙思潮的思想性）。他推崇沈從文，一是愛國，二是因為「他是我見到的真正淡泊的作家」，他特別說明：「這種『淡泊』不僅是一種『人』的品德，而且是一種『人』的境界。」[10]因此，他才寫出了一系列膾炙人口的「懷舊」美文。在他的美文中，有民間的奇聞軼事（如《大淖記事》、《歲寒三友》、《陳小手》），也有許多擅長刻畫世俗生活細節的精彩之作（例如《鑒賞家》、《珠子燈》）。他的這些作品問世以後，聲名鵲起。這樣，他就成功喚醒了人們心中的傳統文化趣味和世俗生活記憶，同時，也在同時期的「政治文學」（「反思文學」、「改革文學」）和「新潮文學」（以王蒙的「意識流」小說為代表）之外，開闢出「世俗化文學」的園地。

此後，是一批知青作家的緊緊跟上。其中，既有李杭育、阿城那樣的「尋根派」，也有王安憶那樣的「海派」。李杭育成功再現了吳越文化的浪漫與風騷——那些「大把花錢、大碗喝酒」的漢子和女子（《葛川江上人家》），那個滿足於「江裏有魚，壺裏有酒，船裏的飯鋪上還有個大奶子大屁股的小媳婦」的漁佬兒（《最後一個漁佬兒》），還有那個能喝酒，能鬧噱頭，也「喜歡趕時髦」，甚至「對外國人怎麼過日子很感興趣」的船長（《船長》）……都體現了民間的快活。而在作家渲染那快活的活法的筆調中，我們可以明顯感受到一個作家對民間生活情趣的無限嚮往。阿城的《棋王》則成功塑造了一個在「文革」亂世中「待在棋裏舒服」的

8 林斤瀾語，引自陳徒手：《人有病，天知否》，人民文學出版社二〇〇〇年版，第三五八頁。

9 引自：〈於平淡處現真蘊——臺灣女作家施叔青採訪汪曾祺〉，《文學報》一九八八年三月十日。

10 汪曾祺：〈認識到的和沒有認識的自己〉，《北京文學》一九八九年第一期。

「逍遙派」知青形象，他知足常樂，滿足於有碗飯吃，有象棋下的樸素「真人生」。阿城在談到《棋王》的創作動機時，那口吻也俗到了家：「懷一種俗念，即賺些稿費，買煙來吸」。在他看來，做人就是應該「老老實實地面對人生，在中國誠實地生活」。[11]還有他的《孩子王》，也相當精彩地刻畫了一個知青在鄉村小學代課時，特立獨行，不引導學生學「語錄」，而是教他們記帳的務實本領的民間趣事。在這故事的深處，仍然是道家「見素抱樸」的精神在閃爍。阿城筆下的這兩個知青形象，是那個動亂年代無數自覺遠離政治狂熱的平頭百姓的縮影。

王安憶以擅長刻畫上海人的精神而著稱。她是「六九屆初中生」。她發現：「六九屆沒有理想」，「我們這一代是沒有信仰的一代，但有許多奇奇怪怪的生活觀念」。她的這一說法得到了評論家，也是「六九屆初中生」的陳思和的認同：「六九屆一代人很難有浪漫氣」，「這一代實際上是相當平庸地過來了」。[12]也許是因為「老三屆」在現實生活中的碰壁（先是由於積極參與「文革」而吃虧。後來下鄉以後又因為鄉村的凋敝而猛醒）給了他們以決定性的影響，他們不得不變得實際起來。因此，王安憶寫於一九八二年的早期作品《流逝》就寫活了一個上海女性在「文革」亂世中的世俗生活。「文革」的磨難反而使她明白了生活的真諦：「左右前後觀望一下，你，我，他的生活卻實在只為了生存，為了生存得更好一些。」她「從這十年的體驗中吸取的只是一種實惠精神。」這樣的體驗何嘗不是也是一種反思：在經歷了一次次「革命」的狂熱以後，人們才更加清楚地認識到了世俗生活的不易。接著，她又在長篇小說《六九屆初中生》中真切展現了一個女孩子在觀察社會、琢磨世事上的成長路程。她有一些不切實際的幻想，但嚴峻的人生使她終於發現：「我們都是小人物……只能努力為自己做一點什麼。我們很自私，可是，我們生活得很認真。」她學會了「無論幹什麼？她都要問

11 阿城：〈一些話〉，《中篇小說選刊》一九八四年第六期。
12 王安憶、陳思和：〈兩個六九屆初中生的即興對話〉，《上海文學》一九八八年第三期。

問清楚：『這個有什麼用？』有用的她才做，沒有用的，她則不做。」《流逝》和《六九屆初中生》中的世俗化主題意義深長：一方面，它來自作家的生命體驗，顯示了從上海人務實態度出發，對於「文革」的平民化反思（而主要體現了啟蒙思想的「反思文學」則是知識份子的反思）；另一方面，它不同於汪曾祺的詩情、李杭育的浪漫、阿城的古樸，它具有鮮明的都市色彩，因而更具有現代感。事實上，隨著現代化進程的加快，世俗化浪潮的高漲，越來越多描繪都市市民生活的小說都是沿著這個路數出來的——從池莉、張欣到朱文穎。到了一九九四年，王安憶在《長恨歌》中更進一步深化了對上海世俗生活意義的認識：主人公的「小女兒情態」、「名利心」、「懷舊」情懷正是「上海的繁華」的集中體現。無論「革命」年代怎樣將上海的繁華沖了個落花流水，上海仍然有王琦瑤這樣的女子在堅韌地固守著那舊時代的「小資情調」和生活方式。她們當然不知道，在「革命」的時代過去以後，現代化的浪潮會使她們固守的「小資情調」和生活方式重新流行。這意味著上海市民精神的根深蒂固，意味著這些小市民對歷史的認識比「革命者」更加深刻。「上海的市民，都是把人生往小處做的。對於政治，都是邊緣人。你再對他們說，共產黨是人民的政府，他們也還是敬而遠之，是自卑自謙，也是有些妄自尊大，覺得他們才是城市的真正主人。」小說中的這一段話耐人尋味。在一九九五年發表的〈尋找蘇青〉一文中，王安憶表達了對蘇青的認同：「張愛玲是絕望的，蘇青卻不肯」，她「在沒意義中找意義」，「每一日都是柴米油鹽，勤勤懇懇地過著，沒一點非份之想」，「說是自私也可以，總之是重視個人的經驗超過理性的思索。」因此，「理想和沉淪都是談不上的。」這，便是「蘇青的精神」，「這城市能撐持到現在……都是靠蘇青的精神挺過來的。」[13]其實，又豈止是上海的精神！絕大多數平民，誰不是靠著務實的態度去面對生活的！王安憶對蘇青的精神如此欣賞，也打破了長期以來對「小市民」的鄙夷眼光，使人們重新去打量「小市民」的務實與堅韌，平和與認真。

---

[13] 王安憶：〈尋找蘇青〉，《上海文學》一九九五年第九期。

就這樣，汪曾祺的溫馨詩情、李杭育的浪漫發現、阿城的古樸風格和王安憶的市民情懷共同在一九八〇年代那個啟蒙思潮風起雲湧的年代裏，匯成了重新發現世俗人生、重新估計平民價值觀念的浪潮。他們因此而遠離了「改造國民性」的新文學傳統，因此而推動了文學的世俗化浪潮的發展。

現在，應該談談王蒙了。這位「少年布爾什維克」出生的革命者，曾經因為滿腔熱忱地「干預生活」而被打成了「右派」。儘管在一九八八年，他還提出了對「混煙抽」的「小痞子文藝」的批評（有針對阿城的意思），並呼籲：「有理想才有藝術家的焦灼，才有藝術家的良心，才有藝術家的痛苦」，因此，「重建理想！這是我們文藝家的神聖使命！」[14]但他不久就發表了〈躲避崇高〉一文，表達了對王朔的認同。此後，在他顯然帶有一定自傳色彩的長篇小說《失態的季節》中，他真實吐露了小說主人公錢文在經過了「反右」運動的折騰以後感受到了人生的真諦：與痛苦的思想改造比起來，妻子、小家庭更重要。「最重要的是東菊……他活著的依託是東菊。」而他的妻子東菊之所以能夠早早就看透了政治的把戲，把錢文的吃政治虧歸結為「我們只是太善良了罷了。我們只是太相信罷了」，也與她在結婚以後「對於政治對於革命事業已經遠遠沒有過去的那種熱情了」這一心態的轉變很有關係。有多少青年是像東菊那樣因為進入了家庭生活而開始遠離了政治狂熱的？……在這樣的思考的深處，蘊涵了人生的哲理：正常的家庭生活，足以消解政治的狂熱幼稚病。到了反映「文革」記憶的長篇小說《狂歡的季節》中，更有了錢文在「文革」中樂當「逍遙派」的生命體驗：上小學時讀《莊子》，「他對逍遙二字一見鍾情」。「文革」中，「那麼多的人在其憂如焚的同時其樂逍遙，不上班，不鬥爭，不學習，不彙報，飽食終日，無所用心」。不敢革命的錢文明白：「借問天堂何處有，錢文近指自己家」。「在整個世界坍塌成了碎片的時候，唯一支撐著他錢文的東西就是東菊了。」就飲酒，就唱歌，就打麻將，就把《東坡志林》中的葷故事講給老鄉聽，就養雞，就學烹調（「『文革』中後期」也是「家家耽於烹

[14] 陽雨：〈自由與失重〉，《文藝報》一九八八年四月十六日。

調的高峰期」，正是：「萬般皆偽劣，唯有吃飯真！」）……「任你倒行逆施，我自其樂無窮」！政治捉弄了人民，人民也就學會了逃避政治。王蒙就這樣寫出了「文革」中的世俗之樂。他從「少年布爾什維克」到「文革」中的「逍遙派」的經歷是很有典型性的。

還有王蒙的朋友陸文夫，素以「陸蘇州」聞名於文壇。但他晚年在反思自己的道路時卻這麼感歎：「我們這一代人太過憂國憂民……看到現實社會有什麼問題，就在作品中反映……其實我對蘇州各式各樣的民間行業很熟悉，也很有興趣……我也想向民俗這方面發展，寫出真正的文學。」注意：這裏「真正的文學」是與民俗，而不是思想聯繫在一起的。然而，他沒有完成這一轉變。他是那麼地熱愛蘇州，在他的眼裏，蘇州「像古典詩詞」，「從前蘇州的安靜、細緻讓人覺得舒服。……蘇州人的文化生活很是豐富，聽書、種盆栽、玩賞字畫、看崑曲，風雅得很。……生活也是精打細算，蘇州人很要面子。」[15]在他的作品中，只有《美食家》傳達了蘇州美食文化的韻致。他晚年終於開起了茶館，也可以說是在生活方式上回歸了蘇州世俗文化的傳統。

王蒙從「干預生活」到「躲避崇高」的轉變與陸文夫想完成同樣的轉變卻力不從心，都可以成為時代精神巨變（從革命到啟蒙再回歸世俗）的縮影。同時，也昭示了世俗文化（包括民俗文化）的強大魅力。而當作家們也終於被世俗文化的魅力所吸引時，不也就意味著對於啟蒙思想的遠離嗎？

同樣當過「右派」的鄧友梅也比較成功地完成了文學觀的轉變。在談到他的名篇〈那五〉、〈煙壺〉的創作時，鄧友梅告訴讀者，他寫的是「民俗小說」，「注重娛樂性、趣味性……同時又使讀者增長一點生活或歷史知識，受到一點思想教育。」[16]在這一方面，他是繼承了老舍小說和張恨水小說的一部分傳統的。同時，他的上述「民俗小說」也催生了一大批作品的湧現——從馮驥才的〈神鞭〉、〈三寸金蓮〉、〈陰陽八卦〉到閻連

[15] 施叔青：〈陸文夫的心中園林〉，《人民文學》一九八八年第三期。
[16] 鄧友梅：〈一點探索〉，《一九八四〈中篇小說選刊〉獲獎作品集》（下），海峽文藝出版社一九八五年版，第九十六、九十八頁。

科的〈橫活〉（一名〈魯耀〉）、〈鬥雞〉，還有林希的〈相士無非子〉、〈高買〉、〈神仙扇〉、〈蛐蛐四爺〉等等，匯成了一股相當可觀的「民俗小說」浪潮。其中，值得特別提到的，是馮驥才的「民俗小說」。他告訴讀者：寫〈神鞭〉，意在批判「文化劣根」；寫〈三寸金蓮〉，意在曝露「民族文化中的自我束縛力」；寫〈陰陽八卦〉，則意在批判民族文化心理中的「惰性」。[17]如此說來，不就是「改造國民性」的啟蒙主題麼？可由於他寫得妙趣橫生，以至於在很大程度上沖淡了作品的批判意味，而流露出對那些民俗（包括三寸金蓮那樣的陋俗）的十分熟悉、特別興趣。也許，作家是有意要借啟蒙的旗幟去抵擋可能產生的非議（而後來果然就有了許多針對〈三寸金蓮〉的批評意見）？但無論如何，這三部小說已經成為一個十分奇特的標本：啟蒙的主題與民俗的趣味並存在一起，難以區分。而這樣一來，啟蒙主題的嚴肅性無疑就會被打上一個大大的折扣了。後來，馮驥才一面積極投入了搶救文物的事業中，一面繼續寫了系列小說《市井人物》。[18]在這個系列的創作中，他坦言自己深受馮夢龍的影響，更加注重在「傳奇」、「雜學」和「語言」上下功夫，就索性遠離了啟蒙主題。〈三寸金蓮〉後來甚至被改編成舞劇，演出獲得成功，也更耐人尋味了。

這裏，需要特別指出的是，這些作家在經過「文革」以後回歸世俗，並不意味著啟蒙思想已經完全過時。事實上，仍然有一部分作家在繼續著反思歷史、審視政治、憂國憂民的事業，例如李佩甫的《羊的門》、賈平凹的《高老莊》、《高興》、韓少功的《馬橋詞典》、閻連科的《受活》、《丁莊夢》、胡發雲的《如焉》……這些作品都是當年「反思文學」的繼續和延伸。其中，在一九八〇年代寫出過一系列浸透了啟蒙精神作品的韓少功，到了一九九〇年代在發表了剖析鄉村文化的《馬橋詞典》和思想深邃的《暗示》這樣一些散發著濃厚的知識份子氣息的作品以後，又於二〇〇六年出版了記錄自己鄉居生活和民間趣聞的《山南水北》，顯

17 〈馮驥才談民俗系列小說創作〉，《文學報》一九八九年十二月二十一日。
18 馮驥才：〈題外話〉，《小說選刊》二〇〇〇年第八期。

示了他回歸世俗生活的獨特心靈之旅；閻連科則是在一九八〇年代末發表〈橫活〉、〈鬥雞〉的同時也發表了燃燒著「為民請命」激情的〈瑤溝的日頭〉、〈瑤溝人的夢〉，又顯示了他在關注民俗、民間趣聞的同時沒有忘記民間的疾苦，甚至隨著時光的推移，他又遠離了關注民俗、民間趣聞的道路，而繼續沿著那條曝露黑暗、為民請命的啟蒙之路在勇敢挺進。他因此而顯得與世俗化的大潮頗不同步，甚至背道而馳。但他在一九九〇年代以後迅速成為當代中國「鄉土小說」的重鎮，成為最有影響的「底層關懷」的作家，又恰恰證明了他遠離世俗化大潮的聰明。而呼喚政治民主、經濟改革、思想解放的聲音的一直不絕於耳，也足以表明：在現代化的進程中，啟蒙的事業仍有待於繼續深化。一九九〇年代是世俗化浪潮空前高漲的年代，思想界的「人文精神大討論」不是仍然激起了持久的回聲嗎？由此可見，世俗化浪潮與精英思想的彼此撞擊才顯示了多元思潮在爭鳴中共存的壯觀。只是，相比之下，世俗化浪潮的洶湧澎湃之氣勢，當然是精英思想的影響所難以比擬的。

如果說，現代派的虛無主義思潮只在一部分青年和作家中有影響，那麼，世俗化浪潮則具有更深厚、更廣泛的傳統文化基礎。而現代派的虛無主義思潮終於因為西化色彩的過於濃厚難以普及，倒是世俗化浪潮因為更符合「中國的國情」而對啟蒙思想構成了更有力的挑戰，並最終將絕大多數人的生命熱情裹脅而去。需要特別強調的是，這股浪潮的高漲是與當代中國經濟的起飛、當代中國文化加快走向世界、當代民族主義思潮的發展的進程同步的。因此，這股世俗化浪潮的意義就更令人一言難盡了。

想當初，李大釗號召世紀初的青年「當一個庶民」，「當一個工人」，[19]「拿出當年俄羅斯青年在俄羅斯農村宣傳運動的精神，來作些開發農村的事」，「日出而作，日入而息，耕田而食，鑿井而飲」。[20]這一號召後來在毛澤東關於知識份子必須與工農大眾相結合的一系列論述（從一九三九年的《五四運動》、《青年運動的

19 李大釗：〈庶民的勝利〉，《李大釗選集》，人民出版社一九五九年版，第一一一頁。
20 李大釗：〈青年與農村〉，《李大釗選集》，人民出版社一九五九年版，第一四六、一五〇頁。

方向》到一九四二年《在延安文藝座談會上的講話》再到一九六六年的「五七指示」和一九六八年號召知識青年上山下鄉的動員令）中得到了發揚。如此看來，共產主義運動是與民粹主義思想有著難以分割的聯繫的。然而，在現代化的進程中，廣大民眾事實上是在沿著追求世俗成功、世俗趣味的道路上狂奔了。而許多作家也投入到了這股時代的大潮中。

啟蒙思想因此而無可挽回地邊緣化了。雖然，斷言它的終結好像還為時尚早。畢竟是時代變了。

關於世俗化的幾點思考

世俗化浪潮勢不可擋，是現代化進程的必然。然而，世俗化浪潮也如同任何一股思潮一樣，泥沙俱下，魚龍混雜。對此不可不察。

從精神境界的角度看，世俗化有樂天的世俗化與悲觀的世俗化之別。顯然，汪曾祺的溫馨詩情、李杭育的浪漫發現、阿城的古樸風格和王安憶的市民情懷屬於前者，而「新寫實小說」則大多屬於後者。前者散發著中國傳統「樂感文化」的氣息，後者則瀰漫著現代虛無主義的寒霧。進入一九九〇年代以來，隨著「後現代」思潮的流行，「狂歡」又成為了這個時代的一個重要主題。樂天的世俗化就遭遇了「惡搞」之風的挑釁。於是，那些古樸的溫馨與浪漫也漸漸稀少了。「狂歡」思潮已經動搖了傳統的人文精神，昭示了新時代的精神危機。另一方面，現代虛無主義也在遠離卡夫卡和魯迅的深刻，而滑入了露骨地渲染陰暗情緒、變態心理、醜惡世界的泥潭。「新寫實小說」的為人詬病，常常與此有關。由此產生的危機是：虛無主義已經喪失了深刻的力量，而淪落為慘不忍睹的文化垃圾了。

而從思想的深度來看，世俗化還有深刻與膚淺之別。世俗化並不等於庸俗和膚淺。王蒙寫《狂歡的季節》，在刻畫「逍遙派」的快活的同時也對「文革」參與者的心態進入了一針見血的剖析：「人就是可以『為革命而革命』的」；「革命就是狂歡，串聯就是旅遊」；「人們朗誦毛主席語錄如念咒語」；「毛主席，如果他多一點庸常的心態，多一點對於平凡的世界的附就而少一點天馬行空的大手筆，對於他本人，對於中國人，該是多麼大的福氣！」這些點綴於作品中議論，是一個「文革」過來人反思「文革」的深刻感悟。而「逍遙派」躲避於平庸生活樂趣的無奈又與那些革命者的狂熱形成了多麼發人深省的對比！在這樣的對比深處，不就有世俗化活法比異想天開的政治狂熱高明許多的弦外之音麼？還有，陸文夫寫《美食家》，本意是「勸國人一要吃飯、二要建設，其實對美食家略有不恭之意」，[21]但他也在寫出了蘇州美食的精緻和美食家的有趣性格的同時，揭示了歷史的荒唐：「為人民服務」的「大眾菜」為什麼不受人民的歡迎？而一個愛美食如命的饕餮之徒到頭來卻陰差陽錯成為了為弘揚蘇州傳統美食文化作出了巨大貢獻的美食家。這部小說因此在嘲諷中國政治文化的荒唐、揭示中國傳統民俗文化的根深蒂固方面，可謂獨到。而王安憶的《長恨歌》在集中描寫了「上海精神」的同時不也揭示了歷史的不可思議麼？一個在革命年代裏「擠在犄角裏求人生」的小女子，她對於舊上海生活情調的固守為什麼到頭來竟然顯示出比革命更長久的生命力？在這樣的故事中，不是明顯有著個人的選擇有時比時代的主流更符合人間正道的歷史玄機麼？由此可見，世俗的故事也是可以寫出歷史的深度和哲理的智慧的。另一方面，汪曾祺、李杭育、阿城等人的世俗態度深處的中國傳統文化根基，也是有相當的學養作基礎的。那份醇厚，那味古樸，比「原生態」的瑣碎故事，自有不可比擬的雋永品位。

因此，世俗化潮流，不可一概而論。

這裏，就要談到西方現代思想家對世俗化的批判了。存在主義思想家海德格爾認為，現代日常生活世界

---

21 施叔青：〈陸文夫的心中園林〉，《人民文學》一九八八年第三期。

裏，人們隨波逐流的生存方式意味著人的全面異化。西方新馬克思主義者列菲伏爾、科西克、赫勒也對人的拜物教、降低為手段的勞動、盲目的日常生活提出了批判。[22]他們希望人們超越自在的日常生活狀態，反抗日常生活的異化，促進「總體的人」生成，顯示了思想家的使命感。事實上，在世俗社會中，物慾橫流、惟利是圖，渾渾噩噩、麻木不仁，爾虞我詐、招搖撞騙的悲劇每天都層出不窮。這些悲劇昭示著人性的深淵。然而，對於中國的老百姓來說，在經歷了近代以來一百幾十年的戰亂和政治運動的折騰以後，渴望遠離風雨無常的政治，回歸溫馨、安定的世俗生活，已是大勢所趨、民心所向。甚至一直到改革開放已經走過了三十年的今天，在許多人的生活已經得到明顯改善的今天，仍然有不少弱勢渴望過上溫飽的生活卻不得。在這樣的背景下看當代文學的世俗化浪潮，就別有一番滋味在心頭了——它是中國開始告別傳統政治風雨的一個文學標誌。

——原載《晉陽學刊》二〇〇九年第五期

[22] 參見衣俊卿：〈理性向生活世界的回歸〉，《中國社會科學》一九九四年第二期。

從「改造國民性」到理解民族性

——當代中國文學研究的一條思想史線索

晚清以來，「改造國民性」的主題一直牽動著有志於改造中國的思想家、文學家和政治家的注意力。從梁啟超的「新民說」、魯迅的「立人」思想到毛澤東「六億神州盡舜堯」的浪漫理想，都體現了偉人們關於「改造國民性」的理想主義設計；而在魯迅的《阿Q正傳》、《祝福》和毛澤東關於「嚴重的問題在於教育農民」的教導以及一次次旨在批判資產階級思想和封建主義傳統的政治運動中，則顯示了他們對民族劣根性的深深憂慮。在他們的心中，理想主義的豪情與深刻瞭解現實的憂患隨著現實的變化和心潮的起伏而此消彼長。他們的著述和業績（尤其是毛澤東在中國大陸進行的長達二十七年的共產主義試驗）給後人留下了巨大而深遠的影響。這股思潮的影響是如此地強大，以至於另一股具有保守主義和世俗化色彩的文化思潮在相當漫長的一個歷史時段中沒能引起人們應有的關注。這裏，我指的是以「新儒家」為代表的重新評說傳統文化精神的思潮和以沈從文等作家為代表的立足於民間世俗立場，從百姓的自在活法中汲取對於人性的樂觀信念的民粹主義思潮。從表面上看，這兩股思潮似乎因為主張「弘揚民族文化精神」而與「改造國民性」的思潮背道而馳，但實際上，這些具有保守主義與民粹主義思想的哲人、文學家是在開闢著「重新認識國民性」的思想空間。這樣的思考由於帶有保守的色彩而在革命的年代裏顯得不合適宜，可到了和平建設時期，多元化的生活方式和文化思想卻有了和平共處的廣闊空間。在新時期的思想解放運動中，當代人重新發現了傳統文化精神和民間世俗活法的歷史合理性與現實必要性。當我們發現偉大的思想解放運動在相當程度上是一次傳統文化精神與民間世俗活法回歸神州大地的大潮時，便不能不一方面感歎傳統文化的生命力強大，另一方面產生了這樣的思考：「改造國民性」的設計是否已經被現代化和世俗化的浪潮拋入了忘川之中？回首百年煙雲，為什麼我們既明顯感受到了中華民族的精神面貌已經發生了翻天覆地的巨變，同時又沒有（也許也不可能？）完全像偉人們設計的那樣擺脫掉傳統的影響？巨變中又有所不變的事實蘊涵了怎樣的文化之謎？

一切都值得好好思量。

從新時期之初的「改造國民性」吶喊到重新發現民族性的複雜效應

新時期開始時，「改造國民性」的思考曾經與反思「文革」的時代思潮緊密相聯。就在思想家、文學評論家們重新發現魯迅「改造國民性」思想的同時，[1]作家們也不約而同地寫出了許多旨在反思民族劣根性的作

[1] 這方面的代表作有：黎澍〈消滅封建殘餘影響是中國現代化的重要條件〉（《歷史研究》一九七九年第一期）、李澤厚《中國近代思想史論》（一九七九年），林春、李銀河〈與傳統封建文化告別〉（《讀書》一九八〇年第十一期），王瑤〈談魯迅的改造國民性思想〉（《文學評論》一九八一年第五期）、鮑昌〈論魯迅的「改革國民性」思想〉（《文藝論叢》第十七輯，上海文藝出版社一九八三年版）、錢理群〈「改造民族靈魂」的文學〉（《十月》一九八二年第一期）等。其中，鮑昌的文章論及「改造『國民性』殊非易事，這不僅要改造千百年來農民小生產者的思想心理，而且要改造統治階級的思想心理」，有獨到之處。

品：白樺在《啊，古老的航道》中一方面指出了「露頭的椽子先爛」的處世哲學的根深蒂固，同時也深刻揭示了那種處世哲學根深蒂固的荒謬性與「合理性」；葉蔚林在《在沒有航標的河流上》中既刻畫了盤老五的自在、率真和困惑，也發出了「難道歷史……永遠固定在一根軸上旋轉嗎？」的「天問」；賈平凹的《夏家老太》、《上任》、《山鎮夜店》記錄了鄉村中普遍存在的敬官、怕官現象以及與之共生的勢利眼、奴性等劣根性；蔣濮的《水泡子》展示了主人公的認命、奴性和一旦受到提拔就「成了世界上最苛刻的工頭」的「雙重人格」；韓少功的《回聲》成功塑造了一個愚昧無知、好吃懶做、為貪吃而投身政治運動並在政治的風浪中載沉載浮的流氓無產者形象，足以使人「聯想到阿Q的悲劇」[2]；古華的《爬滿青藤的木屋》揭露了王木通封閉、保守、專制的陰暗靈魂；劉克的《古碉堡》曝露了一個翻身農奴一朝權在手，也像農奴主一樣壓迫弱者的「陳腐的心」；葉之蓁的《我們建國巷》針砭了那些居民們嫉恨知識份子發「露水財」的平均主義心理；陳建功的《轆轤把胡同9號》嘲弄了那個緬懷「文革」歲月、看不慣新時期的老「工宣隊員」的守舊心態；史鐵生的《午餐半小時》悲涼地刻畫了幾個街道工廠的工人蒙昧無知、麻木不仁的生存狀態；吳若增的《翡翠煙嘴》為主人公虛幻的精神寄託、可憐的自我陶醉而歎息；而戴厚英也在《人啊，人》中觸及了那些因為政治運動的折騰而看破紅塵的知識份子的人格疾患：「飄逸的庸俗。敏感的麻木。洞察一切的愚昧。一往無前的畏縮。沒有追求的愛情。沒有愛情的幸福。……最高的統一點是兩個字：實惠。」張賢亮也在《土牢情話》中解剖了一個因為政治運動的高壓而苟且偷生的知識份子的懦弱靈魂……這些作品在一九七九—一九八二年間的集中湧現，形成了「反思文學」的一個基本主題：民族的災難與政治運動的殘酷有關，也與平民百姓中的文化心理痼疾有關。值得注意的是，作家們對民族劣根性的批判有程度不同之分：《啊，古老的航道》、《人啊，人》、《土牢情話》直接將「劣根性」的根源與政治運動的殘酷效應緊密相聯，——這樣的批判顯然更具有「理解」的意

---

2 南帆：〈人生的解剖與歷史的解剖〉，《上海文學》一九八四年第十二期。

義。其中包含了這樣的主題：隨著政治運動的壽終正寢，「國民性」會得到自然的改良（新時期中國人精神面貌發生的巨變就是明證）；而《水泡子》、《爬滿青藤的木屋》、《古碉堡》、《我們建國巷》、《轆轤把胡同9號》、《午餐半小時》、《翡翠煙嘴》則將「劣根性」與常見的人性痼疾（如奴性、權力慾、嫉妒心、虛榮心、無知）聯繫在一起，——這樣的批判事實上已將「國民性」的批評還原為「人性」的批判了。在這樣的批判中，「國民性」已經與「人性」重疊在了一起。這一現象意味著：「國民性」不會因為政治運動的終結而消亡。如果這樣的分析可以成立，那麼，是否可以得出這樣的推論：除非人性可以得到根本性的改良，否則，「國民的劣根性」作為「人性惡」的體現在相當程度上也很難得到根本性的改造？

在「反思文學」的這一部分作品中，高曉聲的《李順大造屋》和《陳奐生上城》大約是影響最大的代表作了。前者在記錄了極左政治剝奪農民的悲慘歷史的同時，也發現了主人公的精神疾患——做「跟跟派」。這種緊跟形勢的樸實當年曾經是積極走「社會主義」道路的「新人」的主要標誌，[3]時過境遷卻顯示出可悲的「逆來順受的奴性」[4]的意義。後者通過「精神勝利法」在一個農民身上的自然延伸寫出了「阿Q精神的遺傳」。[5]有評論家曾經指出：高曉聲的這些作品表明，他繼承了從魯迅到趙樹理的傳統，「把農民身上的弱點（一個民族的弱點往往在農民身上明顯地表現出來）和革命問題聯繫起來進行觀察和反映。」「在陳奐生身上表現得最充分的那種精神勝利法，正反映了農民由強到弱而又不甘心於弱的心理狀態。」[6]這樣的觀點無疑具有深邃的歷史感。它足以觸發進一步的思考：以阿Q精神為重要標誌的「國民的劣根性」為什麼根深蒂固？改變了中國命運

3 「十七年文學」中「合作化」題材小說中的「新人」形象（從《三里灣》中的王金生、王玉生兄弟、范靈芝，《山鄉巨變》中的劉雨生、陳大春到《創業史》中的梁生寶、《豔陽天》中的蕭長春、焦淑紅等等）不都是「跟跟派」麼？

4 華中師範大學《中國當代文學》編寫組：《中國當代文學》第三冊，上海文藝出版社一九八九年版，第一六〇頁。

5 閻綱：〈論陳奐生——什麼是陳奐生性格〉，《北京師範學院學報》一九八二年第四期。

6 余斌：〈對現實主義深化的探索〉，《文學評論》一九八二年第四期。

的如火如荼的革命戰爭和社會主義合作化運動為什麼也終於沒能使「國民的劣根性」得到根本的改變？這些問題當然牽涉到許多複雜的政治和文化問題，在此難以展開。但是，如果換一個角度看問題呢？例如心理學的角度。作為一種人文學科的心理學在研究人性方面給人的重要啟示是：人，除了是具有特定民族身份、階級地位的「社會人」之外，還是具有非常複雜的氣質、情緒的「心理人」。由此出發，呂俊華就在《阿Q精神勝利法的哲學內涵和心理內涵》一書中將阿Q精神看作一種變態的心理現象。林興宅也在〈論阿Q性格系統〉一文中將阿Q性格看作一種「兩重人格」，「是輕度精神病患者的肖像」。認為它既是「中華民族劣根性的象徵」，也是「世界荒謬性的象徵」，「是異化的典型」。[7]這樣的心理學闡釋別開生面地揭示了阿Q性格的人性（而不僅僅是民族性）意義：阿Q，絕不僅僅只屬於中國。他也屬於世界。他是一切自大又自卑、保守又趨時、蠻橫又卑怯的人的「共名」，也是所有在無奈的困境中不得不自我安慰的人們的「共名」。甚至，他還在特殊的歷史境遇中成了一部分優秀知識份子的命運守護神。例如經濟學家于光遠先生就在《文革中的我》一書中寫道：「我有一個『革命』的阿Q主義：一個人不可能一輩子都處於順境，順境可以發揮自己的才能，逆境可以鍛煉自己的意志。……因此我努力在文革時期那樣受迫害的處境下心情愉快一些。」[8]作家聶紺弩也在回憶「文革」經歷時寫道：「阿Q氣是奴性的變種，當然是不好的東西，但人能以它為精神依靠，從某種情況下活過來，它又是好東西。」作家自己，還有一起「勞改」的吳祖光、尹瘦石、胡考、劉尊棋、黃苗子、丁聰等文化人，「都一樣幹得歡，吃得歡，玩得歡，講自己如何被劃為右派的經歷講得歡。」[9]這是怎樣的人生境界？似乎是逆來順受的無奈，又何嘗沒有蔑視痛苦、蔑視強權的豪放！古往今來，多少智者是憑著這份樂天的情懷、豪放的氣概超越了絕望與頹唐！讀著這樣的回憶，使人對「阿Q精神」的複雜性有了更深刻的理解。于光遠和聶紺弩

7 林興宅：〈論阿Q性格系統〉，《魯迅研究》一九八四年第一期。
8 于光遠：《文革中的我》，上海遠東出版社一九九五年版，第一三六頁。
9 聶紺弩：《聶紺弩自敘》，團結出版社一九九八年版，第四六四、五一〇頁。

的回憶可以證明：「阿Q精神」絕不僅僅是麻木靈魂的同義語。有麻木的「阿Q精神」，也有大智若愚的「阿Q精神」。二者的距離十分微妙，但一望即知。大智若愚的「阿Q精神」竟然成為苦難中的知識份子堅韌生存的精神支柱——這，恐怕是魯迅先生和新時期啟蒙運動的推動者難以料到的吧。而如果這樣的體驗和感悟可以成立，那麼，它很自然便顯示了「阿Q精神」在逆境中的某種必要，從而也就構成了對「改造國民性」主題的質疑。這裏，最根本的區別也許在於：大智若愚的「阿Q精神」中應該濾去了阿Q的無賴氣和奴性。然而，做到這一點又談何容易！當巴金在《隨想錄》中為自己在「文革」中的麻木反躬自責：「我明明做了十年的奴隸！」「沒有自己的思想，不用自己的腦子思考，別人舉手我也舉手，別人講什麼我也講什麼，而且做得高高興興，——這不是『奴在心者』嗎？」[10]這時，我們就不能不感歎：如果說像巴金老人這樣接受過「五四」運動洗禮、曾經深受過西方現代意識影響的作家在強大的政治力量壓迫下，也被迫逆來順受，那麼，又怎麼可能要求一般的民眾做到「剛健不撓，抱誠守真」？

新時期之初那幾年，是理想主義風行的歲月。在理想主義高漲的年代裏，作家們為「阿Q精神」的延續而歎息，為「改造國民性」而上下求索。那時的作家是相信改革大潮的力量的。何士光的《鄉場上》不就因為及時捕捉到了一個普通農民馮么爸在分田到戶、初步擺脫了人身依附的枷鎖以後挺直了腰桿做人的新氣象而為人稱道麼？賈平凹的《臘月・正月》不也是因為成功塑造了一個從前不善務農而被人歧視，後來在經商的浪潮中得到了人們的尊重的農民形象王才而散發出清新的氣息麼？林斤瀾的《憨憨》中的小小供銷員憑什麼在調查組的面前大模大樣，如「吃了狼奶」般自信、無畏？憑的不就是在經商大潮中練就的膽略和眼界麼？李杭育的《船長》中那幫「世世代代叫人瞧不起的船佬兒如今身價百倍了」，不也是因為「國家用得著他們」了麼？改革改變了許多人的命運，也改變了許多人的氣質與性格。

---

[10] 巴金：《隨想錄》，三聯出版社一九八七年版，第三七七、三八〇頁。

問題在於：經濟改革究竟能在多大程度上給國民性帶來脫胎換骨的改造？經濟改革給人的生活與思想觀念帶來的巨變為什麼常常不像思想家們設計的那麼富有詩意？而文化傳統對當代人的制約究竟又在多大程度上影響了國民性的改造？何況中國還相當嚴重地存在著經濟改革發展的不平衡現象。

一方面，改革的確使普通人的生活方式、思想觀念發生了巨變，個性意識、民主意識、開拓創新意識得到了空前規模的噴發；另一方面，在這些巨變與文化傳統之間又存在著十分複雜的關聯。在《憨憨》中，作家就寫到了憨憨的力量與「鄉下土人身上的『能源』——……元氣」有關，也與他牢記祖輩創業的艱辛，決心幹出「名堂」來的背景有關。在談及「矮凳橋系列小說」的創作時，林斤瀾這麼講述了自己回溫州老家的感慨：「這裏的人自己也不明白身上有多少能力，好比埋藏千年的能源，忽然曝露，誰知道有多少蘊藏量？連優質還是雜質，自己都不會化驗，也沒有工夫分析。只是，從目前看，彷彿天下沒有什麼事情，是這土地上的土人辦不到的。」[11]《船長》中的主人公思想開通，性格灑脫，「喜歡趕時髦，而且事事要開風氣之先。」但他依然迷信，喜歡逞強。他「一腦袋鄉巴佬的狡詐加城裏人的開通」。通過這個人物，作家寫出了農民習性與現代品格的交融與混雜。在這樣的交融與混雜中，既「透露著時代的二重性」，也顯示了「我們古老民族善於自我調節的潛在的進取精神——既有平衡能力，也善於打破平衡」。[12]

另一方面，則是在開放浪潮中邪惡能量的釋放與人性的失落。例如賈平凹的《古堡》、《遠山野情》都記錄了山民們為了挖礦發財而不擇手段、不顧廉恥的可怕狂熱。就如《古堡》中的一位導演歎喟的那樣：「這裏的人說老實也老實，說野蠻也野蠻，說靈靈得如狐子一樣，說蠢也確實掂不出輕重。」還有于德才的《焦大輪了》中的主人公因為「把什麼都看透了，連命都敢玩了」才「用正當的和不正當的手段」掙足了錢。他承認

11 林斤瀾：《矮凳橋風情・後記》，浙江文藝出版社一九八七年版，第三三八頁。
12 李慶西：〈葛川江的藝術軌跡〉，《鍾山》一九八四年第三期。

自己「缺德少良心」，也有過捐資助學的善舉，但無論怎樣，他都覺得「老是憋著一肚子氣」；張一弓的《流星在尋找失去的軌跡》中的宋福旺也曾經「不乾不淨地大把抓錢」，在成為了農民企業家以後又感到莫名的惶惑：「從前恨的是人沒有人樣，現在愁的是學不會做人！」而何士光的《苦寒行》中的朱老大則代表著另一部分人——他們永遠夢想著發大財，卻永遠改不了貪圖享樂，鼠目寸光，不守信用的劣根性。在經商的潮流中，他「除了原來的那種怯弱以外，這時又多了一種陰鷙和狡獪。」——這，算不算也是一種「改造」？對這種現象，報告文學作家賈魯生曾經在他反映溫州地區納妾現象的報告文學《性別悲劇》中發出了這樣的感慨：「悲哀呵。為什麼資本的積累那樣困難？為什麼農民很容易成為『地主』（從生產方式和消費方式的角度講），成為『資本家』卻很難很難？為什麼物質的富裕總是帶來精神的腐朽？」他的結論是：「一些農民企業家的素質比較低」，發財以後「只好把大量資金投放消費市場，造房子買地修墳納妾，於是倒退到地主式的消費方式。……這裏有傳統文化的影響，但也不排除商品經濟封建化的問題。」[13]也就是說，經濟的發展、生活水平的提高並不一定必然導致國民性的改良。

後來，隨著改革深化遇到了重重困難，「改革文學」也由盛轉衰。作家們開始了「尋根」的嘗試。「尋根派」試圖重新發現傳統文化對於重造民族魂的積極意義。他們中的多數繼承了沈從文的事業，從民間發現了「以柔克剛」的「真人生」（阿城的《棋王》），原始、古樸、幽默、風騷的吳越風韻（李杭育的「葛川江系列」），自在、樸野、豪放、神秘的東北風骨（鄭萬隆的「異鄉異聞」系列），堅忍不拔的生命意志（鄭義的《老井》），至情至性、敢作敢當的酒神精神（莫言的《紅高粱》）。這些作品一方面展示了民間文化傳統的絢麗多彩、充滿生機，另一方面也蘊涵了這樣的疑問：如果中華民族的民族性中本來也有自由的精神、豪爽的氣派、高超的智慧，那麼，籠統地提「改造國民性」是否合適？當代人應該做的，也許是繼承、弘揚這樣的優

13 引自：〈發展商品經濟，要有理念的覺醒〉，《新觀察》一九八八年第十九期。

良傳統。在這樣的立場中，顯然體現了當代作家民族主義情感與民本主義情感的合一。莫言在《紅高粱》中寫祖輩的英雄業績「使我們這些活著的子孫相形見絀，在進步的同時，我真切感受到種的退化」，就在表現了對先輩的景仰的同時，點明了「今不如昔」的主題。莫言出身農家，對農民有深刻的理解，曾經專門對那個在當代文化話語中頗帶貶義的「農民意識」一詞進行了有力的質疑：「中國小生產者身上所表現出來的那種『狹隘性』，與封建主義並不是一回事，狹隘是一種氣質，是一種心理，它與一定的經濟條件並不是因果關係。農民中有狹隘者，也有胸懷坦蕩、仗義疏財，拿得起來放得下的英雄豪傑。而多半農民所具有的那種善良、寬容、樂善好施、安於本命又與狹隘性恰成反照。而工人階級中、知識份子中、『貴族』階層中，狹隘者何其多也。難道西方發達國家，小農經濟消失多年後，狹隘這種心理狀態就絕種了嗎？」因此，他主張「弘揚農民意識中的光明一面」。（值得注意的是，莫言又認為：「我覺得農民意識中光明的一面也是不能使中國躋身於世界民族之林的」。[14]）在這方面，他與當年以「鄉下人」自命，著意表現、謳歌鄉下人「優美、健康、自然」的詩意人生的沈從文，可謂心心相印。

「尋根派」譜寫了浪漫主義的民族魂頌歌。但這並不妨礙批判民族劣根性的作品繼續延伸：在「尋根派」的陣營中，韓少功對傳統的態度就十分複雜：他既嘆服道家、禪宗的智慧、楚文化的浪漫主義精神，又注意到「中國有些很好的思想，然而，它的機制上如果有毛病就會變成很壞的東西。比如莊子的相對思想……在舊社會裏又成了阿Q。」[15]也就是說，思想與社會機制之間的複雜關係使得對國民性的評說變得十分複雜。而在他的創作實踐中，他顯然是一直致力於對民族文化劣根的批判的——從「反思文學」時期的《回聲》、《西望茅草地》這些旨在「寫出農民這個中華民族主體身上的種種弱點，揭示封建意識是如何在貧窮、愚昧的土壤上得

14　莫言：〈我的「農民意識」觀〉，《文學評論家》一九八二年第二期。
15　引自林偉平：〈文學和人格〉，《上海文學》一九八六年第十一期。

以生長並毒害人民的，揭示封建專制主義和無政府主義是如何對立又如何統一的」力作[16]，到「尋根文學」時期的《爸爸爸》那樣「透視巫楚文化背景下一個種族的衰落」，發現「理性和非理性都成了荒誕，新黨和舊黨都無力救世」的深刻主題的作品和《女女女》那樣發現「善與惡互為表裏」、「禁錮與自由的雙變質」的作品[17]，一直到一九九六年發表的長篇小說《馬橋詞典》中對馬橋人「嫌惡一切新玩意，一切科學的成果」，「天經地義順理成章不假思索不約而同地把聰明認定為敵人，把才智認定為險惡」，「確認人只能在成規中度日」的歎息，批判的精神成為貫穿他近二十年創作的一根紅線。韓少功因此在「尋根派」中顯得相當特別：他主要尋找的，是中華民族的劣根，而不像其他「尋根派」作家那樣，以尋找民族的優秀傳統為主。

值得注意的還有，「尋根熱」在一九八五—一九八六年間迅速高漲又很快退潮以後，「尋根派」的主體也似乎不約而同地中止了「尋根」的事業。阿城、李杭育、鄭萬隆、鄭義等人都漸漸從創作界退了出來。此後的「鄉土小說」、「新寫實小說」中，悲涼之霧，越來越濃。洪峰在《瀚海》中描寫了故鄉的貧窮以及由此產生的絕望、麻木情緒。他專門在小說中寫了一句：「我看不出有什麼『根兒』可尋。胡扯淡。」作品在描寫癡呆的大哥嚇瘋了妹妹的情節後有這麼一段文字：「我發現我恨大哥由來已久。我認為大哥害死了妹妹，我甚至懷疑他有一天會害我」，這段文字足以使人想起魯迅的《狂人日記》。李銳的《呂梁山印象》展示了貧苦山區農民的艱難生存狀態，意在超越批判或謳歌，「還給人們一個真實的人的處境。在對這個處境的刻骨的體察中，人們不再祈靈於什麼，因此而免於跌進虛妄的失落……人們也才會因此而更深刻，更真實，也是更豐富地體察到人之所以是人，人之只好是人。」他甚至由此進一步認為：「我們再不應把『國民性』『劣根性』或任何一種文化形態的描述當做立意、主旨或是目的，而應當把它們變成素材」，「說到人和人性……不存在任何一種

16 韓少功：〈學步回顧〉，見《月蘭》，廣東人民出版社一九八一年版，第二六七頁。
17 韓少功：〈答美洲《華僑日報》記者問〉，《鍾山》一九八七年第五期。

最佳方式，也不會有一種最壞方式。」[18]在這樣顯然難以服人的具有相對主義色彩的表述中，既有作家超越「清晰」和「明確」的創作，追求「鮮活甚至模糊的創作心態」的意識，[19]也隱約可見道家相對主義的思想影響和現代派虛無主義的思想烙印。

思想解放，不僅意味著探索無禁區，而且意味著對人生複雜性的獨到的、辯證的理解。生活有時是是非分明的，有時卻是混沌一片，難以理喻的。一九八五年，張宇發表的中篇小說《活鬼》就是描寫人性的混沌性的力作。小說主人公侯七「天生一個流逛蛋」，從小想當山大王，生逢亂世，憑著狡黠左右逢源，能經商，也能政治投機；該抗爭時就抗爭，到取巧時就取巧；對政治看得透，憑心計玩得轉；吃了虧善於苦中作樂（又一個阿Q），發了財又能夠裝窮演戲。混了一生，他的自我總結是：「我一直過得很幸福。」這樣，作家就在這個「活鬼」的身上寫出了中國人的適應性——在亂世苟活、生存、發展的種種心機，百般能耐。一切都似乎很有喜劇性；一切又實在使人感到悲涼莫名。王蒙在評論這部作品時指出：在侯七身上，「仍然洋溢著中國農民的狡猾（不帶貶義）的生命力。」[20]

到了世俗化思潮高漲的年代裏，理解「阿Q精神」的作品就漸漸多了起來。余華的《活著》和《許三觀賣血記》就是這方面的代表作。余華曾經是「新寫實」小說的代表作家。他的《十八歲出門遠行》、《現實一種》就展示了「原生態」的人性惡。但在一九九二年發表的小說《活著》和一九九五年發表的長篇小說《許三觀賣血記》中，他明顯轉變了寫作的立場：從冷眼審惡到理解不幸。前者先寫一個「敗家子」因輸光了家產而成為窮人，從而逃過了土改的鎮壓，寫出了福禍無常的道家精神，也寫出了是非的相對性；接著又以主人公經歷了一連串的天災人禍，在災難的打擊下漸漸變得認命、變得隨和、變得麻木的平淡故事，寫出了普通百姓的

18 李銳：〈《厚土》自語〉，《上海文學》一九八八年第十期。
19 引自：〈作協山西分會、《小說選刊》聯合舉行李銳作品討論會〉，《小說選刊》一九八七年第二期。
20 王蒙：〈從侯七說起〉，《文學的誘惑》，湖南文藝出版社一九八七年版，第一〇三頁。

生命哲學：死生有命，好死不如賴活著。後者通過一個貧民以賣血為生，通過賣血養家糊口，善於以「精神勝利法」去應付貧苦和不幸，活得窩囊，同時也活得善良的故事，寫出了人生的無奈、可笑、可憐與溫馨的混雜。尤其是小說最後主人公為了給兒子治病發出了「就是把命賣掉了，我也要去賣血」的誓言，並幾乎丟了性命的情節，更使他平時的窩囊、可憐一下子昇華為悲壯、崇高。這樣，余華就表達了對於「阿Q精神」的理解。面對民眾的苦難，余華在「哀其不幸」的同時沒有「怒其不爭」，而是理解其存在的合理性，甚至深入發掘其中十分複雜的人生內涵。在談到這部小說的創作時，作家說了這麼一番話：「我知道是中國的歷史和現實養育了我的寫作……而文學給了我寫作時的眼睛，讓我在曲折的事件和驚人的現實那裏，可以看到更為深入和更為持久的事物。」[21]比起「改造國民性」的立場來，余華的這種立場可以稱為「理解國民性」。這樣的立場，是很能體現出時代巨變的意味的：在理想主義的嘗試漸漸退出歷史舞臺以後，以理解現實的合理性為特徵的世俗化立場正在流行開來。這種世俗化立場無疑是對「改造國民性」命題的否定，但它所發現的另一種文化精神，卻的確發人深思。它既不同於啟蒙的思想路數，又有別於「新儒家」的精神取向。它更具有樸素、混沌的民間性。

在剛烈民魂與狂歡情緒之間

一百多年來，為了「改造國民性」，「尚力」成為政治家、思想家們的共識。[22]從嚴復的「鼓民力」、譚嗣同的「心力」說、梁啟超的「尚武主義」、章太炎的「鼓舞民氣」、魯迅的「摩羅詩力」說到梁漱溟重提孔子

[21] 余華：〈這只是千萬個賣血故事中的一個〉，《讀書》二〇〇二年第七期。
[22] 郭國燦：〈近代尚力思潮的演變及其文化意義〉，《學習與探索》一九九〇年第二期。

的「剛毅」思想，無論是從西方借來強國之法，還是從民族傳統文化遺產中重新發現陽剛之氣，都志在祛除積弱的劣根性，使中華民族以剛健不撓、自強不息的精神風貌自立於世界民族之林。從戰爭年代千百萬民眾匯成的人民戰爭汪洋大海，到政治運動年代全民動員的空前熱忱（雖然這種熱忱最終被無情的政治運動虛擲了），再到新時期伴隨著思想解放、人性開放產生的「全民經商熱」，百年中國的滄桑巨變是與整個民族煥發出來的創造新生活的空前熱忱緊密相聯的。這一切，當然在文學作品中也留下了清晰的記錄。

在中國的文學史上，還從來沒有產生過像「十七年文學」的「紅色經典」中那麼多的叱吒風雲的平民英雄形象——《紅旗譜》、《紅日》、《林海雪原》、《鐵道游擊隊》、《紅岩》、《青春之歌》、《創業史》、《山鄉巨變》、《豔陽天》、《歐陽海之歌》……其中那些剛毅勇武的戰鬥英雄，豪情沖天的革命青年，無論是為了推翻舊社會、建立新中國，還是為了開闢新生活，他們都是那麼地意氣風發、鬥志昂揚。在他們身上，沒有了屈辱，沒有了麻木，沒有了卑怯，沒有了渙散。他們的生動故事證明了中國革命在改造國民性方面取得的輝煌成就，證明了在奴隸與英雄之間沒有不可逾越的鴻溝。雖然殘酷的政治鬥爭葬送了兩代人的美好夢想，但悲劇的主要責任不在革命熱情本身，應該是有目共睹的事實。

進入新時期以後，烏托邦夢想幻滅的教訓和務實的時代潮流高漲使得「信仰危機」的歎息漸漸瀰漫了開來，理想主義和英雄主義的主旋律漸漸被多元化的格局所取代。在多元化的格局中，理想主義、現實主義（世俗化）、虛無主義互相碰撞又彼此滲透。理想主義和英雄主義雖然不再是生活與文學的主旋律，卻仍然是多元化格局中相當引人注目的一元。「傷痕—反思文學」中那些與極左勢力抗爭、為民請命的英雄（如靳凡《公開的情書》中的老久，梁曉聲《今夜有暴風雪》中的裴曉芸、劉邁克，張一弓《犯人李銅鐘的故事》中的李銅鐘，魯彥周《天雲山傳奇》中的羅群，莫應豐《將軍吟》中的彭其，古華《芙蓉鎮》中的谷燕山、秦書田，戴厚英《人啊，人！》中的何荊夫，等等），「改革者文學」中那些與守舊勢力抗爭、為改革事業艱苦奮鬥的英雄（如蔣子龍塑造的「改革者家族」群像，張潔《沉重的翅膀》中的鄭子雲、陳詠明，柯雲路《新星》中的李向南，等等），「鄉土小說」中那些嫉惡如仇、敢與邪惡鬥爭、自強不息的英雄（如李準《黃河東流去》中的李麥、徐秋齋，劉紹棠《蒲柳人家》中的柳罐斗、「一丈青」，路遙的《平凡的世界》中的孫少安、孫少平兄弟，等等），「尋根文學」中那些克己奉公的英雄（如鄭義《老井》中的萬水爺、孫旺泉，王安憶《小鮑莊》中的撈渣，鄭萬隆《黃煙》中的哲別，等等），「軍旅文學」中那些忍辱負重、勇敢頑強的當代軍人英雄（如李存葆《高山下的花環》中的梁三喜、靳開來，《山中，那十九座墳塋》中的郭金泰，朱蘇進《射天狼》中的袁瀚、《炮群》中的蘇子昂，等等），還有「市井文學」中那些剛強仗義、打抱不平的英雄（如鄧友梅《煙壺》中的聶小軒、馮驥才《神鞭》中的傻二，等等），以及諶容的《人到中年》中的陸文婷，張承志的《金牧場》、《心靈史》中那些平民英雄群像，在這些英雄人物的身上，我們可以明顯感受到英雄主義之風在新時期文壇上的依然強勁。在這一點上，新時期文學是延續了「十七年文學」的光榮傳統的。其間的不同僅僅在於：新時期作家因為思想解放，文學觀念開放，在描寫英雄人物身上的人情味方面，比「十七年」時期的作家顯得揮灑自如，筆酣墨濃。「十七年文學」中的革命英雄形象到了新時期已經擴展為具有人情味或豐富文化底蘊的英雄形象。這些形象繼續證明著陽剛民魂的常在。無論是在平凡的生活中，還是在政治風浪、戰爭風雲、自然災害的緊要關頭，都有急公好義、捨己為人、除暴安良、建功立業的英雄好漢挺身而出，自覺實踐著民族的道德律令。

現在，比較複雜的問題是：如何看待那些狂人和土匪的形象？因為顯然，在狂人和土匪的身上，是集中體現了對「禮教」的叛逆、對力量的崇尚的。中國自古多狂人、多土匪。這一現象實際上顯示了中國民族性的另一面：超越一切約束，自由自在，為所欲為。在「十七年文學」中，對狂人和土匪形象的正面刻畫由於政治的原因幾乎銷聲匿跡。只是在那些反映農民起義和革命軍隊剿匪的作品中，或為了烘托農民領袖的足智多謀（如姚雪垠的《李自成》中對黑虎星的正面描寫），或為了表現革命軍隊為民除害的主題（如曲波的《林海雪原》中對土匪殘暴的刻畫），偶爾可見一些土匪的影子。但一直要到思想解放的新時期，才產生了一系列耐人尋味的狂人和土匪的形象。那麼，在這些狂人和土匪的故事中，作家們表達了怎樣的文學與人生主題呢？

至少，這些狂人和土匪的故事與那些悲歎奴性的作品在人生與文學的境界上有天壤之別。讓我們先來看看狂人的故事。所謂狂人，這裏並不用來指精神病患者，而是指的那些看輕了世俗的倫理規範、具有非凡的激情、夢想或天賦、事業心的人們。這些人因此而特立獨行，超凡脫俗。當代的狂人形象集中體現在張承志、朱蘇進的一些作品中。其中，張承志是理想主義的代表人物。他深受過海明威、梵谷和魯迅、毛澤東的影響，也表示過對《史記・刺客列傳》的喜愛，[23]他的個性氣質由此可見一斑：他不是那種性情平和的理想主義者。他是一個憤世嫉俗、性情狂暴的理想主義者。在他的筆下，異端是美，孤傲是美，狂野是美，犧牲是美。《北方的河》中的主人公「崇拜勇敢自由的生活，渴望獲得擊水三千里的經歷……偏執而且自信。」而且「有個愛發火的壞毛病」。《GRAFFITI——糊塗亂抹》中通過一場音樂會謳歌了「偉大的北京城，偉大的中國年輕人，其偉大的原因就在於他們也渴望一場糊塗亂抹。他們討厭公允和平庸……北京真是座奇異的城。它不會永遠忍受庸俗，它常常在不覺之間就掀起一股熱情的風，養育出一群活潑的兒女。」《金牧場》中寫著這樣的句子：「我以真正的異端為驕傲。」在主人公欣賞的一首日本歌曲中，一句「在我的身後，／能誕生一個未來」的歌詞使主人公無比感動，也透露出主人公的自信狂氣。作品中有一段描寫「四五」天安門事件中胡同串子燒汽車的文字：「也許小痞子、愣頭青、小胡同串子們就這樣粗野地撕下了歷史的舊一頁……那一頁又黴又爛，可是從來沒有人敢掀它，更不用說撕了它。……然而痞子們是偉大的」，這段文字明顯表現了作家對粗野民風的欣賞。在《西省暗殺考》中，復仇的回民在仇人壽終正寢後決心宰他的後人，在這個念想也沒能如願以後更任意定下十三處仇家，並在起事前先殺了自家的女人、燒了自家的莊院，為的是一旦失敗，也不留給官軍報復的餘地。非理性的復仇狂熱至此達到了極致。《心靈史》中，作家也自道：「我不過是個太偏執地追隨著一個念想的

---

23 見張承志散文集《荒蕪英雄路》（知識出版社一九九四年版）中《彼岸的故事》、《靜夜功課》、《致先生書》等文，以及《心靈史》（花城出版社一九九一年版）的「後綴」中那兩行詩句：「我比一切畫家更熱愛你，梵・高／我比一切黨員更尊重你，毛澤東」（該書第二八八頁）。

人。我是偏激的人」。他為哲合忍耶教派寫的這部教史，充滿了對「高傲的、真正叛亂者的氣質」的激賞，對做「歷史主角」這「近乎病態的剛硬」的讚美：「犧牲是最美的事情，犧牲之道是進入天堂的唯一道路。……這條路是我們哲合忍耶的特權，其他各門各派各民各族都沒有上這條路的緣分。」（多像西方新教關於「上帝的選民」的自命！）同時，他也嚮往著：「人生應當有人來追隨，選不登大雅之堂的民眾為伍，給他們一次啟迪和一種證據，求他們聚集溫暖迸發勇氣。人能獲得如此追隨便是成功者。」「這樣的念頭太偏執了，會積成心病。人誠摯持久會陶醉。」孤傲，是因為有這份自信：像毛澤東一樣，做民眾之師。在他看來，「中國人民就是這樣一種存在——當別人流血犧牲大聲疾呼時，他們是不參加不理睬的。他們有驚人的冷淡、奴性、自私；烈士精神對他們的感召力是微乎其微的。這也許是中國人劣於世界任何一個民族的地方。但是中國人同時又是大奇蹟的創造者，一旦他們集群而起，他們便突然間拋盡了血液中的奴性和冷漠，以真正的史詩教示世界。」張承志就這樣表達了他的理想主義——剛烈、孤傲、偏執、悲壯的理想主義，以民為本的理想主義。他以他筆下那些淳樸善良、堅忍不拔、氣節崇高的蒙古牧民、回族義民、漢族青年形象證明了民魂的存在。他以充滿了陽剛之氣、粗獷之美、血性之風的作品感動了文壇。他的狂野、孤傲、偏執令人感到難以親近。但他的巨大影響仍然表明：這個時代需要他的聲音。

朱蘇進是欣賞張承志的。他專門寫過一篇〈分享張承志〉（雖然文中也不乏犀利的質疑）。他還曾經自道：「我極喜愛三樣東西：尼采；武俠；圍棋。」[24]其中，尼采是狂人；武俠小說是充滿陽剛之氣的文學門類。在一九八三年發表的《引而不發》中，他就成功塑造了一個「缺乏服從和耐力，受不了自己所不喜歡的人來指揮我……想自己駕馭自己」的新型軍人形象；一九九一年發表的長篇小說《炮群》中的團長蘇子昂有非凡優異的個人氣質，對關於戰爭、政治、軍隊建設、軍事科研等一系列問題有獨到的見解，並因此對平庸的現實

[24] 朱蘇進：〈天真聲明〉，《小說月報》一九九二年第六期。

不滿。在他不同凡響的言行中，作家寫出了特立獨行的個性，這種頗有些狂的個性與他身邊那些工於心計的軍官們形成了鮮明的對比。值得注意的是，在《絕望中誕生》中，作家也將狂人的可悲寫出了令人震撼的哲理深度。小說主人公孟中天「具有一般人罕見的狂熱慾望和極其冷靜的智慧。越是絕望的事，越使他興奮不已。」「他有雙倍的野性和雙倍的智慧。」他具有研究地圖和地理學的出眾天賦，有「憑直感觀察世界的畸形天才」，還有政治的野心。他自己知道「距離瘋狂只有半步」。而且，他「越是目中無人，使越能誘惑人。」小說中關於孟中天在自己的住處擺滿了三百六十七尊毛澤東塑像，所有這些塑像全部朝著孟中天自己的描寫無比生動地寫活了他的狂氣。然而，作家無情地寫出了他在政治上的慘敗。他的勃勃野心、他的狂熱權慾，使他缺乏清醒的頭腦，在「文革」中助紂為虐。這篇作品似乎表明：雖然作家欣賞超凡脫俗的狂人，但他同時也寫出了狂人的致命弱點。朱蘇進深刻地瞭解和平年代對軍人素質的侵蝕。他努力塑造個性鮮明的軍中狂人形象，顯然具有批評現實的積極意義。

張承志、朱蘇進，代表了新時期理想主義、英雄主義的思潮。他們的影響巨大，但他們所代表的陣營卻似乎人數不多。在世俗化的年代裏，理想主義、英雄主義的風畢竟正在隱退。

作為思想解放、個性解放的結果，在新時期文壇上更常見的，是另一部分狂人。他們常常以偏激的姿態出現，以虛無主義的狂傲、惟我獨尊的狂熱，黨同伐異。從一九八六年「莽漢主義」詩人們在自己的旗幟上寫明「搗亂、破壞以至炸毀封閉式或假開放的文化心理結構！」的主張[25]、劉曉波激進的「反傳統」姿態，鼓吹以「感性、非理性、本能、肉」去擺脫傳統理性的束縛，[26]到一九九八年朱文、韓東等人發出「斷裂」的聲音，

25 見徐敬亞、孟浪、曹長青、呂貴品編：《中國現代主義詩群大觀（一九八六——一九八八）》，同濟大學出版社一九八八年版，第九十五頁。

26 劉曉波：〈危機！新時期文學面臨危機〉，《深圳青年報》一九八六年十月三日。

認為「對於今天的寫作而言魯迅也確無教育意義」，「讓魯迅到一邊歇一歇吧」，[27]二〇〇〇年沈浩波等人關於「我們已經與知識與文化劃清了界限，我們決定生而知之」的宣言，[28]都能使人感受到更年輕的一代人在尼采思想的影響下，放縱生命意志，在叛逆的粗野情緒中狂歡的躁動激情。這種狂，是藐視理性、藐視傳統、藐視文化的狂。它與張承志、朱蘇進所代表的理想主義、英雄主義的狂傲思潮顯然不同。它更具有認同世俗生活的意義，同時又不願意遵守世俗道德的規範。它深受西方現代派、後現代主義顛覆崇高、消解神聖、遊戲人生、盡情狂歡的思潮影響。這種極端化的粗鄙風格因為糟蹋了詩情畫意而受到了應有的批評。同樣是生命的激情，同樣是挑戰的衝動，對理想主義者、英雄主義者，能譜寫出壯美的詩篇；而對現代派、後現代主義者，則常常成了驚世駭俗的遊戲與表演。耐人尋味的是，儘管這種反傳統、非理性的狂歡化思潮在青少年中十分流行，這一思潮的鼓吹者和實踐者卻似乎一直沒能塑造出具有典型意味的文學形象來。在他們的筆下，更多的，是雞毛蒜皮的人生體驗，玩世不恭的瑣碎記錄。應該說，當代生活中，世俗化的狂人層出不窮——從「行為藝術家」驚世駭俗的一場場表演到一些青年詩人放浪形骸的奇聞，但為什麼沒有產生出相應的藝術形象？這一現象，值得研究。

現在，應該看看新時期作家筆下的那些土匪形象了。自從一九八六年莫言發表了中篇小說《紅高粱》以後，文壇上湧現了一批「土匪故事」。其中，《紅高粱》寫土匪的剛烈人生、酒神精神，是為了懷念先輩的英雄業績，映照出後人「種的退化」的悲哀。賈平凹的《白朗》、《五魁》、《晚雨》集中描寫了幾個土匪的命運，也寄託了作家的人性之思：白朗（《白朗》）是一代巨匪梟雄，卻美如姣婦。他只殺富濟貧，做了俘虜仍然傲氣沖天。他不貪色，克制自己的性慾為的是成就一番勃勃大業。他也因此而倖免於被算計。他以自己的

27 朱文：〈斷裂：一份問卷和五十六份答卷〉，《北京文學》一九九八年第十期。
28 沈浩波：《下半身・發刊詞》，轉引自徐江《從頭再來》，《芙蓉》二〇〇一年第二期。

人格魅力感動了許多人，包括仇人的妻子。作家以此寫出了剛強非凡的人生。天鑒（《晚雨》）先為匪，後做官，飽嚐了為官不自在的感覺，又最終為了戰勝性慾而自殘，並成就了一番建設事業——他的剛強、自律甚嚴由此可見一斑。他們的剛強人格沖淡了「匪氣」。與此形成意味深長對比的，是作家也有意寫了「剛」、「無欲」的另一面：五魁（《五魁》）原是馱夫，他一直克制愛的慾望，但他沒有想到的是：正是自己的自我克制，使心中的女神憔悴而終。他因此而走上了嘯聚山林之路。在這樣的故事後面，似乎隱含了這樣的主題：雖說是「無欲則剛」，但真做起來，這樣的無情也會害性。如何做到「剛柔兼濟」？這一直是中國傳統的人格理想，也一直難有完美的答案。而無論是《白朗》、《晚雨》中「無欲則剛」的主題，還是《五魁》中「太剛也害性」的主題，賈平凹都能寫出感人至深的力量來。還有權延赤那篇具有紀實風格的中篇小說《狼毒花》，寫一個土匪出身的解放軍下級軍官在長期的革命生涯中一方面屢建奇功，另一方面一直不改匪性，「騎馬挎槍走天下，馬背上有酒有女人」的奇特故事，由於作家將主人公的匪性與個性魅力揉在一起寫，甚至寫出了他的非凡酒量和對女性的吸引力是他屢建奇功的法寶，所以作品充滿了浪漫氣息。這些作品與那些渲染土匪殘暴的作品（如楊爭光的《黑風景》、苗長水的《染坊之子》、賈平凹的《美穴地》、陳忠實的《白鹿原》中的有關情節）形成了鮮明的對照，但這些作品中激盪的陽剛之氣與張承志、朱蘇進作品中瀰漫的陽剛之氣有某種相通之處，卻是十分明顯的。它們都是當代作家呼喚陽剛之氣的證明，也都是中國民族性中自有剛強、威武、自由成分的證明。如果我們將這一部分弘揚民間陽剛之氣、具有浪漫主義色彩的作品與「傷痕文學」、「反思文學」中那些旨在曝露國民劣根性的作品以及「新寫實」小說中那些描寫人生醜惡「原生態」的作品稍作比較，是不難感受出中國國民性的一言難盡、深不可測的。

　　最後，還有那些剛強、潑辣的女性形象：李凖《黃河東流去》中的李麥面對災難是那樣堅強，以自己的樂觀、堅定去鼓舞大家；張賢亮《土牢情話》中的喬安萍、《河的子孫》中的韓玉梅、《綠化樹》中的馬纓花、《男人的一半是女人》中的黃香久都是那樣勇敢、潑辣地追求自己的愛情；蔡測海的《母船》中的卯卯、月月是那樣地勇敢、剛強地駕著船兒闖世界；莫言《紅高粱》中的「奶奶」、《豐乳肥臀》中的母親、來弟、招弟都有著那麼剛烈、叛逆的性格，敢於反抗命運，敢於做自己命運的主宰；周大新《漢家女》中的主人公、《走出盆地》中的鄒艾也都有著堅忍不拔的性格，剛強潑辣的血性；閻連科《耙耬天歌》中的尤四婆好強好勝，硬是以自己的剛強、苦幹為自己的殘疾女兒一個個成了家……在這些女性形象的身上，我們不難看出中國古代巾幗英雄們的影子——從梁紅玉、楊門女將到柳如是……，也不難發現當代女性解放運動的民間文化根源。還有什麼比女性的剛強、潑辣更能顯示出一個民族的性格呢？中國從來講「男尊女卑」。但女英雄的動人故事依然在神州大地上不斷產生、千年流芳。

一面，是阿Q的子孫綿綿不絕證明著「改造國民性」的艱難；一面，是具有陽剛之氣的改革家、有志青年、血性軍人、義軍、土匪、女性的故事在不斷譜寫著國民性的讚歌，使人情不自禁地想起魯迅說過的話：「我們自古以來，就有埋頭苦幹的人，有拼命硬幹的人，有為民請命的人，有捨身求法的人……雖是等於為帝王將相作家譜的所謂『正史』，也往往掩不住他們的光耀，這就是中國的脊樑。」[29]而這樣一來，「改造民族性」的問題不是就與「弘揚民族魂」的命題殊途同歸了麼？

一面，是苦中作樂的活法，其中有「精神勝利法」的無可奈何，也有大智若愚的聰明與狡黠；一面，是至情至性的痛快和剛烈，證明著中國人的自由精神和旺盛生命意志，但它在社會上也不時與狂暴、自大、為所欲為如影隨形。其中的是是非非，實在難以盡述。

一方面，一百多年來中國的政治變革、戰爭烽火、全民運動、經濟改革的確給中國人的思想觀念、生活方式、情感心態帶來了天翻地覆的巨變；另一方面，在千變萬化之中，專制的陰影、虛偽的風氣、卑怯的人生、迷信的狂熱仍然在我們的生活中隨處可見。這，便是生活的混沌性吧。時代永遠在瞻前顧後中發展。人心永遠

[29] 魯迅：《且介亭雜文・中國人失掉自信力了嗎》。

在上下求索中沉浮。雖然理想主義的構想註定難得完全實現，歷史總是在理想主義與現實主義的碰撞與妥協中曲折前行，但「改造國民性」的主題在中國現代化進程中發揮的巨大歷史作用不可低估，應該是不言自明的吧。至於隨著時代的巨變，「理解民族性」與「弘揚民族魂」的主題終於漸漸與「改造國民性」的主題交彙在一起，成就了當代思想多元、文學主題多元的壯麗景觀，豐富了我們對我們民族性的複雜品格的瞭解，則只能用黑格爾關於「理性的狡黠」去解釋了吧！

——原載《長江學術》第四輯（二〇〇六年出版）

「啟蒙的終結」與作家的批評立場

我們的基本問題：如何防止毀滅思想特性的心理手段？

——〔法〕馬爾羅：《對知識份子的呼籲》

一九九〇年代以來，關於「新時期的終結」、「啟蒙的終結」、「知識份子的邊緣化」、「知識份子的失語症」和「眾聲喧譁」、「狂歡」之類議論一直是理論界的熱門話題。從前關於「作家是社會的良心」、「作家是人類靈魂的工程師」的說法受到了普遍的質疑。取而代之的，是王朔關於「寫字師傅」的說法的不脛而走。這些現象的出現也許真的昭示了時代的巨變。但問題是：時代的巨變真的是採取了與昨天一刀兩斷的方式了嗎？還有：「新時期的終結」、「啟蒙的終結」是否意味著新時期的「中國問題」也隨著「後新時期」的來臨而煙消雲散了？

而歷史的高深莫測正在於：上述建立在「後現代」理論話語基礎上的種種說法在一九九〇年代就沒有能夠接受住事實的檢驗。「理性的狡黠」在此再次嘲弄了目光狹窄、自以為是的人們。這樣，在一九九〇年代已經成為歷史，回過頭來梳理一下一部分當代作家在「眾聲喧譁」中堅持承擔知識份子批判現實、關懷社會、建設文化的使命的思想成果，對於新世紀精英文化的建設，就顯得很有必要了。

文化批判的旗幟

在「眾聲喧譁」的「狂歡」年代裏，許多作家走上了世俗化的道路。「新寫實小說」在一九九〇年代的風行一時和「王朔熱」、「張愛玲熱」的持續升溫都成為文學走向世俗化的絕好證明。

但是，仍然有作家堅持了批判現實的立場。

例如梁曉聲就一方面在小說創作中關注著商品經濟大潮「吃人」的悲劇（《翟子卿》、《激殺》），一方面寫下了一部又一部激烈批判現實問題的長篇「雜感」：在《龍年一九八八》中，他為「社會本身已變得厚顏無恥甚至下流」、「種種不平等現象呈現出咄咄逼人的猙獰。民心崩散宛如沙器成沙」而憤怒，為「自我正在死亡」而悲歎，為「農民問題」而憂心忡忡；[1]在《1993——一個作家的雜感》中，他指出：「一九九三年的瘋狂，體現在瓜分慾和佔有慾方面」，並發問：「誰們在進行如此之放肆的公然的掠奪，瓜分和佔有？」同時，他還由兩個「準流氓」的劣跡曝露了「國民性」的問題：「不貪污白不貪污、不受賄白不受賄、不坑人白不坑人、不騙白不騙、不敲詐白不敲詐、不勒索白不勒索……」他聲明：「我是一個一貫堅持寫現實的作家——不是什麼堅持不堅持現實主義——而是堅持反映現實生活，堅持反映最廣大的，被叫作『老百姓』的人們的現實生活狀態的作家」。[2]這樣，他就有意使自己與文學的批判現實、關心民生疾苦的傳統聯繫到了一起，而與「新

[1] 梁曉聲：〈龍年一九八八〉，《鍾山》一九九〇年第一期。
[2] 梁曉聲：〈一九九三——一個作家的雜感〉，《山西文學》一九九四年第四期。

寫實小說」寫「原生態」的潮流，也與「玩文學」的潮流區別了開來。而他對於「文化的『倒置現象』」（即「成熟對淺薄媚俗，思考對時髦媚俗，文化品格對市儈哲學媚俗，文化的責任和使命對玩世不恭的街頭痞子的『理論』媚俗」）的批判也是相當有力的。[3]這些「雜感」很容易使人聯想到魯迅的雜感，聯想到從古代士大夫到現代思想家、文學家一脈相傳的「為民請命」的人道主義傳統。這裏，需要特別提到的，是梁曉聲的這些長篇「雜感」正好寫於一九八〇—一九九〇年代之交。這一現象恰好成為了一個文化的象徵：一九八〇年代的批判精神沒有在一九九〇年代中斷。

而且，梁曉聲的批判之聲絕非孤例。張承志、韓少功都沒有在新的喧譁面前放棄自己的批判現實的立場。張承志針對「文學界……一天天推廣著一種即使當亡國奴也先樂喝樂喝的哲學」的現象，呼喚「今天需要抗戰文學。需要指出危機和揭破危機。需要自尊和高貴的文學」。[4]張承志的憤激常常給人以有點「過」的感覺。但他在一九九〇年代仍然成為理想主義和民粹主義的旗幟（例如在一九九〇年代眾所周知的以「兩張」——張承志、張煒——作為理想主義思潮的代表人物的說法，就是證明），又顯示了他在世俗化年代裏的獨特意義。他在一九九一年出版的《心靈史》一書在文學界的流行也證明：批判現實、高揚理想的聲音，在一九九〇年代仍然具有相當的感召力。韓少功由《心靈史》發現了張承志的「赤子之血與全人類相通」，並進一步發現了文學的真諦：「文學能使人接近神。如此而已。」[5]

韓少功本人也在一九九〇年代發表了一系列批判現實的文化隨筆：《夜行者夢語》對流行的「後現代」思潮進行了辛辣的批判：「解構主義的刀斧手們，最終消滅了人的神聖感，一切都被允許，好就是壞，壞就是好。」「後現代將會留下流氓。」「後現代主義是現代主義的分解和破碎，是現代主義猛烈燃燒的尾聲，它對

3 梁曉聲：〈一九九三——一個作家的雜感〉，《鍾山》一九九四年第三期。
4 張承志：〈無援的思想〉，《花城》一九九四年第一期。
5 韓少功：〈靈魂的聲音〉，《小說界》一九九二年第一期。

金燦燦社會主流的批判性，正在被妥協性和認同傾向所悄悄質變。」[6]《性而上的迷失》尖銳指出了「性解放」的危機：「所謂性解放非但沒有緩釋性的危機，從某種意義上說，反倒使危機更加深重……現實生活中的兩性反倒越來越難以協調，越來越難以滿足異性的期待。」[7]《感覺跟著什麼走？》則發現，當代人的「一些重要感覺正在悄悄消失」：對自然的感動、對弱者的關注、對個性的感覺，等等。這樣，就出現了「把感覺僅僅當作身體慾望到場的產物」的「感覺崇拜」，而這樣的「感覺崇拜」其實是「感覺的蛻變」。他甚至認為，「一切向錢看的利欲專制切堵了個性生成的很多可能性方向，全球經濟一體化對地域、民族、宗教等諸多界限的迅速劃除，也毀滅著個性生成的某些傳統資源，與法西斯主義和革命造神運動的文化掃蕩沒有什麼兩樣。」[8]這些一針見血的批判指出了現代化、全球化進程中潛伏的危機，顯示了知識份子的憂患意識與批判精神。如果說張承志的批判更富有民粹主義的激情，那麼，韓少功的文化批判顯然更具有理性的力量。他的作品表明：在世俗化的浪潮中，知識份子仍然可以堅守住理性批判的立場；當人們迷失在慾望的旋渦中時，有思想、有使命感的知識份子仍然能夠發出理性的啟蒙聲音，為驅除新的物慾崇拜、感覺迷信而奮鬥。「關注世道人心這樣的大問題」，是他的文化評論的立足點。[9]韓少功因此成為一九九〇年代「新左派」的重要人物。

在一九八〇年代，梁曉聲、張承志、韓少功都曾經為人道主義的回歸、為深入反思歷史作出了積極的貢獻。到了一九九〇年代，他們仍然在批判現實的弊端、深入思考現代化進程中的危機而努力著。他們的文化批判，一方面呼應了西方馬克思主義者對現代化的批判，另一方面也延續了近代以來梁啟超、魯迅等人對於「改造國民性」的思考。梁曉聲對「準流氓」的剖析，張承志對「即使當亡國奴也先樂喝樂喝的哲學」的抨擊，韓

---

6 韓少功：〈夜行者夢語〉，《讀書》一九九三年第五期。
7 韓少功：〈性而上的迷失〉，《讀書》一九九四年第一期。
8 韓少功：〈感覺跟著什麼走？〉，《讀書》一九九九年第六期。
9 對話錄：〈文化的游擊戰或者遊樂場〉，《天涯》二〇〇三年第五期。

少功對「感覺崇拜」的針砭，都足以使人聯想到「改造國民性」的使命還遠遠沒有終結。不錯，經過幾十年戰爭和政治運動的折騰，又經過二十年社會轉型、經濟風浪的刺激，中國人的國民性已經發生了許多有目共睹的巨變：變得不那麼麻木而相當敏感了；變得不那麼封閉而相當開放了；變得不那麼虛偽而相當直露了……然而，另一方面，「十億人民九億商」的盲目狂熱、縱慾狂歡的可怕、賭博吸毒的沉渣泛起、「法輪功」迷信的流行、「官本位」的痼疾病入膏肓等等弊端的存在又告訴人們：當年魯迅批判的那些國民性問題至今陰魂不散。既然如此，作家作為「社會的良心」，作為思想家和批判家的使命又怎麼能說過時了？

這，也就是為什麼在「王朔熱」、「張愛玲熱」流行的同時，張承志又記起了魯迅的原因所在吧。在〈再致先生〉一文中，他認為：「研究魯迅最有力的參考……就近在眼前。它就是不變的中國、不平的世間，和不義的智識階級」。「大眾但求溫飽而已，但他們需要知識份子始終對社會和權力保持基本的批判火力。否則，底層的處境不堪設想。」雖然，「一種病態的傳統會穩定長存。一種實用、冷漠、毫無大義的氣質，會穩定地統治中國人。但是同時，……受到壓抑的人、流了鮮血的人、得不到知識份子正義支援的人、不能容忍麻木的國民性的人——都可能自認感到了魯迅的親切。」因此，他認為：「關於個性的命題、關於民族氣質的命題，已經愈來愈嚴肅地被提上了中國思想史的前臺。」[10]這樣的信念，連同那些在一九九〇年代繼續在小說中反映民生疾苦、現實憂患的作品一起，與那些報導社會問題的報告文學作品一起，為世紀之交的深廣憂患提供了有力的證明——劉醒龍的《鳳凰琴》那樣的民辦教師詠歎調、談歌的《大廠》和李佩甫的《學習微笑》那樣的大廠工人辛酸曲、鬼子的《被雨淋濕的河》那樣的民工苦難錄、閻連科的《日光流年》那樣記錄苦難與抗爭的鄉土文學、黃傳會的《希望工程紀實》、何建明的《落淚是金》那樣反映社會底層苦難和教育危機的報告文學……這些作品中記錄的無情事實，豈是謊言抹殺得了的，又豈是「狂歡」的聲浪掩沒得了的？

---

[10] 張承志：〈再致先生〉，《讀書》一九九九年第七期。

而張承志在一九九〇年代已經停止了小說創作，梁曉聲、韓少功雖然還在繼續著小說創作，卻同時在雜感和隨筆的寫作中投入了相當多的精力，這一切似乎也在冥冥中昭示了在一九九〇年代，他們更傾向於傾訴自己的思考。顯然，相對於小說而言，雜感和隨筆無疑更具有匕首與投槍的意義。

文化關懷的承擔

當代這些有思想、有批判精神的作家繼承了魯迅的精神。他們對於現代化進程中的問題的發現與質疑具有重要的思想和文化意義。他們那些鋒芒銳利的雜感、隨筆與思想界「新左派」的思潮互為呼應，成為一九九〇年代知識份子並沒有忘記苦難、沒有忘記啟蒙、沒有迷失自我立場的有力證明。

但這還不是一切。

當年，魯迅那一代人因為民族的落後而憤激，而發出「改造國民性」的吶喊。今天，舊的積弊尚未根除，新的民族危機又擺在了已經在現代化道路上狂奔的人們的面前：其中之一，便是隨著現代化浪潮高漲而出現的「西化」風潮。經過一九八〇年代的開放，中華民族在現代化道路上急起直追的成就已為舉世公認。但與此同時，思想界「文化保守主義」的興起和文學界「尋根思潮」的風靡一時也共同表達了中國的文化人在西方文化浪潮衝擊下的民族自尊。在這一方面，作家們又為一九九〇年代的思想史作出了怎樣的貢獻呢？

雖然文學界的「尋根思潮」似乎沒風光幾年就被後來的「新寫實小說」所淹沒，而幾位「尋根思潮」的大將的悄悄淡出文壇好像也可以作為「尋根思潮」退出歷史舞臺的證明，但實際上問題並不那麼簡單。一九九〇年代，張承志的《心靈史》、韓少功的《馬橋辭典》、賈平凹的《懷念狼》、張煒的《九月寓言》和余秋雨的《文化苦旅》在精神上和題材上，其實仍然是「尋根思潮」的延續。當我們注意到更年輕的一代作家也紛紛走上了「尋根」之路時——如蘇童、遲子建、阿來、畢飛宇的故鄉回憶、紅柯對新疆文化魅力的謳歌……我們是不難看出一九九〇年代的「尋根思潮」的發展軌跡的。

在這樣的背景下，有了韓少功對於民族文化命運的思考。在他看來，在現代化的浪潮中，中國的文化危機特別值得關注：「我們還沒有今天的孔子和莊子，今天的《離騷》和《詩經》……還少有影響和推動世界潮流的當代文化巨人」；「我們的許多學科，至今還在靠西方的輸血而生存」；「眼下語言品格的退化和腐變，更多表現為鄙俗化傾向，表現為市井腔……它誘發油滑、散漫、貪婪、媚俗的語氣和表情，總是傾心於金錢，以時代的新的權勢中心為最大的詞根……它只指涉利害，散發不出激情的血溫和神聖的光彩，無法用來討論崇高和意義。……這種語言與官腔構成了下賤的兩極。」他相信：「語言是精神之相。一個民族，如果表現出下賤的語言暗流，如果一個民族的大報小報都充斥這種語言的繁殖，那麼就已經病相深重。」在「一個似乎沒有任何主義的時代裏」，「面對世界文化的日益中心化，我們將選擇什麼？」[11]對語言問題的興趣，對本土文化命運的關注，使他寫出了《馬橋辭典》那樣的辭典體小說。在那部小說的〈後記〉中，他表達了這樣的思考：「如果我們不希望交流成為一種互相抵銷，互相磨滅，我們就必須對交流保持警覺和抗拒，在妥協中守護自己某種頑強的表達——這正是一種良性交流的前提。……如果可能的話，每個人都需要一本自己特有的詞典。」[12]在西化的浪潮十分強勁之時，保護民族文化可以在語言方面有所作為。而這樣一來，他也就使人聯想起了許多優秀作家在繼承民族語言、並使之發揚光大方面作出的貢獻。

值得特別注意的，是韓少功對於西方流行理論的警惕和質疑。在《夜行者夢語》中，他指出了羅蘭·巴爾特的問題所在：「羅蘭·巴爾特乾脆用『身體』一詞來取代『自我』。人就是身體，人不過就是身體。『身

11 張承志：〈世界〉，《花城》一九九四年第六期。
12 韓少功：《馬橋詞典·後記》，《小說界》一九九六年第二期。

體』一詞意味著人與上帝的徹底決裂，物人與心人的徹底決裂，意味著人對動物性生存的嚮往與認同——你別把我當人。」[13]在長篇小說（實際上是長篇文化筆記）《暗示》中，他批判了精神分析學大師佛洛伊德和法蘭克福學派大師哈貝馬斯的失誤：「佛洛伊德支持奧地利和德國的法西斯戰爭……寒意逼人的精神分析學說，就其本質來說，與納粹軍隊的鐵蹄聲和全球法西斯侵略戰火形成了並非巧合的呼應——他是對戰爭的學術許可和學術寬赦。」而「大戰的終止則打擊了佛洛伊德惡的理性，擊碎了非理性主義迷亂……佛洛伊德也許沒法解釋，一場『人對人是豺狼』的戰爭……一場在他看來完全是生命本質體現的戰爭，為什麼終究山窮水盡不得人心？……在他所描述的『潛意識』這個心理密櫃裏，人們除了惡就不會有別的什麼東西？」在哈貝馬斯那裏，他發現了思想家的書生氣：「他倡導『對話』，倡導『真誠宣稱』、『正確宣稱』等對話原則，仍有太多的書齋和沙龍的氣味，局限在理性層面的『明言』，沒有注意到對『隱象』的心會」，因此，他「反對對話者低估對話的難度」，主張「使對話獲得實踐的堅實基礎」。[14]這樣的批判沒有像流行的風氣那樣，在文本中尋找學術的依據，而是以「知人論世」的眼光去批判地審視那些重要的理論，進而實現對於流行的西方理論的超越。這樣的思考，對於走出言必稱「馬列」的「現代迷信」以後又走入言必稱「西方新學」的「唯新主義」誤區的當代思潮，是一個必要的提醒。的確，這世界上從來就沒有包治百病的良方、戰無不勝的思想武器。

而張承志則一直致力於「秘史」的發掘。早在一九八五年，他就在《歷史與心史》一文中倡導「心史」的研究：「心史——人類歷史中成為精神文化的底層基礎的感情、情緒、倫理模式和思維習慣等等，應當是更重大的歷史研究課題。」[15]這樣的思考與西方「新史學」的有關主張相通，但無疑更具有民族主義和理想主義的色彩。他的《心靈史》就既是一部「和底層民眾結為一體的文章」，又是一部理想主義的作品：「我一直描寫

13 韓少功：〈夜行者夢語〉，《讀書》一九九三年第五期。
14 韓少功：〈暗示〉，《鍾山》二〇〇二年第五期。
15 張承志：《荒蕪英雄路》，知識出版社一九九四年版，第二三九頁。

的都只是……一直追求的理想。」[16]接著，他還翻譯了回族的歷史文獻《熱什哈爾》，一部「非官方的、被禁絕的、底層民眾的歷史文獻。」[17]這裏，需要特別指出的是，張承志的努力並不孤獨。許多青年紀錄片愛好者已經以相當一批記錄底層艱難人生的優秀紀錄片為這時代留下了人民的心靈史——雖然這一部心靈史常常不似張承志眼中的「哲合忍耶」那麼崇高。

在風雲變幻的世紀之交，還有馮驥才一直在為保護被現代化建設猛烈衝擊的文化古蹟、考察民俗遺風而四處奔波呼籲；還有張賢亮在小說創作之外還寫了《小說中國》那樣的思想錄；還有楊顯惠在堅韌地發掘著一九五七年的政治遺跡，以《告別夾邊溝》那樣的厚重之作提醒人們勿忘歷史；還有《天涯》雜誌開闢的《民間語文》專欄對於民間文化史料的搶救與收集……一切，都具有重要的文化意義：在保護傳統遺跡、保持歷史記憶、保存民間文化方面，這些作家都作出了可貴的貢獻。對於他們，「純文學」不是一切。他們在「純文學」之外還承擔了難以忘懷的文化使命。

就像蘇東坡在詩文創作之外也是書法家、政治家一樣；就像魯迅在從事文學創作的同時也從事過歷史文獻的整理（如七校《嵇康集》）和學術的研究（如寫作《中國小說史略》、《漢文學史綱要》）一樣；就像托爾斯泰在文學創作之外還從事教育實踐一樣；就像沙特在從事文學創作的同時還積極從事哲學研究和政治活動一樣，優秀作家可以為承擔起保護文化的歷史責任作出積極的貢獻。

通過上面這個匆匆的掃描，不難看出：在一個「知識份子邊緣化」、許多知識份子已經放棄了批判社會、鍛造思想、保護文化的使命的年代裏，仍然有一部分作家沒有忘記古代士大夫和現代知識份子的傳統責任，在「狂歡」的喧譁之外繼續傳遞著人文精神的火種。他們的奮鬥與評論界的「人文精神大討論」、思想界的「新

16 張承志：《心靈史》，花城出版社一九九一年版，第七、十頁。
17 張承志：《熱什哈爾•序》，三聯書店一九九三年版，第四頁。

左派」捍衛公平、正義的人文理想的聲音、學術界重新整理、出版、闡釋傳統經典的工程，重新發現陳寅恪、熊十力、錢穆的文化遺產一起，彙成了世紀之交抗拒「狂歡」聲浪的憂患之聲、浩然之氣。

是的，即使中國完成了現代化的大業，也很難想像社會的醜惡與不公平現象會隨著現代化的實現而消失。而既然人世間正義與邪惡的搏鬥不會終結，知識份子啟蒙大眾、批判社會的使命怎麼可能過時？

是的，即使中國已經完全融入了經濟全球化和文化全球化的浪潮中，也很難想像中國的傳統文化（從經典作品到民間風俗、從地域文化到神秘文化）會因為全球化而隨風而逝。而既然中國文化在世界文化格局中已經佔有了不可替代的位置，知識份子保衛文化傳統的使命又怎麼可能過時？

只要我們還認同五四的精神（雖然已經有人公開宣稱與五四精神斷裂了），我們就應該認識到：五四的傳統不僅僅是「科學與民主」，還有「學貫中西」。

只要我們還認同傳統士大夫和現代知識份子的傳統，我們就應該記得「士不可以不弘毅，任重而道遠」的古訓，不被時髦所欺，不被奇談所惑。

而當我注意到，在更年輕的作家中，也產生了反映民生疾苦的作品（如余華的小說《許三觀賣血記》、盛可以的小說《活下去》）和追懷理想主義的作品（如黃紀蘇、張廣天等人的劇作《切・格瓦拉》）時，我感到新生代中也出現了批判現實、追求理想的思想者……

——原載《文藝研究》二〇〇五年第二期

從「新啟蒙」到「再啟蒙」

──「五四」九十週年祭

一

時光過得真快啊。不知不覺間，「五四」九十週年的紀念已在眼前。我很自然想到了二十年前，在紀念「五四」七十週年的日子裏，在「新啟蒙」的高潮中，當代學者對「五四」的反思。當時，甘陽的思考是：「五四時代提出『民主』和『科學』兩個口號，並沒有抓住問題的根本，不首先確立『個人自由』這第一原則，談什麼科學，談什麼民主？我們應該認識到，沒有『個人自由』為基礎的『民主』只不過是所謂的官僚組織制，沒有『個人自由』的『科學』也只能造就所謂的技術官僚」。[1] 錢

1 甘陽：〈自由的理念：五四傳統之闕失面〉，《讀書》一九八九年第五期。

理群也認為：「五四的時代最強音是：『我是我自己的，誰也沒有干涉我的權利。』……五四時期主體的個性自由意識在理論上的表現，即是胡適、周作人所提出的『個人本位主義』。」[2]在這樣的反思中，體現出那個風雲激盪年代的時代精神：為「個性」招魂。

我也很自然地想到了上個世紀九十年代，「新啟蒙」浪潮的由盛轉衰是與世俗化浪潮的陡然高漲同時到來的。具有反諷意味的是，知識界對改革開放的大聲疾呼在結出了現代化之果的同時也使自己被現代化和世俗化浪潮推到了時代的邊緣。政治家、企業家、經濟學家成為了時代的風雲人物。有人文學者因此在八十年代末發出了「啟蒙已經終結」的斷言。「知識份子邊緣化」、「知識份子世俗化」的議論流行一時，成為那「後現代」斷言的現實依據。當然，這只是一種聲音。認為「啟蒙尚未終結」的聲音也時有耳聞。關於「人文精神」的那場大討論事實上就是在濾去了「革命」激情之後的**「再啟蒙」**。特別需要指出的是，那場「再啟蒙」是在知識份子的「救世」熱情遭遇重挫以後的一次自我反思，是知識份子在世俗化浪潮中怎樣保持不俗的姿態、保持「個人自由」的知識份子立場的一次大辯論。我們不難從九十年代的「陳寅恪熱」、「錢理群熱」、「王小波熱」中感受到當代知識份子對「獨立之精神，自由之思想」的堅定認同——而這也正是八十年代的一個重要思想成果。一方面，的確有許多的知識份子在世俗化浪潮中迅速地放棄了「新啟蒙」的夢想；另一方面，也仍然有不少知識份子沒有忘記自己的職責，繼續發揮著針砭時弊、曝露黑暗、伸張正義、捍衛公理的作用。從九十年代的「人文精神大討論」到世紀之交「新左派」思潮的崛起（文學界關注「社會底層」的思潮，正好是「新左派」思潮在文壇的體現），都可以看出這一點來。至於「新左派」中有人不時發出走火入魔的囈語，雖然值得警惕，畢竟無關大局，微不足道。

另一方面，伴隨著世俗化浪潮的高漲，更年輕的一代人（所謂「新新人類」、「七〇後」、「八〇後」）

[2] 錢理群：〈試論五四時期「人的覺醒」〉，《文學評論》一九八九年第三期。

也在享受現代化帶來的物質盛宴和文化大餐的同時，刻意創造著他們的文化——從衛慧、棉棉的「身體寫作」到沈浩波、尹麗川的「下半身」詩歌，俗到了粗、狂的地步；而賈樟柯的電影《小武》、《三峽好人》卻表達了對於「底層」社會的人道主義關懷，並因此而為人稱道；暢銷書《中國可以說不》在他們中間不脛而走，顯示了青年一代的民族主義激情；汶川大地震喚起了他們的社會責任感，使他們不為人知的集體主義品格在一瞬間迸發出璀璨的光輝……由此可見，他們並沒有因為世俗化浪潮的高漲而泯滅了自己對「個性」（無論是自己的代際文化特色，還是自己的個性化）追求。如此說來，世俗化時代中，還是有「個性」的生存與發展的空間的。

因此，「啟蒙」也許是一個永遠也不會過時的話題。因為每一代人都會在成長中遭遇種種的困惑，每一代人都需要傳統的人文精神的啟蒙與滋養。

也因此，那些常常依據時代風雲的突變而倉促宣佈「一個時代的終結」的預言，就顯得過於草率、貽笑大方了。

二

事實上，就如何認識人生而言，文學永遠在改變著人們的成見，就像米蘭・昆德拉曾經指出過的那樣：「小說的精神是複雜的精神。每一部小說都對它的讀者說：『事情並不像你想的那樣簡單。』這是小說的永恆真諦」。[3]

從這個角度看文學，我們會很容易發現九十年代以來文學與啟蒙精神的深刻聯繫——

[3] 〔捷克〕米蘭・昆德拉：〈被忽視的賽凡提斯的遺產〉，《小說的藝術》，作家出版社一九九二年版，第十九頁。

讀張承志的《心靈史》，讀陳忠實的《白鹿原》，讀閻連科的《日光流年》，我們能感受到當代作家努力從人民中發現「民魂」的熱情，也很容易會想到毛澤東對「五四」道路的總結：「知識青年和學生青年一定要和廣大的工農群眾結合在一塊」。[4]儘管這個總結曾經在「文革」期間開闢了一條「教育革命」、「上山下鄉」的不堪回首之路，現在似乎已經不合時宜，但在毛澤東的總結與《心靈史》和《日光流年》之間，我們仍然能發現一條相通的民粹主義思想線索。

讀韓少功的《馬橋詞典》、《山南水北》，讀劉恒的《貧嘴張大民的幸福生活》，讀余華的《活著》、《許三觀賣血記》，讀賈平凹的《高興》，我們又能感受到今天的作家對「民間」和「底層」的重新認識：一切，絕不僅僅是一句「國民的劣根性」能夠概括得了的。在民間，一切都深不可測：麻木有時與堅韌聯繫在一起，卑微有時與崇高糾纏在一起，自欺有時與善良混雜在一起。今天的作家，顯然已經不滿足於「五四」那一代先驅者「改造國民性」的激進姿態，而以探索、發現「民間」和「底層」的複雜性為新的文化目標。

讀賈平凹的《懷念狼》，讀姜戎的《狼圖騰》，我們又能很容易發現八十年代的「尋根」主題在新世紀的延伸：「漢族出身於遊牧民族，那它的血管裏肯定還有狼性血液的遺存。這可是未來中華民族復興的資源，應該像保存火種那樣把它好好保存並發揚光大。」這樣的議論也自然能使人想起魯迅的有關思考：「施以獅虎式的教育，他們就能用爪牙，施以牛羊式的教育，他們到萬分危急時還會用一對可憐的角。然而我們所施的是什麼式的教育呢，連小小的角也不能有，則大難臨頭，惟有兔子式的逃跑而已。」[5]《狼圖騰》因此也接上了魯迅的這一教育思想。事實上，在風雲多變的二十世紀，連綿的戰爭和政治動盪，已經在相當程度上啟動了我們民族的「狼性」。到了改革開放的年代，激烈的生存競爭也進一步鼓蕩起了人們的危機感和生命激情。從這個角

4 毛澤東：〈青年運動的方向〉，《毛澤東選集》（一卷本），人民出版社一九六七年版，第五三〇頁。
5 魯迅：《南腔北調集・論「赴難」和「逃難」》。

度看去，「五四」那一代先驅者呼喚「改造國民性」，也產生了鮮明的成果：經過戰爭、政治運動和經濟浪潮的不斷砥礪，中國人的強悍、機智、潑辣、務實品格都以前所未有的規模被重新啟動了。從在浴血奮鬥中「收拾舊山河」到理想主義的「改天換地」嘗試再到這三十年來「改革開放」的巨大變化，中華民族已經崛起於世界民族之林。只是，顯而易見的是，這樣的巨變與「五四」那一代先驅者關於「全盤西化」的設計又相去多麼遙遠！歷史，就這樣又一次證明了「理性的狡黠」（黑格爾語）。

但是，讀「新寫實」小說中那些展示委瑣人生的篇章（從八十年代劉震雲的《新兵連》、方方的《風景》到九十年代蘇童的《米》、劉震雲的《故鄉天下黃花》……），讀九十年代十分流行的「官場小說」（從王躍文的《國畫》到李佩甫的《羊的門》），讀二十多年來一直力作迭出的「知識份子小說」（從王蒙的《活變人形》、方方的《祖父在父親心中》、張煒的《柏慧》到李洱的《導師死了》、張者的《桃李》……）我們又分明可以感到那些被「五四」先驅者痛貶過的「國民劣根性」仍然那麼根深蒂固，病入膏肓。如果說，「底層」的渾渾噩噩，「官場」的陰暗腐敗從不同的側面揭示了「啟蒙」的遠沒有完成，那麼，應該擔當起「啟蒙」使命的知識份子卻在不斷高漲的世俗化浪潮中也曝露出了委瑣、虛偽、貪婪的「國民劣根性」，那麼，「啟蒙」的希望又何在？

由此可見，**知識份子的「再啟蒙」**其實遠未完成。

此外，當代「女權主義」作家們對「女權」的呼喚不是也很容易使人聯想到「娜拉走後怎樣」的老問題嗎？不是已經有論者注意到了今天部分女作家的「身體寫作」其實仍然在有意無意間流露出「媚俗」之嫌嗎？

此外，讀王朔的《我是你爸爸》，讀葛水平的《紙鴿子》，不是也很容易使我們想到那個「我們現在怎樣做父親（或母親）」的老問題嗎？事實上，對於每一代人、甚至每一個人來說，那問題都永遠新奇。

原來，那些「老」問題並沒有因為一次次的「啟蒙」和「革命」得到根本性的解決！如此說來，又豈能輕率地說「啟蒙已經終結」？

三

中國是一個古老的國度。許多歷史問題已經積重難返。因此，才需要一代又一代人的艱苦努力，通過不斷「啟蒙」、「再啟蒙」，去作「韌性」的奮鬥，才可能有望去治療歷史的痼疾。因此，「啟蒙」永遠也不可能「終結」。也正因為如此，才有了紀念「五四」的長期必要。

問題還不止於此。

我常常會想到「個性解放」、「個性自由」這些詞。在一個思想解放的時代，「個性解放」、「個性自由」已經成為人們（尤其是青少年）的行為圭臬。對於經歷過「文革」的人來說，「個性解放」、「個性自由」顯然具有「反封建」的積極意義。但是，在「個性解放」、「個性自由」與「人慾橫流」之間有沒有一條隱蔽的通道？

在中國的文化傳統中，「個性」似乎一直受到「家庭」、「社會」的壓抑。一直到毛澤東時代，「個人主義是萬惡之源」的說法還十分流行。但是，中國人其實是很有「個性」的啊——對於帝王，為所欲為自不必說；就連熟讀經書的文人墨客不是也常常在失意時、在醉酒後放縱慾望嗎？從魏晉名士到李白、李贄、李漁那樣的狂士，常常可以有驚世駭俗之舉，也顯示著他們的士大夫「個性」。而中國的老百姓中，不也常常產生出嘯聚山林的「綠林好漢」、造反、革命的「義軍」麼？中國歷史上農民起義之頻繁、劇烈，舉世罕見。由此可見中國民族性複雜之一斑。不錯，中國自古以「禮儀之邦」而聞名，甚至常常因為是「禮儀之邦」而飽受異族的凌辱。但與此形成鮮明對照的是，中國歷來就不乏個性為所欲為的風氣、革命翻天覆地的狂飆。中國的家庭矛盾、社會矛盾、政治鬥爭層出不窮，一個重要的原因就在於：許多人都渴望突破重重規範（從禮教、家規、社區公約、交通規則到黨紀、國法）的束縛，隨心所欲地生活。

正是這樣，回首九十年來思想解放、「個性解放」的坎坷歷程，我們不難發現：這條崎嶇的道路上常常也擠滿了自以為是、目中無人、狂放不羈、為所欲為的狂人。本來，「文人相輕，自古而然」。到了現代文壇上，黨同伐異的「無義戰」也常常上演——從「創造社」與「文學研究會」和魯迅的論爭[6]到「兩個口號」之爭，再到「左派」文藝陣營對胡風的「圍剿」，一直到五十年代到「文革」近三十年間的「輿論一律」，都是屢見不鮮的悲劇，顯示著文人的好鬥、尚爭。另一方面，青年一代的崛起也常常以企圖打倒前輩為先聲——從「五四」青年的「反孔」吶喊到青年「左翼」文人挑戰魯迅的鹵莽，從「文革」中的「紅衛兵」衝擊、批鬥「反動學術權威」的狂熱到新時期「新生代」詩人發出的「反傳統」、與新文學的傳統「斷裂」、「魯迅不可能對當代文學有什麼指導意義」的叫喊，[7]都體現了自我膨脹的「個性」對不同「個性」的攻擊，體現了「唯我獨尊」的專斷心態——這種排斥異己的心態，又何嘗不是舊時代專制主義的遺風？

正因為如此，當我從有的「新生代」詩人的文章中讀到「第三代人詩歌運動，已經粗暴極了。橫掃一切牛鬼蛇神的戰鬥精神，貫穿到了每一個標點符號裏面」，「我們要不斷革命」之類的偏激議論時，[8]我就不能不為「新生代」與「文革」的精神聯繫而驚訝！經歷過「思想解放」洗禮的「新生代」常常訴諸「文革」話語宣示自己的文學主張，不也正好說明他們還不懂得何為「現代意識」（「現代意識」顯然應該包括「寬容」），還需要進一步的「啟蒙」麼？

6 關於這場論爭，李歐梵指出：「兩個組織之間的對抗，真正問題在於人際上的抵觸。」見《中國現代作家的浪漫一代》，新星出版社二〇〇五年版，第二十三頁。

7 朱文：〈斷裂：一份問卷和五十六份答卷〉，《北京文學》一九九八年第十期。

8 楊黎：〈穿越地獄的列車〉，《作家》一九八九年第七期；韓東：〈備忘：有關「斷裂」行為的問題回答〉，《北京文學》一九九八年第十期。

我知道他們的偏激口號與歐美「現代派」、「垮掉的一代」「反傳統」、「反文化」的喧譁遙相呼應，也知道毛澤東一直是西方「憤青」的精神領袖之一，但即便是如此，我仍然從那些激烈的「革命」口號中感到了專制主義的遺風。所以，我才覺得「啟蒙」不僅僅具有「啟大眾之蒙」的意義，而且在「反文化」的浪潮洶湧澎湃之時，還賦有了**「啟『憤青』之蒙」**、捍衛文化傳統的意義。

這樣就說到了西方文化。改革開放三十年，使歐美文化再一次扎根神州。從八十年代初的「沙特熱」、「康德熱」到八十年代中的「尼采熱」、「佛洛伊德熱」再到九十年代以後的「海德格爾熱」、「西馬熱」、「福柯熱」和「哈耶克熱」……西方思想家一直引領著中國思想界的前進方向。當然不可低估西方文化思想在「新啟蒙」運動中發揮的巨大作用。但「言必稱西方」是不是又會導致新的盲目崇拜？因此，我才特別看重另一種聲音——像胡河清那樣「反對引進尼采主義」，因為「這種極端個人主義哲學一旦和中國封建政治中本來就有的唯我獨尊、毫無原則的權勢慾望結合，會導致非常可怕的價值趨向」的聲音；[9]像李澤厚那樣雖然喜歡海德格爾的哲學也警惕海德格爾的哲學「容易被一種盲目的、非理性的東西所利用、所借用」的思考；[10]像韓少功那樣敢於質疑佛洛伊德「完全忽視了意識形態施壓的不同方式，忽視了生活與人的複雜性」的理性意識。[11]此外，像沙特關於「他人即地獄」的說法，像尼采關於「上帝已死」的斷言，雖然有時不無道理，卻顯然經不起實際生活的檢驗，因此也絕非顛仆不破的真理。

寫到這裏，我又想起了八十年代末讀米蘭•昆德拉的小說《生命中不能承受之輕》時，目光在其中一段話上長時間停留的往事：「現代化的愚蠢並不是無知，而是對各種思潮生吞活剝。」對於以追逐新潮為己任、動輒以時髦的西方理論去生硬評論相當複雜的中國文化現象的知識份子，昆德拉的這句話值得深思，值得牢記。

9　胡河清：〈論阿城、馬原、張煒：道家文化智慧的沿革〉，《靈地的緬想》，學林出版社一九九四年版，第一七二頁。
10　李澤厚：《浮生論學》，華夏出版社二〇〇二年版，第二〇五頁。
11　韓少功：〈暗示〉，《鍾山》二〇〇二年第五期。

由此可見，這也應該是「再啟蒙」的題中應有之義吧：對任何一種時髦的理論都保持應有的清醒判斷。堅信這世界上不會有「包醫百病」的藥方，不會有「放之四海而皆準」的靈丹妙藥。

四

現在，應該看看新時期以來的民族主義思潮了。由於中國的經濟起飛，西方早就有了「遏制中國」的戰略。這樣的戰略勢必激起民族主義思潮的高漲。九十年代那本風靡一時的暢銷書《中國可以說不》正是這一思潮的產物。那本書中雖然不乏偏激的議論，卻相當能代表許多熱血青年的心聲。

而在那本書暢銷以前多年，就有一批敏感的作家發出了「尋根」的聲音。「尋根」思潮剛一興起，就被有的青年批評家指責為「復古」。他們不知道，其實，「尋根」是一股具有國際規模的文化浪潮：從七十年代美國「黑人文學」名著《根》到前蘇聯作家艾特瑪托夫在一系列小說中表達的對「民族性」的關注（例如他的《白輪船》、《一日長於百年》、《斷頭臺》），再到拉丁美洲文學的崛起，都顯示了各國民族主義思潮的興起。不妨把這樣的思潮看作對於現代化、全球化大潮的抵制或補充。它體現出各民族文化傳統的頑強，也昭示了人類捍衛文化多元化的決心。以這樣的眼光看去，**「尋根」思潮是否也具有「再啟蒙」的深遠意義呢？**讀過「尋根派」作家作品的人都應該有印象，「尋根」思潮表達了當過「知青」的作家對「民間」文化和「民魂」的認識。除了韓少功的《爸爸爸》、《女女女》有批判「國民劣根性」的主題外，李杭育的「葛川江系列」對吳越民魂的追懷，阿城的《棋王》、《孩子王》、《樹王》對道家精神的謳歌，鄭義的《老井》對鄉土中國頑強生命力和集體主義精神的讚美，莫言的《紅高粱》對中國農民浪漫生命激情的弘揚，都在冥冥中昭示了民魂的偉大——中華民族從來就有酷愛自由的傳統，那傳統一直就活躍在中國百姓的血脈中。在那些關於浪漫民魂的渲染中，我們不難發現那民魂與現代「個性解放」意識的相通。中國的老百姓中，不乏阿Q式的糊塗蟲，不乏祥林嫂那樣的可憐人；但另一方面，中國百姓中活得自在、瀟脫、盡情、盡性者，也到處都有。如此說來，「尋根」是對於「民族性」的重新發現。在「個性解放」的年代裏謳歌自由的民魂，足以顯示中國作家的民族自豪感。這樣的發現與謳歌無疑能夠在一定程度上沖抵從「五四」到八十年代「新啟蒙」中因為批判「國民劣根性」而造成的民族虛無主義負面效應。

還應該提到在「尋根」思潮中阿城那個引起過爭議的提法：「五四運動在社會變革中有著不容否定的進步意義，但它較全面地對民族文化的虛無主義態度，加上中國社會一直動盪不安，使民族文化的斷裂，延續至今。」[12]他的這一說法得到了鄭義的認同：「『五四運動』曾給我們民族帶來生機，這是事實。但同時否定得多，肯定得少，有隔斷民族文化之嫌，恐怕也是事實？」[13]時間過去了二十多年，我們不難發現：文學「尋根」運動在一定程度上喚起了深遠的回聲——從歷史題材小說的空前繁榮到歷史題材電視劇的一直熱播，從以普及歷史文化知識為主要特色的「百家講壇」（從中央電視臺到各高校、各地圖書館的人文講座）深入百姓到教育界對於加強「讀經」的建言……這些帶有知識普及特徵的文化活動，不正好也具有「再啟蒙」的意義嗎？在經歷了西方文化的薰陶以後，再補上傳統文化教育的重要一課，時代在冥冥中又經過了一個輪迴。趙園曾經指出過：「中國現代思想史上有過兩次重大的迂迴：『五四』退潮時期，一部分新文化者轉向『整理國故』，和抗戰時期的民族主義文化思潮。」[14]新時期的思想文化史也經歷了類似的兩次迂迴：一次是作為「新潮文學」的回應的「尋根」浪潮；還有一次是九十年代隨著全球化浪潮高漲起來的民族主義思潮。在這樣頗能耐人尋味的思潮迂迴中，我們不是可以感受到歷史的高深意志嗎？

12 阿城：〈文化制約著人類〉，《文藝報》一九八五年七月六日。
13 鄭義：〈跨越文化斷裂帶〉，《文藝報》一九八五年七月十二日。
14 趙園：〈艱難的選擇〉，上海文藝出版社一九八六年版，第三五五頁。

雖然關於民族主義，也不可避免地引起了各執一辭、聚訟紛紜的爭鳴，但我覺得，至少對於喚醒我們民族對自己文化傳統的重新關注，對於沖抵因為「文革」「反傳統」的大悲劇而導致的虛無主義情緒的影響，具有不容低估的意義。是的，這一思潮也具有「再啟蒙」的意義。它使我們發現，原來我們的文化傳統中也蘊涵了許多與現代意識相通的思想資源——從「天人合一」到「自強不息」，從「弘毅」到「誠信」，從「民為貴，君為輕」到「獨抒性靈」……寫到這裏，我很自然就想起了錢鍾書的思想：「東海西海，心理攸同；南學北學，道術未裂。」[15]

五

看來，「啟蒙」遠沒有終結。而且，恐怕永遠也不會終結。因為，人類永遠會在前進的道路上遇到似是而非的偏見、蠱惑人心的狂言、莫衷一是的困惑、進退失據的迷局，因此，就永遠需要不斷的追問與批判——這，便是不斷啟蒙的意義所在。

因為無論什麼思潮，都可能在矯情的鼓吹中發生異化——理想主義是如此（例如「文革」中的理想主義狂熱），虛無主義又何嘗不是如此（美國思想家丹尼爾•貝爾就曾經一針見血地指出過現代主義的要害在於：「在劫難逃的焦慮必然導致人人處於末世的感覺」，「現代主義作為一種創造性力量……已經基本完結」[16]）？激進主義是如此（無論是極左還是極右，都曾經導演過大屠殺的慘劇），保守主義也何嘗不是如此（它常常導

15 錢鍾書：《談藝錄•序》，中華書局一九八四年版，第一頁。
16 〔美〕丹尼爾•貝爾：《資本主義文化矛盾》（中譯本），三聯書店一九八九年版，第九七、一九六頁。

致思想的僵化）？精英文化有精英文化的歧途（例如學術的死氣沈沈），大眾文化也有大眾文化的深淵（有多少青少年是在大眾文化的喧譁中虛度了自己的青春）。因此，就永遠需要追問與批判，需要理性的不斷啟蒙：**不僅是知識份子對於大眾的啟蒙，對於新的人文理想的設計與調整，而且是知識份子對於自身問題和自己主張的不斷反省、不斷清理；不僅是對於社會弊端的無情批判，而且是對於各種知識與理想的不斷審視與質疑。**

如此說來，魯迅當年在大革命失敗以後對於「我的一種妄想破滅了」，「中國歷來是排著吃人的筵宴……我自己也幫助著排筵宴」的深刻反思，關於「我解剖自己並不比解剖別人留情面」的剖白，[17]至今也沒有過時。「五四」那一代人是憂患的現實主義者，也是熱情的理想主義者，還常常是清醒的、有時甚至是悲觀的自我懷疑論者。魯迅是如此，周作人、胡適、郁達夫都對自己的雙重人格、性格弱點有清醒的認識和剖白，並因此常常處於「今是而昨非」的自我懷疑、自我否定中，都可以證明這一點。相比之下，倒是今天的不少學者、作家、詩人聽不進一點不同意見，甚至惟恐自己被市場忽略而自吹自擂、黨同伐異、媚俗惑眾，未免太顯得小家子氣了。

二〇〇八年年初，我在南京大學參加了「民族認同、啟蒙思潮與百年中國文學國際學術研討會」。在會上，我感受到了不少學者的共識：「啟蒙沒有過時」。

到了歲末，我又在首都師範大學參加了「一八九八—二〇〇八：中國新文學高層論壇」，再次感受到一批學者不約而同地重提「啟蒙」的熱情。

這兩次會議的召開當然純屬偶然，卻又相當巧合地在重提「啟蒙」方面不謀而合。這樣的巧合在冥冥中又與即將來臨的「五四」運動九十週年的紀念相呼應了。這實在是令人感到興味的事情。我願意將這些巧合看作時代精神的顯現：在新的世紀裏，又一批知識份子不謀而合地感到了時代精神的召喚，舉起了「再啟蒙」的旗幟。

[17] 魯迅：《而已集‧答有恆先生》。

當世俗化浪潮不斷擴展之時，當「狂歡」的聲浪不斷升高之時，「再啟蒙」的主題也奏響了。

上個世紀，在民族危亡時的第一次「啟蒙」給現代知識份子奠定了建設現代文化的基石。上個世紀末，在否定「文革」、重振山河中產生的第二次「啟蒙」為現代化建設開闢了新的道路。眼下，在新世紀開始的對「啟蒙」的再度呼喚，對於回應現代化進程中許多現實問題的挑戰，一定會產生新的思想成果。

——原載《文藝爭鳴》二〇〇九年第二期

「改造國民性」的另一條思路

——論當代作家對於少數民族文化的發現與思考

「改造國民性」，是二十世紀中國思想界和文學界的一個重要主題。而在如何改造國民性的問題上，占主導傾向的思路是：走西方的現代化道路。無論是像胡適、魯迅、老舍那樣對西歐文化的推崇，還是像李大釗、瞿秋白、毛澤東那樣對蘇聯文化的效仿，無論他們之間在意識形態上的分歧多麼巨大，在以西方文化改造中國國民的劣根性這一點上，他們是殊途同歸的。不過，在這些思考之外，還有一種主張，那就是：發揚民族文化的優良傳統，去治療國民劣根性的沉痾。而這一主張，又分為兩支：一支是以「新儒家」（如梁漱溟、馮友蘭）為代表，以弘揚漢族文化的優良傳統為己任；另一支則是以作家沈從文為代表，以傳播少數民族優良文化精神為立足點。關於「新儒家」的研究，已經成果纍纍；而對於漢族如何學習少數民族的優良文化精神以作為「改造國民性」的參照，似乎研究得還很不夠。多年前，我注意到在現代文學研究界，凌宇〈從苗漢文化和中西文化的撞擊看沈從文〉一文，就觸及了這一主題。文章中揭示了沈從文小說創作中「苗漢兩種不同文化傳統的矛盾與對立、滲透與交織」，「常常是以都市與鄉村、『城裏人』與『鄉下人』對立的形式出現的」，因此，沈從文對「鄉下人」「人與自然的契合」的人生觀的禮贊就不僅具有了批判現代都市牛活使人性異化的意義，而且具有了以苗族文化崇尚「生命」的價值觀去實現中華民族「人與人關係的重造」的意義。[1]如果說，在現代思想史和文學史上，對少數民族文化精神的發現顯然並沒有引起普遍的重視，那麼，到了當代，描繪少數民族風情、在對比漢族的價值觀與少數民族的價值觀中發現少數民族的文化優勢，並從中汲取「改造國民性」的新思維的作品則明顯多了起來。因此，研究這一部分作品，對於拓展二十世紀新文化的研究，就不可缺少了。當我們說當代文化的多元化格局時，我們不應該忽略了這樣一個事實：少數民族文化，也在多元化格局中佔有特別的位置。

新疆的感染力

西部詩人周濤曾經發出過這樣的問：「中國西部又向整個中國的精神領域提供了什麼新東西呢？」[2]在政治運動頻仍的年代裏，聞捷的一冊《天山牧歌》以輕盈、風趣的風格曾經給文壇帶來了多少驚喜！而到了思想解放的一九八〇年代，楊牧的《大西北，是雄性的》、周濤的《野馬群》、章德益的《西部太陽》這些「新邊塞詩」的名篇又在文壇上颳起了西部的雄風！新疆有新疆的柔情。新疆也有新疆的豪放。

王蒙當年因為「右派」問題去了新疆。在他後來回憶新疆生活的系列小說《在伊犁》中，就多次表達了一個漢族作家對少數民族心理素質和生活方式的欣賞。例如在〈淡灰色的眼珠〉中，就有這樣的感慨：「漢族是我國的主體民族，她有燦爛的文化與悠久的歷史，但是在身體的素質和形象方面，她的平均水平是趕不上新疆的少

1 凌宇：〈從苗漢文化和中西文化的撞擊看沈從文〉，《文藝研究》一九八六年第二期。

2 周濤：〈創造的誘惑〉，《高榻》，長江文藝出版社一九九六年版，第三五〇頁。

數民族的，真遺憾啊！」那裏的少數民族因為不像漢族有那麼根深蒂固的政治意識，因此在「文革」中，能以幽默、甚至玩笑的心態對待那些漢族的政治口號，還能真誠地告訴作家：「我們維吾爾，是這樣的一些人，性格溫柔，手也是軟軟的。不像你們漢族那麼嚴格。」此外，作家還注意到：「新疆的一些少數民族遠遠沒有漢族那樣嚴格的倫理、輩份觀念。」他們的人際關係因此顯得比較單純。（《逍遙遊》）這些，都顯示了作家對維吾爾族文化的欣賞。對於「老王」這個「右派」，他們不僅不歧視，反而信任有加，甚至因為他是「從北京來的幹部」而敬佩他（《哦，穆罕默德•阿麥德》），還因為他是「詩人」而鼓勵他：「一個國家，怎麼能夠沒有詩人呢？沒有詩人，一個國家還能算一個國家嗎？元首、官員、詩人，這是任何一個國家都不能或缺的，老王，放心吧，政策不會老是這個樣子的。」（《故鄉行》）這樣淳樸的安慰和鼓勵使「老王」擺脫了抑鬱的情緒，樂觀地融入邊疆的淳樸生活中。與這樣的欣慰交織在一起的，還有知識份子對農民的敬佩感：「農民們從不避諱談自己生活道路上的挫折，他的這種坦率確實使我感到知識份子是望塵莫及的。」（《好漢子依斯麻爾》）「他們不貪、不惰、不妒、不疲塌也不浮躁、不尖刻也不軟弱，不講韜晦也絕不莽撞……雖然缺乏基本的文化知識，卻具有一種洞察一切的精明，和比精明更難能的厚道與含蓄。……我常從回憶他們當中得到啟示、力量和安撫，尤其是當我聽到各種振聾發聵的救世高論，聽到各種偉大的學問和符號，聽到各種有關勞動人民的宏議，或者看到這些年也相當流行的對於勞動人民的嘲笑侮辱或者乾脆不屑一顧的時候。」（《虛掩的土屋小院》）在這樣的議論中，已經有了遠離知識份子、親近勞動人民的民粹主義情感了。這樣的情感，在新時期文學中，在張承志、劉紹棠、張賢亮、李杭育、阿城等人的小說中，相當普遍。的確，漢族的政治文化傳統太嚴肅了，常常嚴肅得可怕。漢族人因此活得很累，很難。[3]在這方面，維吾爾族的淳樸與幽默當然是一劑良藥。

3 據《經濟新聞導報》一九九五年一月十七日甘秋平文報導：南開大學社會學系曾對京、津兩市三一五戶家庭進行了抽樣調查，調查表明：我國缺少幽默感的家庭普遍存在。妻子認為丈夫缺少幽默和浪漫情調的占百分之六十一•七，丈夫認為妻子缺少幽默感的占百分之八十•四，子女認為父母毫無幽默感的達百分之八十八•八。（見《文摘報》一九九五年張承志也曾經為新疆奉獻了許多的美文——從小說《白泉》寫美麗的哈薩克草原使「我」被嘈雜的城市弄得煩亂的心緒得以平靜下來的體驗，到小說《凝固火焰》寫「我」從維族同伴的耐渴力上頓悟了生命的堅忍，再到小說《輝煌的波馬》對天山腹地美景和淳樸人情的禮贊，還有長篇小說《金牧場》中關於「我還沒有去過新疆就愛上了新疆……我在新疆用十年時光讀了一本遼闊的大陸之書」的感動，再到他的一系列散文中因為新疆之美麗、新疆之快樂而產生的思考：那些去過新疆的漢人，那些「慣於事務、活於中庸」的人們為什麼會被新疆感動？就因為「在新疆少數民族中，除了歪戴帽的警察和打官腔的書記之外，好像人人都在唱」，新疆的「快樂快活」使「強大的漢文明哺育的人們第一次被改變了。……他們發現了自己體內殘存的浪漫，他們隱約感到自己的缺乏光彩」，（《金釘夜曲勾鐮月》）他甚至因為新疆的群山產生了這樣的奇思：「如果魯迅先生的環境是在這群山之間，我想先生就不會再用匕首去攻打糞土了。而且，中亞也會增加一個虔誠的信者和一批絕好的讚美文。」（《聖山難色》）他還因為波馬的美產生了這樣的聯想：「美，對於文明發達幾近腐爛的中國人來說，是多麼重要的一種血色、一種難得的激烈和天然的熱情啊。」「波馬傳給我的的確是一道中亞的浪潮；它和耳濡目染三十年的環境，它和我存身其中的整個文化都是相悖的。施過這樣的魔法以後，人便不能隨世。」（《潮頌》）這些對於新疆的美麗、新疆的快樂、新疆的堅忍盡情謳歌的文字常常是與對於漢民族文明的弊端的批判聯繫在一起的，作家因此而表達了自己的批判精神、異端思想。他的理想主義也因此而散發出異域風情的浪漫異彩。

還有在一九九〇年代因為發表了一系列散發出陽剛氣息作品的紅柯，也這樣闡釋了唐朝文化興盛的原因：「整個大唐也是因為擁有中亞容納異族而稱雄天下。」李白的偉大就在於：「胡羯之地的精悍之血滋養了詩人的任俠與狂傲。」他「給詩壇注入一種西域胡人的剽悍與驕橫。」「中原文人很少有這種氣質。」[4]他在大學期

一月二十九日。）

4 紅柯：〈李白：天才之境〉，邱華棟、洪燭主編：《一代人的文學偶像》，中國文聯出版社二〇〇二年版，第二十五—二十八頁。

間就大量地讀邊疆史，神話，大學畢業以後，也在新疆生活了十年。他發現：新疆人與人之間的關係，「要比中原地區有人情味得多。」他還說：「中原文化，尤其是陝西，一個莊稼漢都充滿帝王的韜略，每根毛髮都在算計中。」因此，他走向了強悍的西部，因為「西域大地從本質上選擇的是強悍的生命」，他在那裏收穫了自己的文學，充滿「浪漫主義、夢想、神話這些大生命氣象」，充滿「生命力、生命意志這種終極大美，這種創世精神」的文學，在他看來，這正是「西域最本質的東西，也在中原文化所缺少的」。[5]於是，他的一系列新疆故事（從《奔馬》到《躍馬天山》、《庫蘭》到《復活的瑪納斯》）就有了鮮明的弘揚西域文化、批判中原文化的意識，並在文學世俗化浪潮高漲的上個世紀末為呼喚浪漫主義、英雄主義的回歸而譜寫了重要的一頁。

幽默、淳樸、快樂、豪放——這便是漢族作家從新疆少數民族文化中發現的人文精神。這樣的發現很容易使人想起希臘文化的精神：那充滿了浪漫主義氣息的人文精神，那「崇拜有限和自然而不是超凡脫俗的崇高理想境界」。[6]

西藏的誘惑

西藏是神秘的。在思想解放的新時期，「西藏文化熱」悄然興起：許多文化人去西藏採風；描繪西藏風情的文學作品也以嶄新的風格令文壇為之一震——從扎西達娃的《西藏，隱秘歲月》、馬原的《岡底斯的誘惑》成為「新潮文學」的名篇到阿來的《塵埃落定》為人稱道，還有馬麗華那一部部色彩瑰麗、氣勢磅礴的大散文

5 訪談錄：〈群山草原和大漠的神性之美〉，《躍馬天山》，長江文藝出版社二〇〇一年版，第三九一—四〇一頁。

6 〔美〕愛德華・麥克諾爾・伯恩斯、菲力浦・李・拉爾夫：《世界文明史》（中譯本），第一卷，商務印書館九八七年版，第二一六頁。

（《藏北遊歷》、《西行阿里》、《靈魂像風》）的不脛而走，安妮寶貝的長篇小說《蓮花》的一路暢銷……

如果說，新疆對漢民族的吸引力主要體現在幽默、淳樸和血性，那麼，「西藏文化熱」的興奮點則突出在神秘二字上。

馬原從小就具有神秘主義的氣質。作為東北人，他顯然受到了薩滿教的影響，因為他說過：「我比較迷信。信骨血、信宿命、信神信鬼信上帝，該信的別人信的我都信。泛神——一個簡單而有概括力的概括。」[7]有這樣的心理基礎，他大學畢業以後去了西藏，並在那裏發現：「這裏的生活時時刻刻充滿了故事，使人無法辨別是虛的還是實的。事實上，藏族人的生活和神話，藏族人和神是相通的。」[8]「神秘不是一種氛圍，不是可以由人製造或渲染的某種東西。神秘是抽象的也是實實在在的存在，是人類理念之外的實體。正因為超出了人的正常理解力，人才造出了神秘這個不可捉摸的怪物。」[9]他因此寫出了一批籠罩著神秘氛圍的小說，並成功地以那些神秘意味濃厚的「西藏故事」揭示了世界的神秘性、難以理喻性，從而挑戰了理性主義的「獨斷論」。當他宣稱他「不相信任何一面倒的哲學」時，[10]他實際上是從神秘主義那裏找到了思想解放的一個新的通道：通過認同神秘主義而貼近生活、遠離教條。對於經歷過「文革」那個「獨斷論」橫行年代的人們，這樣的懷疑與批判無疑也具有「啟蒙」的深刻意義：這世界的神秘，常常是理性難以解釋於萬一的。在他的成名作《岡底斯的誘惑》裏，就有這樣對於藏民生活的感悟：「我尊重他們的生活習俗。他們在其中理解的和體會到的我只能猜測，只能用理性和該死的邏輯法則去推斷，我們和他們——這裏的人們——最大限度的接近也不過如此。可是我們自以為聰明文明，以為他們蠢笨原始需要我們拯救開導。」在這樣的議論中，已有譏諷理性主義和「大漢

7 〈馬原寫自傳〉，《作家》一九八六年第十期。
8 〈「西部文學」和西藏文學七人談〉，《西藏文學》一九八六年第四期。
9 許振強、馬原：〈關於《岡底斯的誘惑》的對話〉，《當代作家評論》一九八五年第五期。
10 許振強、馬原：〈關於《岡底斯的誘惑》的對話〉，《當代作家評論》一九八五年第五期。

族主義」的鋒芒（正是這樣理性主義和「大漢族主義」在那個思想一統的年代裏傷害了藏族人的思想感情）。「除了說他們本身的生活整個是一個神話時代，他們日常生活也是和神話傳奇密不可分的。神話不是他們生活的點綴，而是他們的生活自身，是他們存在的理由和基礎，他們因此是藏族而不是別的什麼。」

詩人馬麗華大學畢業以後，進西藏工作多年。既有「在民俗學家和人類學家沒能張望過的地方，先人一步地去領略少為人知的生活存在」的打算，還有發現「這些神奇的事物是以我長久感到新鮮的思維方式和語言方式來表現和描述的」的欣喜，以及「終於走進了最神奇最玄奧的超驗世界」的感動。[11]在《藏北遊歷》中，作家發現「藏族人更多具備了形象思維和夢幻意識」，「他們所從事所擅長的是神秘主義的東方式智慧。像漢民族一樣，長於沉思，不求實證，認識世界的途徑，是由詩人的眼光而非物理學家的。他們的想像力又是超常的。」「讀藏族一本正宗史書，也如讀馬爾克斯。」到了《西行阿里》中，甚至有了這樣奇特的生命體驗了：在神山岡仁波欽上，「我正悠游於三維空間與多維空間之邊緣，險些超越昇華飄飄如仙而去。……無須天眼開通，我也能感到身處其中的，是一個沿時針方向湧動旋轉的巨大的場。這個場由不可見的氣態物質蔚成，它正托舉擁推著我不走自行，平步青雲。」「然而張開的思想之翼驟然收攏。急轉直下，沿著某個心靈之隙，深入到一個微型宇宙內川流不息——這一轉向如果不是必然，定為神示無疑：今日之我在最適當的時間、最適當的地點，恰到好處地與舊日之我相遇，握手言歡，總結以往，共議未來。」在阿里，作家甚至產生了關於人類社會的未來構想：「建立一個世界上獨特的阿里式的現代化文化（或：瑞士＋西藏的模式）是否有可能？」因為阿里的堅實博大、廣闊深厚令人感動。

安妮寶貝的長篇小說《蓮花》揭示了具有「小資」情調的主人公對西藏的感覺：在看淡了生命旅途的重重挫折以後，走向西藏，走向墨脫——「隱秘的蓮花聖地」，清除了「來自意識和幻覺的所有干擾。將自己的身

[11] 馬麗華：〈西藏的山川和人民〉，《作家報》一九九六年十一月三十日。

體擱置在死亡之上，與它擦身而過。此刻必須保持內心的寂靜狀態和全神貫注。人抵達某種修行性質。這個時刻微妙而短暫，但是你能聽到時間在耳邊嚓嚓飛速掠過的聲音……人的內心無限自由和開放……」「大自然使我明白對一切都不需要執著太深，因為世間萬物都有它獨自輪迴的系統，也許是由一種人類無法猜度的力量控制。它提示著一種被運行和走過的準則。遠超於我們的想像之上。不被窺探，也不可征服。我想人的謙卑，首先要來自於內心的敬畏。」主人公因此就看淡了挫折，甚至看淡了愛情的價值（「愛情只是來自人身體內部的化學反應，短暫並且隨機，不能作數」）。因此也悟得了生命的真諦：「遁世」。這樣的皈依感覺表明：西藏的宗教信仰，西藏的神秘感覺，一直到今天，還是漢族青年超越苦痛與煩惱的精神力量。

西藏文化的神秘，西藏山水的神奇，就這樣賦予了漢族作家以神異的感覺、神秘的頓悟，從而也豐富了當代文學的絢麗圖景。

蒙古草原的啟迪

蒙古草原，遼闊，壯美。

張承志下放內蒙古草原，因此而得以譜寫出一系列草原的頌歌——從《騎手為什麼歌唱母親》、《綠夜》、《黑駿馬》、《阿勒克足球》、《黑山羊謠》……在中篇小說《黑山羊謠》中，有這麼一段感慨：

> 透明的草原風終於磨褪了你中學生的紅顏。美少年不復存在。強勁的無影無形的透明風，它剝蝕了打磨了最後捲走了你那份中學生年華。連同教育。連同種蓖麻捐獻紅領巾拖拉機的、那回想起來讓人哭笑不得的啟蒙。你的課堂你的學校你承認的教育你尊重的導師在這片草原上。

在這一段文字中，作家以下放生活的收穫否定了曾經接受的漢族中學教育（「讓人哭笑不得的啟蒙」）。那麼，作家從蒙古族人民那裏學到了什麼呢？在〈騎手為什麼歌唱母親〉中，是母愛的犧牲與淡泊；在〈綠夜〉中，是珍惜「美好的一刻」的人生感悟；在〈黑駿馬〉中，是難以「徹底理解」蒙古女人「古樸的、悲劇的美」的感慨；在〈阿勒克足球〉中，是對於命運強大的浩歎。而這一切，當然都與「革命教育」相去甚遠！在〈初逢鋼嘎．哈拉〉這篇文章中，作家這麼說：他在草原「得到了兩種無價之寶：自由而酷烈的環境與『人民』的養育。」張承志的酷愛自由的悲劇氣質，「他的流浪性格」，顯然與「內蒙遊牧生活的影響」密切相關。[12]

老鬼在他那部「新新聞主義長篇小說」《血色黃昏》中，也記錄了漢族知青對於蒙古族牧民政治立場的驚訝發現：「萬萬沒料想到，貧下中牧在階級鬥爭中的形象竟是這樣——開批鬥會時嬉皮笑臉窮逗，吹牛吐口水玩，東倒西歪睡大覺。跟報上說得完全不一樣。」這與王蒙在《淡灰色的眼珠》中描寫維吾爾族以幽默、甚至玩笑的心態對待那些漢族的政治口號、甚至牛頭不對馬嘴地引用「最高指示」的趣聞十分相似。而當知青懷著「階級仇恨」毆打牧主時，竟然有「貧下中牧為牧主抱打不平，拔刀相助。多麼不可思議！」這樣，作家就寫出了蒙古族牧民階級意識的淡薄，同時也就寫出了漢族政治意識太強的毛病。此外，主人公在思考政治壓力下的人性異化時，也有這樣對於「國民性」的感慨：「閹人的習氣腐蝕了我們民族的精神。現在人們都他媽的愛玩小心眼兒，而怯於路見不平，拔刀相助。」於是，他開始自製匕首，反抗壓迫。

然而，對於「改造國民性」具有更強烈的震撼意義的，也許是姜戎的長篇小說《狼圖騰》。該書通過自己下放內蒙古草原以後對狼性的觀察和研究，產生了對傳統文化的「尋根」思考：「蒙古民族是以狼為祖、以狼為神、以狼為師、以狼為榮、以狼自比、以身飼狼、以狼升天的民族，是古代世界性格最勇猛強悍、剛毅智慧

12 朱偉：〈張承志記〉，《鍾山》一九九三年第五期。

的民族。而蒙古騎兵則是世界上最兇猛、最智慧、最善戰的蒙古草原狼訓練出來的軍隊。」「不到草原祖地，不拜會草原民族、草原狼和狼圖騰，咱們就不會站在全新立場來弄清中華文明的來龍去脈，以及這種文明的底蘊。到草原跟狼打過交道以後，我腦子裏的大漢族主義也確實清除得差不多了。」蒙古族的「狼圖騰」使作家設想：「漢族出身於遊牧民族，那它的血管裏肯定還有狼性血液的遺存。這可是未來中華民族復興的資源，應該像保存火種那樣把它好好保存並發揚光大。」在作家看來，「一旦華夏民族在農耕環境中軟弱下去，嚴厲又慈愛的騰格里天父，就會派狼性的遊牧民族衝進中原，給羊性化的農耕民族輸血，一次一次地灌輸強悍進取的狼性血液，讓華夏族一次一次地重新振奮起來。」因為「歷史證明，一個民族的性格強悍進取，這個民族生存發展的機會就大就多；而一個民族的性格軟弱，這個民族被淘汰的可能性就增大。從世界上實際存在的民族價值標準看，民族性格軟弱是一個民族最致命的缺陷。因為，軟弱的民族性格是萬惡之源，它將導致一系列最可恥、最不可饒恕的罪惡：不思進取，坐井觀天、喪權辱國、割地賠款、叛賣投降、俯首稱臣；人民被殺戮、被販賣、被奴役、被歧視；民族被改種、改文、改姓、改身份等等。世界上無數古老農耕民族就因其性格軟弱，而被殘酷的世界無情淘汰。世界發展到現在，人口激增，生存空間和資源日益短缺，民族性格問題更加突出，因此，必須更加充分重視民族性格問題。」另一方面，作家也注意到：「一旦華夏民族性格中的羊性太強於狼性，華夏就被異族入侵，山河破碎，任人宰割；一旦狼性太強於羊性，華夏中國就專制暴政，或軍閥混戰，民變蜂起，戰亂不休。只有華夏民族在性格上的狼性羊性大致平衡，狼性略大於羊性時，華夏中國才疆域擴大，國富民強，經濟文化繁榮昌盛。」作家以這樣的眼光、這樣的長篇大論去梳理歷史，呼喚「中國人根除了『文明羊』階段的家畜性，克服了『文明狼』階段的半野蠻性，而成為真正大寫的文明人」。這樣的梳理和概括頗有新意，雖然也時有經不起推敲之處：如曾經橫掃亞歐大陸的蒙古騎兵後來為什麼也會衰落，僅僅是因為他們進入中原以後被漢族文化同化了嗎？狼性羊性怎樣實現平衡？……讀《狼圖騰》中這些關於「改造國民性」的思考，很自然會使人想起魯迅的有關思考：「施以獅虎式的教育，他們就能用爪牙，施以牛羊式的教育，他們到萬分危急時還會用一對可憐的角。然而我們所施的是什麼式的教育呢，連小小的角也不能有，則大難臨頭，惟有兔子式的逃跑而已。」[13]《狼圖騰》因此接上了魯迅的這一教育思想。雖然在《狼圖騰》出版以前，已有賈平凹的長篇小說《懷念狼》呼喚了野性的回歸；雖然更早，張辛欣的小說《在同一地平線上》已經開始直面生存競爭的殘酷，認同了「孟加拉虎」的兇殘哲學；莫言的小說《紅高粱》已經張揚了祖輩的酒神精神和沖天匪性，但只有《狼圖騰》將對於野性的呼喚上升到了歷史哲學的高度。這本書的暢銷，影響不可低估。（雖然，它的負面影響，也值得警惕。因為在生存競爭已經變得空前激烈、社會矛盾也已經變得十分突出的當今社會，「狼性」已經成為許多悲劇發生的心理根源。）

蒙古族的「狼圖騰」，因此而成為強悍民魂的一個象徵。

東北的啟迪

東北也是一片神奇的土地。祖籍東北的作家鄭萬隆就說過：「黑龍江是我生命的根，也是我小說的根。……我懷念著那裏的蒼茫、荒涼與陰暗……以及那對大自然原始崇拜的歌吟。那裏有獨特的生活方式、價值觀念和心理意識，蘊藏著豐富的文學資源。」在他的系列小說《異鄉異聞》中，作家「企圖表現一種生與死、人性和非人性、慾望與機會、愛與性、痛苦和期待以及一種來自自然的神秘力量。更重要的是我企圖利用神話、傳說、夢幻以及風俗為小說的架構，建立一種自己的理想觀念、價值觀念、倫理道德觀念和文化觀念」。[14]在這些關

13　魯迅：《南腔北調集・論「赴難」和「逃難」》。
14　鄭萬隆：〈我的根〉，《上海文學》一九八五年第五期。

於「大自然原始崇拜」、「來自自然的神秘力量」的感悟中，古老薩滿教的影子已經十分清晰了。

在中篇小說《我的光》中，鄭萬隆揭示了薩滿教的另一面。鄂倫春族老獵人庫巴圖因為信山神、信「山裏的一切，樹、草、鳥、獸、風、雨、雷電，包括石頭都和人一樣，都是有靈性的。『他們』都認得你，你一定得把『他們』當親人一樣對待」，而成為大自然的朋友和守護人。信山神、樹神、湖神、雷神、風神、虎神、熊神，正是薩滿教的泛神信仰。[15] 庫巴圖的虔誠情感甚至感動了本來是為了開發山林而進山考察的紀教授，使這位教授竟然也在薩滿教情感的影響下，轉變了觀念，最後鬼使神差地與大山融為了一體（小說裏寫紀教授在照相時掉進了山谷，但作家特別寫到了紀教授死後「奇怪的是身上沒有一處傷，臉上非常平靜安詳，半張著的眼睛裏還有喜悅的神色悠悠地流出來」，可謂意味深長）。這篇小說的奇特之處在於：既寫出了「薩滿教」的迷信竟然與「環境保護」的現代意識悠然相通（這樣，不就寫出了**「薩滿教」的當代性**嗎？），又寫出了一個鄂倫春族老獵人對於漢族老教授的影響和改造（而不是「代表先進文化」的老教授對於迷信「薩滿教」的老獵人的影響和改造）。這樣的發現，實在獨到。在這樣的發現中，我們可以對於「文明與愚昧」之間的微妙關係產生新的感悟：有時，「文明」會引人誤入歧途（多少美好的自然都是被「開發」毀掉的），而「迷信」則鬼使神差地與保護環境的現代主張不謀而合。這不能不說是文化的奇蹟、造化的奇蹟吧。這樣，鄭萬隆就證明了薩滿教與現代環保意識和古老懷鄉情感的深刻聯繫。

另一位黑龍江作家遲子建也深受薩滿教文化的影響，但她對於薩滿文化的發現又別有洞天——

在中篇小說《原始風景》中，就有這樣的詩化描寫：

我寧願認為我生活在一片寧靜的土地上，而月亮住在天堂，它穿過茫茫黑夜以光明普渡眾生。我們是上帝拋棄下來的一群美麗的棄嬰，經歷戰爭、瘟疫、饑荒，卻仍然眷念月光，為月光而憔悴。

[15] 參見烏丙安：《神秘的薩滿世界》，上海三聯書店一九八九年版，第一、二、三章。

我背著一個白色的樺皮簍去冰面上拾月光，冰面上月光濃厚，我用一隻小鏟子去鏟，月光就像奶油那樣堆捲在一起，然後我把它們拾起來裝在樺皮簍中，背回去用它來當柴燒。月光燃燒得無聲無息，火焰溫存，它散發的春意持之永恆。……我生於一個月光稠密的地方，它是我的生命之火，我的腳掌上永遠洗涮不掉月光的本色，我是踏著月光走來的人，月光像良藥一樣早已注入了我的雙腳，這使我在今後的道路上被荊棘劃破腳掌後不至於太痛苦。

在這些文字的字裏行間，就體現了「薩滿教」信仰對於詩化的人生感覺生成的影響。因為「薩滿教」就是相信萬物有靈的。民俗學家烏丙安就在《神秘的薩滿世界》中介紹說：「月亮……是一件薩滿神靈物。」[16]而遲子建更寫出了一個東北山區少女對於月亮的美好想像，以及月亮給她帶來的神奇體驗和信仰。

在遲子建的筆下，「陽光也是有力氣的，原先待在葉片上挺飽滿的一顆大露珠，經陽光輕輕一推，它就墜到地上了。草叢裏的蟲子正睡得美，這一下讓墜落的露珠給砸醒了，蟲子一睜眼睛，原來天已大亮了！」（《五丈寺廟會》）靈魂也是不滅的，像《白雪的墓園》中就有這樣的描寫：「母親……的左眼裏仍然嵌有圓圓的一點紅色，就像一顆紅豆似的，那是父親嚥氣的時候她的眼睛裏突然生長出來的東西，我總覺得那是父親的靈魂，父親真會找地方。父親的靈魂是紅色的，我確信他如今棲息在母親的眼睛裏。」《遙渡相思》中也有「父親的靈魂是在那個七月的午後飄進家門的」的描寫……這樣的描寫當然是作家的感覺，但這樣的感覺的確奇幻、空靈，給人以美好的聯想。與「人死如燈滅」的唯物主義觀念相比，「靈魂不死」的薩滿教信念也許能給普通人更多的安慰和希望。

16 烏丙安：《神秘的薩滿世界》，上海三聯書店一九八九年版，第二十三頁。

作家還在《原始風景》中寫下了這樣的異想：「我不是一個樸素的唯物主義者，所以我不願意相信那種科學地解釋自然的說法。我一向認為地球是不動的，因為球體的旋轉會使我聯想到許多危險」。而這想法就來自薩滿教。因為薩滿教就相信大地是漂浮水上的，而大地之所以不會沉到水底，是因為有天神派了三條大魚在水中馱著大地。[17]這樣的信念在今天這個科學知識已經十分普及的年代顯得比較可笑，但也正是因為有了這樣的奇特感覺，遲子建才寫出了非常有地域文化特色和浪漫色調的小說。

在長篇小說《額爾古納河右岸》中，作家更濃墨重彩地描繪了兩個可敬又可憐的薩滿形象。在這部描繪鄂溫克人生活的作品中，這兩個薩滿的形象特別令人難忘：一個是尼都薩滿，他是族長。小說開篇寫他給病重的侄女列娜跳神。他通過跳神終於使侄女甦醒了過來。神秘的是他在跳完神，甦醒過後告訴列娜的母親，列娜的靈魂已經由一頭馴鹿代替，去了另外一個世界。而列娜的母親果然就在門外發現先前還是歡蹦亂跳的小馴鹿已經倒斃。這個情節寫出了鄂溫克人生活的神奇。這樣的神通他後來還多次顯現過。他不僅能讓失明者重見光明，讓生了疥瘡的孩子不再痛苦，並且能讓生病的馴鹿痊癒。他甚至可以在跳神時讓日本鬼子的戰馬也死去。但值得注意的是，作家沒有寫他無往不勝。即使尼都薩滿有非凡的神通，他平時也像個普通人一樣生活。他原來就是一個普通人，不幸和弟弟同時愛上一個姑娘，只好忍痛退讓。並因此而產生了異於常人的能力（可以幾天幾夜不吃不喝；光腳走過荊棘叢竟然毫無問題。「大家從這超乎尋常的力量上，知道他要做薩滿了」）。但他對弟媳一直充滿好感，為此甚至不顧氏族的習俗，追求守寡的弟媳。他精心收集了山雞毛，為自己愛的女人縫了一條色彩豔麗的裙子。而當他費盡力氣也沒能祛除瘟疫時，他也會痛哭失聲，並且迅速地衰老下去。他因此而與萬能的神有所不同。他終於在自己的愛人跳舞至死以後變得魂不守舍，但即使這樣，他仍然用最後的力量讓日本人的馬死去。

繼承了尼都薩滿的法器和神衣的，是妮浩薩滿。她也是因為有了異於尋常人的舉止（她在聽尼都薩滿唱神

[17] 烏丙安：《神秘的薩滿世界》，上海三聯書店一九八九年版，第四—八頁。

歌時有強烈的身體反應，表明她與神歌有緣；她的身體在雪地奔跑時，她的靈魂卻在給孩子餵奶；她能自然吞吐野鴨蛋那麼大的銅鈴）而成為薩滿的。而這位薩滿的心中，其實也懷有愛情的遺憾。小說中對她拯救酒鬼馬糞包的描寫也是十分感人的。在大家的目光中，「妮浩顫抖著，她什麼也沒有說，只是悲哀地把頭埋進魯尼懷裏。她的舉動使魯尼明白，如果救了馬糞包，他們可能會失去可愛的女兒交庫托坎，魯尼也跟著顫抖起來。」然而，她還是毅然披掛上了神衣，充滿激情地跳起神來。而且「妮浩一旦跳起神來，她就不是她自己了。」她終於使馬糞包起死回生，但她的女兒也真的因為在林中遭遇了馬蜂的襲擊而不幸夭折了。在這個故事中，妮浩薩滿的善良、崇高精神、奇特神力、以及神秘預感，都得到了集中體現。一切都既富有人情味又神秘莫測。這位薩滿的死也是為了求雨澆滅山火。她終於在祈來的大雨中結束了自己的一生。這樣，她就和尼都薩滿一樣，成為以神秘法力救人急難的仁者。

這樣，鄭萬隆和遲子建對薩滿教中環境保護和善良美德的發現便顯示了他們從東北鄂倫春族、鄂溫克族文化中「尋根」，並找到了薩滿教與現代環境保護意識、與詩化情懷、仁義精神之間的深邃通道。

回族的剛烈信仰

回族作家張承志是在盡情謳歌了蒙古族「額吉」的偉大和新疆的壯美以後，才重新發現了自己的血統的。他發現：「中國回族是在分散於東方文化中心——漢文明的汪洋大海之中的情況下堅持他們的神性世界的。因此，和猶太人相似，中國回族信仰的伊斯蘭教極具宗教的本義性、沉默性以及神秘性。」（《黃土與金子》）為此，他寫下了一系列謳歌回民為了捍衛自己的信仰不惜流血犧牲的小說——從《殘月》中回民在「文革」中拿起斧頭反抗紅衛兵毀壞清真寺的場面到《海騷》刻畫幾代回民造反的血性，再到《西省暗殺考》渲染回民前仆後繼復仇的殉教意志，直到那部迴腸盪氣的《心靈史》。在長篇小說《金牧場》中，他讚美道：「朝聖的故事才是人類的奇蹟。」「有兩類朝聖，因為它的普及和全民性，應當被認為是最大的壯舉。」——那便是藏民去拉薩朝聖和回民去麥加朝覲。他相信：「中國之幸也許就因為有了他們。」到了《心靈史》中，作家在歌頌了「哲合忍耶」這個「為了內心信仰和人道受盡了壓迫、付出了不可思議的慘重犧牲的集體」以後，筆鋒一轉，嘲弄了中國人「對於回回民族的認識」的「糊塗」，並指出：「信教——這對中國人來說，是一件很難理解的事情。」他無情諷刺了「以苟存為本色的中國人」，並歎息：「外來的回回人生活在這片漢文明的海洋裏，繼失去故鄉、失去母語之後，失去信仰的歷程也一直在進行。」他因此才走進了「哲合忍耶」的心史，以此召喚：「我和哲合忍耶幾十萬民眾等待著你們。我們把真正的期望寄託給你們——漢族人、猶太人、一切珍視心靈的人。發掘出被磨鈍的感性，回憶起消逝了的神秘瞬間，正視著你們經常說到的愛心和人道」。[18]在書中，對於「哲合忍耶」的謳歌常常是以漢民族的「劣根性」為對照的：「正因為是在一個無信仰的中國，正因為是在一個世俗思維理論統治一切的中國，……哲合忍耶才如此閃爍異彩。」「中國人民就是這樣一種存在——當別人流血犧牲大聲疾呼時，他們是不參加不理睬的。他們有驚人的冷淡、奴性、自私；烈士精神對他們的感召力是微乎其微的。這也許是中國人劣於世界任何一個民族的地方。但是中國人同時又是大奇蹟的創造者，一旦他們集群而起，他們便突然間拋盡了血液中的奴性和冷漠，以真正的史詩教示世界。」雖然，書中也不得不面對無情的事實：「回族是一個複雜的人群共同體，有時它那麼剛強激烈，有時它又冷漠自私至極。」

從一九八〇年代開始，張承志就一直在文壇上揮舞著理想主義和民粹主義的旗幟。那理想主義正與世俗化浪潮對峙；而那民粹主義又與精英意識相抗衡。在理想主義的旗幟越來越褪色的年代裏，他的堅持也越來

[18] 張承志：《心靈史・走進大西北之前》，花城出版社一九九一年版，第四——十二頁。

越偏激。在這方面，他是以魯迅為榜樣的。他說過：「曹雪芹雖然偉大，但是太中國人味了。或許曹雪芹是滿洲人，但滿人比漢人更北京化、更市井化、更充溢著孔孟之道的黴味。中國從來只能由曹雪芹型的人物代表；但中國需要的卻是另一種人。……中國需要西元前後那大時代的、剛剛混血所以新鮮的『士』；需要俠氣、熱血、極致。」在他看來，「現代中國僅先生一人屬於這個類型」。那先生便是魯迅。他甚至偏激地猜測：「先生或是『胡人』後裔」，因為「先生血性激烈，不合東南風水。當然，這只是少數民族對當代漢族的一種偏見。……中華血脈複雜，歷史上經歷了幾次大規模混血；似乎血的繼承是奇異的——並非是混血後形成了新的人，而是人們各自繼承著遙遠的某種秘密。……以上僅是妄言而已。」[19]從這妄言中，也可以看出張承志的「崇『胡』心態」了。

而回民的剛烈，也與紅柯對於「胡人的剽悍與驕橫」的禮贊，與姜戎對於「狼圖騰」的呼喚悠然相會，共同烘托出這個時代倡導浪漫、野性（血性）回歸的精神主題。

綜而觀之，上述作家從不同的角度對少數民族文化優勢的發現，都指向了改造漢民族文化的目標。無論是以新疆的幽默去沖淡漢族的過於政治化，還是以西藏的神秘去質疑漢族的「獨斷論」思維，或是以蒙古的「狼圖騰」去改造漢族的文弱，抑或是以回民的信仰去對照漢族的世俗化，都具有發人深省的警醒和啟迪的意義。這些思想，無疑拓展了近代以來「改造國民性」的思路。

應該說，這樣的思路其實也是深深植根於漢族不斷求變的文化傳統之中的。雖然中國的正統思想中，「非我族類，其心必異」的保守思想顯然佔有主導地位，但從春秋戰國時期趙武靈王的「胡服騎射」到漢末以後對佛教的接納，從唐代長安以恢弘的氣勢容納四方賓客到《西遊記》不畏千難萬險去西天取經的故事的廣為流傳，一直到近代魏源「師夷之長技以制夷」的思想和一代又一代青年掀起的一波又一波「出國熱」，都可以證

[19] 張承志：〈致先生書〉，《中國作家》一九九三年第三期。

明漢族也有熱心向異族學習的傳統。對此，錢穆先生曾有論述：「中國人對外族異文化，常抱一種活潑廣大的興趣，常願接受而消化之，把外面的新材料，來養自己的舊傳統。中國人常抱著一個『天人合一』的大理想，覺得外面一切異樣的新鮮的所見所值，都可融會協調，和凝為一。這是中國文化精神最主要的一個特性。」[20]只是，到了近代，由於民族危亡，才有了「改造國民性」的迫切吶喊，於是，向西方學習現代化的心態才變得非常急切起來。一百多年過去了，中國人上下求索，既嘗試了俄羅斯的民粹主義與社會主義，也接受了歐美的科學主義、民主主義和自由主義。而在二十世紀末，中國再度開始在現代化的道路上迅猛奔跑的進程中，高漲的民族主義思潮又使得作家們驀然回首，去「尋根」，去重新發現民族文化的傳統。又由於中國是個多民族的國家，因此，對本土文化傳統的追尋必然產生這樣的思潮：從少數民族文化中去吸取新的思想、新的感覺、新的力量，以拓展新的建設思路。這樣，作家們對少數民族文化精神的重新發現就與漢族作家對「楚文化」、「吳越文化」等等「異端文化」的重新發現殊途同歸了。

另一方面，我們還應該注意到，漢族作家們（包括張承志這樣雖然有著回族的血統，但實際上已經被漢化）對少數民族文化精神的重新發現又是與少數民族文化正在面臨著現代化浪潮的衝擊的態勢形成了鮮明的對照的。因此，他們對少數民族文化的重新發現，也具有了保護文化多樣性的積極意義。他們描繪少數民族絢麗多彩生活的作品常常凝聚了他們瞭解、研究少數民族文化的心血，保留了他們獨有的可貴體驗、發現與思考，因此他們的這些作品也無疑具有了人類學的意義。

還需要指出的是，在這個人類意識已經深入人心的時代，這些發現少數民族文化的優秀作品常常在有意無意間也架起了一座比較漢族文化與少數民族文化異同的橋樑。作家們一方面有借少數民族文化「改造漢族的劣根性」的批判意識，另一方面也常常發現了漢族文化與少數民族文化的相似與相通。例如：王蒙年輕時就具有幽默

[20] 錢穆：《中國文化史導論（修訂本）》，商務印書館一九九四年版，第二〇五頁。

的氣質，曾經自道：「年輕的時候我也是有志於相聲創作的」，[21]還說：「北京作家幾乎都受相聲的影響……我是北京人，北京人就夠貧的了，到了新疆以後又添了阿凡提的幽默」。[22]這樣的自道就顯示了漢族幽默與維吾爾族幽默的相通。顯然，王蒙是先有了幽默的心理素質，後來去了新疆才有了特別欣喜的發現與認同的。馬原也是因為先受到了東北薩滿教文化的影響而賦有了神秘主義氣質的，因此他對於西藏文化的發現與感悟，就更具有哲理的意義。就像他宣稱的那樣：「信莊子和愛因斯坦先生共有的那個相對論認識論，也信在全部相對之上的絕對——典型的形而上主義！」[23]就意味深長地暗示了藏族文化、道家文化、現代相對論在精神氣質上的悠然相通。馬麗華也在《藏北遊歷》中發現了藏族「像漢民族一樣，長於沉思，不求實證，認識世界的途徑，是由詩人的眼光而非物理學家的」，也體現了發現漢藏文化異中有同的人類學睿智。鄭萬隆在談到他的《異鄉異聞》時也特別強調：「遠古和現在是同構並存的」，「在我的小說中體現出一種普遍的關於人的本質的觀念。」[24]《我的光》就是薩滿教與現代環保意識悠然相通的絕好文本。張承志的長篇小說《金牧場》是將蒙古族關於「黃金牧地」的傳說、回族義民對於信仰的堅守、日本友人對基督教的虔誠、美國黑人為平等理想而奮鬥的往事與漢族紅軍的革命經歷連成了一氣的，它們證明：各民族都有為崇高的理想而奮鬥的一部分人。「人類中總有一支血脈不甘於失敗，九死不悔地追尋著自己的金牧場」。這些都足以表明：在不同民族文化傳統、文化氣質的深處，還有著相通的人性——那正是不同民族可以互相交流、互相學習、互相促進、共同發展的心理基礎。

回首一個半世紀以來中國的巨變，不難看出：中國人的民族性格已經在劇烈的社會動盪和經濟崛起的過程中發生了翻天覆地的變化——中國已不再是「東亞病夫」，已經憑著頑強的毅力克服了重重難關，趕上了現代

21 王蒙：〈相聲的文學性〉，《王蒙文集》第七卷，華藝出版社一九九三年版，第五七〇頁。
22 〈王蒙、王幹對話錄〉，《王蒙文集》第八卷，華藝出版社一九九三年版，第五八六頁。
23 〈馬原寫自傳〉，《作家》一九八六年第十期。
24 鄭萬隆：〈我的根〉，《上海文學》一九八五年第五期。

化的快車。一方面，是中國的崛起使得儒家精神、道家理想、佛家境界開始為西方人所矚目，從而融入世界人文精神的建構，另一方面，競爭意識、「酒神精神」也融化進了人們的血液中，神秘主義也已經悄然回歸人們的日常生活。而這種種文化現象，則為當代漢族作家紛紛發現少數民族文化精神的絢麗作品提供了鮮明的時代背景。

——原載《文學評論》二〇〇八年第四期

新時期文學與「新民族精神」的建構

文學常常是一個民族的精神所繫。一個民族的文學常常可以體現出這個民族的世界觀、人生觀，體現出這個民族的精神氣象。以這樣的眼光看當代中國的文學，也可以看出當代中國人的精神風貌——在改革開放的時代裏，中國人追趕現代化的步伐顯得格外急切、匆忙、浮躁，這急切、匆忙、浮躁投射在文學思潮的演進中，便是當代文學思潮的此起彼伏、日新月異。由於中國人對西方現代生活的追求而產生的「西化」浪潮使得西方的科學主義、民主主義、個性主義、現代主義再度重返神州，這些西方思想極大地改變了中國人的價值觀念，同時也引發了由於西方文化理想與中國社會現實的巨大落差而導致的精神痛苦，這樣的痛苦一直伴隨著中國的作家們。西方文化思想的衝擊也激起了中國傳統文化的回應，當代的「文化尋根」思潮正是民族主義高漲的標誌，具有濃厚的傳統文化氣息的文學作品因此而一直碩果累累。在不同的文化思想與社會思潮的交鋒中，相對主義的理念應運而生——這一理念使人們由傳統的偏執、極端走向理解、寬容，也使得許多作家學會了在不同的文化立場間（不僅在中西方文化之間，而且在漢族與其他少數民族文化之間）穿行的靈活多變。[1]而現代

[1] 參見〔美〕L. J. 賓克萊：《理想的衝突》第一章，馬元德等譯，商務印書館一九八三年版，第五——五三頁。

社會中的激烈競爭、巨大變化也驅使越來越多的人們放下了傳統道德的重負，坦率地、甚至無所顧忌地宣洩自己的苦悶與激情，從而使「慾望敘事」成為當代文學的一大景觀，使中國人的強盛慾望、世俗情懷得到了空前盡性的釋放。於是，在「文革」結束以後當代人「重新選擇生存的峰頂」（北島詩句）的上下求索中，中國人的精神渴求與世俗慾望都通過文學得到了空前氣勢磅礴的宣洩。在多元文化思想的碰撞與交彙中，以既追求個性的特立獨行也追求世俗成功、既兼容並包了西方各種文化思想又重新發現祖國傳統文化的「當代性」、既深切感受到了現代化的成功又深刻體會到了現代化的無奈的矛盾心態中，產生出了新的民族精神。這種「新民族精神」顯然不同於傳統的儒道釋合一的文化精神，但也不完全是西方基督教文化精神與現代化精神的東移。這種「新民族精神」以格外浮躁、多變的氣質昭示了一個民族在經歷了多年的政治高壓以後噴發出的巨大生命熱能，同時也在不斷的自我反思、自我追問中實現著精神面貌的不斷蛻變。

一切都是那麼地蕪雜，充滿了矛盾。

一切也值得認真地梳理、深入地研究。

新時期的「個性解放」

新時期伊始，最激動人心的口號是「思想解放」，而「思想解放」也就為「個性解放」打開了道路。從思想界的撥亂反正到八十年代初「沙特熱」的勃然興起，存在主義填補了「信仰危機」留下的空白。在那本風靡一時的《沙特研究》的「編選者序」中，柳鳴九指出：「沙特哲學的精神是對於『行動』的強調。……『人是自由的，懦夫使自己懦弱，英雄把自己變成英雄』。這種哲學思想強調了個體的自由創造性、主觀能動性……

不失為人生道路上一種可取的動力」。[2]這樣的思考對於八十年代剛剛掙脫了思想的枷鎖，渴望在「四化」建設中建功立業的青年，無疑有著巨大的吸引力。這裏，需要指出的是，即使沒有存在主義的引進，許多青年已經在社會的底層認識到個人奮鬥的重要。在「文革」中，法國小說《紅與黑》在許多知識青年中不脛而走就是證明。在「文革」的「地下文學」中，靳凡的小說《公開的情書》也記錄了當時對現實不滿的青年的個性心聲：「一個真正的人應當有自己的理想、自己的生活、自己的道路、自己的愛情。」這已經是個性在政治高壓下覺醒的又一明證。有了這樣的社會基礎，才有了「文革」以後「沙特熱」的迅猛高漲，有了一批刻畫青年個人奮鬥的文學作品的應運而生——從路遙筆調苦澀的《人生》到王安憶充滿歎息的《新來的教練》和張辛欣詠歎調般的《在同一地平線上》，還有王蒙那溫柔敦厚的《風箏飄帶》和張承志那意氣風發的《北方的河》，以及阿城那俗氣中透出悲涼的《棋王》。這些故事，很容易使人想到魯迅的《過客》、茅盾的《虹》、葉紹鈞的《倪煥之》、巴金的《家》……這一條新文學中弘揚個性的傳統。

在貧瘠的中國土地上，個人奮鬥對於平民而言，當然首先是個人物質生活條件的改善。中國素有務實的傳統。中國老百姓一直是懂得如何去腳踏實地地謀生、處世的。在民間流傳極廣的《朱子治家格言》和《增廣賢文》中，就凝聚了普通百姓的生存智慧。因此，儘管在八十年代初，《北方的河》那樣的理想之歌曾經鼓舞起了很多熱血青年的浩蕩激情，但廣大的青年還是在為理想奮鬥的道路上品嚐了人生的五味，就像王安憶的長篇小說《六九屆初中生》中的主人公感慨的那樣：「沒法子，我們都是小人物……只能努力為自己做一點什麼。我們很自私，可是，我們生活得很認真。」這樣的平民立場，和阿城在創作談《一些話》中坦言自己寫《棋王》的動機是「賺些稿費，買煙來吸」，[3]已經明顯不同於儒家傳統的「修身齊家治國平天下」的宏大抱負，也

2 柳鳴九編選：《沙特研究》，中國社會科學出版社一九八一年版，第四頁。
3 阿城：〈一些話〉，《中篇小說選刊》一九八四年第六期。

不同於「五四」那一代啟蒙思想家「改造國民性」的人文理想了（「改造國民性」這個口號本身就富於理想主義的激情，也顯示了那一代啟蒙運動的領袖們「以天下為己任」的崇高姿態）。在那些顯然更能代表平民、「小人物」樸素、平常的心聲中，我們可以感受到經歷過「文革」政治狂熱的一代人在飽嚐磨難以後回歸樸素人生的務實態度，感受到理想被欺騙以後普通百姓種好「自己的園地」的傳統活法的歸來。

當然，「思想解放」的閘門一旦打開，人們渴望改善自己生活的願望也就空前高漲了起來。在政治的狂熱迅速消退以後，一向善於經商的國人便在商品經濟回歸的年代裏煥發出了經商的狂熱。八十年代末曾經流行的「十億人民九億商，還有一億在擴張」的順口溜就生動反映了那個「全民經商」年代的狂熱氣象。在八十年代初，賈平凹就在一系列小說中講述了山區農民投身經商、大起大落的生動故事，其中有成功的喜劇（如《雞窩窪的人家》、《臘月・正月》），也有失敗的悲劇（如《古堡》、《遠山野情》）。而不論是成功還是失敗，都凸現了當代農民潑辣的生命意志、浮躁的致富情結。長篇小說《浮躁》中這麼展示了青年農民的強烈心聲：「我要穿就穿皮襖，不穿就光身子！」「這世事就是吃死膽大的，餓死膽小的！」「現在什麼事不能幹？」小說也表達了作家對「浮躁」情緒的理解：「一場大的動亂過後，社會心理容易產生變態情緒，狂躁不安……只要讓這種浮躁不安的情緒狠狠發洩上一次，他的心靈似乎才能得到片刻的安寧。」小說中塑造的新時代農民金狗、雷大空的形象雖然有膚淺、浮躁、膽大、妄為之氣，但小說中那句「嗚呼，左右數萬里，上下幾千年，哪有如此農民？」的長嘯仍然令人感動。讀《浮躁》，很容易使人想到魯迅筆下那些麻木的農民形象，想到渾渾噩噩的阿Q在革命的高潮中也會投身革命的笑談，想到周立波的《暴風驟雨》、丁玲的《太陽照在桑乾河上》、柳青的《創業史》、浩然的《豔陽天》中那些在土地改革和合作化運動中熱熱鬧鬧革命的農民……幾十年過去，中國的農民已經發生了多麼巨大的變化！他們為時代的巨變而浮躁，為自己過上好日子的夢想和機遇而浮躁。他們曾經接受過「社會主義教育」，但最終還是從「包產到戶」、「下海經商」這些「為自己」的活法中重新開始了自己的創業之旅。

「國民性」就這樣在幾年之間發生了翻天覆地的變化。但這變化顯然與魯迅那一代人理想主義的設計很不一樣，不是「剛健不撓，抱誠守真；不取媚與群」，但又頗有點「以更革為生命，多力善鬥」、「立狂風怒浪之間，恃意力以闢生路者也」的意思。[4]今天，在理想主義已經遭遇了重大挫折，務實的人生態度已經成為時代主流的背景下，作家們看世事的眼光已更多是「理解」與「同情」了。

不是沒有批判，但那批判的鋒芒已經更多指向了舊時代的黑暗（例如「傷痕文學」和「反思文學」的絕大部分作品）；不是沒有嘲諷，但那嘲諷的矛頭常常指向的是人性的悲哀，而不只是「國民性」問題（例如「新寫實」小說對慾望的剖析）。不僅如此，我們甚至可以感覺到，在當代文化思潮的「西化」色彩已經越來越鮮明的新時期，重新認識傳統文化的浪潮也迅速高漲了起來——從八十年代的「文化尋根」對楚文化、吳越文化浪漫古風的追尋到「歷史小說熱」不斷喚起當代人對那些英雄故事（從凌力的《少年天子》、端木蕻良、鍾耀群的《曹雪芹》到二月河的《康熙大帝》）的記憶，以及「武俠小說熱」在青少年中推動俠文化的空前普及，根據古典文學名著改編的電視連續劇《紅樓夢》、《西遊記》的熱播，到九十年代「歷史小說熱」的繼續升溫（如唐浩明的《曾國藩》、劉斯奮的《白門柳》）、散文界余秋雨的《文化苦旅》的暢銷、影視界歷史題材的繼續大紅大紫（從《唐明皇》、《武則天》、《雍正王朝》到《鴉片戰爭》）……這一切彙成了喚起民族的歷史記憶、普及歷史文化知識、重建民族自信心的大潮。在這樣的大潮中，「改造國民性」的聲音已經越來越弱了。雖然不時可以耳聞「提高全民素質」這樣的口號，雖然「五四」先驅們痛加針砭的「國民劣根性」問題（諸如「瞞」和「騙」、卑怯、「精神勝利法」、馬馬虎虎、缺乏韌勁……）並沒有得到根本的改觀，但畢竟，時代變了。在這個文化價值觀念已經多元的時代，「個性解放」常常意味著：按照自己的意願生活。

---

4 魯迅：〈摩羅詩力說〉、〈文化偏至論〉，《墳》，北京：人民文學出版社，一九八〇年，第九十二、四十八、四十九頁。

在個性長期受到政治壓抑的年代過後，一旦政治的枷鎖被解除，個性的叛逆當然會顯得格外兇猛——在蔣子龍的小說《赤橙黃綠青藍紫》、徐星的小說《無主題變奏》、阿城的小說《孩子王》、劉西鴻的小說《你無法改變我》、老鬼的小說《血色黃昏》、王小波的小說《黃金時代》中，我們都可以感受到青年對於「規範」、「權威」、「正統」的蔑視與挑戰，感受到「我行我素」精神的重新崛起。對於舊的生活方式的厭倦，對於僵化思維模式和說教話語的唾棄，使得青年們重新發現了自己的愛好與利益。一代青年的叛逆之風最終沖決了舊思想的羅網，催生了新的文化景觀（從「校園歌曲」到「搖滾樂」運動，從韓東、于堅、李亞偉等人「後朦朧詩」到朱文、李馮、陳染、林白、衛慧、棉棉的「新生代小說」），也在相當程度上改變了時代的風尚。這裏，特別值得一提的是「後朦朧詩」的世俗化傾向——從《有關大雁塔》消解崇高的口吻到《尚義街六號》、《中文系》對大學生世俗生活的精彩描繪，都體現了「新生代」故意遠離「高雅」、親近「世俗」甚至「粗俗」的生活姿態，而截然不同於「朦朧詩」（例如北島的〈迷途〉、舒婷的〈致橡樹〉、顧城的〈一代人〉）的「小資情調」。這一傾向與「右派」作家重新認識人民的作品（例如王蒙的《在伊犁》系列小說、鄧友梅的《煙壺》、陸文夫的《美食家》、張賢亮的《綠化樹》），與「尋根派」作家傾心於世俗人生的作品（例如賈平凹的《商州初錄》、李杭育的《最後一個漁佬兒》、《船長》、阿城的《棋王》、《孩子王》、鄭萬隆的《老棒子酒館》、莫言的《紅高粱》）可謂悠然心會。這些作品共同烘托出了新時期文學的民族主義主題，而它們之間的微妙區別也許在於：對於「右派」作家和「尋根派」作家，對民間生活方式的嚮往顯然具有浪漫色彩和民粹主義思想內核，而對於「新生代」作家，親近世俗、不避粗俗的姿態則更具有叛逆與狂歡的意味。

這樣，就產生了「個性姿態」與「民間立場」的奇特統一：一方面，顯示「個性」、追求「個性」成為時代的主題；另一方面，那些「個性」又與「現代派」的晦澀、艱深、雲山霧罩很不一樣，而顯得很有泥土氣息、市井風味。而這種泥土氣息、市井風味因為更具有地道的民間性而當然與毛澤東時代的「工農兵文藝」的革命化色彩隔若天壤。

因此，儘管在八十年代，有西方的康德哲學、存在主義、唯意志論成為中國青年思想解放的新武器，在文學創作的世界裏，卻是民間情懷、世俗姿態從根本上摧毀了僵化的思想牢籠，喚醒了國人對「樂感文化」傳統的記憶和縱情狂歡的生命熱情。我感到，這才是新時期中國「個性」的獨特風采所在：這個性緊聯著民間的世俗情懷，在西方自由主義精神與傳統民本主義之間明顯向前者傾斜。無論是張賢亮式的謳歌苦難，還是王安憶式的耽於安樂（例如《長恨歌》的「小資」情調），也不論是莫言式的粗獷狂放，還是于堅式的樸質親切，都在這一點上殊途同歸。

值得注意的是，在「個性」與「民間性」的融合中，「個性」常常具有了返樸歸真的意義：或者是像《棋王》中的王一生那樣樸素至極，重視「吃飯」甚於「名氣」；或者是像《紅高粱》中的余占鼇那樣率性而活，敢愛敢當，敢於鋌而走險……這樣，「個性」的回歸其實具有了「率性而活」的意義。來自社會底層、經過苦難磨礪的作家們，在這樣的立場上也遠離了「理想人格」的設計，而認同了生命的豐富多彩、生活的不拘一格。從這個角度看，九十年代以後余華的《活著》和《許三觀賣血記》，還有劉恒的《貧嘴張大民的幸福生活》、閻連科的《年月日》、盛可以的《北妹》、畢飛宇的《平原》……其實都體現了作家們對老百姓的「活法」的理解——莫道是「芸芸眾生」，自有其頑強的生命意志和靈活的處世之道。他們有時看上去似乎麻木，其實麻木中藏有堅韌（像《活著》中的福貴）；有時看上去萎縮，其實萎縮中有時會釋放出感人的能量（像《許三觀賣血記》中的許三觀）；他們是渺小的，是「弱勢群體」，但他們在社會底層掙扎、打拼的辛酸與頑強仍然具有重要的思想意義：在一個因為社會的飛速發展而使得社會問題、心理問題層出不窮的年代，他們令人感動的心理承受力和自我調節力顯示出了健康、積極的生命意義。作家們對這些底層百姓生活的重新發現和理解，也顯示了新的時代精神：不再奢求「改造國民性」，而是以通達的情懷去理解百姓的不易、底層的艱難。而這，恐怕是「五四」那一代人不曾想到的吧。我甚至覺得，今天的作家的平民立場正是當代人對於歷次政治運動「改造思想」（不妨將這一口號也看作「改造國民性」的主題的延伸）恐怖記憶的遠離。

當然不能忽略問題的另一面：「個性」的極度膨脹必然導致人慾橫流。尼采的「超人」思想對於私慾膨脹的人們無疑是刺激輕狂的麻醉品；傳統文化中「瞞」和「騙」的劣根性也常常使得商業活動成為損人利己的「無規則遊戲」（借用作家賈魯生一部同名小說的題目）。在文學界，世俗的成功渴望也常常異化為「文人相輕」、黨同伐異的邪勁——文壇上很多無聊的彼此攻訐、互相傾軋，說到底是為了追名逐利。而為標新立異而標新立異的矯情（從詩歌界的胡亂命名到小說界的「身體寫作」）也在相當程度上扭曲了當事人的「個性」。這些浮泛的「個性」泡沫，常常轉眼即逝，就證明了在時代的大潮中，膚淺的「個性」微不足道。但這些泡沫的確敗壞了文壇的聲譽，也是有目共睹的事實。

值得注意的還有，在現代化的時尚浪潮中，個性既是時尚的助產士，又是時尚的殉葬品。人們對於時尚的非理性追逐已經在很大程度上埋沒了人們（尤其是青少年）發現、培養自己個性的興趣。就像美國思想家馬爾庫塞曾經指出的那樣：「一種舒適、溫和、合乎情理且民主的不自由，正在發達工業社會盛行。」[5]如何在一個現代化、全球化、時尚化的時代發現自己的個性、守護自己的個性，不盲從，不異化，已經成為一個緊迫的精神課題。

新「政治情結」

新時期文學也是從破除「文藝為政治服務」的律令開始的。然而，文學在掙脫了政治枷鎖的禁錮以後，卻並沒有完全遠離政治——只是那目光已經由「敬畏」變成了「批判」。從八十年代的「傷痕文學」、「反思文

5〔美〕赫伯特•馬爾庫塞：《單面人》（中譯本），左曉斯等譯，湖南人民出版社一九八八年版，第一頁。

學」、「改革文學」那樣對政治悲劇進行反思的文學到九十年代興盛起來的「官場小說」那樣對政治的痼疾進行針砭、冷嘲的文學，都體現了當代作家的政治關懷，體現了他們的憂患意識。這種呼喚政治改革的聲音顯然有著深刻的歷史背景——中國文化具有「政治型文化」的特質。[6]許多社會問題歸根到底是政治問題。何況是在一個政治專制的年代終結以後，對政治問題的歷史反思，對政治問題後遺症的不得不止視，都必然會在新時期文學中投下長長的陰影。從「文革」末期的「四五運動」到新時期初期的「街頭政治」，從「政治體制改革」的呼聲的幾起幾落到「村民自治」、「網民議政」、「民告官」的悄然流行，是政治民主化進程格外漫長的證明。改革開放三十年來，呼籲「加快政治體制改革」、「健全社會主義民主與法制」的聲音從來就沒有停止過，這一事實決定了：在「新民族精神」的建構中，現代政治意識也是一個十分重要的內容。另一方面，國際政治風雲對中國政治格局變動的影響（例如一九九〇年代西方「遏制中國」的浪潮激起中國青年發出「中國可以說不」的民族主義吶喊）也是中國的現代化進程與國際政治環境互相博弈、中國人的政治意識也因此不可能淡化的有力證明。

於是，我們在文學思潮的起伏中看到了這樣的景觀——

一方面，是作家繼承了延安時期王實味的《野百合花》那樣「議政」的傳統和一九五六年「干預生活」思潮中「批判現實」的傳統（例如王蒙的小說《組織部新來的年輕人》）的傳統，在一九八〇年代初寫出了相當有鋒芒的電影劇本《在社會的檔案裏》、劇本《假如我是真的》、小說《飛天》，將「政治批判」從對「極左政治」的批判延伸到了對「特權政治」的針砭。這些作品雖然一度因為主題的敏感而受到了批判，卻在民間廣為流傳。到了一九八〇年代中盛極一時的「社會問題報告文學」中，也產生了麥天樞、張瑜的《土地與土皇帝》、賈魯生的《亞細亞怪圈》、喬邁的《希望在燃燒》那樣產生了「轟動效應」的力作。一直到了一九九〇

[6] 參見馮天瑜、何曉明、周積明：《中華文化史》（上），上海人民出版社一九九〇年版，第二三一頁。

年代，我們還可以從劉震雲的《官場》、《故鄉天下黃花》、《故鄉相處流傳》、王躍文的小說《國畫》、李佩甫的《羊的門》中感到作家對於官場的冷嘲。一直到新世紀，閻連科的小說《為人民服務》和《丁莊夢》還以相當大膽的筆觸嘲弄、鞭撻了官場的荒唐與黑暗。由此可見，批判政治特權一直是新時期文學的重要主題。新時期的「政治文學」作品之多、鋒芒之犀利、意義之深厚，也許是中國文學史上前所未有的奇觀。這正好表明了當代作家政治民主意識的空前高漲。

與這一奇觀形成鮮明對照的，是文學對於「改革家」和「開明君主」的呼喚——從蔣子龍的《開拓者》、張潔的《沉重的翅膀》、柯雲路的《新星》那樣的「改革文學」對思想解放、政治寬鬆、鐵腕肅貪的謳歌到二月河的《康熙大帝》、《雍正王朝》、《乾隆皇帝》、唐浩明的《曾國藩》、《張之洞》、熊召政的《張居正》那樣的歷史小說對有為帝王、「中興名臣」的宣揚，都寄託了當代作家的政治理想。但耐人尋味的是，「改革文學」中那些改革家在前進道路上的壯志未酬使「改革文學」在激越的主旋律之外還瀰漫了拂之不去的悲涼。而那些歷史小說在成功刻畫那些歷史人物的豐功偉績的同時也常常揭示了他們在重重的矛盾之間周旋的內心苦悶，也耐人尋味。這些特色顯然折射出當代作家清醒的現實意識：在中國，社會問題的積重難返使得改革的進程格外曲折。

另一方面，是對於歷史悲劇的持續追問。從「傷痕文學」、「反思文學」到「知青文學」，從余華的《一九八六年》那樣的痛苦提醒到王蒙的《狂歡的季節》、閻連科的《堅硬如水》那樣的嬉笑冷嘲，還有那些厚重的歷史紀實文學——從李輝的《胡風集團冤案始末》、叢維熙的《走向混沌》、馮驥才的《一百個人的十年》、葉永烈的《反右派始末》、鄧賢的《中國知青夢》、章詒和的《往事並不如煙》、楊顯惠的《夾邊溝記事》……都體現了作家對於那一幕幕歷史悲劇的難以忘懷、拒絕遺忘。雖然時光在迅速流逝，雖然現代化的狂歡常常沖淡了一部分人的痛苦記憶，但關於那些歷史悲劇的回憶與披露卻在不斷產生，從一九八〇年代到新世紀，綿綿不絕。中國素有「鑒古知今」、「通古今之變」、「前事不忘，後事之師」的歷史意識。歷史學家錢穆甚至認為：「在中國學術界，則政治學、史學正為一切學問中心主要兩項目。孔子即為其代表。」[7]因此，反思歷史（尤其是當代政治史、思想史、文學史）就成為當代作家深入探討中國問題的一個重要切入點。而這樣一來，鮮明的政治意識就成為當代「新民族精神」的一個重要特色。不再是盲目地去詮釋政治意識形態，而是從政治現代化的立場出發，從民主的立場出發，去審視歷史，去追問充滿了政治鬥爭、卻無益於民族現代化偉大事業的荒唐歷史，去積極探索走出政治鬥爭「過七、八年就來一次」的怪圈的光明之路，直至為此飽經坎坷依然無怨無悔。這意味著，思想解放的痛快、個性張揚的自由、多元化格局的開闊，都沒有從根本上淡化當代作家的政治意識。而當代作家政治意識的一直鮮明，也體現出了他們的社會責任感和歷史使命感。這社會責任感和歷史使命感看似與個性主義彼此矛盾，其實相反相成：有了獨立的個性意識，才有了反思歷史的深刻與獨到；而有了許多知識份子的社會責任感和歷史使命感，也才能夠超越一己的私心，為營造尊重個性、發展個性的寬鬆政治環境，為排除妨礙個性發展的重重障礙（從侮辱人的政治鬥爭到「官本位」的體制，從不合理的戶籍制度到惡劣的勞動條件）去作韌性的努力。

在中國，許多社會問題其實都是政治問題。由於民主與法制的不夠健全，由於「官本位」體制問題的積重難返，許多小問題都積累成了大麻煩。認識不到這一點，而把那些社會問題僅僅歸結為「文化問題」，顯然無異於緣木求魚。就像李澤厚曾經指出過的那樣：「我覺得現在的關鍵不是所謂的啟蒙以及文化問題，而是經濟政治體制的改革。那些反傳統最激烈的人恰恰掩蓋了這一點，過多地談論文化，實際意味著錯誤人人有份。這就為那些應該負責的人開脫了……」「我之所以再三表示不贊同『空洞口號』，就是因為所謂民主、自由、個性解放等等都是很具體的東西，它需要通過政治體制改革而確立其法律保證的形式」。[8]因此，當中國的經濟在

---

[7] 錢穆：《現代中國學術論衡》，嶽麓書社一九八六年版，第一二一頁。

[8] 〈「五四」的是是非非——李澤厚先生答問錄〉，《文匯報》一九八九年三月二十八日。

不長的時間裏迅速起飛、現代化建設取得了顯著的成就的同時，政治體制改革的推進就成為十分突出的問題。這一現實決定了相當一部分中國作家政治意識不會泯滅，決定了中國文學的政治關懷不會消亡。甚至，這些可能仍然是中國當代文學的一大特色：既忘不了政治的改善與進步，也理解政治改革的艱難與隱憂，同時又為政治改革的進展緩慢而憂心忡忡——那剪不斷理還亂的政治焦慮，可謂紛亂糾葛，一如傳統士大夫的一片癡心，卻又不再有「致君堯舜上」的天真；頗有「五四」先驅的民主意識，卻又因為飽經風霜而不能不瞻前顧後！這，也許就是每當文學在時尚風潮的影響下一顯露「失重」的苗頭，就自會有作家、評論家發出嚴肅的提醒之聲的原因所在吧——在一九八五年「新潮文學」崛起以後不久，就有了「社會問題報告文學」的風雲際會，而那些體現了作家們強烈的政治關懷、產生了轟動效應的報告文學就顯示了這樣的品格：「嚴格地說，報告文學作家具有政治家的意味」，他們是「具有思想家傾向意味的」。[9]到了一九八八年，在世俗化浪潮已經高漲之時，也有評論家發出了「重建理想」的呼聲，反對「無目標、無取向、無價值標準的文藝」。[10]到了一九九三年，當文學的轟動效應已經不再，出現了「文學危機」時，又有一批評論家、學者掀起了「人文精神大討論」，質疑「調侃一切」的虛無主義和「玩文學」的自娛心態，呼喚「社會責任心和人文精神」的回歸。[11]與這思潮不謀而合的，是《白鹿原》、《活著》、《務虛筆記》、《馬橋詞典》、《日光流年》等一批厚重作品的問世。到世紀之交，一批「底層關懷」的作品湧現出來——從鬼子的《被雨淋濕的河》、盛可以的《北妹》、陳應松的《馬嘶嶺血案》、畢飛宇的《玉米》、閻連科的《丁莊夢》那樣再現底層的苦難、憤怒與抗爭的作品到遲子建的《世界上所有的夜晚》、賈平凹的《高興》那樣別具一格展現底層生活的複雜性的作品，又一次顯

9 錢鋼語，見〈書庫．一九八八．關於報告文學的對話〉，《解放軍文藝》（北京）一九八九年第一期。
10 陽雨：〈自由與失重〉，《文藝報》一九八八年四月十六日。
11 王曉明等：〈曠野上的廢墟〉，《上海文學》一九九三年第六期；陳思和等：〈當代知識份子的價值規範〉，《上海文學》一九九三年第七期。

示了文學的人道主義力量，顯示了文學關注苦難、關注民眾的傳統的回歸。在這樣的思潮面前，那些「身體寫作」、「私人寫作」的追求都相形失色了。

而與這些文學思潮相呼應的，是輿論界抨擊「官本位」痼疾的空前激烈，是政壇上「肅貪」風暴的頻頻爆發，是「民告官」新聞的不絕於耳，是由於有關行政、執法人員的官僚主義觸發的「群體事件」的頻繁發生……在經過了一百多年的戰爭和政治動盪以後，在一個現代化進程相對比較平穩的環境中，中國在政治民主化的進程中已經來到了一個沒有退路、前進又必須格外小心翼翼的關口。經過三十年來「政治體制改革」呼聲的不斷啟蒙，民眾的政治意識（包括參政意識、議政意識、維權意識和批判意識）已經有了空前規模的提高。但這樣的提高應該怎樣得到積極、有效的引導，而不致觸發可怕的社會動盪，顯然還是一個沒有得到根本解決的嚴峻課題。這樣的難題困擾著當代有志於推進中國政治體制改革的人們，也使他們在發出自己的吶喊時已明顯少了許多「五四」時期的激進主義聲調，而顯得謹慎、躊躇了許多。

新民族主義

民族主義，也是中國最根深蒂固的情結之一。從古代「非我族類，其心必異」的信條到近代的重重危機中仍然不失「稱霸宇內主盟地球」（梁啟超語）的夢想再到現代的炮火硝煙中「中華民族到了最危急的時候」的悲壯歌聲，一直到毛澤東宣告「中國人民站起來了」……無論是在災難中，還是在凱歌中，民族主義都是我們民族的重要精神支柱。到了改革開放的新時期，中國急起直追現代化，一方面使得「留學熱」長盛不衰，而留學生們在異國對傳播中國文化發揮了不可低估的作用；另一方面，中國在經濟上的迅速崛起也使得中國在世界政治舞臺上扮演了舉足輕重的角色，使世界對中國不能不刮目相看。這一切當然會使民族主義思潮更加高漲。

這高漲與「五四」時期「全盤西化」的主旋律已經截然不同，也與當時的保守主義思潮有了明顯的區別——今天的民族主義，已經超過了「中學為體，西學為用」的戒心，而因為當代經濟的起飛、文化的復興顯得底氣足了許多。這一切當然會在當代文學的發展歷程中留下清晰的印記。

幾乎是與「傷痕文學」高漲同時，老作家李準於一九七九年出版了長篇小說《黃河東流去》上卷，旨在「重新估量一下我們這個民族賴以生存和延續的生命力量」。稍後，汪曾祺也以《受戒》、《大淖記事》那樣清新、雋永、氣韻生動的作品開闢了「回到民族傳統」的道路。他發表於一九八三年的創作談《回到現實主義，回到民族傳統》顯然是一九八五年「尋根文學」崛起的先聲。也是在一九八三年，賈平凹發表了筆記《商州初錄》，李杭育發表了小說《最後一個漁佬兒》、《葛川江上人家》，他們富於浪漫主義精神的創作引起了韓少功的注意：「他們都在尋『根』」。韓少功由此也產生了尋找楚文化之「神秘、奇麗、狂放、孤憤」精神的激情，並寫下了有名的「尋根」宣言〈文學的「根」〉。在這篇文章中，他表達了自己的信念：「萬端變化中，中國還是中國，尤其是在文學藝術方面，在民族的深厚精神和文化物資方面，我們有民族的自我，我們的責任是釋放現代觀念的熱能，來重鑄和鍍亮這種自我。」[12]「尋根」思潮在一九八五年的高漲正好與「新潮文學」的勃興同時，可謂耐人尋味。考慮到「尋根派」賈平凹、李杭育、韓少功、王安憶、阿城、莫言都是在「文革」的荒原上度過了自己的青少年時代，他們基本上都是通過自學和在民間的生活（例如插隊）接近了中國的傳統文化，我們就不能不感歎民族文化的強大吸引力。

從一九七九年《黃河東流去》的出版到一九八五年的「尋根熱」興起，是文學界民族主義思潮的第一次高漲。這次浪潮很容易使人想到「五四」時期「到民間去」的民粹主義思潮（這一思潮直接導致了「共產主義革命」的爆發）和「五四」以後「整理國故」的保守主義思潮（這一思潮則直接影響了一批學貫中西的學者的崛

[12] 韓少功：〈文學的「根」〉，《作家》一九八五年第四期。

起）。但這一次的「尋根」浪潮顯然更具有浪漫主義色彩（以《商州初錄》、《最後一個漁佬兒》、《葛川江上人家》和鄭萬隆的《老棒子酒館》、莫言的《紅高粱》為代表）或世俗化品格（以阿城的《棋王》、《孩子王》、王安憶的《小鮑莊》為代表）。那浪漫主義色彩當然與個性解放的時代精神緊密相聯。而那世俗化品格顯然也是現代化進程的結果。

與「尋根熱」相呼應的，是少數民族作家對各民族淳樸民風、堅韌毅力、亮麗生活的發現與欣賞——從回族作家張承志的《騎手為什麼歌唱母親》、《綠夜》、《白泉》、《老橋》對蒙古族、哈薩克族詩意人生、堅韌品格的謳歌到鄂溫克族作家烏熱爾圖的《七岔犄角的公鹿》、《琥珀色的篝火》對鄂溫克人見義勇為、熱愛生活、熱愛自然和動物的「男子漢品格」的讚美，從土家族作家蔡測海的《母船》對土家族女性潑辣、勇敢精神的刻畫到藏族作家扎西達娃的《西藏，繫在皮繩扣上的魂》對藏族堅韌、虔誠性格的描繪，都與「尋根」思潮相呼應。在中華民族文化復興的版圖上，各少數民族的文化復興也閃爍著多彩的光芒。而這樣的盛況，在歷史上也是十分少見的。

一九八七年以後，剖析人生慾望的「新寫實小說」成為人們關注的新焦點。但重新認識民魂的民族主義思潮仍在發展——張承志的《心靈史》對民間堅定信仰和犧牲精神的歌頌，王安憶的《長恨歌》對「上海精神」的詠歎，韓少功的《馬橋詞典》對民間文化的探尋，閻連科的《年月日》、《日光流年》和余華的《活著》、《許三觀賣血記》對百姓堅韌生命意志和家庭、集體責任感的體察，莫言的《豐乳肥臀》對鄉村女性反抗夫權、追求自由的欣賞……都將民魂寫出了新的氣象，也都與「新寫實小說」的陰暗、冷漠判然區別了開來。在這些作品中，已經沒有了「五四」先驅們「改造國民性」的憤激之情，沒有了毛澤東「六億神州盡舜堯」的浪漫想像，而是對民眾的獨立意志的獨特理解——他們有自己的信仰，暴力壓不滅；他們有自己的活法，連政治運動也無隙可入；他們有自己的歷史，遠比官方的歷史生動；他們有自己的意志，雖然渺小也足以感天動地！對於他們，連「世俗化」也具有相當複雜的文化意味：或者意味著超越政治的虛妄，腳踏實地地生活（如《長恨歌》）；或者意味著超越現代主義的虛無，在與天災人禍的抗爭中實現自身的價值（如《年月日》、《日光流年》、《活著》、《許三觀賣血記》和《豐乳肥臀》等篇）；或者意味著超越「大一統」的文化，自己創造出相當具有地方特色的語言和文化（如《馬橋詞典》）。

這一股思潮上承「尋根」的浪漫與務實，又在深入探討民間文化的豐富性（包括因為地域的不同而形成的民風的不同、生存狀態的不同而形成的活法的不一）、微妙性（例如《年月日》和《日光流年》對絕望與希望之間的聯繫的揭示，還有《活著》和《許三觀賣血記》對麻木與堅忍之間的微妙轉化的探詢，還有《豐乳肥臀》對屈辱與潑辣之間的猛烈轉換的精彩刻畫）上有重要的發現。這些發現打破了「偉大」與「渺小」、「崇高」與「卑微」、「可憐」與「可敬」、「蒙昧」與「聰明」之間的界限，還原了生活與文化的無比生動與無比複雜，顯示了當代作家對於「民族」、「民魂」的新認識。而這認識，又是與現代化進程的加速，以及與此相伴隨的民族自信心的提高有關；也與世俗化浪潮的不斷高漲，以及與此相伴隨的「躲避崇高」的思潮有關；當然，也與思想解放以後，作家們的思維方式變得更加通達，更加多元有關。

也是在比較平靜的世紀之交，一批「六〇後」、「七〇後」作家在文壇上舉起了個性化的旗幟，表達他們對於生活的發現與理解。他們創作中的「慾望敘事」、「身體寫作」引起了普遍的爭議。但那些顯然有些故作姿態的口號並不能遮蔽他們中「重新發現傳統」的積極探索。我曾經寫過《新生代作家與傳統文化》等文描述這一現象。[13]他們中的許多人，都經歷過「應試教育」的煉獄，也深受「校園文化」中叛逆思維的影響。但即使是這樣，他們也還是從《詩經》和唐詩宋詞、從《水滸》和《紅樓夢》、從《三言》、《二拍》和明清小品文中汲取了創造的靈感。他們不似「尋根派」那樣有深厚的民本情懷，但是他們對古典文學經典的一往情深仍然顯示了他們與傳統文化的深刻精神聯繫。因為有了這層深刻的聯繫，他們也寫出了不少具有傳統文化底蘊的佳

[13] 樊星：〈新生代作家與傳統文化〉，《上海文化》二〇〇五年第一期。

作——從紅柯的《躍馬天山》到畢飛宇的《楚水》、《青衣》，從《于堅詩選》到李馮的《孔子》，從魏微的《流年》到盛可以的《火宅》，從朱文穎的《水姻緣》到衛慧的《我的禪》……這些作品進一步在揭示中國傳統的複雜性方面有新的發現：或者是寫妒忌心與事業心的互相纏繞（如《青衣》），或者是對聖人為師之道的大膽質疑（如《孔子》），或者是寫狂放與寧靜的轉換與統一（例如《我的禪》）……雖然時有一針見血的嘲諷，或者相當刻薄的顛覆，但也常常可以發人深思的。

應該說，這就是新時期文學的格局中民族主義思潮的第二次高漲。與這股思潮相呼應的，是中國人（包括許多一度嚮往西方的青年學生）在西方「遏制中國」的喧譁中猛然覺醒，發出了「中國可以說不」的怒吼……

在我看來，還應該有一次高漲——在中國經濟的起飛已經使得世界對中國文化產生了濃厚興趣的當今之世，在中國美食、中國「功夫」、中國「風水」、中國電影、中國美術已經為西方所熟悉的今天，在一批生活在西方的華裔作家已經寫出了相當有國際影響的文學作品（從美國的譚恩美、湯婷婷、哈金到法國的程抱一、高行健）的今天，中國的民族主義文學應該掀起更大的巨浪。雖然，無情的事實是：文學在人們的生活中已經越來越邊緣化了，電視、互聯網、電子遊戲已經佔領了大眾的文化生活主要領域。雖然，文學在商品社會的地位也越來越功利化了，為了成名、暢銷而寫作的青少年不在少數。

由此看來，空前突出的個性意識、空前複雜的政治情結和空前高漲的民族主義豪情，已經成為「新民族精神」的三個主要組成部分。在這三個部分中，個性是最基本、最重要的——它的廣泛傳播是「新民族精神」不同於傳統民族精神的根本所在。而政治情結和民族主義，則是在融合了西方民主主義與傳統民本思想和傳統文化精神的基礎上產生出來的。在「個性」自由意志與「政治情結」和「民族主義」的群體意識之間，存在著顯而易見的矛盾。同時，也有著深刻的精神聯繫：「個性」的覺醒是成熟的「政治情結」和「民族主義」的必要前提。沒有「個性」的覺醒，則「政治情結」和「民族主義」都可能流於隨波逐流。另一方面，成熟的「政治情結」和「民族主義」又是中國社會轉型時期批判壓抑個性的不合理因素、提升個性的精神境界的重要保證。

就如瑞士思想家榮格指出的那樣：「從某方面來說，精神並不是來自個人，而是來自整個民族與全人類的，就某種意義而言，我們只是一種無所不包的精神生活的一部分」。[14]使自己的「個性」建立在心繫天下的「政治情結」和「民族主義」之上，又不使之異化為政治意識形態（包括狹隘民族主義）的傳聲筒，也許正是「新民族精神」在矛盾中保有統一的張力的關鍵所在。

回首新時期以來的三十多年歷程，我們當然不應忽略「文革」中「信仰危機」產生的後遺症，不能無視因為現代主義的影響而產生的虛無主義情緒的消極影響，不能迴避由於經濟大潮的迅速高漲、社會矛盾的集中湧現而必然出現的「世道澆漓，人心不古」的風氣還在蔓延，不能否認由於政治體制改革的滯後、社會分配的不公、社會保障體系的問題多多而產生的許多尖銳矛盾正在敗壞著人們的情緒——然而儘管如此，我們仍然可以看到「新民族精神」的太陽正在時代的巨變中轟然升起！

而新時期文學，也就這樣成為了「新民族精神」崛起的生動見證。

——原載《文學評論》二〇〇九年第四期

14 〔瑞士〕C. G. 榮格：《探索心靈奧秘的現代人》（中譯本），黃奇銘譯，社會科學文獻出版社一九八七年版，第兩百頁。

當代文學對「國民性」的新認識

今年，是「五四」運動爆發九十週年的紀念之年。九十年裏，中國發生了翻天覆地的巨變。中國人的精神面貌也發生了歷史性的巨變。然而，這些巨變似乎又與「五四」啟蒙先驅們「全盤西化」、「改造國民性」的設計很不一樣——少了許多的理想色彩，多了浮躁、焦慮、狂歡的情緒。那麼，在經歷了近百年歷史巨變後的今大，當代作家對於「國民性」的認識又有了怎樣的深化呢？

還記得一九八〇年代初，一批反思鄉村悲劇的作品（如高曉聲的《李順大造屋》、《陳奐生上城》、韓少功的《回聲》、蔣濮的《水泡子》、吳若增的《翡翠煙嘴》、賈平凹的《山鎮夜店》）發表以後，引得評論界一片叫好。評論家們盛讚這些作品繼承了魯迅的傳統，重新喚起了時代對於「改造國民性」問題的思考。

但據說高曉聲對自己的作品主題還有一種解釋：「農民苦」。而且，當我們從《陳奐生上城》的續篇《陳奐生轉業》、《陳奐生出國》發現，陳奐生的命運終於從那個住縣委招待所的晚上開始發生了巨大的變化，我們是否可以參悟作家在有意無意間遠離「改造國民性」的嚴肅主題，而寫出了「塞翁失馬，安知非福」的命運玄機呢？

何況在緊跟著那些反思歷史悲劇而來的「尋根文學」中，「改造國民性」的嚴肅主題竟然在冥冥中突然被「弘揚民族魂」的浪漫主題替代了——在李杭育筆下的那些活得灑脫、盡性的「漁佬兒」（《最後一個漁佬兒》）、「弄潮兒」（《珊瑚沙的弄潮兒》）的身上，在鄭萬隆筆下的那些獨往獨來的獵人（《老棒子酒館》、《我的光》）的身上，在莫言筆下的那些「殺人越貨，精忠報國」的農民和土匪（《紅高粱》系列）的身上，在阿城筆下的那些活得卑微然而自得的農民和貧苦市民、知青身上（《棋王》、《樹王》、《孩子王》），在鄭義筆下的那些前仆後繼、頑強找水的農民身上（《老井》），我們都可以感受到這些作家對「改造國民性」思想的疏遠，對重新認識傳統文化、努力弘揚民間文化魅力的熱情。而在他們熱情謳歌民間文化傳統的浪漫篇章中，這樣的主題是十分鮮明的：那些老百姓的坦蕩、率真、堅韌、剛強，就是我們民族的魂靈。值得憂慮的，是這樣的魂靈正在現代化浪潮的衝擊下面臨衰落的危險（所以才需要去「尋根」）。在這一主題的後面，顯然躍動著這樣的思考：既然我們的民族一直有自己的精神，那也許就不一定需要按照西方的文化模式去「改造」了吧。

這一思路，上接梁漱溟等「新儒家」和沈從文的浪漫民粹主義思想，下啟一九九〇年代直至新世紀那些「重新認識民族性」的作品（以《心靈史》、《白鹿原》、《九月寓言》、《許三觀賣血記》、《長恨歌》、《日光流年》、《亮劍》、《第九個寡婦》、《高興》），已經形成了當代文學中新的人文傳統，值得研究。

「改造國民性」無疑是個理想主義的命題。中國近代以來的屈辱歷史肯定與「民族的劣根性」有關。而一百多年來的革命、戰爭、運動和改革開放也已經在「改造國民性」方面產生了難以估量的影響。然而，不應該因此而忽略「國民性」問題的另一面：從民本主義、保守主義（而不是激進主義）立場出發，如何去發現「國民性」的複雜性，並闡釋其歷史與文化的某些積極意義？

對「阿Q精神」的重新認識

魯迅塑造的阿Q形象，是公認的「民族劣根性」典型。然而，這個形象的意義在當代作家的筆下已經發生了耐人尋味的變化。

一九九二和一九九五年，余華先後發表了中篇小說《活著》和長篇小說《許三觀賣血記》。《活著》先講述了一個賭徒因為賭光了家產而僥倖逃脫了政治運動懲罰的故事，具有諷刺意味地寫出了命運的無常、人生的荒唐。接著是一系列的家庭悲劇使富貴活得麻木，同時也活得堅韌的故事揭示了一種人生哲理：麻木的另一面，也就是堅忍吧。這樣，就在「哀其不幸」的同時，沒有「怒其不爭」，而是「憫其不易」——活著的不容易！讀《活著》，很容易想到中國的一句老話：「好死不如賴活著」。在這句話中，有麻木，有窩囊，又何嘗沒有堅忍和頑強！《活著》發表以後，余華意猶未盡，於是有了《許三觀賣血記》。許三觀麻木地靠賣血為生，似乎活得窩囊，活得渾渾噩噩，但他其實有時也知道「做人要有良心」的。他最後竟然能夠擔負起作為父親的責任，為了救兒子，不怕「把命賣掉了」。這故事就又超越了《活著》。小說寫出了那些在社會的底層掙扎、苟活的人其實並不都像阿Q那樣委瑣的。許三觀集麻木與責任感於一身，正顯示了人性的複雜、「國民性」的複雜。

到了二〇〇七年，賈平凹的長篇小說《高興》中，撿垃圾為生的農民劉高興一直在艱難的生存環境中保持著好的心態。他善於苦中作樂，善於「精神滿足」，甚至常常夢想著「弄出個大名堂」，到時候連自己住過的地方也可以成為「革命聖地」（這樣的細節使我很自然想到了阿Q嚮往革命的感覺：「似乎革命黨便是自己」，「我要什麼就是什麼」）。他有俠肝義膽，在進城打工的弱女子受到欺負時，化了妝去伸張正氣；在路見小車撞人的時候奮不顧身地趴在車前蓋上，逼停下那車，成為見義勇為的新聞人物。他雖然只是撿垃圾的，但他很有面子觀念，愛整潔，時時記得「咱們不能讓人小看」。他也有「不清白」的時候，為了多賺錢而想去「鬼市」與那些偷竊者做交易，也違規收過醫療廢品。他的處世之道是：「該高尚時高尚，該齷齪時我也齷齪得很哩！」[1]如此看來，雖然賈平凹寫《高興》有為農民工呼籲、希望引起全社會注意的宗旨，但他其實也寫出

1 張英：〈從「廢鄉」到「廢人」——專訪賈平凹〉，《南方週末》二〇〇七年十月二十五日。

了一個身份卑微、心志高遠，有俠肝義膽，也不時會做錯事這麼一個性格複雜的人。這種可以當英雄好漢，也可以做齷齪之事，但平時又十分平凡的普通人，生活中十分常見。賈平凹筆下的劉高興，因此而既有阿Q式的「精神勝利法」，又沒那麼猥瑣；既有福貴和許三觀的堅忍，又比他們多了一些樂天的情懷和見義勇為的俠氣。因此，可以說賈平凹在重新認識「阿Q精神」這方面，又有了新的發現。尤其是在那些一再刻畫劉高興見義勇為的情節中，同情和理解的情感已經明顯昇華為謳歌了。

這裏，值得注意的問題是：為什麼在當代，隨著現代化進程的加快，重新認識「阿Q精神」會成為一股值得注意的創作潮流？事實上，這股潮流在「文革」的苦難中已有濫觴：在經濟學家于光遠的回憶錄《文革中的我》的〈後記〉中，就記錄了作者的「革命的阿Q主義」心態：「一個人不可能一輩子都處於順境，順境可以發揮自己的才能，逆境可以鍛煉自己的意志。……我還有一個『喜「喜」哲學』。……『喜』是我最喜歡的一種情感。經常樂乎乎，是我喜歡的性格。……因此我努力在文革時期那樣受迫害的處境下心情愉快一些。」[2]這與「革命的樂觀主義」有什麼根本區別嗎？于光遠是有學識、有個性的著名知識份子、老革命，但他善於樂以忘憂，在這方面，他賦予阿Q精神以「天行健，君子以自強不息」的解釋，令人耳目一新。那是怎樣的精神狀態！似乎麻木？又頗為超脫？豪放？輕蔑？「難得糊塗」？「樂以忘憂」？「得樂且樂」？無論如何，這位著名的知識份子以「阿Q氣」作為精神支柱，以樂觀主義的心態顯示了生命的偉大與頑強，又何嘗沒有在自嘲中顯示了對磨難的輕蔑？他的樂天態度再次證明了那句名言：「誰笑到最後，誰笑得最好」。看來，「阿Q精神」也有不同的境界：對於阿Q那樣的窩囊人，「阿Q精神」顯得可笑、可憐；而對於于光遠這樣的知識份子，這樣經歷過五四精神薰陶的智者，「阿Q精神」則有暫時鎮痛的積極意義，是他最終戰勝劫難的靈丹妙藥。至於對於福貴、許三觀和劉高興，「阿Q精神」當然也是這些普通百姓在艱難的生存狀態下賴以支撐的人

[2] 于光遠：《文革中的我》，上海遠東出版社一九九五年版，第一三六頁。

生支柱。可以說，是太多的苦難為「阿Q精神」的持久影響提供了適宜的氣候。這樣，在「五四」那樣憤世嫉俗的激進主義浪潮過後，重新認識「阿Q精神」的思路就告別了「改造國民性」的主題，而與關懷底層、理解民間的民本主義情懷匯合到了一起。甚至不僅是在「文革」那樣給中國人帶來空前的政治壓力的動盪年代，就是在現代化進程給人們帶來了空前經濟壓力的今天，「阿Q精神」也再次顯示了它緩解政治與經濟高壓的心理調節作用。劉恒的中篇小說《貧嘴張大民的幸福生活》就是一個具有典型意義的例子。作家寫出了一個普通工人在知道自己參與競爭的能力不強、知道自己是時代的犧牲品的條件下只好「知足常樂」的心態，稱之為「不幸中的幸福」。[3]

只是，窩囊終究是窩囊。「阿Q精神」是與厄運周旋的權宜之計，卻終究不可能從根本上改變不如意的現實。如果不是命運所迫，誰願意像福貴、許三觀和張大民、劉高興那樣可憐地掙扎在社會的底層?!

發現小康心態的歷史意義

多災多難的中國歷史使普通人不求大富大貴，格外珍惜衣食無憂、平靜、知足的小康生活。正所謂：「飢則得食，寒則得衣，亂則得治，此安生生。」[4]「上為父母，中為己身，下為兒女，做得清力了卻平生事；立上等品，為中等事，享下等福，守得定才是個安樂窩。」[5]這種小康心態，正是中國百姓歷經磨難、依然頑強保守的中庸之道。天災愈頻、戰亂愈重，這種小康心態愈是深入人心。急劇動盪的現實反而促成了小康心態更加深

3 〈敢問張大民幸福在哪裡?〉，《北京青年報》二〇〇〇年三月一日。
4 《墨子・尚賢下》。
5 《增廣賢文》。

入人心，正體現了歷史發展的辯證法。

《白鹿原》中的主人公白嘉軒就是一個典型：他一生固守「耕讀傳家」的傳統，相信「耕織傳家久，經書濟世長」。他的這一理想在劇烈的社會動盪中顯得那麼脆弱，他的兒子也終於沒能繼承他的理想和人格，但他從來不因此而動搖。他念念不忘的人生信條是：「各人活各人的人」，「各家有各家的活法，咱家有咱家的活法兒。咱只管按咱的活法兒做咱要做的事情，不要看也不要說這家怎個樣那家咋個樣的話」，「要亂的人巴不得大亂，不亂的人還是不亂」。他也許不知道，他的保守和固執中顯示了平民的個性：「任憑風浪起，穩坐釣魚船。」不錯，中國人常常講「識時務者為俊傑」，講「與時俱進」，講「到哪座山上唱哪首歌」；但另一方面也常常欣賞「我行我素」、「你走你的陽關道，我走我的獨木橋」和「以不變應萬變」的活法的。劇烈的社會動亂以排山倒海之勢從根本上動搖了傳統的生活方式，也使得白孝文、黑娃、白靈、鹿兆鵬、鹿兆海那樣在政治風浪中改變了傳統活法的人們在社會的風浪中載沉載浮，紛紛付出了慘重的代價。而白嘉軒雖然也經受了苦難的煎熬，但他固守的傳統在經過了風吹雨打以後依然顯示了不可思議的生命力和感召力，甚至連黑娃那樣「桀驁不馴的土匪坯子」也在闖蕩半生以後浪子回頭了。讀到此，聯想到當代的文化思潮：亂世的風雲過後，儒家的人文傳統不是依然在新時期重放出了異彩麼？無論新時期的思想解放怎樣全盤吸收了西方的各種文化思潮，一九八〇年代「新儒家」的回歸和「文化尋根熱」還是顯示了民族文化傳統不可輕視的影響。其中，尤其又以「文化尋根熱」更具有民間色彩和浪漫品格。從這個角度看去，《白鹿原》的意義就不僅僅是一部「民族的秘史」，而且也是儒家文化精神在動盪的二十世紀裏經受住嚴峻考驗的一個寓言。

《白鹿原》出版不久，王安憶的長篇小說《長恨歌》也問世了。這部刻畫上海市民精神的作品在主題上與《白鹿原》異曲同工，都寫出了平民在動盪的歲月中對自己的個性和活法的堅守。作家寫王琦瑤的堅守，有意強調了那堅守的本能與無意識：「王琦瑤不知道，那大世界如許多的驚變，都是被這小世界的不變襯托起的。」「上海的市民，都是把人生往小處做的。對於政治，都是邊緣人。」「在這城市的喧囂之中，……誰能注意到這裏不求有功但求無過的生計？……可它卻是形散神不散，有一股壓抑著的心聲。……這心聲是什麼？就是兩個字：活著。」不過，這「活著」當然不是像福貴、許三觀和張大民、劉高興那樣窩窩囊囊地生活在社會的底層，而是堅守著舊上海的繁華夢，在自己的小天地裏吃茶、戀愛，體會「一種精雕細作的人生的快樂」。這樣的生活，是典型的「小資情調」。不管那個年代的政治運動怎麼批「小資情調」，王琦瑤和她那些懷舊的朋友們樂此不疲，我行我素。這算不算當代「隱士」？算不算對那些政治運動的消極抵抗？答案顯然是肯定的。他們當然不曾預見到時代的風雲也會再次應驗了那句堪稱真理的老話：「三十年河東，四十年河西」，現代化和世俗化的浪潮會使海上繁華夢以更加輝煌的氣勢重現！如此說來，王琦瑤對於「小資情調」的本能喜歡與堅守竟然在冥冥中與歷史發展的必由之路若合符契！作家寫出了這一點，就寫出了歷史的「狡黠理性」——歷史，常常不是按照大人物設計的宏圖發展的。在無數小人物的生活觀念和生活方式中，常常顯示了恒定的人間正道。

《白鹿原》，《長恨歌》，一部是鄉土文學的經典，一部是都市文學的名篇，卻都在冥冥中寫出了平民的堅守（也可讀作：保守），禮贊了那堅守和保守的不易與偉大，同時也表達了作家在世紀末的歷史高度回眸百年風雨的文化反思：在亂世中，一切都動盪不寧；亂世過後，體現了人間正道的傳統會重放光芒。而當作家們將世俗化（「耕讀傳家」的農家理想和追求繁華夢的「小資情調」都是世俗化的體現）認作了人間正道時，他們也就當然遠離了魯迅當年「掊物質而張靈明，任個人而排眾數」的理想設計。[6]

只是，如此說來，革命、戰爭、運動（從「新文化運動」到「反右」、「文化大革命」）的意義又何在？旨在「改造國民性」的「啟蒙」運動意義又何在？就只是為了點燃一場大火，讓傳統在烈火中涅槃？歷史當然不那麼簡單。這裏，我只想指出的是，平民百姓在亂世中對傳統的堅守，對「小康理想」的忠貞，昭示了傳統

---

6 魯迅：《墳・文化偏至論》。

的偉大，同時也顯示了中國文化精神的一種重要特色：因為社會的巨變太多、太劇烈而格外懷舊、格外思安。「國民性」是需要不斷地改良與提升的，但那改良與提升顯然不應該違背歷久形成、經過了重重磨難考驗的傳統和民心。

匪性：浪漫個性的證明？

中國一向號稱「禮儀之邦」，可一個顯而易見的事實是：中國也一向是充滿了劇烈社會動盪的國度。中國的宮廷政變、農民起義、「社會群體事件」之頻繁，舉世罕見。所以孫犁才感慨：「讀中國歷史，有時是令人心情沉重，很不愉快的。倒不如讀聖賢的經書，雖都是一些空洞的話，有時卻是開人心胸、引導向上的。古人有此經驗，所以勸人讀史讀經，兩相結合。」[7]儒家產生於春秋戰國那樣的亂世，足以使人產生這樣的思考：正因為亂世社會不寧，孔孟才大聲疾呼「仁義」。但倡導「仁義」並不能阻止亂世的愈演愈烈。百姓常常盼盛世，但野心家們和不法之徒當然無意「立地成佛」。歷史的太平盛世常常是那些有強勢、又開明的帝王順應民意開創的。

有了這樣的歷史背景，我們就不難理解，中國為什麼一向多匪患。土匪的嘯聚山林，常常是「官逼民反」的結果，也當然是強悍民風與野性的證明。不願意像福貴、許三觀和張大民、劉高興那樣逆來順受、也不可能像白嘉軒和王琦瑤那樣守住了自己的小康理想的人們，常常就在亂世中走上了當土匪的道路。當土匪，意味著無法無天、打家劫舍、為所欲為、自由自在。談論中國的「國民性」，不可忽略了這一點：土匪的綿綿不絕，

[7] 孫犁：〈耕堂讀書記（五）〉，《散文》一九八〇年第八期。

證明了中國文化中匪性的根深蒂固。匪性與禮教，構成了中國「國民性」的一對尖銳矛盾：因為匪性的強大，才有了旨在改良人心的禮教；可禮教雖然在相當程度上培養了國人的道德修養，卻並沒有使匪性壽終正寢。一直到「文革」中的天下大亂，我們還可以看到匪性復活的可怕。

當代不乏寫土匪的文學名篇。曲波的長篇小說《林海雪原》記錄了解放軍清剿害民之匪的故事。姚雪垠的長篇小說《李自成》中關於李自成在落難中得到土匪黑虎星義氣相助的故事，則寫出了土匪仗義的另一面。到了一九八六年，莫言發表了蜚聲文壇的中篇小說《紅高粱》，寫土匪前輩「殺人越貨，精忠報國」、「演出過幕幕英勇悲壯的舞劇」，意在弘揚前輩的「酒神精神」，對照出「活著的不肖子孫」「種的退化」。小說因此散發出濃烈的浪漫主義氣息，並成為躁動的一九八〇年代裏浪漫主義思潮的一面旗幟。此後，雖然也有苗長水的《染坊之子》、蘇童的《黑風景》等作品刻畫匪患的慘烈，但是像賈平凹的《白朗》、《美穴地》那樣以浪漫主義筆墨去渲染匪性和英雄氣的作品，還是繼承了《紅高粱》的浪漫餘風，繼續張揚著具有傳奇色彩的浪漫主義精神。從匪性中寫出中國「國民性」中的「酒神精神」、浪漫風骨，實際上也就寫出了從來沒有被專制主義窒息、也沒有被禮教馴化的中國民間的粗獷野性與浪漫個性。

這裏，我想特別提到兩部揭示革命與匪性之間微妙關聯的中篇小說——權延赤的《狼毒花》和鄧一光的《父親是個兵》。前者塑造了一個十三歲殺人，十八歲闖世界，後來被八路軍收編，在戰爭中屢建奇功，卻一直不改嗜酒好色的本性，雖然因此屢受處分也樂此不疲的「革命」軍人形象，小說寫出了一種浪漫個性的「木性難移」，同時也足以使人產生這樣的思考：嚴肅的軍紀，嚴厲的處分，為什麼就改變不了一個人的匪性？而當作家寫主人公常發甚至常常憑藉自己嗜酒好色的天賦而為革命作出了特別的貢獻時，就進一步揭示了道德與功業之間的複雜關係：有些功業是道德正派的人難以建立的。後者寫出了一個老紅軍鄧聲連獨特的革命經歷，他一向率性而活，為逞個人的英雄氣而拒不服從軍令，戰後受到撤職的處分，並因此一蹶不振。但他在解放以後回鄉時仍然像當年指揮作戰一樣指揮故鄉的農民攔路搶了兩車化肥，「這個場面和五十年前發生在這一帶的眾多事件有著十分相似的共同處」。作家因此寫出了父親的個性：他革命一生，「從農民來，又還原成農民」。他參與了偉大的中國革命，卻並沒有因此而「改造自己的主觀世界」，使之「無產階級化」。個中玄機，耐人尋味。就這樣，這兩部充滿了浪漫主義激情的小說相當生動地寫出了翻天覆地的革命可以改變人們的命運，卻終於不能改變常發和鄧聲連那樣豪放不羈、無法無天的個性——那個性，可以讀作「英雄氣」，也可以讀作「匪性」。

從一九八〇年代的「文化尋根熱」（《紅高粱》就是這股浪潮的重要收穫之一[8]）到一九九〇年代的《狼毒花》、《父親是個兵》，中國作家對浪漫主義的緬懷與謳歌一直不變。這些作品，連同朱蘇進那些刻畫當代軍人浪漫情懷、倔強個性的作品（從《引而不發》到《炮群》），連同張承志描寫回民起義的教史《心靈史》，連同賈平凹呼喚野性回歸的《懷念狼》、姜戎呼喚野性回歸的《狼圖騰》，連同緬懷那些歷史上有為帝王英雄業績的作品（從凌力的《少年天子》到二月河的《康熙大帝》），連同持續升溫的「武俠熱」，連同許多青年詩人、音樂人此起彼伏的「反傳統」激情宣言……都顯示了世俗化年代裏浪漫主義的火焰還在繼續燃燒，顯示了當代人沒有被種種體制規範窒息的浪漫野性和匪性。而這樣的精神氣質，與當年魯迅在《摩羅詩力說》中呼喚的「貴力而尚強，尊己而好戰」的「至誠之聲」有什麼區別？在經歷過一個窒息個性的年代以後，一個「思想解放」、「個性回歸」的浪漫時代如期歸來。在這個時代的旗幟上，不僅寫著「浪漫主義」、「存在主義」、「解構主義」的字樣，還寫著「我行我素」、「生當作人傑，死亦為鬼雄」、「為天地立心，為生民立命」的民族魂。

如此說來，中國人其實從來就有自己鮮明的個性，有自己率性而活的豪氣，從孔夫子「知其不可而為之」的倔強到莊子「獨與天地精神往來」的自在，從魏晉文人遺世獨立的狂放到李白「安能摧眉折腰事權貴」的清

8 在關於《紅高粱》的創作談中，莫言自道：「我贊成尋『根』……我是在尋根過程中紮根。我的『紅高粱』是紮根文學」。（見〈十年一覺高粱夢〉，《中篇小說選刊》一九八六年第三期。）

高和「欲上青天攬明月」的飄逸，一直到蘇東坡「老夫聊發少年狂」、「會挽雕弓如滿月，西北望，射天狼」的豪情、「公安派」「獨抒性靈」的理想、禪宗「白心是佛」的自信……這些都可以證明：個性解放，絕不僅僅是現代西方文化思想的專利。只是在中國歷史上，它常常由於禮教和權威的壓抑和遮蔽而不大為人注意。一當思想解放的寬鬆氣候形成，中國人的個性及其巨大能量常常會以令西方人驚歎的方式表現出來！

然而另一方面，當「思想解放」、「個性解放」的東風也掀動了「人慾橫流」的巨浪時，當生活中上演了太多自以為是、為所欲為的「個性」悲劇時，當太強的「個性」異化為為所欲為的「匪性」時，我們是否又應該對「匪性」保持必要的警惕呢？

我們年年紀念「五四」，更要注意研究：我們的紀念不應該只是重複先驅們的思想，而應該立足於現實的土地上，看看後來者是怎樣在繼承了「五四」精神的同時又有所發展、有所修正、有所超越，還留下了哪些新的困惑的。從這個角度看，當代作家對「阿Q精神」的新發現、對「小康心態」的新闡釋、對匪性中浪漫因子的新開掘都體現了當代人在現代化、世俗化進程中對於「國民性」問題複雜性的深刻認識。他們已經遠離了先驅們「改造國民性」這一具有西化色彩和精英立場的口號，而顯示了理解現實人生的艱難、理解傳統回歸的必要、理解民間個性的民族立場與世俗情懷。從「五四」時期「改造國民性」的吶喊到上個世紀末以來「理解國民性」的詠歎，時代變了，中國人的精神面貌變了，作家打量現實的眼光也變了。真可謂：「換了人間」。與此同時，我們也不難發現，當代作家的上述新發現、新思考、新闡釋也留下了太多的新困惑。這些新的困惑顯示了現實的缺憾，因為在今天這個多元化、充滿複雜矛盾的世界上，已經沒有能夠包醫百病的良藥了，人們只好活得越來越自我。

中國的國民性，無疑是一個博大淵深、見仁見智的研究課題。因為它充滿了矛盾和悖論，也充滿了變數與玄機。任何簡單化、片面化的概括都可能陷入「一葉障目，不見泰山」的尷尬。即使偉大、深刻如魯迅者，在發表關於「國民性」的議論時，也常常顯出重重的矛盾來（例如他主張改造國民性，又禮贊過「我們從古以來，就有埋頭苦幹的人，有拼命硬幹的人，有為民請命的人，有捨身求法的人」，並稱之為「中國的脊樑」；他反對孝道，本人卻是孝子；他反對青年讀中國書，卻又在給朋友的兒子上大學中文系時，開了一個全是中國古籍的參考書目……）。[9]另一方面，在一個民族危亡、風雨如晦的年代裏，先驅者們把改造社會的希望寄託在「國民性」的改造上，而這個主題也的確成了整個二十世紀中國社會改造的一個基本主題，但在如何改造的問題上，又產生過種種不盡如人意的一些偏激主張（如「全盤西化」），後來更有了沉重的教訓（如一九四九年以後「改造世界觀」的種種試驗）。正是因為那些帶有反人道性質的「改造世界觀」運動最終激起了天怒人怨，才使得追趕現代化、回歸世俗化的浪潮重返神州。改革開放三十年，中國社會和中國人精神風貌的巨變因此而呈現出十分複雜的格局：既有因為西方文化觀念與生活方式的引入而產生的民主意識、法制意識、科學意識的日益深入人心，也有對於傳統文化中世俗情懷、樂感文化、民族情感的重新發現和弘揚，還有西方文化和本土文化中共有的個性精神、浪漫情緒、務實思想、經濟頭腦、狂歡夢想的彼此激盪、水乳交融。如此看來，「國民性」的改造離不了政治改革、經濟起飛的基礎，也離不了國際風雲的影響（當西方出現「遏制中國」的思潮時，中國的民族主義激情必然會高漲，而這時，改造國民性的主題就常常會暫時沉寂）。同時，現實生活中「國民性」的巨變又與先驅者們過於注重精神覺悟的理想主義設計很不一樣。在務實政策的驅動下，在激烈的生存競爭中，在社會差別越來越大的緊迫形勢下，人們心理的天平只能明顯向世俗化的一邊傾斜。也許，這正是為什麼眾多的當代作家紛紛從平民的立場出發，去理解平民的本色活法的根本原因所在。在對「阿Q精神」的重新認識中，尋找心理調節的參照系；在對「小康心態」的新闡釋中，發現平常心的可貴，參悟歷史的玄妙、平常生活的偉大；又在對匪性中浪漫因子的新觀察中，開掘民風的自由、個性的坦蕩——那當然是與權貴的自由、知識份子的浪漫很不一樣的另一種率性而為、逞性而活。這些作品，與那些曝露民族劣根性的作品

---

9 見許壽裳：《亡友魯迅印象記》，人民文學出版社一九五三年版，第九十一—九十二頁。

一起，共同顯示了我們的「國民性」的複雜、混沌、一言難盡。還需要指出的是，這些作品比起現代文學中那些曝露「國民性」的陰暗之作來，明顯多了許多的亮色，卻又不像《邊城》那麼單純，而與艾蕪的《南行記》那樣具有樸野風格的作品遙相呼應；比起「十七年」文學中那些謳歌革命民眾光輝業績的作品來，這些作品又顯得更具有日常生活的本色感。這，也許正是這一股思潮的文學史意義所在吧。

——原載《文藝研究》二〇〇九年第十期

當代文學中的「農民性」問題

在漫長的歷史時段裏，農民構成了中國社會的基本主體。因此，「小農經濟」就成為了中國經濟的一大特色。體現到文化品格上，「農民意識」自然就成了認識中國民族性的一個關鍵字。只是，雖然自古以來，中國社會就有「重農」的傳統，可大概自從有了「工業化」和「工人階級」這些代表先進文化的辭彙產生以後，「小農經濟」和「農民意識」就常常成了「落後」、「封建文化」的代名詞。於是，就有了這樣的社會奇觀：一方面，中國是個農業國，另一方面，中國不能不急起直追現代化、工業國的偉大目標；一方面，現代的中國革命從根本上是一場農民革命，另一方面，這場革命在取得了勝利以後卻為了「繼續革命」而嚴重傷害了廣大農民的利益；一方面，在政治上，「貧下中農」被看作「工人階級」的可靠「同盟軍」，具有相當高的政治地位，另一方面，他們的實際生活和經濟地位卻長期得不到改善；一方面，他們的淳樸、勤勞、善良、堅韌一直是許多文藝家謳歌的品質，另一方面，「農民意識」又是日常生活中明顯帶有自私、狹隘、目光短淺等特定指涉的一個貶義詞……「五四」以來，以魯迅為代表的「改造國民性」思潮批判了國民性中蒙昧、麻木的一面，影響至今。另一方面，毛澤東關於農民革命的思想又證明了農民的偉大。在這些矛盾現象的深處，埋藏著一個文化課題：該如何認識「農民性」？在當代政治家、文藝家關於「農民性」的矛盾論述的後面，又可以看出怎樣的文化奧秘？在一連串傷害農民根本利益的「社會主義革命」過去以後，重新認識「農民性」顯然已經成為當代文化的一個重要主題。應該說，這個問題在相當程度上就是重新認識「國民性」的問題。因為中國至今仍然是農民占了人口絕大多數的國家，因此，中國的「國民性」在很大程度上就不能不是「農民性」。

毛澤東思想與農民問題

毛澤東出身農民，青少年時期因為當上學生而進入小知識份子階層。在成為職業革命家以後，又擔當起了中國革命領袖的重任。正是這樣的多重文化背景，使他關於農民的論述也常常因時而變，顯出矛盾的內涵來——在〈中國社會各階級的分析〉中，毛澤東是把農民和手工業主、小知識階層都劃入「小資產階級」中的，但又把他們看作「我們最接近的朋友」。[1]在〈中國革命和共產黨〉中，他認為：「中農……能夠接受社會主義。」「全部中農都可以成為無產階級的可靠的同盟者，是重要的革命動力的一部分。中農態度的向背是決定革命勝負的一個因素」。[2]到了〈論聯合政府〉中，他還指出：「農民——這是中國工人的前身」，「是中國工業市場的主體」，「是中國軍隊的來源」，「是現階段中國民主政治的主要力量」，「是現階段中國文化運動的主要對象。」[3]但另一方面，他也注意到：「在農民群眾方面，幾千年來都是個體經濟，一家一戶就是一個生產單位，這種分散的個體生產，就是封建統治的經濟基礎，而使農民自己陷入永遠的窮苦。克服這種狀況的唯

1 《毛澤東選集》（一卷本），人民出版社一九六四年版，第五、九頁。
2 《毛澤東選集》（一卷本），人民出版社一九六四年版，第六〇六頁。
3 《毛澤東選集》（一卷本），人民出版社一九六四年版，第九七八—九七九頁。

一辦法，就是逐漸地集體化」。[4]這，便是他不遺餘力地發動農村合作化運動的出發點。他當然是瞭解農民的。因此他預感到：「嚴重的問題是教育農民。」因為「根據蘇聯的經驗，需要很長的時間和細心的工作，才能做到農業社會化。沒有農業社會化，就沒有全部的鞏固的社會主義。」[5]然而，搞了二十多年的合作化，他沒有想到，結果是農民的貧苦、農村的凋敝、農業的萎縮一直沒有得到改變。顯然，問題的癥結不是「教育農民」的設想解決得了的。

由此可見，毛澤東對農民的態度是矛盾的：他知道，他需要依靠農民進行革命，但也深知農民與他期望的「無產階級」有很大的距離。因為在他看來，「只有工人階級最有遠見，大公無私，最富於革命的徹底性。」[6]這樣的評價在今天看來，顯然過於理想化了。至少對於他領導的現代這場最偉大的人民革命來說，革命的主體是農民；革命的領導者也大部分不是工人。而當他在解放以後進行社會主義革命時，實際上起領導作用的，顯然也不是「工人階級」。雖然他一度有過「在幾年內……使農業得到發展……使農村中沒有了貧農，使全體農民達到中農和中農以上的生活水平」，[7]但一系列反對「資本主義自發勢力」的激進運動卻不可避免地使農民的命運更加貧困化。

出於激進的革命考慮，毛澤東在解放後對農民的批評遠多於肯定。這樣，在大力倡導「社會主義思想」的背景下，「農民意識」就成為了一個貶義詞。農民不僅在經濟上由於城鄉差別、工業勞動和農業勞動的差別長期處於貧困之中，而且在文化上也成了受歧視的對象——不僅被先進的「工人階級」所歧視，而且被因為享受

4 毛澤東：〈組織起來〉，《毛澤東選集》（一卷本），人民出版社一九六四年版，第八八五頁。
5 毛澤東：〈論人民民主專政〉，《毛澤東選集》（一卷本），人民出版社一九六四年版，第一三六六頁。
6 毛澤東：〈論人民民主專政〉，《毛澤東選集》（一卷本），人民出版社一九六四年版，第一三六八頁。
7 毛澤東：〈關於正確處理人民內部矛盾的問題〉，《毛澤東選集》第五卷，人民出版社一九七七年版，第三八一頁。

到城鄉差別帶來的某些「特權」（從城市戶口、購糧證、計畫供應物資到「八小時工作制」）而當然自視高於農民的一般城市居民所歧視。

「十七年」文學中的「農民性」

「十七年」文學中，既有謳歌農民英雄的主題（例如《紅旗譜》、《創業史》、《山鄉巨變》、《豔陽天》中那些英勇革命、積極走合作化道路的先進農民形象），也有批評落後農民的主題（例如《紅旗譜》中嚴志和的懦弱，《創業史》中郭世富、梁三的自私和王二直槓的僵化，《山鄉巨變》中盛佑亭的動搖、張桂秋的狡詐、王菊生、陳先晉的自私，《豔陽天》中馬同利的為人深不可測、馬連福的頭腦簡單）。這樣的雙重主題當然打上的是那個時代的烙印，但批評落後農民的主題也很容易使人聯想到「五四」文學「改造國民性」的主題。不過，耐人尋味的是，儘管當時那些有才華的作家滿腔熱忱，可在無意中都寫出了無情的現實：真正積極走合作化道路的，是少數具有共產黨幹部身份的先進農民（如《三里灣》中的王金生、《創業史》中的梁生寶、《山鄉巨變》中的劉雨生、《豔陽天》中的蕭長春等），而且那些先進農民又常常給人以模式化（「高、大、全」）、概念化、個性也相當單薄的印象；大多數農民對於合作化運動都是猶豫、懷疑、動搖、甚至抵觸的。事實上，當時中國的大多數農民都是不願意走那條「窮過渡」、帶有「烏托邦」色彩、並且最終被時間證明是一條失敗之路的合作化道路的。雖然因為政治運動的壓迫，他們終於不得不隨波逐流（「十七年」文學中許多後進農民在先進人物的幫助下轉變的故事，其實常常顯得牽強）；入社以後，他們也因為生活水平的下降長期鼓不起生產的熱情來。到了新時期，高曉聲的小說《李順大造屋》、張一弓的小說《犯人李銅鐘的故事》、周克芹的小說《許茂和他的女兒們》、韓少功的小說《月蘭》、智量的小說《飢餓的山村》都再現了那一幕悲慘的歷史，訴說了極左政治給農民帶來的深重災難。

如此說來，那些懷疑合作化、出於保守、「落後」的本能猶豫彷徨的農民們，他們的懷疑和猶豫在今天看來雖然不一定是出於對極左災難的預感，但至少顯示了「農民性」與極左思潮的根本對立。農民的本能，雖然是謹小慎微，「目光短淺」，但在激進的社會思潮面前，那謹慎、保守、自私、「狹隘」，卻恰恰體現出一種比較穩健、務實的人生態度。只是，在強大政治壓力的催迫下，他們至多只能以入社以後消極怠工的方式去顯示他們的不滿。在經歷過一場相當漫長的「烏托邦」噩夢以後，反思往事，回過頭來再看那些「落後」的農民，真是可以令人感慨繫之的！

新時期作家：為農民鳴不平

新時期之初，「為民請命」的吶喊成為文學的一個重要主題。高曉聲就因為發表了《李順大造屋》、《陳奐生上城》[8]等反映農民疾苦的作品而成名。值得注意的是，雖然他的小說常常被評論家讀出了「改造國民性」的主題，他的本意卻不在此。他告訴人們：「像陳奐生這樣的人，是我多年在農村中見到的一種農民類型，可

8 例如余斌的觀點就很有代表性：「李順大們的弱點，主要是缺乏一種主人翁意識」，「這種弱點是在中國封建社會漫長的歷史過程中逐漸淤積形成的。」「在陳奐生身上表現得最充分的那種精神勝利法，正反映了農民由強到弱而又不甘心於弱的心理狀態。」（〈對現實主義深化的探索〉，《文學評論》一九八二年第四期。）又，在錢谷融、吳宏聰主編的全國高等教育自學考試教材《中國現代文學作品選讀》（下冊•當代部分）中〈陳奐生上城〉的「提示」中，也指出：「在他（陳奐生）身上分明有著阿Q的影子」。（見該書，華東師範大學出版社，一九八七年，第一八五頁。）這樣的觀點當然是言之成理的。

以從很多農民身上看到他的某些影子……他們善良而正直，無鋒無芒，無所專長，平平淡淡，默默無聞，似乎無有足以稱道者。他們是一些善於動手不善動口的人，勇於勞動不善思索的人；他們老實得受了損失不知道查究，單純得受到欺騙會無所覺察；他們甘於付出高額的代價換取極低的生活條件，能夠忍受超人的苦難去爭得少有的歡樂；他們很少幻想，他們最善務實。他們活著，始終抱定兩個信念，一是在任何艱難困苦的情況下，相信依靠自己的勞動活下去，二是堅信共產黨能夠使他們的生活逐漸好起來。他們把根子深埋在現實之中，始終對現實抱著無限的希望，並且總是盡一切努力去實現那種希望。」因此，「我對陳奐生們的感情，絕不是什麼同情，而是一種敬仰，一種感激。……我確確實實認識到，我能夠正常地度過那麼艱難困苦的二十多年歲月，主要是從他們身上得到的力量。正是他們在困難中表現出來的堅韌性和積極性成了我的精神支柱。」[9]高曉聲這樣的認識在許多像他一樣經歷過政治坎坷的作家（例如李準、王蒙、劉紹棠等）筆下，都曾經出現過。在這樣的聲音中，顯示了當代作家的民本情懷。

出身農民的莫言也曾經猛烈抨擊過歧視農民的言論，他指出：「我認為許多作家評論家是用小市民的意識來抨擊農民意識」。他對農民意識進行了辯證的分析：「農民意識中那些正面的，比較可貴的一面，現在變成了我們作家起碼變成了我個人賴以生存的重要的精神支柱，這種東西我在《紅高粱》裏面得到比較充分的發揮」。而說到農民的「狹隘性」，他認為：「狹隘是一種氣質……農民中有狹隘者，也有胸懷坦蕩、仗義疏財，拿得起來放得下的英雄豪傑，而多半農民所具有的那種善良、大度、寬容，樂善好施，安於本命又與狹隘恰成反照，而工人階級中，知識份子中，『貴族』階層中，狹隘者何其多也。」因此，他提出「要弘揚農民意識中的光明一面」。同時，他也認為：「無產階級意識在中國是變種的，是烙著封建主義痕跡的」。[10]他的這些

[9] 高曉聲：〈且說陳奐生〉，見彭華生、錢光培編：《新時期作家談創作》，人民文學出版社一九八三年版，第四十八—四十九頁。

[10] 莫言：〈我的「農民意識」觀〉，《文學評論家》一九八九年第二期。

議論是很有道理的。而當他的《紅高粱》因為弘揚了中國農民的「酒神精神」和「精忠報國」事蹟而感動了中國乃至世界時，他也的確弘揚了中國「農民性」——「國民性」的另一面：「中華民族不但以刻苦耐勞著稱於世，同時又是酷愛自由、富於革命傳統的民族。」[11]

像高曉聲、莫言這樣熟悉農民的作家理直氣壯為農民鳴不平的聲音，與畫家羅中立那幅以「領袖像」規模畫成的名畫《父親》一起，代表了當代人一掃對於農民的成見的新思潮。

事實上，至少在作家中，一直有一個謳歌農民的傳統：或者像沈從文那樣自詡「鄉下人」，謳歌農民的淳樸與愛情（如《邊城》）；或者像孫犁那樣謳歌村姑的勤勞與堅貞（如《荷花淀》）；或者像周立波、柳青那樣謳歌農民的革命業績（如《暴風驟雨》、《銅牆鐵壁》）；或者像趙樹理、周立波、李準那樣謳歌農民的新生活（如《三里灣》、《山那面人家》、《李雙雙小傳》）；或者像李杭育、鄭萬隆、賈平凹那樣謳歌農民的坦蕩、豪放、浮躁（《最後一個漁佬兒》、《老棒子酒館》、《浮躁》）；或者像路遙、張煒那樣謳歌農民的自強不息（《平凡的世界》、《古船》）……這些對於農民的謳歌不僅體現了中國作家的鄉土情懷，而且在冥冥中貫穿了一個主題：弘揚農民的美好品德。顯然，這樣的主題與以魯迅作品為代表的「改造國民性」的主題是迥然不同的。從這個主題，我們能夠很自然聯想到中國文學史上那些謳歌農民的不朽篇章——從司馬遷的〈陳涉世家〉、陶淵明的〈桃花源記〉到賀知章的〈回鄉偶書〉、孟浩然的〈過故人莊〉、辛棄疾的〈清平樂・村居〉……還有，魯迅的散文〈阿長和《山海經》〉也是屬於這一主題的。

由此可以使人產生這樣的思考：第一，雖然「改造國民性」是二十世紀中國思想與文學一個基本的主題，但與這個主題相反相成的另一個重要主題是：弘揚民魂，而且特別值得注意的是，寫這個主題的優秀篇章甚至遠遠多於「改造國民性」的作品，這一現象是耐人尋味的；第二，雖然二十世紀中國的鄉村飽經天災人禍的摧

---

11 毛澤東：〈中國革命和中國共產黨〉，《毛澤東選集》（一卷本），人民出版社一九六四年版，第五八六頁。

殘，可作家對鄉村的描寫仍然常常飽蘸詩情，那真誠，那一往情深足以感人至深。不可否認「十七年」有的作品是在政治高壓下粉飾現實的產物，但我們仍然可以從其中感受到那個年代裏農民的淳樸與熱情，這不能不說也在一定程度上反映了那個年代裏部分的歷史真實，同時又體現了作家的某種根深蒂固的「主體性」——那是因為長期依戀鄉村和土地而已經積澱在中國作家心靈深處的某種「集體無意識」，就如趙園在《艱難的選擇》中指出過的那樣：「與鄉村、與農民的牢固的精神聯繫，助成了中國知識者特有的氣質，包括那種農民式的尊嚴感。」[12]而這樣一來，「改造國民性」的主題常常就具有了新的含義：以優良的民族品德去疏遠或者克服「國民的劣根性」。從沈從文到當代「尋根派」，都是從這裏出發的。

原來，肯定、弘揚農民意識，一直就是我們文學的一個光榮傳統！

然而，這只是問題的一方面。莫言出身農民，當然要為農民說話。同樣出身農家的閻連科也要為農民說話，但他的立場顯然不是「弘揚」，而是「理解」。在他看來：「人們老是批判農民的麻木，麻木當然是應該批判的。但是，必須意識到，這種麻木正是農民的武器，他活下去最有力的武器就是用麻木來對抗社會對他的不公，人們一味地批判麻木是對農民的不理解，完全是對農民的不清醒的認識。」[13]他筆下的田旗旗就因為「麻木」而不適應現在流行的「潛規則」，放走了偷盜廢鐵絲的農民父子，也放棄了立功的機會，結果被排長怒罵：「你真他媽農民！」（《中士還鄉》）這樣的「麻木」其實正體現了他的淳樸！此外，《年月日》中的先爺也是憑著「麻木」的生命本能（也可以讀作：頑強的生命意志），在大家都外出逃荒時堅持了下來，創造了生命的奇蹟！讀《年月日》，很容易使人聯想到海明威的《老人與海》。

韓少功是在城市裏長大的。上山下鄉的經歷使他對農民產生了相當複雜的情感：他目睹了農民的苦難（例

12 趙園：《艱難的選擇》，上海文藝出版社一九八六年版，第三五二頁。
13 閻連科、梁鴻：《巫婆的紅筷子》，春風文藝出版社二〇〇二年版，第一六二頁。

如《月蘭》），也感受了農民的蒙昧（例如《回聲》就很容易使人想到魯迅的《阿Q正傳》）——這些體驗使他很難像沈從文或者莫言那樣去耽於浪漫的回憶（雖然《邊城》和《紅高粱》的風格很不一樣，一寧靜、憂傷，一熱烈、狂放，但都散發出「懷舊」的氣息、賦有浪漫的品格）。於是，他選擇了另一種立場：在靜觀中猜想。在他的「尋根」之作《爸爸爸》、《女女女》中，既有對「劣根性」的針砭絕望，更有深深的思考與困惑：「理性和非理性都成了荒誕，新黨和舊黨都無力救世」，「善與惡互為表裏」、「禁錮與自由的雙變質」。有了這種悖謬意識，當然就不會簡單談論「農民意識」了。他因此關注民間文化，認為：「一切原始或半原始的文化都是值得作家和藝術家注意的」，「開掘人類的童心和潛意識」是文藝家的使命。[14]於是，他的另一部分「尋根」之作才充滿了奇特的感覺和猜想：《歸去來》對「自我」的質疑、《鞋癖》對記憶的猜測……特別值得注意的是，他對鄉村和農民文化中那些獨特的感覺和奇特話語的靜觀與驚歎。例如《馬橋詞典》裏對「落後」的另一種分析：「在他們往日的經驗裏：掌握著知識和技能的人，對於他們來說，天然地具有一種侵奪和強霸的可能。就像他們第一次見到的隆隆機器，從天下給他們丟下了日本人的炸彈；就像他們第一次看到的擴音器，割掉了他們的自留地一類『資本主義尾巴』。他們怎麼能不擔心，以後遇到的其他高人，不會給他們留下同樣的傷心事？」他們有過「革命」的經歷，但那經歷卻又與一段傷心的往事聯繫在一起：他們的「革命」與鄰村的「革命」在分享勝利果實時發生了矛盾、衝突，結果打了一仗，吃了大虧；他們歌頌紅軍，但對紅軍內部的自相殘殺也記憶深刻……作家因此寫出了農民為什麼「落後」的複雜歷史。至於書中關於「楓鬼」的描寫則別有深長的意味：那兩棵山火也沒有燒死的楓樹漸漸具有了神性，雖然在「文革」中為了破除關於「楓鬼」的迷信，公社幹部下令伐倒了它們，但人們也因此飽受一種搔癢症的困擾。人們只好相信那是「楓鬼」的報復。——作家在寫到這一段軼事時，好像只是記錄了一樁趣聞，但其實也表達了對民間文化心理的

---

[14] 韓少功：〈答美洲《華僑日報》記者問〉，《鍾山》一九八七年第五期。

關注，還表達了對「落後」的複雜性的新思考。後來，到了長篇筆記《山南水北》中，這樣的趣聞更多了——《智蛙》、《村口瘋樹》、《再說草木》、《塌鼻子》、《神醫續傳》、《當年的鏡子》、《鄰家有女》、《尋找主人的船》、《也認識了老應》……無論是寫自然的神奇，還是寫人性的奇妙，作家都心存玄遠：這世上有許多事情是科學也解釋不了的神秘。在鄉村和農民的生活與記憶中，有民間文化的深不可測。當韓少功懷著好奇之心去記錄那些趣聞時，他實際上也就打開了重新認識鄉村文化、重新認識農民的新思路。

而且他在已經回城多年以後，居然重新回到農村，在那裏過上了「融入山水的生活，經常流汗勞動的生活」（《山南水北》），顯示了他對鄉村生活的真愛，在今天也是十分奇特之舉。這樣的舉動，很容易使人想起中國古代那些隱居鄉間的士大夫們，儘管，韓少功並沒有從文壇上消失。

由此看來，在「麻木」、「蒙昧」、「迷信」的深處，還有許多心理學和文化人類學的豐富奧秘有待開掘。「改造國民性」的不易，於此可見一斑。

農民的心機、韜略

林語堂曾經指出：「也許中國最突出的品質可以說是『超脫老猾』，這一品質最難使西方人明白，然而卻是最具有深刻含義……」「人們在生活中總是反覆思考，總有『三十六計』；於是棱角被磨光了，一個人即獲得了象徵中國文化的真正的老成溫厚。」「超脫老猾是中國人聰明才智的結晶，它的最大缺點是與理想主義和行動主義相抗衡。」[15]如果說魯迅是激烈批評「國民劣根性」的代表人物，那麼，上面這樣富有辯證意味的

[15] 林語堂：〈中國人〉，見沙蓮香主編：《中國民族性》（一），中國人民大學出版社一九八九年版，第一五一頁。

描述表明，林語堂是中肯分析「國民性」的代表人物。他的這一思路在新時期作家筆下得到了進一步的拓展和深化。

在閱讀新時期文學作品的過程中，我就注意到，經過了思想解放的洗禮，許多作家在弘揚民魂之外，還有意將目光放平了，去深入觀察那些不那麼單純、不那麼光明正大的某些「農民意識」，去發掘那些農民的心機、韜略、狡黠在詭譎多變的歷史中的微妙意義，去揭示那些深深植根於人的生存本能、發展需要中的世俗智慧在複雜的人際關係、激烈的生存競爭中的積極作用。

在西方，中國人素有「東方的猶太人」之稱，這稱呼顯示了中國人有經商的才能。雖然在中國歷史上，封建帝王常常以「重農抑商」為基本國策，民間也流傳有「無商不奸」的說法，但《史記》中早就有「用貧求富，農不如工，工不如商」的說法。[16]唐傳奇中同情、謳歌義商、俠商的篇章也顯示了中國文化和實際生活的另一面。[17]當代小說中，《創業史》裏關於郭世富是「蛤蟆灘不識字的經濟專家」，「要做孔夫子和朱夫子兩位老人家的忠實後代」，又「生財有道」的生動刻畫已經寫出了一九五〇年代農民與商品經濟的自然聯繫。到了李準的長篇小說《黃河東流去》中，關於馬鳳英在流落城市以後給人打工、一面嘴甜手勤快，一面暗暗學本領、終於顯示了經商才能的描寫，也寫出了農民進城、完成身份轉變的適應性。這故事是後來眾多農民進城故事的一個序曲。到了蔣子龍的小說《燕趙悲歌》中，武耕新從地主的發家史中得到了啟示：要想富，得農牧業紮根，經商保家，工業發財，他由此找到了一條帶領大家一起致富的道路的故事相當獨到地寫出了今天的農村經濟改革與從前地主致富之路之間的歷史聯繫，足以發人深省。而林斤瀾的系列小說《矮凳橋風情》則寫出了當代溫州人靠經商致富、創造了「溫州奇蹟」的率真和勤奮——那裏有句土話：「發財不怕棺材釘，出名不怕難為情。」大家用

16 司馬遷：《史記・貨殖列傳》。參見錢鍾書《管錐編》第三冊，中華書局一九七九年版，第九百、一〇一〇頁。

17 王曉驪：《唐宋詞與商業文化關係研究》，中國社會科學出版社二〇〇四年版，第八十一頁。

自己的手「比著抓，趕著抓，擠著抓，搶著抓」鈔票（《袁相舟》）；他們「做鈕扣生意，哪個角落不走到？別人走不到的你走到，才有鈔票把你。」（《小販們》）甚至發財以後面對風言風語和上面「調查組」的懷疑，毫不畏懼，以「反正是個倒，不如倒出名堂來」的勁頭主動叫陣，顯示出「吃了狼奶」的品格（《憨憨》）……這些作品中都寫出了農民和小城鎮居民與商業活動的密切聯繫。正是這些腦子靈活、又能吃苦的平民，自己摸索出了一條「重商」之道，在改善了自己生活的同時也悄悄開闢出了一條現在已經十分寬廣的致富大道。

另一方面，農民常常在應對政治風暴中巧妙地運用自己的心機和韜略，去儘量減輕政治風暴給自己帶來的損害，也常常是作家留意的一個主題。張賢亮的小說《河的子孫》成功塑造了一個善於與極左政治周旋的農村基層幹部形象。魏天貴深知「釣魚不在急水灘」，表面上應付上面的要求，實際上按照農民的生活經驗另起爐灶，暗地裏開「黑田」，釀私酒，為鄉親們謀利益。無論是大辦鋼鐵，還是整風整社，或是「文革」造反，他都能做到「裝龍是龍，裝虎是虎，裝個獅子能舞」，糊弄了「上面的」，保護了眾鄉親。他就像黃河水一樣，以變幻無窮的方式去對付前行途中的障礙，最終流向大海。他的成功，是農民智慧「以柔克剛」的證明。而與他的成功形成鮮明對照的，是縣委副書記尤小舟因為與「上面的」硬抗而飽受打擊，是那些在政治風浪中因為飽經滄桑而變得聰明起來的縣委書記、「造反司令」們漸漸接受了他的處世哲學。《河的子孫》因此寫出了政治風浪中農民的清醒、農民的智慧，那是激烈的思想改造、殘酷的政治壓迫也鞭長莫及的世俗真諦。稍早於《河的子孫》，諶容在小說《太子村的秘密》中也刻畫了一個村支書李萬舉與上面的錯誤指揮周旋的心計：「見什麼人說什麼話，刮什麼風下什麼雨，地球翻個個兒他都不帶晃悠的」。他深知：「這年頭，合理的事未必合法」，「這些年，在農村第一線，不學會糊弄，還真幹不了。可有一條，肚子不能糊弄」，因此他「豁出糊弄上面，可不敢糊弄莊稼。」於是，他在政治上糊弄「上面」，在村裏仍然搞瞞產私分，搞經濟作物，帶領大家熬過了難關。在政治運動瞎折騰的年代裏，這樣的鄉村幹部是農民的守護神。

到了一九八五年，張宇也在中篇小說《活鬼》中成功塑造了一個在亂世中憑著有文化、有心計、「裝啥像啥」，因而總能混得不錯的「混世者」形象。侯七從現實中得到的教訓是：「我原來也實心實意，可心實了老倒楣。」於是他學會了在「上面」發出「鳴放」的號召時冷靜旁觀，學會了在「文革」中靠畫領袖像掙工分、也靠挨批鬥掙工分，提前當上了「萬元戶」……作家因此寫出了亂世教會農民狡黠、狡黠使農民不能不糊弄政治的辯證法。王蒙認為：侯七的身上「洋溢著中國農民的狡猾（不帶貶義）的生命力」。[18]誠如斯言。

到了一九九九年，李佩甫更在長篇小說《羊的門》中別有洞天地刻畫了農民的心計與權謀的深不可測。呼天成是如何經營起一個「獨立王國」的？他的原則是：「於呼家堡有利的事我幹」。他深知：在鄉村，「真正的統治並不是靠權力來維持的……要想幹出第一流的效果，就必須奠定他的至高無上的地位。而這一切，都是靠智慧來完成的。」他生活簡樸，但善於處處留意：靠為人慷慨，幾十年如一日地經營「人場」，終於織起一張神通廣大的「關係網」；他知道：「咱是個農民！啥時候也不能張狂。……人是活小的，你越『小』，就越容易。你要是硬撐出一個『大』的架勢，那風就招來了」。所以他常常是在暗處用力，無論是收買人心（如收買、利用孫布袋）還是聯絡上層（例如在「文革」中偷偷冒險保護挨批鬥的省委領導；通過慷慨「捐資助學」賄賂上級，以保護鬧出婚外戀風波的自己看中的接班人）；同時，他敢於「超常辦事」，為人所不敢為、不願為。他能夠使大家臣服，甚至能夠使市委已經形成的決議改變，能夠使「呼家面」打進首都，靠的就是自己用心計與權謀織成的那張網。雖然作家有意批判那心計與權謀，但也是寫出了那心計與權謀的攻無不克、暢行無阻的。《羊的門》在當代的「政治小說」中頗有特色，因為它寫出了一個「土皇帝」不那麼簡單的心計、眼光和韜略，是可以當作一部「鄉村政治家」的成長史來讀的。

當作家們不約而同地表達了自己對農民狡黠的理解和欣賞時，當他們寫出了這種狡黠已經成為催生商品經濟的重要元素，同時也常常成為抵消荒唐政治影響的重要手段時，他們也就向關於農民樸實或麻木的成見發

---

[18] 王蒙：〈從侯七說起〉，《文學的誘惑》，湖南文藝出版社一九八七年版，第一〇三頁。

出了有力的質疑。有時，農民是樸實的；有時，農民是麻木的；有時，樸實與麻木是聯繫在一起的；又有些時候，農民是狡黠的，而那狡黠又常常是他們適應複雜的生存環境的必要。中國的農民性就這麼複雜、微妙而深刻，難以理喻。

而這一切顯然為中國社會過於動盪的歷史與現實所決定，也是農民們為了求生存而不得不挖空心思、苦苦經營的心血結晶。

農民：以不變應萬變的人格

中國的生存智慧充滿矛盾：一面講「識時務者為俊傑」，講「到哪座山上唱哪首歌」，講「好漢不吃眼前虧」，講「好死不如賴活著」；另一面，也講「任憑風浪起，穩坐釣魚船」，講「以不變應萬變」，講「士可殺而不可辱」。正是這兩套不同的信念，使中國在產生了許多英雄的同時也產生了許多小人。現在的問題是，在當代作家筆下，靈活與狡黠是如何與堅定與固執糾纏在一起的？

一般來說，農民因為千百年來比較恒定的生活方式而顯得保守。他們以食為天，以成家立業為奮鬥的目標。這種生存與發展的本能使他們不大相信虛無縹緲的遠大理想，也不會為了那虛無縹緲的理想而委屈自己。他們的靈活與狡黠常常是用來與虛無縹緲的理想、與那些違背了他們的傳統活法的標語口號周旋的；而他們的堅定與固執則是深深植根在那些傳統活法中的生命本能。

前面談到的《河的子孫》、《太子村的秘密》、《羊的門》、《活鬼》中的主人公都體現了這一點：為了應付「上面」的政治要求而虛與委蛇（當然犯不著去公開抵制極左政策），為了自己和鄉親們的實際利益而腳踏實地去奮鬥。其中，又以魏天貴明打著狠抓階級鬥爭的幌子，暗裏教孤兒捅羊，然後讓全村人打牙祭的情節和侯七在「文革」中利用政治時尚掙工分、提前當上了「萬元戶」的情節最具典型意味。「上面有政策，下面有對策」，是對這種現象的精彩概括。這種心態的普遍存在使中國的老百姓能夠以「看戲」的眼光去看政治風雲的變化，以「遊戲」、「糊弄」的手段去減少政治衝擊波的傷害。久而久之，大家對政治就不那麼認真了。中國百姓在政治上的這種不認真、「油滑」在多大程度上減輕了政治運動給日常生活造成的危害，有目共睹，也值得研究。

現在，讓我們來看看另外兩部有特別意義的作品：權延赤的《狼毒花》和鄧一光的《父親是個兵》，這兩部作品都寫出身農民的革命軍人如何在革命隊伍中頑強保持了農民的本色，而沒有按照「無產階級」的世界觀去改造自我的故事。《狼毒花》中的常發「騎馬挎槍走天下，馬背上有酒有女人」，毫不掩飾自己好色好酒的天性，甚至常常憑藉好色好酒的天性去鬼使神差地為革命建立匪夷所思的功勳，是一個「罪犯兼功臣」。他就像能給人帶來恐懼和死亡威脅的狼毒花一樣，「可是……只有它能夠在沙漠的邊緣頑強而又奇蹟般地活下來，在臨界地帶伴著死亡開花結果。」《父親是個兵》中的鄧聲連是因為富裕的遠方親戚以沒有蒸爛的肉糊弄他而一怒之下參加了紅軍的；他參軍以後想要殺的第一個人是性格乖僻暴烈的手槍隊副隊長，就因為他挨過副隊長的猛揍；他在成為旅長以後竟然為了逞一己之勇而違抗軍令，犯了以卵擊石的錯誤，並因此受到了軍紀處分，一蹶不振；他回鄉以後處心積慮的是如何讓自己的家族重振威風，並指揮鄉親們攔路搶劫了一百噸化肥……他性格衝動、做事全憑個人感覺、一己意志、具有典型的「匪氣」，他率性活了一輩子，為此吃夠苦頭，也無意改弦更張。

這兩個人物形象上承《紅高粱》中的余占鼇、下啟《亮劍》中的李雲龍、《歷史的天空》中的梁大牙、《激情燃燒的歲月》中的石光榮，將農民的「匪性」、農民出身的革命軍人身上的樸實與率性、強悍與專斷（例如李雲龍就「不太喜歡『軍事民主』這個詞，東一個主意，西一個主意，到底聽誰的？老子是團長，就得聽老子的」）、固執與倔強刻畫得栩栩如生（連日本人也是這樣認識他的性格特徵的——「性格：桀驁不馴，膽識過人，意志堅毅，思維方式靈活多變，多採用逆向思維，處事從不拘泥於形式，是個典型的現實主義者。紀律性差，善做離經叛道之事。」「他對有文化的人表現出一種輕蔑，對自己的無知和出身表現出一種莫名其妙的優越感」）。當作家們熱衷於渲染這種農民的浪漫（也可以讀作：粗獷、自在）活法時，他們就在質疑了中國農民麻木的同時提出了這樣的問題：那根深蒂固的農民性，是怎樣頑強地保持了下來，而沒有被「無產階級化」的？思想教育也好，紀律處分也好，長期磨煉也好，自我反省也好，都改變不了他們身上那種我行我素、率性而活、酷愛自由、縱橫無羈的氣質。我甚至覺得，這氣質與孟子所倡導的「富貴不能淫，貧賤不能移，威武不能屈」的「大丈夫」之道有沒有一絲精神氣質上的相通之處？與魯迅在《文化偏至論》中所張揚的「力抗時俗」、「多力善鬥」、「張大個人之人格」的浪漫主義精神又有什麼本質上的區別？與魯迅在《摩羅詩力說》中所謳歌的「所遇常抗，所向必動，貴力而尚強，尊己而好戰」、「率真行誠，無所諱掩」的「獨立自由人道」，在本質上有沒有相似之處？這些文學形象在當代的成批湧現，正體現了當代人對浪漫主義和英雄主義精神的呼喚。這浪漫主義，是發自生命本能的熱能，而不是僅僅是在精神世界漫遊的想像力；這英雄主義，也是散發出平民氣息的強大人格，而不是按照理想設計、缺乏人間煙火氣息的聖賢之道。這樣的浪漫主義與英雄主義在當代受到人們的喜愛，正因為其中有濃厚的生命氣息和平民色彩，或者說，有實實在在的「農民性」。在一個「無產階級革命英雄」已經因為「高、大、全」的粉飾而顯得不真實、而被當代人普遍冷落的當代，這些平民出身的英雄好漢與「武俠熱」中的俠客一起，填補了那些「無產階級革命英雄」退場以後留下的空白。在這個世俗化浪潮洶湧澎湃的當代，這些渾身散發出農民氣息的本色英雄既還原了歷史的真實（歷史上從來就沒有「高、大、全」的英雄偶像），又滿足了大眾的審美趣味（喜歡大喜大悲、大起大落的命運傳奇，而不大喜歡從文藝作品中接受什麼說教）。

由此可見，巨變的是時勢，常變的還有心計，而不變的是人格。這正好應了中國的一句老話：「江山易改，本性難移。」正因為有了這樣的「本性難移」，「改造國民性」（包括「改造思想」、「改造世界觀」）

的目標才常常顯得不那麼切合實際；也正因為有了這樣的「本性難移」，在革命的急風暴雨過後，傳統回歸的浪潮才顯得格外迅猛。就如同前新加坡領導人李光耀在「文革」爆發的第二年就預言的那樣：「文革」是在鑲嵌磁磚上繪畫，雨一來就會把那畫「沖刷得一乾二淨，但中國還是中國。」[19]在思想解放、物慾橫流的當代，人們在世俗化浪潮中活得越來越本真，也很能說明問題。中國人，其實從來都是很有主見，也很能固執己見的。雖然，這同時也意味著有些與生俱來的「劣根性」痼疾難除。

但另一方面，如果那不變的人格是畸形的呢？例如項小米那部具有鮮明紀實風格的長篇小說《英雄無語》的主人公，「在組織面前，他是一隻馴順的羊。而面對女人他是一個不折不扣的暴君，簡單粗暴毫無信義，不講道德心硬如鐵。」雖然在革命低潮的崢嶸歲月裏，他對革命忠心耿耿，建立奇功；但「他基本上還是一個農民……大山給了他勇猛、頑強、粗獷，同時給了他愚昧、粗暴和簡單。」一個地下共產黨人的英勇頑強與一個農民的封建家長作風是如何融為一體的？在《英雄無語》的主人公家中發生的那些納妾、虐妻、不管女兒死活的悲劇在中國封建社會「重男輕女」的陰暗傳統中數不勝數、罄竹難書！為什麼共產主義思想中「男女平等」的主張就是不如「窮人翻身」的口號那麼深入人心？一直到今天，男女在家庭裏、在單位裏、在社會上不平等的悲劇仍然時有所聞。這樣的不變實在可怕！

而這樣一來，「以不變應萬變」的活法不也就顯示出了它的複雜性嗎？當我們驚歎於農民們在政治風暴中頑強保留了自己的心性時，我們也不能不為他們能夠把那些歷史遺留的痼疾保留得那麼長久而長歎！

社會在巨變，人心也在巨變。可儘管有了千變萬化，仍然有許多「農民性」巋然不變！這不能不說是文化的奇蹟。

——原載《文史哲》二〇〇九年第六期

---

[19] 〔美〕理查・尼克森：《領導者》，尤勰等譯，世界知識出版社一九八三年版，第三六八頁。

當代民粹主義思潮的流變

共產主義與民粹主義

民粹主義，是產生於俄國十九世紀六、七十年代的一股社會思潮。它最著名的口號是：「到民間去」。這個口號將變革俄國社會的希望寄託在廣大農民身上，要求革命的知識份子與農民相結合。顯然，這是一種兼有民主主義與民族主義傾向的革命思想，正如別爾嘉耶夫指出的那樣：「民粹主義是俄羅斯的特殊現象……斯拉夫主義者、赫爾岑、陀思妥耶夫斯基和七〇年代的革命者都是民粹主義者。把人民看作真理的支柱，這種信念直是民粹主義的基礎」。「全部的俄國民粹主義都起源於憐憫與同情。在七〇年代，懺悔的貴族放棄了自己的特權，走到人民中間，為他們服務，並與他們匯合在一起。」[1]儘管如此，儘管民粹主義者在俄國革命史和思

1 〔俄〕別爾嘉耶夫：《俄羅斯思想》（中譯本），三聯書店一九九五年版，第一〇二、八十七—八十八頁。

想史上譜寫了感天動地、光耀千秋的篇章，它與馬克思主義的共產主義思想之間的不同，也一目了然。因為馬克思主張通過無產階級暴力革命實現人類大同，而民粹主義卻注重民族特色，主張回歸本土文化傳統。

有趣的是，當共產主義思想傳入中國以後，中國的共產黨人卻似乎沒有注意到共產主義學說與民粹主義思想之間的差異。他們甚至常常將共產主義與民粹主義揉在一起，對共產主義作出了具有民粹主義色彩的解釋。例如李大釗就曾在〈青年與農村〉一文中呼籲：「我們青年應該到農村裏去，拿出當年俄羅斯青年在俄羅斯農村宣傳運動的精神，來作些開發農村的事，是萬不容緩的。我們中國是一個農國，大多數的勞工階級就是那些農民。」「青年呵！速向農村去吧！日出而作，日入而息，耕田而食，鑿井而飲。」[2]青年毛澤東也曾經熱烈嚮往過「半工半讀」的生活，因為「現覺專用腦力的工作很苦，想學一宗用體力的工作，如打襪子、製麵包之類」。[3]他曾經利用假期時間步行考察過農村。投身革命以後，他在《湖南農民運動考察報告》中就熱情謳歌了那些革命的「痞子」，認為「他們最聽共產黨的領導」，是「打倒封建勢力的先鋒，成就那多年未曾成就的革命大業的元動。」「他們的革命大方向始終沒有錯。」[4]他在土地革命的歲月裏一直保持了開展農村調查的習慣。到了延安時期，他仍然堅持把是否與工農相結合看作知識份子是否革命的最後分界，不無偏激地斷言：「知識份子如果不和工農民眾相結合，則將一事無成。革命的或不革命的或反革命的知識份子的最後的分界，看其是否願意並且實行和工農民眾相結合。他們的最後分界僅僅在這一點」。[5]他還號召革命文藝家「必須到群

2　《李大釗選集》，人民出版社一九五九年版，第一四六、一五〇頁。
3　《新民學會資料》，人民出版社一九八〇年版，第三十九頁。
4　《毛澤東選集》（一卷本），人民出版社一九六七年版，第二十——二十一頁。
5　〈五四運動〉，《毛澤東選集》（一卷本），人民出版社一九六七年版，第五二三——五二四頁。亦見〈青年運動的方向〉等文。他也許沒有意識到，這樣一來，魯迅是否算得上一個革命的知識份子，也就成了問題。

眾中去，必須長期地無條件地全心全意地到工農兵群眾中去」，「把自己當作群眾的忠實的代言人。」[6]終其一生，無論是打江山，還是搞「文革」，他都依靠工農群眾。在他看來，工農群眾比知識份子偉大、高明得多。他甚至說過這樣的話：「卑賤者最聰明，高貴者最愚蠢。」值得注意的是，儘管他信奉馬克思主義，但由於中國社會的性質所決定，他領導的「農村包圍城市」的「新民主主義革命」卻註定了是一場農民革命。對此，他並不諱言。在〈新民主主義論〉中，他承認：「農民問題，就成了中國革命的基本問題，農民的力量，是中國革命的主要力量。」因此，在當時的歷史條件下，中國的新民主主義革命只能走一條既不同於歐美式的資本主義道路，也不同於蘇聯式的社會主義道路的路線，他將這種「第三種形式」的政體看作「不可移易的必要的形式」。[7]從「農村包圍城市」的戰略到「新民主主義」的政治設計，毛澤東從中國的實際出發，走出了一條獨特的革命道路。他的成功，與他頗不同於馬克思、列寧的無產階級專政學說的民粹主義思想很有關係。從這個角度看去，毛澤東思想是共產主義理想與民粹主義立場結合的產物。

然而，這種民粹主義的思想在一九四九年以後卻頻頻碰壁。毛澤東一方面過高估計了中國農民走社會主義合作化道路的積極性，脫離實際地去搞「大躍進」、「人民公社」，結果使農民的利益受到了極大的傷害，農村經濟一片蕭條；另一方面，在歷次政治運動中將政治上「犯錯誤」的「右派」、「走資派」和好鬥的「紅衛兵」都下放到農村中，使他們在艱苦的環境中改造思想，「接受貧下中農的再教育」，卻沒有料到農村凋敝的現實、農民麻木的生存狀態反而使那些政治鬥爭的犧牲品從烏托邦的迷夢中驚醒了過來。毛澤東在領導社會主義革命方面遭遇的失敗與他的浪漫主義個性有關，也與民粹主義本身的弱點有關——民粹主義對「民間」、「人民」的詩意美化很容易使人忽略「民間」的實際狀況、「人民」的世俗化品格和某些難以根治的劣根性。

6　〈在延安文藝座談會上的講話〉，《毛澤東選集》（一卷本），人民出版社一九六七年版，第八一七、八二一頁。
7　《毛澤東選集》（一卷本）第六五三、六三六頁。

民粹主義的浪漫宣傳固然有利於革命，卻與現代化建設的無情法則常常牴牾。因為現代化建設更需要「專家治國」、「健全法制」、「優勝劣汰」、「知識經濟」，而不是浪漫地走向民間。

由於毛澤東的大力提倡，民粹主義便成為當代思想潮流中一股相當強大的浪潮。這股思潮影響了幾代人文化品格的形成，其功過是非值得研究。

「右派」作家與民粹主義

五十年代成長起來的一批青年作家是在毛澤東思想的教育和蘇聯文化的薰陶下走上了革命道路的。理想主義的熱情使他們意氣風發，也使他們將革命浪漫化了。他們不僅滿腔熱情地投入革命運動，而且真誠地按照毛澤東思想、共產黨的要求不斷改造自己的世界觀。當他們積極回應共產黨的號召，積極與官僚主義鬥爭，卻在變幻莫測的政治風雲中倒了霉、被打成「右派」時，他們中的許多人都是懷著複雜的心情被拋入民間的。到了民間，他們收穫了不同的思想果實——

王蒙在新疆受到了邊疆人民的同情與鼓勵。他後來在回憶那段生活的系列小說《在伊犁》的〈後記〉中寫道：「即使在那不幸的年代，我們的邊陲，我們的農村，我們的各族人民竟蘊含著那樣多的善良、正義感、智慧、才幹和勇氣，每個人心裏竟燃燒著那樣熾熱的火焰。……太值得了，生活，到人民裏邊去，到廣闊而堅實的地面上去！」[8]與王蒙有同感的，還有劉紹棠。他在回憶錄《被放逐到樂園裏》中寫道：「儘管五七年對我進行全國批判，在文藝界把我搞得臭名昭著，但是在廣大下層人民群眾中間尤其是在我的家鄉，我不但不臭，反

[8] 王蒙：《淡灰色的眼珠》，作家出版社一九八四年版，第三二三頁。

而增加了虛名。」「他們都真誠地勸我：『拳不離手，曲不離口；還是寫吧，別把手藝扔了。』」作家因此而無限感激人民。[9]——這些來自親身體驗的文字，是作家們在苦難中頑強生存下來的精神寫照，也是作家們在新時期個性解放的浪潮中難忘人民的民粹主義情感的證明。王蒙的《蝴蝶》、《在伊犁》、劉紹棠的《蛾眉》、李國文的《月食》、張賢亮的《綠化樹》都是當代文壇上「右派作家」在反思政治悲劇的同時表達感激人民之情的名篇。其中，《綠化樹》因為將感激人民的主題與感謝苦難的主題聯繫在了一起而受到了批評界的質疑。例如黃子平就在〈我讀《綠化樹》〉一文中批評了作家「對苦難的『神聖化』和對農民的『神聖化』」的偏頗。[10]許子東則指出了作家對「苦難的理想化」和「對農民的神聖化」的問題的同時還發現了作家「在玩味苦難時……潛意識裏仍有一種與眾不同甚至超越平民的落拓感」。[11]這的確是個問題：一方面，作家們在苦難中從人民那裏得到了生存的勇氣；另一方面，將苦難詩化是否意味著批判精神的缺席？

與王蒙、劉紹棠等人的感激之情形成了鮮明對照的，是對民間陰暗面的發現與思考。例如叢維熙就在回憶錄《走向混沌》中記述了親眼目睹農民中的落後、荒唐現象後的感慨：「我突然感覺到五〇年代那些寫農民生活的作品，真是太矯飾了。」生活中的農民，不乏寬厚、真誠，然而，「他們是農民，是地地道道靠修理地球，並從地球上獲取食物而延續生命繁衍後代的農民。」[12]流沙河也在回憶錄《鋸齒齧痕錄》中記錄了回鄉當拉大鋸的「解匠」時對下層百姓的瞭解：「嚴酷的政治運動，閉塞的社會生活，粗俗的文化趣味，天長日久，養成他們怕官怕鬥，知足常樂，休談國事的人生態度。」[13]邵燕祥則在回憶錄《沉船》中記錄了自己在頻繁的批鬥中想過的一個問

---

9 崔西璐等編：《劉紹棠研究專集》，重慶出版社、貴州人民出版社一九八五年版，第一〇二——一〇三頁。
10 黃子平：《沉思的老樹的精靈》，浙江文藝出版社一九八六年版，第一五二頁。
11 許子東：〈在陀思妥耶夫斯基與張賢亮之間〉，《文藝理論研究》一九八六年第一期。
12 叢維熙：〈走向混沌〉，《海南紀實》一九八九年第一期。
13 流沙河：《鋸齒齧痕錄》，三聯書店一九八八年版，第一五〇頁。

題：「人民在哪裡？」——「人民不置一詞。人民不暇一顧。」奈何！[14]——在這樣的思考與發現中，受難的作家們已經將「人民」這個詞中的浪漫意味淡化了。應該說，這是直面嚴峻人生的必然，是以自己的眼睛（而不是政治家的豪語）、清醒的理性（而不是熱烈的詩情）探索人生的必然。而這一點，恐怕又是出乎「知識份子必須與工農民眾相結合」的設計者意料之外的吧！無情的現實，是迫使「右派作家」走上思想解放之路的開始。

當自己的眼睛和頭腦開始發揮作用的時候，個性就覺醒了。

當個性漸漸覺醒的時候，民粹主義的影響就漸漸減弱了。

那麼，個性主義就是民粹主義的對頭嗎？

「知青作家」與民粹主義

當過「知青」的一代人也是在毛澤東思想和蘇聯文化的哺育下成長起來的。因此，民粹主義註定從一開始就滲透進他們的世界觀中。他們中的許多人都真誠地學習過毛澤東的榜樣，走與工農相結合的道路，從民眾中汲取革命的力量。

張承志是「知青作家」中民粹主義的代表人物。他在個性解放的年代裏，在世俗化的當今社會中，以非凡的勇氣一直堅持著「為人民」的信念。從〈騎手為什麼歌唱母親〉中「母親——人民，這是我們生命中的永恆主題！」的肺腑之言，到《金牧場》中因為民間聖徒的偉大、「痞子們」的勇敢、「人民的千年苦難給我的真知」而重新思考「革命運動是什麼？人民是什麼？歷史是什麼？」，再到《美文的沙漠》中由對母語的熱愛而產生的

14 邵燕祥：〈沉船〉，《江南》一九九三年第四期。

「祖國意識」，直至《心靈史》中對哲合忍耶人民「追求理想、追求人道主義和心靈自由」的謳歌、對「中國那些知識份子廉價拍賣」的人道主義的嘲諷、以及那句「我比一切黨員更尊重你，毛澤東」，都是張承志民粹主義情緒的證明。值得注意的是，**張承志的民粹主義與毛澤東的民粹主義具有不盡相同的思想內涵：毛澤東欣賞民眾的革命性，而張承志則在革命性之外，還讚美了人民的宗教激情、苦難意識乃至粗野行為**（例如《金牧場》中對「痞子們」在「四五運動」中燒汽車的感歎：「痞子們是偉大的」，他們「就這樣粗野地撕下了歷史的舊一頁。」）；毛澤東一直對人民的事業抱著樂觀的信念，張承志卻在世俗化大潮的不斷衝擊下漸漸發出了悲觀的歎息（例如《心靈史》中有關「今天的七百萬回民中，至多只有一半人還堅持著自己的信仰」的議論、「也許我追求的就是消失」的感慨）。張承志在一個民粹主義已不再流行的年代裏堅持著民粹主義的立場，這一姿態使他成為當代理想主義的代表人物。而這樣一來，他不是也就顯示了他與眾不同的鮮明個性麼？他的憤世嫉俗，他的特立獨行，足以使人感悟：民粹主義者在將自己融入民眾之中的同時，並不是一定要以犧牲個性為代價的。

看來，**民粹主義也有不同的人生境界之分**。

只是，為什麼張承志的堅定是與深長的歎息緊密聯繫在一起的？

與張承志心心相印的是張煒。在現代化的浪潮中，他選擇了「融入野地」的立場。他寫道：「歷史上的智者一旦放逐了自己就樂不思蜀。一切都平平淡淡地過下來，像太陽一樣重複自己。這重複中包含了無盡的內容。」「一個知識份子的精神來自何方？他的本源？……那種悲天的情懷來自大自然，來自一個廣漠的世界。」他也對當代知識份子作出了這樣的批評：「將『知識份子』這個概念俗化有傷人心。於是你看到了逍遙的騙子、昏聵的學人、賣了良心的藝術家。……在勢與利面前一個比一個更乖，像臨近了末日。我寧可一生泡在汗水裏，也要遠離它們。」[15]他的長篇小說《柏慧》、《外省書》中的主人公都選擇了遠離喧譁的世界，隱居

15 張煒：〈融入野地〉，《上海文學》一九九三年第一期。

海邊的活法，都因為與時代格格不入而憤世嫉俗。然而，儘管如此，我們仍然能從這兩部作品中的焦灼情緒、絕望歎息中感受到民粹主義者的無限悲涼。《柏慧》記錄了一個為躲避濁流而退守海邊葡萄園的思想者的故事。其中鞭撻了那些蠅營狗苟的知識份子：「即便在所謂『知識份子成堆』的地方，也並沒有太多的知識份子——真正的知識份子。他們在基本的、並不複雜的檢驗面前，很容易就顯露了自己的卑賤。」與那些卑賤的知識份子形成鮮明對照的，是另一部分純潔、正直的「無產者」（書中寫道：「先成個無產者，然後才有決絕的勇敢。」）在《外省書》的結尾，則有這麼一段文字：「人世間真有一塊靜謐之地？史珂現在深表懷疑。深夜他在本子上寫下四個字：『我不相信。』」這種對自己的懷疑與張承志的歎息何其相似！又與王蒙、劉紹棠、張賢亮等人的從容與自信形成了多麼發人深省的對比！

應該說，這種世紀末的懷疑與歎息，這種孤獨感、絕望感，這種憤世嫉俗的焦灼，是「知青」出身的民粹主義者與「右派」出身的民粹主義者的重大不同之處。

應該說，經歷過「文革」的人們中，像張承志這樣堅持民粹主義立場的人畢竟是少數。絕大多數人都在上山下鄉的艱苦環境中認識了中國農村的貧困、落後，認識到改天換地的艱難，從而變得務實起來。一九七九年中國知青的大返城就足以表明廣大知青對上山下鄉運動的強烈不滿，同時也**宣告了民粹主義理想的幻滅**。而大多數「知青文學」作品也都記錄了「知青」在上山下鄉中從理想主義、民粹主義走向務實主義、個性主義的生命體驗（例如徐乃建的《楊柏的「污染」》、王安憶的《廣闊天地的一角》、韓少功的《回聲》、朱曉平的《桑樹坪記事》、史鐵生的《插隊的故事》、鄧賢的《中國知青夢》、李銳的《黑白》等）。民粹主義解決不了中國的現實問題。後來的農村改革證明：「包產到戶」、「溫州模式」、「農工商聯合體」、鄉村直選、「火炬工程」才是從根本上解決農村貧困的出路。

儘管如此，張承志、張煒的民粹主義仍然成為了這個時代裏一面引人注目的旗幟。而他們痛苦地咀嚼孤獨的神情又使**他們的民粹主義與現代主義的孤獨感、絕望感在冥冥中融彙到了一起**。——這，恐怕也是他們始料未及的吧。

在巨變的年代裏，民粹主義也發生了巨大的變化。

民粹主義、精英立場與世俗化浪潮

我曾經在一篇文章中指出過一個有趣的現象：儘管張承志與王朔分別代表了當代文化思潮的兩極（理想主義與世俗主義），但「至少在兩點上，張承志與王朔殊途同歸」，一是欣賞「痞子」，將「痞子」看作人民的組成部分；二是鄙視知識份子。[16] 這種相似耐人尋味。

值得注意的還有：王朔還說過，「我的作品的主題……就是『卑賤者最聰明，高貴者最愚蠢』。……像我這種粗人，頭上始終壓著一座知識份子的大山。……只有給他們打掉了，才有我們的翻身之日。」[17]——當王朔以毛澤東的名言作為自己的創作主題時，他的坦誠是顯而易見的。當然，不會有人把王朔筆下的那些「痞子」形象與毛澤東心目中的「工農兵」形象聯繫在一起，但王朔對毛澤東語錄的認同、對知識份子的強烈不滿卻顯示了他與毛澤東的精神聯繫。也許，王朔筆下的「痞子」也可以算作人民的一部分，可是，王朔無論如何算不上一個民粹主義者，應該是不移之論。很顯然，他一點也沒有民粹主義者的凜然正氣、苦難意識和犧牲精神。

不過，王朔的成功不僅傳達出這個時代玩世不恭情緒高漲的資訊，而且昭示了**世俗主義與民粹主義之間非常微妙的精神聯繫**。民粹主義常常將人民理想化，而世俗主義則坦然面對在滾滾紅塵中生存的人民。這樣，在關注人民這一點上，二者之間有相通之處。

16 樊星：〈從吶喊到冷嘲〉，《文藝評論》一九九四年第六期。
17 〈王朔自白〉，《文藝爭鳴》一九九三年第一期。

現代化的進程其實也是世俗化的進程。經歷過「文革」的人們對「人民」一詞有了更實際的理解——務實的時代風氣使今天的人們已經習慣於將「人民」還原為「普通人」。從「尋根文學」的《最後一個漁佬兒》、《棋王》、《紅高粱》到「新寫實」作品《狗日的糧食》、《新兵連》、《煩惱人生》，**「人民」與「革命」已經分離**，而與卑微的地位、煩惱的生活甚至粗俗的慾望緊緊聯繫在了一起。甚至民粹主義者張承志不是也在《黑駿馬》中真實描寫了蒙古女人面對災難時的無奈麼？而那篇理想主義的名篇〈北方的河〉中的上進青年形象不是為了達到考研究生的目的而不惜企圖採用「走後門」的手段麼？——在這樣的時代裏，民粹主義似乎正在變得越來越蒼白。而世俗主義的浪潮則越來越洶湧澎湃了。

這樣，在九〇年代，關於精英文化與大眾文化的分野便成了思想界一個「熱門話題」。作家、學者們對九〇年代知識份子命運的討論在顯示了知識份子的分化的同時，也昭示了發人深思的歷史玄機——

在寫出了《一嚏千嬌》、《堅硬的稀粥》那樣的諷世之作以後，王蒙表示了對王朔的文學觀和世界觀的理解和認同：「他的思想感情相當平民化，既不楊子榮也不座山雕，他與他的讀者完全拉平，他不但不在讀者面前昇華，毋寧說，他見了讀者有意識地彎下腰或屈腿下蹲，一副與『下層』的人貼得近近的樣子。」「他撕破了一些偽崇高的假面。」[18]——這裏，「平民化」顯然已經不再與「崇高」相聯，而是還原為「卑微」的芸芸眾生。

劉恒在中篇小說《貧嘴張大民的幸福生活》中表達了對平民百姓「精神幸福」活法（其實是「阿Q精神」的另一種說法）的理解：「精神上的飛簷走壁只是為了減輕自己精神上的負擔……能否得到精神幸福很大程度上也就取決於自己的個性。」「這也是張大民的可愛之處，知足常樂。」[19]——這種對「阿Q精神」的新理解與當年魯迅等人呼喚「改造國民性」的啟蒙主張完全不同。**魯迅等人在世紀之初發出的理想主義吶喊到了世紀末**

18 王蒙：〈躲避崇高〉，《讀書》一九九三年第一期。
19 〈敢問張大民幸福在哪裡？〉，《北京青年報》二〇〇〇年三月一日。

已經被世俗化大潮的喧囂淹沒了。這是現代化發展的必然結果嗎？

王安憶早在一九八八年就說過：「我們這一代是沒有信仰的一代，但有許多奇奇怪怪的生活觀念」。當年下鄉時，她就感到「很少有農民對我真正好過」。她還發現農民中的「多數人是人窮志短」。[20]她的小說因此而平實、深刻。到了九〇年代，她感悟了上海的文化精神：「上海這地方做人的慾望都是裸露的，早已揭去情感的遮掩，有一是一，有二是二」，「理想和沉淪都是談不上的。」在上海，市民是城市的「中流砥柱。那最大群最大夥的，卻都是務實不務虛。……不談對上帝負責，也不談對民眾負責，只說對自己，倒是更為切實可行。」[21]她的長篇小說《長恨歌》、《富萍》都表達了她的平民觀：務實也自私、平凡又堅韌。

王蒙對王朔的認同、劉恒對阿Q精神的理解與王安憶對上海市民精神的理解都顯示了當代作家從世俗化角度認識平民、認同平民的思想潮流。這股潮流與以張承志、張煒為代表的民粹主義思潮的差別昭示人們：人民這個詞對不同的人，具有多麼不同的意義！

另一方面，學者們則在深入思考精英文化衰落的原因時發現：精英文化的衰落與政治災難有關，也與民粹主義本身的問題有關：**民粹主義是否繫於一個虛幻的理想**？

例如陳平原就指出：「晚清維新志士考慮的是如何使精英文化『通與俗』，以利於改良群治」，可「幾十年宣傳教育的結果，一般民眾對知識份子已經沒有敬畏和信賴之感，有的只是偏見和蔑視。」「現代中國的唐吉訶德們，最可悲的結局很可能不只是因其離經叛道而遭受政治權威的處罰，而且因其『道德』、『理想』與『激情』而被市場拋棄。」[22]從「化大眾」（啟蒙）到「大眾化」（被大眾的世俗化浪潮所同化）的歷史進程迫使人們面對這樣的現實：社會變革需要大眾的參與，可大眾的追求卻與知識份子的設計相去甚遠。因此，他估

20 王安憶、陳思和：〈兩個六九屆初中生的即興對話〉，《上海文學》一九八八年第三期。
21 王安憶：〈尋找蘇青〉，《上海文學》一九九五年第九期。
22 陳平原：〈近百年中國精英文化的失落〉，《二十一世紀》一九九三年第六期。

計：「也許現代化的過程是以人類精神的平庸化為代價的。」[23]

錢理群指出：知識份子的「自我神化」「是以我們自身的被『改造』、扭曲，以屈從於權力意志、大眾意志與時代意志為代價的。」他因此而認同個性主義，在治學、探索真理的道路上走自己的路。[24]——在這一段議論中，他對「大眾意志」的警惕使他與民粹主義者區別了開來。

王富仁也注意到：「學術化與現實性的矛盾加強了，這將對現代文學研究者的世界觀和人生觀都有很大的影響。我們將被放在社會的吊籃裏越來越高地掛起來……而組成社會的則是另外一些人。他們還得為自己現實的追求去做各種形式的鬥爭，身上沾滿泥漿。」[25]

作家韓少功還指出：「小說的苦惱是越來越受到新聞、電視以及通俗讀物的壓迫排擠。小說家們曾經虔誠捍衛和努力喚醒的人民，似乎一夜之間變成了庸眾，忘恩負義，人闊臉變。」因此，他主張文學不必媚俗。[26]他的長篇小說《馬橋詞典》、散文〈世界〉都充滿了批判國民劣根性的鋒芒。值得注意的是：韓少功對現實的批判是立足於知識份子的基點、因而富於理性的精神的。這與張承志從民粹主義立場出發對現實的批判很不一樣。

與王蒙、劉恒、王安憶的選擇不同，陳平原、錢理群、王富仁、韓少功因為堅持了知識份子的立場而不得不遠離了「大眾」。從這個角度看，一部分知識份子因為走近大眾而在一定程度上融入了世俗化浪潮；另一部分知識份子與大眾之間的隔閡則在加大，這種加大恰恰是當代知識份子的個性意識、使命感增強的重要標誌。

由此可見，民粹主義在世紀末的衰落與世俗化大潮的高漲有關，也與知識份子精英意識的強化有關。**世俗化大潮與知識份子精英意識的對峙是世紀末思想文化界最醒目的景觀之一。然而，在這一景觀的另一面，是兩**

---

23 陳平原等：〈人文學者的命運及選擇〉，《上海文學》一九九三年第九期。

24 陳平原等：〈人文學者的命運及選擇〉，《上海文學》一九九三年第九期。

25 王富仁：〈現代文學研究展望〉，《天津社會科學》一九九四年第二期。

26 韓少功：〈靈魂的聲音〉，《小說界》一九九二年第一期。

股思潮對民粹主義的共同擠壓——這一現象似乎不大為人所注意。

現在的問題是：民粹主義真的不合時宜了麼？

事情並不這麼簡單。

「新生代」中的民粹主義者

儘管「文革」結束以後，務實的政策和個性解放的思潮使人民紛紛走上了世俗主義的道路，但甚至在「文革」後成長起來的一代人中，民粹主義的聲音也時有所聞。

例如張廣天。在八〇年代的大學生活中，他曾經熱衷於學習嬉皮士，酗酒、玩戀愛遊戲，直至配製興奮劑。後來，經過三年的勞教農場生活，他變了。他說：「我開始告別與我們的處境無關的各種西方理念，在情感上越來越靠近勞動階層。」他譜寫了一些「肯定了人民的作用和抗議的必然性」的歌曲，流浪、賣唱，「和知識份子的階層告別，為精英的軀體默哀」，「在人民中間，開始了自覺的文藝勞動」，並「下定決心去做一個永遠在人民中歌唱的歌者」。[27] 他參與策劃的現代史詩劇《切・格瓦拉》在世紀末的劇壇引起了聚訟紛紜。他對格瓦拉的懷念與當年的老紅衛兵對格瓦拉的懷念頗有相似之處：「格瓦拉為弱者拔刀為正義獻身的精神在世界各地點燃了一顆顆心靈。剝削壓迫社會的長夜已經在醞釀下一次革命。」[28] 且不談這樣的預言與世俗化的社會怎麼格格不入，它至少表明：民粹主義的精神在「新生代」這裏並沒有被世俗化浪潮窒息。這裏，特別值得

27 張廣天：〈行走與歌唱〉，《天涯》二〇〇〇年第五期。
28 〈切・格瓦拉〉，《作品與爭鳴》二〇〇〇年第六期。

注意的還有：**張廣天的深入民間與當年「右派」、「五七幹部」、知識青年的深入民間很不一樣**——他的采風性質的流浪與創作、他在充分利用現代文化傳媒傳播自己的文藝作品方面取得的成功，都是當年在文化專制主義高壓下沉默的「右派」、「五七幹部」、知識青年所不可能做到的。他表達了當代底層人民的不滿情緒，以「新生代」特有的方式。對於他，民粹主義是與標新立異的個性緊密相聯的。在這方面，他與張承志的特立獨行頗有相通之處。而他們之間的區別則在於：他不似張承志那麼絕望。

張廣天是「新生代」中少見的具有革命傾向的理想主義者。這樣的民粹主義者在「新生代」中，顯然是鳳毛麟角。不過，張廣天能在世紀末的音樂界、戲劇界成為一個聚訟紛紜的人物，似乎也隱含了這樣的意義：儘管民粹主義已經式微，但時代還需要這樣的聲音。**在多元化的思想格局中，民粹主義不應缺席**。一方面，民主化的時代潮流呼喚著民眾不斷提高參政意識和自身的素質；另一方面，民主化的時代潮流也呼喚著民眾的代言人。因此，民粹主義具有捲土重來的相當潛力。張承志、張煒、張廣天等人擁有的文化空間就是證明，雖然他們常常顯得不合時宜。

寫到這裏，我想起了毛澤東——他雖然已經故去，卻依然在中國民眾中享有崇高的威望；想起了中國思想家、社會改革家梁漱溟，他的「鄉村建設理論」與實驗是二十世紀中國社會變革的偉大嘗試；我想起了印度的聖雄甘地，他的崇高品德、簡樸生活作風至今令人景仰；我還想起了法國思想家沙特、美國思想家馬爾庫塞，他們都將變革社會的希望訴諸人民（沙特甚至在革命的風暴中英勇走上了街頭），成為革命學生的精神領袖；我也想起了阿爾巴尼亞的聖人特萊莎修女，她把全部的愛和財產都獻給了救濟窮人的偉大事業……他們，都是偉大的民粹主義者。他們的精神並沒有因為時代的變遷而黯然失色。這，也是耐人尋味的。

思想潮流的起伏漲落、思想格局的變動不居，常常是出人意料的——這，是為思想史的發展無數次驗證過的真理。

——原載《荊門職業技術學院學報》二〇〇四年第四期

革命浪漫主義的精靈

在我們的文化中，強悍、兇猛、自信和好鬥的人深受推崇。

——〔美國〕萊昂列爾・特里林

革命，是二十世紀中國使用頻率最高的「關鍵字」之一：從國民黨人推翻封建帝制的辛亥革命到共產黨人發起的土地革命直到毛澤東在晚年為實踐他的「無產階級專政下繼續革命的理論」而發動的「文化大革命」，都使得「革命」這個詞以不可思議的巨大能量改變了中國的面貌。試看二十世紀的世界，有哪一個民族像中國這樣在長達七十年（從辛亥革命到「文革」結束）的時間裏一直為革命的烈火所燃燒而難得安寧？

而如果我們將目光投入歷史的雲煙，如果我們將中國歷史上那些頻繁爆發的農民起義看作現代革命的源頭，我們是很容易看出一點歷史的玄機的：為什麼中國與革命有緣？僅僅是因為中國百姓所受到的壓迫特別深重，所以，「哪裡有壓迫，哪裡就有反抗」？事實上，在世界文明史上，就不乏「哪裡有壓迫，哪裡就有忍從」的反例。其中的原因值得研究（那些富有忍耐精神的民族常常有特別深厚的宗教文化作為承受苦難的精神支柱）。如果換個角度看問題，我們是否可以從中國的民族性中找到一些應有的啟迪？中華民族，是缺乏宗教約束的民族，也是特別具有浪漫情緒的民族。中國人一方面樂山樂水，追求天人合一的快樂；一方面信巫信神，富於海闊天空的想像力（從豐富的神話世界到「大同世界」的夢想）；還有一方面，好衝動，喜任性，酷愛自由。不妨把這些民族性的表現看作中國人具有浪漫情懷的有力證明。而在我看來，這種浪漫情懷也是中國人傾向革命的重要心理根源之一。雖然中國人的務實品格也眾所周知，卻不應因此忽略了中國人的浪漫情懷。既務實，又浪漫；既富有靈活的生存能力，又具有奇特的夢想與想像力，正所謂：取熊兼魚，左右逢源。不錯，現實的政治體制、道德教化常常禁錮了不少人的生命熱情、浪漫情懷。但是，無數事實也不斷證明：那些禁錮常常催生了另一部分人的叛逆精神、革命狂熱。

以這樣的眼光看當代文化思潮的演變，我們才能找到關於「為什麼毛澤東在成為最高領袖以後還要繼續革命？」「為什麼『文革』結束以後還有那麼多人崇拜毛澤東？」之類問題的答案。

毛澤東的浪漫政治理想

毛澤東曾經自道，他早年就受到過「自由主義、民主改良主義、空想社會主義」的影響，「憧憬『十九世紀的民主』、烏托邦主義和舊式的自由主義」，還「贊同許多無政府主義的主張」。[1]顯然，這是他一度組織「新民學會」、後來接受馬克思主義的思想基礎，同時，也顯示了他的浪漫主義氣質。終其一生，毛澤東都是一個革命詩人。他那些風格豪放的浪漫詩篇足以證明他的浪漫氣質：從青年時代「問蒼茫大地，誰主沉浮？」的憂思到中年時「數風流人物，還看今朝」的自信到晚年「要掃除一切害人蟲，全無敵」的豪邁。而共產主義的思想來源之

[1] 〔美〕埃得加•斯諾：《西行漫記》（中譯本），三聯書店一九七九年版，第一二五頁。

一不也正是空想社會主義嗎？而信仰共產主義的人們不也大多是具有浪漫主義氣質的熱血志士嗎？

共產主義運動是一場具有濃烈的浪漫主義色彩的政治運動與文化運動。它的浪漫性不僅體現在對共產主義社會的理想設計中，還體現在為了實現共產主義的理想而動員民眾積極參與社會革命，不斷創造具有抹平社會差別、提倡平等理想的新思想和新生事物上。當毛澤東在完成了推翻「蔣家王朝」的事業以後，他很快就將自己的注意力轉移到了共產主義的實驗中。他的實驗是從三個方面同時展開的：一是在思想文化戰線上不斷發動一系列批判封建主義（例如對電影《武訓傳》的批判）和資產階級思想的運動（例如對胡適思想的批判和「反右」運動），以純潔思想，統一思想；二是在經濟上發動具有社會主義性質的「合作化運動」和旨在超英趕美的「大躍進」運動，為共產主義作經濟上的鋪墊；三是在政治上打擊質疑並試圖制止激進運動的對手（從批判彭德懷到打倒劉少奇、鄧小平），以整肅政治，統一行動。他在這三方面的奮鬥最終都因為違背了歷史發展的規律而遭到了無情的失敗。他的激進理想與現實之間的鴻溝使他以純潔思想為目標的思想文化運動挫傷了廣大知識份子、文化人的感情；使他領導的「合作化」、「大躍進」傷害了廣大農民的經濟利益；使他打擊黨內「走資本主義道路的當權派」的運動在傷害了廣大幹部的工作熱情的同時也導致了社會的混亂。事實證明：「六億神州」並不都是「舜堯」；「要掃除一切害人蟲」也絕非易事。試圖在一個有著悠久的家族倫理文化傳統和「一窮二白」的落後經濟基礎的大國推行以階級鬥爭為綱、以集體經濟為本、以根絕人們的「小生產」心理、廣泛樹立「鬥私批修」的共產主義道德的一整套烏托邦設想，結果只能是一敗再敗。

然而，問題還在於：毛澤東的這種革命浪漫主義精神，這種永不屈服、永不滿足、永遠進取的鬥爭熱情，又在風雲激盪的二十世紀樹立起了一面理想主義的旗幟，成為鼓舞無數具有浪漫主義氣質的青年走上革命道路的精神象徵。從中國的「紅衛兵」到日本的「赤軍」，從「法國的毛主義」[2]到美國那些「雜亂無章地迷戀於馬

[2] 參見〔法〕貝樂登•菲爾茲：〈法國的毛主義〉一文，收入王逢振主編：《六十年代》，天津社會科學院出版社二

克思和神秘學、毛澤東和《易經》、政治和大麻、革命和搖滾樂」的青年們，[3]那是整整一代充滿了革命浪漫主義情緒的青年啊！他們因為不同的歷史機遇而共同走上了反叛體制的道路，並在反抗體制的遊行、集會、街壘戰中盡情體會了革命的狂歡氣氛。是的，革命的意義絕不僅僅是悲壯的反抗，也是盡情的狂歡。在那開心的吶喊、浪漫的謀劃、齊心協力的奮鬥、不怕犧牲的豪情中，都可以使人體會到無政府管束的自由、當家做主的豪邁以及凡夫俗子體會不到的崇高快感。在厭倦了循規蹈矩的庸常生活也厭倦了「世紀末情緒」的疲軟消沉的同時，渴望激情成為一代人的精神需要。在人類的發展史上，常常會有那麼一些風雲際會的時候：人們厭倦了平庸，人們渴望激情。這時，一旦有一位具有非凡人格魅力的英雄應運而生，叱吒風雲，就會掀起時代的風暴，改變歷史的進程。而毛澤東，正是這樣一位代表了二十世紀叛逆青年的革命浪漫主義情緒的英雄人物。他在改造中國的現狀方面失敗了。他卻在改造、提升那一代青年的精神品格方面取得了難以理喻的成功。想想那一代唱著「我們是共產主義接班人」，「學習偉大的領袖毛澤東」的歌，在學習雷鋒、助人為樂，上山下鄉、改天換地的運動中全力以赴的青少年吧，也許，正是毛澤東的革命浪漫主義教育使他們擺脫了循規蹈矩的生活，使他們「胸懷祖國，放眼世界」，使他們將自己做的一切小事都與中國革命和世界革命緊密聯繫在了一起，並從中體會到了崇高的樂趣。在中國歷史上，也許沒有一個時代像毛澤東時代那樣極大地調動了一代人的理想主義情緒，使他們在強烈的民族自豪感、階級責任感和主人公使命感的驅使下，去建功立業。幾代思想家關於「改造國民性」的夢想在毛澤東時代顯然得到了相當程度上的實現。雷鋒、王鐵人、陳永貴、邢燕子，成了一代朝氣蓬勃、積極進取的中國人的代表。勇敢無畏、豪邁樂觀、強悍英武，「可上九天攬月，可下五洋捉鱉，談笑凱歌還。世上無難事，只要肯登攀」，成了那個時代的人們崇尚的精神狀態。在那樣一種精神的激勵下，中國人的確創造出了「自力更生，奮發

[3] 見〔美〕MORRIS DICKSTEIN：《伊甸園之門》，上海外語教育出版社一九八五年版，第十二頁。
○○○年版。

圖強」的建設奇蹟，創造了敢與美國軍隊、蘇聯軍隊較量的奇蹟。假設沒有「大躍進」的冒進，沒有「文革」的「全面內戰」嚴重傷害了全民的正常建設熱情，革命浪漫主義的民氣也許會創造出更加輝煌的成就？

可問題也正在於：革命浪漫主義的無所畏懼、自信強悍是註定要與脫離實際的狂想、狂熱、蠻幹甚至殘忍攪在一起的。在中國共產主義運動中發生的悲劇同樣也在蘇聯、在波蘭、在匈牙利、在捷克、在柬埔寨中一再上演就足以表明革命浪漫主義中埋藏的深刻問題。因為無所畏懼而為所欲為（毛澤東不是就曾以「和尚打傘，無法無天」自況麼？），遲早會導致對客觀規律（包括自然規律和社會發展規律）的粗暴踐踏；因為過於自信強悍、崇尚「鬥爭哲學」而缺乏對於不同政見、不同文化觀念、不同生活方式、不同社會制度的應有理解與尊重，結果必然導致全面樹敵、自我封閉、日趨僵化。過於張揚激進的意志，因此而忽略世界的多元性，忽略多元力量之間的必要制衡，是革命浪漫主義思潮由盛轉衰的根本原因所在。到了一九六〇——一九七〇年代，許多政治家漸漸由對抗走向對話，由冷戰走向緩和，由僵化轉為務實，正顯示了客觀規律的不可抗拒。事實上，毛澤東本人在晚年也由堅決「反帝」變為與美國政治家進行具有戰略意義的對話（正是毛澤東同意尼克森訪華一事給了日本「赤軍派」以巨大的衝擊[4]），這一史實是否可以作為毛澤東也有順應時代潮流的一面的例證？一個有作為的政治家，常常是懂得在不得已的情況下超越革命浪漫主義的詩情，而採取必要的妥協策略的——列寧在一九一八年與德國、奧匈帝國締結《布列斯特和約》、史達林在一九四五年「二戰」結束時與英、美巨頭簽《雅爾達協定》，都是證明。革命浪漫主義的激情並不能取代超越意識形態的政治鬥爭策略，也是革命浪漫主義不可能解決一切問題的證明。歷史就這麼無情。

話雖這麼說，在毛澤東的晚年，像與美國媾和那樣的明智之舉畢竟不多。奮鬥了一生的他已經很難擺脫革命浪漫主義的情結了。當整個民族已經被「文革」折騰得十分疲憊時，他還在不斷發動著一場又一場的政治運

[4] 參見燕子：〈北田們：日本「六八年世代」〉，《天涯》二〇〇三年第二期。

動，時而「批林批孔」，時而「批《水滸》」，時而「批鄧、反擊右傾翻案風」。結果是反而促成了「信仰危機」的蔓延、「世紀末情緒」的擴散。全民的革命浪漫主義熱情終於在無節制的內耗與虛擲中逐漸沉寂。當務實之風在新時期順理成章成為全民奔「小康」的精神標誌時，風行多年的革命浪漫主義思潮的煙消雲散不能不說是歷史的必然，同時也不能不令人百感交集。

但毛澤東留下的精神遺產卻不會輕易化作雲煙。

「紅衛兵」——知青一代人與革命浪漫主義的變遷

當過「紅衛兵」的一代人是深受過毛澤東革命浪漫主義情緒影響的一代人。從「文革」初期「破四舊」的狂熱到武鬥中懷著「為有犧牲多壯志，敢教日月換新天」的浪漫豪情慷慨赴死，從「紅衛兵」失勢後一部分曾經偷越國境，走上「抗美援越」的戰場，並血灑異國[5]到在上山下鄉的日子裏夢想著通過艱苦奮鬥改天換地，革命浪漫主義一直是他們中相當一部分人的精神支柱。後來，隨著「紅衛兵」運動的煙消雲散，隨著上山下鄉運動的迅速衰亡，隨著無情的生存競爭和世紀末情緒的喧譁迅速將革命浪漫主義淹沒，他們中的許多人在艱難生計的壓抑下默默咀嚼著生活的苦果。但是，他們中的成功者卻以自己的著述延續了革命浪漫主義的精神命脈。

例如作家張承志。他一直被認為是當代文壇上理想主義思潮的代表人物。這位老「紅衛兵」出身的作家在世俗化思潮高漲的新時期一直「以筆為旗」，不遺餘力地批判虛無主義思潮、歐化思潮和玩世不恭的文學

5 秦曉鷹：《偷越國境的紅衛兵》，工人出版社一九八八年版；徐剛：〈夢巴黎〉，《人民文學》一九九三年第二期。

觀念。他的思想武器便是毛澤東倡導過的民粹主義，從當年以「為人民」作為自己的文學宣言[6]到一九九五年在〈接受首屆「愛文獎」時的致詞〉中總結自己的文學道路時的表白：「永遠有對於人心、人道和對於人本身的尊重；永遠有底層、窮人、正義的選擇；永遠有青春、反抗、自由的氣質」，[7]（但請注意：這裏對「人道」、「自由」的選擇顯然逸出了毛澤東思想的範圍，流露出鮮明的知識份子氣息。）而他偏激的言論容易使人聯想到「紅衛兵」，例如：「今天需要抗戰文學。」「哪怕只是為了自尊，我也決心向這世界體制開槍，打盡最後一顆子彈。……我不願做新體制的順奴。」[8]每當他談起毛澤東時的一往情深（例如《心靈史》的〈後綴〉中那句「我比一切黨員更尊重你，毛澤東」[9]），當他認定「中國需要西元前後那大時代的、剛剛混血所以新鮮的『士』；需要俠氣、熱血、極致」，「但是現代中國僅（魯迅）先生一人屬於這個類型」[10]時，他其實都是表達了自己對於那個逝去年代的革命浪漫主義精神的緬懷與忠誠。在當今這個時代裏，張承志是孤獨的。但他的影響卻一直不衰。這一文化的奇觀發人深省。

哲學家徐友漁在談及自己的「紅衛兵」經歷時，一方面為自己當年的無知、殘忍而悔恨，另一方面也這麼說：「恰恰也是文化大革命，才使我真正瞭解了生活。……文化革命以前的人是一種非常單純、非常理想化，同時也是非常盲目的人，自己到底是什麼根本不知道……我覺得文化大革命使我變成了一個真正意義上的社會公民，或者是積極的公民，我知道我自己有腦袋，我對生活對社會有我自己的判斷。」[11]關心國家大事，關注社

6 張承志：《老橋・後記》，北京十月文藝出版社一九八四年版，第三〇六頁。
7 張承志：〈春來研墨三試筆〉，《鍾山》一九九五年第五期。
8 張承志：〈無援的思想〉，《花城》一九九四年第一期。
9 張承志：《心靈史・後綴》，花城出版社一九九一年版，第二八八頁。
10 張承志：〈致先生書〉，《荒蕪英雄路》，知識出版社一九九四年版，第九十八頁。
11 見吳文光：《革命現場一九六六》，臺灣時報文化出版企業有限公司一九九四年版，第二五六頁。

會的發展，關注世界的風雲變幻，這，應該說是「紅衛兵」留下的精神遺產之一。在一九九〇年代的中國思想界，徐友漁發表了捍衛自由主義思潮的重要文章（例如〈自由主義與當代中國〉等文），成為自由主義思潮的重要人物，那份談論國家命運的激情，那份雄辯的力量，都能依稀使人感到「紅衛兵」精神的流韻。

思想史家朱學勤在回憶自己的思想發展歷程時，就談到了當年那些「思想型紅衛兵」（所謂「六八年人」）對自己的深刻影響：那些「思想型紅衛兵」的思想辯論、下鄉後繼續以「非知識份子」的身份爭論著史學、哲學、政治學方面的問題。正是那些人的影響，使朱學勤繼承了「真正可貴的『六八年精神』」，研究社會政治問題。[12]在他研究盧梭思想的專著《道德理想國的覆滅》的序言中，他記下了自己從事政治學研究的思想根源：「這一代人的精神覺醒，大致可以一九六八年為界。那一年正是他們以各種紙張書寫他們對社會政治問題的思考的年代，也是他們捲入思潮辯論的年代。……（他們）以非知識份子的身份，思考知識份子的問題。用梁漱溟總結本世紀初他那一代人的話來說，一九六八年的這一代人是『問題中人』，而不是『學術中人』。……就我而言，一九六八年問題中最令人困惑的焦點，也就是延續至本書寫作時還在思考的這樣一個問題：為什麼法國大革命與文化革命如此相近？」[13]他對法國大革命和中國「文革」進行了深刻的批判，但他的立足點還是在「六八年人」憂國憂民的革命浪漫主義情懷中。

經濟學家何清漣一直為提醒人們關注現代化發展進程中的社會兩極分化嚴重問題、強調「對公平的追求」而大聲疾呼，是當代「新左派」的代表人物之一。她的《現代化的陷阱》一書因此而成為世紀末中國思想界「新左派」思潮的重要文獻。在談及自己的思想根源時，她也回憶了一九六〇年代中期故鄉那些「頗有『鐵肩擔道義，妙手著文章』之志的青少年，這批人後來成了該市『文革』中兩大圈子的核心人物」給她的深刻影

12 朱學勤：〈思想史上的失蹤者〉，《讀書》一九九五年第十期。
13 見朱學勤：《道德理想國的覆滅》一書的〈序〉，上海三聯書店一九九四年版，第九—十頁。

響：「被他們文章的氣勢所震懾，更為那種被革命英雄主義和道德理想主義陶冶出來的精神氣質所感動。……從他們那裏，我常借到一些十九世紀俄羅斯古典文學和法國啟蒙時代的文學作品，對別林斯基的作品更是情有獨鍾。……這段時間的思想營養以及影響我一生的那種道義責任感，幾乎全得益於這個圈子的一些朋友。……在他們中間，我懂得了什麼是人生的責任，萌生了人道主義思想的幼芽。這就是我在年齡上不屬於『老三屆』和『六八年人』，但思想特徵卻和他們驚人地相似之根源所在。」……「我永遠記得他們當年以『知青』和中學生身份憂國憂民的赤子情懷。」[14]

值得注意的是，朱學勤由批判「文革」、反思「革命」走上了自由主義的道路；何清漣則由質疑現代化進程中重「效率」、輕「公平」的偏頗而堅持了左派的立場，他們之間的思想主張明顯不同。但是，他們都是在「文革」中因為受惠於「六八年人」的啟蒙而保留了一份心繫天下、憂國憂民的情懷，這樣，他們就以自己的親身體驗證明了「六八年人」精神的延續，從而也證明了「文革」留給後人的不僅僅是廢墟。毛澤東「指點江山」的偉大氣魄，加上法國和俄國（這是兩個格外具有浪漫主義氣質和革命傳統的國度）文學與哲學的滋養，是「文革」中不少「民間青年思想者」的思想基礎。他們中的一部分因為獨立地探討中國的命運而走上了「異端」的道路，有的為此最終付出了沉重的代價。他們的精神卻在一九七七年恢復「高考」後進入大學的優秀大學生、研究生那裏得到了繼承和發揚。他們精神的繼承者們對中國社會問題的嚴肅思考與探索也因此而必然具有了不同於官方意識形態的某些「異端」色彩。尤其是在一九八〇—一九九〇年代中國社會發生了巨大的轉型，許多知識份子紛紛認同世俗化的浪潮，或躲入「純學術」的「象牙塔」中時，朱學勤、何清漣對社會思想問題的關注與研究就有了更可貴的意義：無論自由主義思潮和「新左派」思想之間發生了多麼難以調和的矛盾與辯論，他們的政治熱情是傳統士大夫「先天下之憂而憂，後天下之樂而樂」的延伸，也開闢了「重新認識

14 何清漣：《現代化的陷阱》，今日中國出版社一九九八年版，第三七九—三八一頁。

『文革』的精神遺產」的思路。

隨著「文革」的結束，激進的革命浪漫主義思潮消沉了；溫和的務實政治與在中國民間一直根深蒂固的世俗化浪潮共同開闢出走向現代「小康」社會的人間正道。然而，革命浪漫主義的精靈卻並沒有因為時代的巨變而銷聲匿跡。它作為一種思想資源，已經深深融入了一部分憤世嫉俗、批判現實、憂國憂民的知識份子的著述中。這一事實告訴我們：只要人世間還存在著腐敗與掠奪，只要人類「自由、平等、博愛」的理想還沒有變成現實，知識份子批判現實的職責就不會過時，而那職責又是與革命浪漫主義的激情有著歷史的聯繫的（無論他們本人是否意識到這一點）。

「新生代」的叛逆情緒：革命浪漫主義的另一種形態？

「新生代」的崛起是二十世紀末中國文化格局中格外引人注目的現象。他們是在「文革」後成長起來的。對於他們，「文革」是十分陌生的往事。然而，青春期的騷動情緒、西方現代派思潮的影響和中國社會問題的嚴峻還是匯成了一股強大的文化漩流，使他們的思想常常與革命浪漫主義的批判意識、叛逆激情不期而遇。「革命」，在「新生代」的文化詞典中，並不是一個重要的「關鍵字」。在多元文化思潮此起彼伏的衝擊與誘惑下，「新生代」的情緒呈現出多變、紊亂的特點。他們在經濟上務實，在情感上浪漫，在思想上不拘一格，在文化上兼收並蓄。而革命浪漫主義，也就常常在他們起伏不定的心潮中時而強烈、時而若隱若現、時而怪異地浮現出來。

誰說他們對政治漠不關心？一九八五年由北京大學生掀起的「新九一八」運動就在表現了「新生代」關注國際政治風雲的胸懷的同時，也「表現出了相當程度的狹隘的民族主義情緒，並包含著對我國對內對外政策的不滿」。[15]一九九六年同樣的情緒也集中體現在幾位「新生代」作者共同寫作、風靡一時的那部政論體著作《中國可以說不》[16]中。在那部甚至在國際上也引起了嚴重關切的書中，「要支持一些中小國家為反抗美國的強權而進行的各種形式的鬥爭！」「我們要準備打仗！」「我們還記得早年間的那句話：小打不如大打，晚打不如早打。」「有道是——『為有犧牲多壯志，敢教日月換新天！』」……諸如此類的民族主義激情的揮灑和「文革」話語的復活，十分引人注目。在這方面，他們顯然繼承了毛澤東和「紅衛兵」的大無畏革命浪漫主義精神。除了由於國際政治問題觸發的民族主義情緒以外，他們也以自己的政治行動在國內政壇上產生了影響：「一九八七年初的那場騷動……直接由第四代人所掀起……它直接衝擊了社會的上層建築，觸動了社會的中樞神經，引發了政治改組，並在文化意識形態內造成了另一場空前凝重的緊張氣氛」，「往往是出於良好願望的行動，反導致了不良好的結果，欲速不達。一九八六年底的全國學潮就是一個典型的例子。」[17]在良好的願望與激進的行動以及難以逆料的社會效應之間發生的一切，都顯示了中國歷久形成的強大「政治文化」對於「新生代」的深遠影響和無情制約。從這個角度看去，當代學潮與「五四運動」、「一二九運動」、「紅衛兵運動」之間存在著相當明顯的歷史聯繫與精神的曲折相通。

而他們的文化宣言也常常打上了「造反」的色彩：在詩歌界頗有影響的「莽漢主義」以「搗亂、破壞以至炸毀封閉式或假開放的文化心理結構」作為自己的口號，[18]這樣的「宣言」很容易使人聯想到「紅衛兵」「掃除一切牛鬼蛇神」的吶喊；在小說界也頗有影響的朱文在一九九八年發起的「斷裂」（這個詞多麼容易使人想

15　船夫：《十年學潮紀實》，北京出版社一九九〇年版，第一二三頁。
16　作者：宋強、張藏藏、喬邊等，中華工商聯合出版社一九九六年版。
17　張永傑、程遠忠：《第四代人》，東方出版社一九八八年版，第二八二、三五二頁。
18　徐敬亞、孟浪、曹長青、呂貴品編《中國現代主義詩群大觀（一九八六—一九八八）》，同濟大學出版社一九八八年版，第九十五頁。

到「文革」後期曾經風靡一時的「決裂」一詞！）行動中也提出了這樣的問題：「這一代作家的道路也到了這樣一個關口，即，接受現有的文學秩序成為其中的一環，或是自斷退路堅持不斷革命和創新？」而他的答覆當然是：「我們要不斷革命。」[19]這樣的答覆多麼容易使人聯想到托洛茨基的「不斷革命論」和毛澤東「在無產階級專政下繼續革命的理論」！儘管一個是「文學革命」，另兩個是「政治革命」，但在「不斷革命」的精神上，他們實在心心相通。而在音樂和戲劇界異軍突起的張廣天既嘗試過參與政治（他參加過一九八五年底的學潮），也組建過搖滾樂隊，後來又決心「去做一個永遠在人民心中歌唱的歌者」，寫下了歌曲《毛澤東》、《人民萬歲》，策劃上演了現代史詩劇《切・格瓦拉》，在這部轟動一時的歌劇中，有這樣的詢問：「格瓦拉精神如今還要不要？」劇中還響起了《國際歌》的莊嚴樂聲[20]……該劇在二〇〇〇年的成功演出正好與思想界「新左派」呼喚「公平」的聲音相呼應。在這呼應的深處，依稀可以使人感覺到革命浪漫主義的精靈已經跨越了兩代人之間的「代溝」，使他們站在了一起。

當然，「新生代」的「革命」精神畢竟由於社會背景的巨變而不可能成為毛澤東時代的過來人所理解的「革命」的簡單重複。在偏激的情緒上，二者一脈相傳；但在「革命」話語的內涵上，卻有著十分醒目的差異：在「紅衛兵」——「知青」那裏，「革命」既具有「造反」的意義，也與「禁慾」、「莊嚴」、「崇高」、「悲壯」、「犧牲」這些詞血肉相聯；而到了「新生代」這兒，「革命」時而也與「莊嚴」、「崇高」的情感緊密相聯，時而又與「狂歡」、「痞氣」、「商業化炒作」的氛圍息息相通。例如「莽漢主義」詩歌的「革命性」就表現為以世俗化的風格去顛覆傳統的「詩意」，在這方面，李亞偉的名詩〈中文系〉、〈硬漢們〉就是證明；朱文的小說《我愛美元》、《老年人的性慾問題》、《人民到底需不需要桑拿》、《幸虧這些年有了一點

19 見朱文：《斷裂：一份問卷和五十六份答卷》的〈問卷說明〉、韓東：〈備忘：有關「斷裂」行為的問題回答〉，《北京文學》一九九八年第十期。

20 張廣天：〈行走與歌唱〉，《天涯》二〇〇〇年第五期；〈切・格瓦拉〉，《作品與爭鳴》二〇〇〇年第六期。

錢》也散發出濃郁的粗鄙氣息；而張廣天也在大學生活時有過「簡單地學習嬉皮士，經常夜宿女生樓」的經歷。[21]畢竟，他們是在一個思想解放慾望也解放、人欲橫流崇尚享樂的環境中成長起來的。他們的人生觀、世界觀、文學觀和性觀念都已不可避免地打上了西方現代個性意識、消費觀念和享樂、狂歡情緒的烙印。因此，他們對「革命」的認識必然會迥異於他們的前人。認識到這一點對於研究「革命」一詞在二十世紀的演化具有重要的意義。革命浪漫主義的精靈也會在時代浪潮的滾滾前進中發生某些有趣的變化。當革命浪漫主義的激情與現代派標新立異的個性意識和「後現代」的狂歡風格、「炒作」手段融匯在一起時，我們不難發現革命浪漫主義精神也發生了與時俱進的變化吧。革命浪漫主義與現代主義的奇特融合，是一個值得研究的有趣課題。

革命的時代已經過去。革命的精神還在盤桓，並且獲得了新的文化形態：與現代主義、後現代主義奇特地融化成一體。

只要中國的政治改革還沒有完成，只要中國現代化進程中的兩極分化現象還沒有得到根本性的扭轉，革命的精靈就不會壽終正寢。

甚至，即使政治改革已經大功告成，即使兩極分化現象已經成功得到了法制與輿論的遏止，革命恐怕仍然會在燃燒著叛逆與標新立異激情、永遠不會對現狀心滿意足的一代又一代青年那裏具有長久的感召力。就像在青年時經歷過革命晚年又質疑過「革命」的作家王蒙在長篇小說《躊躇的季節》中寫道的那樣：「革命的衝動不正是與愛情的衝動一樣，生發自青春的紅血球嗎？」他還在《狂歡的季節》中寫道：「革命就是狂歡」，「中國是世界上最熱鬧的國家，在什麼都缺的那些年代，中國從來不缺少熱鬧。……還不知道誰敵誰友就已經革起命來啦——反對的是冷冷清清，追求的是轟轟烈烈」！也許，旺盛的生命熱情是需要狂歡化的革命去發洩的。何況，青春的激情永遠在燃燒。每一代青年都渴望樹起自己的文化旗幟，在標新立異的吶喊中發出自己

21 張廣天：〈行走與歌唱〉，《天涯》二〇〇〇年第五期。

的聲音。他們未必相信有美好的理想社會，但他們叛逆的衝動、狂歡的活法和創造新語詞、新時尚、新生活方式的成果使他們天然傾向於浪漫主義、傾向於「革命」（儘管這「革命」已經不同於共產黨人的「革命」，不再與拋頭顱、灑熱血的悲壯、爬雪山、過草地的艱難聯繫在一起，而更多與現代派的叛逆情緒、標新立異相近）。很難想像，離開了這樣的青春熱情，光憑著務實的態度，人類的文化生活會豐富多彩。從這種意義上可以說，有青年就有革命。有夢想就會有革命。就連主張「告別革命」的思想家李澤厚也談到過：「不要革命，並非不尊重過去革命所高揚、所提供、所表現的英雄氣概、犧牲精神、道德品質、崇高人格。它們仍然是對人類的一大貢獻……人們可以從過去的革命情懷中吸取力量，用在更有實效更少毀傷的生活的人生道路上。」何況，「任何革命也都可以帶來一些好東西。例如，『平等』的觀念、『集體』的觀念、『社會主義』的觀念，在『革過命』的地方就比沒有發生過革命的地方要濃厚強烈得多，如此等等，這便是革命的真正『成果』。」[22]這樣的論述足以表明：李澤厚一方面擔憂革命可能帶來的巨大破壞，另一方面對革命的精神意義也心嚮往之。

革命浪漫主義的精靈，還在現代化的進程中飛翔……

難以告別的革命？

浪漫主義的狂歡境界令人神往。可浪漫主義的致命傷卻不容忽視。英國哲人羅素就曾在《西方哲學史》一書中指出：「孤獨本能對社會束縛的反抗，不僅是瞭解一般所謂的浪漫主義運動的哲學、政治和情操的關鍵，也是瞭解一直到如今這運動的後裔的哲學、政治和情操的關鍵。」「可怪罪的倒不是浪漫主義者的心理，而是

[22] 李澤厚：〈再說「西體中用」〉，《世紀新夢》，安徽文藝出版社一九九八年版，第一九六頁。

他們的價值標準。他們讚美強烈的熾情，不管是哪一類的，也不問它的社會後果如何。……但是最強烈的熾情大部分都是破壞性的熾情：如憎惡、怨忿和嫉妒，悔恨和絕望，羞憤和受到不正當壓抑的人的狂怒，黷武熱和對奴隸及懦弱者的蔑視。……那類人，都是猛烈而反社會的，不是無政府的叛逆者，便是好征服的暴君。」[23]對革命浪漫主義，也不妨作如是觀。美好的理想是如何異化為激進的狂想的？純潔的熱情是怎樣通向殘忍的狂熱的？從蘇聯的「大清洗」到中國的「文革」，革命浪漫主義的迷夢是怎樣與專制暴政相結合的？歷史上那些層出不窮的革命在多大程度上推動了人類追求公正理想的進程，或者是在多大程度上造成了社會的災難、歷史的倒退？許多問題，一言難盡。

「文革」過後，一方面，是「革命」的聲音時隱時現；另一方面，是「告別革命」的聲音也相當流行。思想家李澤厚、文學評論家劉再復在《告別革命》一書中回首了二十世紀的革命歷史，反思了革命「激情有餘，理性不足」的弊端。提出了要改良，不要革命的主張，一時間頗有影響。[24]「告別革命，遠離政治，疏離主流，淡化意識形態」的思潮在一九九〇年代一度十分流行。[25]旅法作家高行健在他的長篇小說《一個人的聖經》中也發出了「啊，別了革命！」的衷心呼喊。[26]這樣的思考與呼喊是建立在對「文革」的反思的基礎之上的，也表達了經過百年動盪以後人心思定的普遍心態。但問題的癥結在於：歷史常常不是按照思想家設計的路線前進的。當由於中國政治改革進展的遲緩而導致腐敗盛行、民怨鼎沸時，當由於中國的經濟改革進退維谷，「三農」問題和工人大規模「下崗」問題已到了勢如累卵的局面時，「告別革命」的想法是否顯得太書生意氣了一

---

23 〔英〕羅素：《西方哲學史》（中譯本）下卷，商務印書館一九七六年版，第二二一頁。
24 李澤厚、劉再復：《告別革命——回望二十世紀中國》，天地圖書有限公司一九九七年版。
25 見《報刊文摘》一九九六年三月十八日〈正確認識近代史上的革命與改良〉、五月二日〈警惕反歷史主義思潮〉等文。
26 高行健：《一個人的聖經》，天地圖書有限公司二〇〇〇年版，第四二四頁。

些？有相當一批作家、學者對這種說法表示了質疑。雜文家邵燕祥就認為：「在思想文化領域裏，激進主義也是應該有的一種主義，不能一筆抹煞的。」至於在政治領域，「革命不是人為煽動的。是壓迫者、權力者製造的」，也是無情的歷史事實。[27]作家劉心武一直是人道主義的鼓吹者。他在一九八六年在宣揚「人類應該互相理解」的主張時甚至寫下過「理解敵人」的話。[28]但十年過後，他面對中國社會的尖銳矛盾，又說出了「理解革命」的話：「局部的激進行為可以起到校正、調整社會不公正的作用，都溫和起來也不行。從旁觀者角度說，兩翼扯動是必要的，激進的不可少，新保守主義要求穩健的也不可少。……所有的工人都不鬧事，社會就好了嗎？我不主張大規模鬧事，但一個地區一個單位的行政長官、國營企業的負責人如果不執行上邊政策，貪贓枉法，胡作非為，使那裏的老百姓，那裏的工人，簡直生活不下去，難道也不能反抗嗎？……如果一點點激烈的行為也沒有，也無法制衡。在社會的變革中，有些良性的激進行為究竟怎麼看，是可以探討的。」[29]作家韓少功也認為：「我們清算革命時代的悲劇和罪惡，甚至可以反思革命手段本身，但這並不意味著可以無視當年革命的真實原因。」[30]學者何家棟也指出：「從正當性上說，革命乃至起義的權利，是一種天賦人權。」為此，他援引了美國《獨立宣言》中的論述為革命辯護：「過去的一切經驗也表明，只要邪惡尚可被容忍時，人類總是傾向於默然忍受，而不是為了拯救自己而廢除他們久已習慣的政府體制。但是，當政府長期倒行逆施，一貫實行專政，一意孤行地把人民壓制在絕對的君主專制統治之下的時候，人民就有權利有義務推翻這樣的政府，並為其未來的安全建立新的保障。」[31]上述不同意「告別革命」說法的聲音言之成理。「革命」是一股政治制衡的力

27 見何西來等人的對話錄：〈重說「五四」對話錄〉，《文藝理論研究》一九九六年第二期。
28 劉心武：〈地球村‧審父‧自剖〉，《當代》一九八六年第四期。
29 見何西來等人的對話錄：〈重說「五四」對話錄〉，《文藝理論研究》一九九六年第二期。
30 韓少功：〈後革命的中國〉，《上海文學》二〇〇一年六月號。
31 何家棟：〈「革命」辯正〉，見李慎之、何家棟：《中國的道路》，南方日報出版社二〇〇〇年版，第四六一頁。

量。它的難以預料，它的猛烈氣勢，至少能威懾那些怠慢民眾的貪官，迫使政治家注意民眾的呼聲。因此，它其實也是推動現代化進程和社會改革的重要力量。這樣的革命，即使在已經實現了現代化的國度也沒有完全銷聲匿跡——發達資本主義國家經常爆發的罷工、遊行示威就是證明。由此可見，「革命」不是那麼輕易就能告別的了的。中國思想界在「告別革命」還是「理解革命」問題上的各執一辭，既顯示了「革命」的影響深遠，常說常新，也表明了中國社會矛盾的複雜與尖銳。

在經歷了一百多年的戰亂以後，中國需要安寧。但中國存在的許多嚴重問題又亟待解決。而且，許多問題已經不是光憑務實的態度就能解決好的（例如「信仰危機」、「信用危機」等等）。中國在事實上已經告別了革命以後，應該如何在放棄革命方式（暴力革命、群眾運動）的同時繼承革命的某些精神遺產？這一問題迄今為止並沒有得到應有的回答。因為事實已經證明，一般化、簡單化的意識形態宣傳和政治思想工作無助於現實問題的解決。

中國，還在「告別革命」與「繼承革命」的十字路口徘徊……一切，都談何容易！

——原載《上海文化》二〇〇六年第二期

「新史詩」、「新經典」與「新尋根」思潮中的民族文化精神

一

一九八〇年代後半期以來，許多中國作家都自覺地投入到了長篇小說的創作之中。從那時起到現在，「長篇小說熱」一直不衰。這是中國文學史上長篇小說創作前所未有的壯觀景象。顯然，寫出優秀的長篇小說，是這些年來中國作家們的一個共同願望。現在的問題是：近二十年時光過後，中國作家寫出了無愧於「史詩」稱號的作品沒有？一方面，在談及這些年的長篇小說創作時，評論界常常會提到《古船》、《白鹿原》、《塵埃落定》、《長恨歌》這些名著；另一方面，關於「半部傑作」的歎息（即認為許多優秀的長篇小說都有一個共同的缺憾：前半部精彩，後半部卻單薄）也的確指出了當代長篇小說創作的共同弱點。「半部傑作」現象的癥結何在？是因為浮躁心態的干擾（但《白鹿原》那樣閉門苦寫數載的作品為什麼也有「半部傑作」之憾）？還

是因為由於可以理解的原因，作家們在涉及一些敏感的歷史問題時，常常只好謹慎處理，以至於在有意無意間顯出了筆力的空疏？或者，是因為評論界的眼光過於嚴格、挑剔，對外國文學名著常常崇敬有加，而對中國當代名著卻責之過嚴，因此對已有的成就估計不夠？

但即使是《白鹿原》那樣的名篇也難免「半部傑作」的宿命，我仍然覺得當代長篇小說已經產生了可能傳之後世的「史詩」之作。我這裏指的是像《曾國藩》、《張之洞》、《楊度》、《白門柳》……那樣場面宏大、氣勢恢弘、筆力遒勁，而且經受住了時間的考驗，在讀書界一直有口皆碑的歷史題材長篇小說。這些作品的作者都有多年的歷史研究基礎，也都有相當的文學才華，這些，也許是他們的力作很少受到評論界「半部傑作」非議的重要原因。也許，現成的歷史故事為作家們的創作提供了堅實的創作基礎；也許，中國古典歷史題材長篇小說先天就有深厚的傳統（如《三國演義》、《水滸傳》，雖然嚴格地說，《三國演義》、《水滸傳》就已有「半部傑作」的問題），這一傳統足以喚起中國作家薪盡火傳、書寫史詩的雄心壯志……但無論如何，當代歷史題材長篇小說中的優秀之作成功地避免了「半部傑作」的宿命，這一現象是值得注意，值得研究的。

也許，歷史資源豐厚的中國文學，註定會以一批歷史題材的優秀之作顯示出當代中國長篇小說的深厚文化底蘊和不凡文學成就來。無論從哪個方面看，當代歷史題材長篇小說中的優秀之作都是可以當得起史詩的稱號的——以那些重大的歷史事件和重大歷史事件中的英雄人物為題材，以深刻的命運感和獨到的歷史觀為主題，以深厚的文化功底和濃墨重彩的文學描寫為支撐，在成功展示歷史的偉大與無情的同時，也感人地表達了當代作家的人文關懷。

「長篇小說熱」的這一面，不應輕看。歷史題材長篇小說在當代的繁榮具有深刻的文學意義。建立在中國歷史風雲基礎之上的歷史題材長篇小說，因為與歷史文化的天然聯繫，而自然賦有了中國文化的異彩——那些歷史人物的文化素養、文學才華，都令人仰慕；那些歷史場面的政治意味、風俗韻味，都耐人尋味；那些寄託了當代人的歷史之思、滄桑之感的議論，也都發人深省。不妨將這一類作品稱為中國的**「新史詩」**。

甚至在當代的「革命現代史」題材的長篇小說中，也已經產生了像黎汝清的《皖南事變》、劉醒龍的《聖天門口》那樣的成功之作。前者的紀實風格與對中共黨史的重新發現，後者的浪漫異彩與地域文化風味，都相當出色。加上張承志的《心靈史》那樣的「教史」，加上韓少功的《馬橋詞典》那樣的「詞典體小說」，加上閻連科的《日光流年》和余華的《許三觀賣血記》那樣的「寓言小說」，在我看來，也都是擺脫了「半部傑作」的宿命的優秀之作。其中，《皖南事變》、《心靈史》、《日光流年》、《聖天門口》、《馬橋詞典》雖然氣象不盡相似，卻都是具有「新史詩」意味的作品。如果這樣的感覺不錯，那麼就可以說，當代作家已經通過持之不懈的努力，寫出了優秀的長篇小說。我甚至覺得，這些優秀的長篇小說比起有些西方文學的名篇，也毫不遜色。

二

二〇〇〇年九月十六日，上海《文匯報》公佈了由上海作協和《文匯報》聯合發起組織的全國百名評論家推薦一九九〇年代最有影響的作家作品的結果。最有影響的十位作家為：王安憶、余華、陳忠實、韓少功、史鐵生、賈平凹、張煒、張承志、莫言、余秋雨。最有影響的十部作品為：王安憶的《長恨歌》、陳忠實的《白鹿原》、韓少功的《馬橋詞典》、余華的《許三觀賣血記》、張煒的《九月寓言》、張承志的《心靈史》、余秋雨的《文化苦旅》、余華的《活著》、史鐵生的《我與地壇》、史鐵生的《務虛筆記》。

這一具有一定權威性的調查結果具有重要的文化意義：當代文學家在確認自己的時代**「新經典」**。在經歷了思想解放、多元求索、百花齊放的時代以後，在世紀之交的分水嶺上，當代文學家在確認自己的時代經典。

上述作品大多具有深刻的歷史滄桑感和深厚的文化底蘊。《白鹿原》、《馬橋詞典》、《心靈史》、《文化苦旅》這樣浸透了民族文化風格的作品不用說了，就連《長恨歌》、《許三觀賣血記》和《活著》這樣明顯具有世俗化傾向的作品，也足以喚起讀者對歷史滄桑，對國民性問題的重新思考。《長恨歌》的主人公對於世俗生活的堅守竟然能被歷史證明代表了人間正道，《許三觀賣血記》和《活著》中對於主人公麻木靈魂的刻畫竟然能漸漸通向堅忍不拔的動人境界，都顯示了當代作家對於「五四」先驅者批判國民性歷史遺產的重要超越。從這個角度看去，百名評論家推薦一九九〇年代最有影響的作家作品的結果就不僅具有文學的意義，也顯示了文化的意義：那些具有鮮明民族文化特色的作品成為當代評論家在估量文學經典時不約而同遵守的價值尺度。多元的價值觀念，多元的文學嘗試，多變的文學風格，最後還是要歸結在這一點上。這是耐人尋思的。

民族文化特色，這個詞並不新鮮。但卻總是在冥冥中牽動著作家和評論家的文心。二十世紀的中國文壇，幾度開放，幾度收斂。但開放與收斂的輪迴到了世紀末再次進入了一個多元雜糅的時期：一方面，以空前恢弘的氣度兼收並蓄世界文學的已有成就，在兼收並蓄中超越亦步亦趨的模仿，將世界文學的種種人文觀念、文學主張拿來，為我所用，不斷建構我們民族文學的開放品格、恢弘氣度；另一方面，立足於在重新發現本土文化的豐富與駁雜的基礎上，不斷深入開掘本土文學的新礦藏。這裏，特別值得注意的，是這個世紀之交的作家已經具有了不同於「五四」時期作家的時代背景與思想基點。在「五四」時期，中國的政治危機和文化病態迫使那一代作家發出「改造國民性」的吶喊；而到了這個世紀之交，在中國已經實現了民族崛起的基礎上，在面對西方現代思潮猛烈衝擊的現實之際，重新認識民族文化傳統，重新估量民族文化遺產和民族文化品格（即國民性）的當代意義，就成為文學家的重要使命之一。《白鹿原》中儒家文化的根深蒂固，《心靈史》中回民宗教精神的感天動地，《文化苦旅》中對傳統地域文化的叩問，《九月寓言》中對於農民生命熱情的禮贊，《長恨歌》中對於上海市民生活信念的謳歌，《許三觀賣血記》和《活著》中對於底層百姓堅韌生命意志的重新發現，《馬橋詞典》對於民間文化混沌狀態的展示，都不約而同地體現出當代作家對於國民性的重新認識。其中有批判的主題，但更強烈的意向，是理解與謳歌。「五四」時期作家的啟蒙話語已經明顯被理解民族文化、弘揚民族精神的新思維所取代。姑且稱之為**「新民族主義立場」**吧——它既不同於孫中山先生的民族獨立主張，也不同於毛澤東的「民族化、大眾化」的民粹主義理想；它不像魯迅那樣被啟蒙的激情所燃燒，也與周作人那樣的隱士話語相去甚遠，而與沈從文欣賞民間自然生命力的立場相當接近。這一「新民族主義立場」是一九八〇年代「沈從文熱」和「尋根熱」的延伸。因此，將上述一九九〇年代的重要作品看作**「新尋根」**思潮，也許是不錯的吧。

三

剩下的問題是：由「沈從文熱」和「尋根熱」發展出來的「新民族主義」思潮會在新生代作家那裏薪盡火傳嗎？因為，作為開放年代中成長起來的新生代作家，他們對西方文化新潮的興趣顯然大於對本民族文化的興趣。他們普遍崇尚的，是「個性解放」、「慾望寫作」和「時尚新潮」。

儘管如此，我仍然在他們中間發現了他們與傳統文化千絲萬縷的聯繫。他們也在以他們特有的方式進行新的「尋根」——

或者像李馮的長篇小說《孔子》那樣重新審視歷史，從史實中發現新的問題——從孔子的自我認識誤區到弟子們對於孔子的理性追問；

或者像李弘的中篇小說《春江花月夜》那樣發現當代浮華生活之外的探索者，在禪宗哲學與舞蹈藝術的創新之間建立起神奇的聯繫；

或者像畢飛宇的中篇小說《青衣》那樣關注傳統京戲與當代京戲演員命運之間的緊密聯繫；

或者像李馮的長篇小說《英雄》、《十面埋伏》那樣將傳統的武俠小說寫出新的意境來；

或者像伊沙的詩歌《李白的孤獨》和慕容雪村的短篇小說《李太白傳奇》那樣以不無調侃的口吻去寫出那些偉大詩人的平常煩惱與人生慾望；

或者像葉彌的短篇小說《郎情妾意》那樣將底層社會相濡以沫的愛情故事與〈賣油郎獨佔花魁〉那樣的古典文學作品結合在了一起；……

他們不像當過知青的那一代「尋根派」，主要通過自己的知青生活去尋找傳統文化的遺風（例如《棋王》、《最後一個漁佬兒》、《老井》、《歸去來》……）。他們從學校到學校再到都市紅塵的人生經歷使他們主要是從讀書和觀察身邊的生活去發現古典文學的智慧和魅力、古典人生的困惑和神秘的。但即使是這樣，他們也收穫了可觀的文學成果。他們心中的傳統是與他們時而叛逆、時而浪漫、時而調侃、時而認真的靈活立場息息相通的。他們善於以他們特有的方式去詮釋傳統的複雜意味。他們沒有亮出「尋根」的旗幟，但他們的確走出了新的「尋根」路徑。他們別出心裁的有關創作足以令人想起魯迅的《故事新編》、馮至的小說《伍子胥》和施蟄存的小說《石秀》……那些「新編」的歷史傳說。

他們還在繼續探索。他們的探索值得關注。因為他們的這一類寫作已經成功地超越了「個性解放」、「慾望寫作」和「時尚新潮」這些一般之論。

新的世紀已經走過了五個年頭。新世紀的文學理當在二十世紀的已有成果上有新的發展。中國文學在新的世紀裏理當產生新的經典——不言而喻，當然是應該是具有民族文化底蘊和新的時代烙印、新的個性風采的好作品。

——原載《文藝報》二〇〇五年十二月八日

當代文化思潮中的「反智主義」

一

「反智主義」（anti-intellectualism）一詞，亦稱「反智論」，是一種懷疑、反對知識和知識份子的社會思潮。它體現了一部分具有反傳統、反文化意識的人們對精英掌控社會話語權的不滿與反抗。美國思想家霍夫斯塔特（Richard Hofstadter）於一九六二年出版的《美國生活中的反智主義》一書鋒芒直指當時美國政府中的反智主義思潮，在思想界產生了深遠的影響，也使這個詞漸漸流行了開來。

一九七六年，海外當代「新儒家」的代表人物余英時發表了〈反智論與中國政治傳統〉的思想史論，鋒芒直指當時大陸的「評法批儒」運動。文中指出：「中國的政治傳統中一向瀰漫著一層反智的氣氛」，「中國政治思想史上的反智論在法家的系統中獲得最充分的發展。」「在法家政治路線之下，只有兩類人是最受歡迎和優待的：農民和戰士」。（這議論很自然會想起當時大陸政治生活中那個取代了人民的政治名詞——「工農兵」）。同時，他也指出了道家的「反智」特質。[1]在該文的餘論〈「君尊臣卑」下的君權與相權〉一文中，他進而指出：「現代中國的反智政治當然有很大的一部分是來自近代極權主義的世界潮流，並不能盡歸咎於本土的傳統。但是潛存在傳統中的反智根源也絕不容忽視。」[2]這樣的議論足以使人產生這樣的思考：在中國這麼一個歷來有著「崇文」傳統，連普通老百姓也堅信「萬般皆下品，唯有讀書高」的國度，為什麼「反智」的傳統也根深蒂固？在「崇文」與「反智」這水火不容的雙重傳統深處，顯然體現出了中國文化的尖銳矛盾——一方面，打天下常常靠的是武力和陰謀，因此，狂妄的武夫常常看不起甚至羞辱文化人，以至於「秀才遇到兵，有理說不清」的說法不脛而走。統治者為了「統一思想」而「焚書坑儒」、大興「文字獄」的悲劇也常常上演，令天下的讀書人心寒！另一方面，「崇文」的讀書人常常以為「知書明理」就可以「修身齊家治國平天下」，卻在進入仕途後發現，正氣、才華、「道統」常常不敵昏君的暴虐、佞臣的無恥，因此碰壁而灰心、或知難而退隱，感歎「百無一用是書生」，然後或隨波逐流，或歸隱田園。而那些皓首窮經的讀書人因為屢試不第，到頭來發現自己甚至不如沒有上進心的農夫、小販那樣散淡度日，於是自暴自棄，悲歎「科舉誤我」的無情事實也助長了「反智」思潮的流傳……由此可見，中國傳統社會的專制主義、混亂世事是滋生「反智」思潮的深厚土壤。

現代社會是尊重知識、尊重知識份子的社會。但中國進入現代社會的方式卻十分奇特：一邊是皇權崩潰以後，形形色色的軍閥「亂哄哄你方唱罷我登場」，在相當長的戰亂歲月中，軍人成了歷史舞臺的主角，槍桿子成了決定勝負的主要因素；另一邊是隨著西學東漸而湧現出來的一代優秀知識份子因為傳播現代文明而開創了中國歷史的新紀元，他們學貫中西的氣象和比較優越的生活質量都顯著地改變了中國文化發展的路線，並且

---

1 余英時：《歷史與思想》，臺灣聯經出版事業公司一九七六年版，第一、二十、二十四頁。

2 余英時：《歷史與思想》，臺灣聯經出版事業公司一九七六年版，第四十八頁。

深刻地影響了後人。儘管如此，我們不難發現，在那一代作家筆下，知識份子的形象卻多顯得可憐、猥瑣、無能，從魯迅的《在酒樓上》、《傷逝》、郁達夫的《沉淪》、葉聖陶的《倪煥之》到茅盾的《動搖》、巴金的《家》、《寒夜》、沈從文的《八駿圖》、錢鍾書的《圍城》……多是病態人格、失敗人生。像茅盾的《虹》那樣欣賞知識份子革命熱情的作品，實在太少。我們在現代文學中看不到像梁啟超、李大釗、胡適、陳獨秀、魯迅那樣富有歷史使命感和旺盛生命熱情的知識份子形象，不能不說是一大缺憾。有學者早就指出：「現代文學以『阿Q』的形象概括民族性格的某些本質方面，卻終於未能推出有相似分量的知識者形象」[3]，這一現象耐人尋味。平心而論，上述作品真實地反映了相當一部分「小知識份子」困窘的生存狀態，也深刻地揭示了知識份子的某些「劣根性」——脆弱、頹唐、虛偽、自卑、玩世不恭。然而，作家筆下的知識份子形象多顯得可憐、可卑、可恨，或多或少體現出了知識份子本身的某些致命弱點。這一現象，一直到當代都沒有得到根本性的改觀。由此是否可以看出知識份子中審視知識份子「劣根性」的批判意識呢？從這批判意識到「反智論」似乎並不太遠。而在西方文學史上，謳歌知識份子英雄形象、關注知識份子上下求索痛苦靈魂的名篇卻為數不少——從歌德（Johann Wolfgang von Goethe）的《浮士德》（Faust）、羅曼•羅蘭（Romain Rolland）的《約翰•克利斯朵夫》（Jean-Christophe）到毛姆（William Somerset Maugham）的《刀鋒》（The Razor's Edge）、索爾仁尼琴（Aleksandr Isayevich Solzhenitsyn）的《第一圈》（The First Circle）、帕斯捷爾納克（Boris Pasternak）的《齊瓦戈醫生》（Doctor Zhivago）、索爾•貝婁（Saul Bellow）的《赫索格》（Herzog）……

共產主義運動的倡導者常常是將共產主義的理念與民粹主義的主張聯繫在一起進行宣傳的。從李大釗關於「要想把現代的新文明，從根底輸到社會裏面，非把知識階級與勞工階級打成一氣不可」的論斷和「青年呵！

[3] 趙園：《艱難的選擇》，上海文藝出版社一九八六年版，第三四八頁。

速向農村去吧！日出而作，日入而息，耕田而食，鑿井而飲」的呼喊，[4]到毛澤東關於「知識份子如果不和工農群眾相結合，則將一事無成」的說法，[5]都可以證明這一點。雖然毛澤東也知道：「嚴重的問題是教育農民」，[6]他在社會主義合作化運動中一直想將農民的小農經濟思想改造成為社會主義的新思想，但只要是將知識份子與工農放在一起比，他就會說：「拿未曾改造的知識份子和工人農民比較，就覺得知識份子不乾淨了，最乾淨的還是工人農民，儘管他們手是黑的，腳上有牛屎，還是比資產階級和小資產階級知識份子都乾淨。」[7]這樣的看法固然有推動知識份子「思想改造」的理想動機，更成為他發動一系列政治運動以整肅知識份子的重要理論依據。在「十七年」文學中，只有寥寥幾篇描寫青年知識份子題材的作品（如宗璞的小說《紅豆》、劉紹棠的小說《西苑草》、楊沫的小說《青春之歌》和陳耘的話劇《年青的一代》等），而且，儘管這些作品的主旨是刻畫知識份子走向革命、投入新生活的熱情，卻常常免不了因為流露出「小資情調」而遭到莫須有的粗暴批判。現代文學中寫知識份子命運的傳統在「十七年」文學「大寫工農兵」浪潮的衝擊下已經命懸一線。到了「文革」中，毛澤東思想深入人心。在那個知識份子被貶為「臭老九」的時代裏，「知識越多越反動」的說法甚囂塵上，「讀書無用論」流行一時。儘管「主旋律」對於「讀書無用論」是持批判態度的，「為革命學習」的口號也時時可聞，可「文革」開始時的「紅衛兵」焚「四舊」書、「停課鬧革命」、大學停止招生、從「反動學術權威」到許多中、小學教師都普遍受到猛烈的批鬥，以及「文革」中「工人毛澤東思想宣傳隊」（簡稱「工宣隊」）、「貧下中農毛澤東思想宣傳隊」（簡稱「貧宣隊」）和「解放軍毛澤東思想宣傳隊」（簡稱「軍宣隊」）入駐、管理各大、中、小學的「新生事物」，和大、中、小學學生都必須走「五七道路」、「開門辦

4 李大釗：〈青年與農村〉，《李大釗選集》，人民出版社一九五九年版，第一四六、一五〇頁。
5 毛澤東：〈五四運動〉，《毛澤東選集》（一卷本），人民出版社一九六八年版，第五二三頁。
6 毛澤東：〈論人民民主專政〉，《毛澤東選集》（一卷本），人民出版社一九六八年版，第一三六六頁。
7 毛澤東：〈在延安文藝座談會上的講話〉，《毛澤東選集》（一卷本），人民出版社一九六八年版，第八〇八頁。

學」（即深入工廠、農村、部隊「學工」、「學農」、「學軍」），「工農兵學員」經過工農兵「推薦」「上大學」等等「教育革命」的「創舉」，都極大地衝擊了正常的教育體制，傷害了知識份子從事科研、教學的熱情。因此，「文革」成為了舉國「反智」思潮空前高漲的時代。「文革」期間文化、教育的全面倒退駭人聽聞。那悲慘的一幕，後來在新時期「傷痕文學」的許多作品中，留下了不可磨滅的歷史記憶——劉心武的《班主任》、盧新華的《傷痕》、鄭義的《楓》、宗璞的《三生石》、白樺的《苦戀》……為什麼「知識份子與勞動人民結合」的美好設計到了現實中竟然異化為知識份子被普遍扭曲的漫長噩夢？為什麼一場浪漫的革命到頭來會淪落為知識份子的浩劫？歷史的教訓值得深刻反思。

二

「文革」結束，經過一段時間的撥亂反正，崇尚知識的風氣重返神州。按說「反智」的思潮應該壽終正寢了吧，其實不然。與「崇尚知識」的風氣並存的，是知識份子的相對貧困化狀態以及與之相伴的「反智」思潮。

一九八七年，蘇曉康、張敏的報告文學《神聖憂思錄》披露了基礎教育的危機，而這危機的重要原因是：「教師的身份跌得太低了」，因為「教師的地位……名曰升，實則降」，「就是中教一、二級的老教師，月薪也不過百十塊，還不抵大賓館裏的服務員。這到底是怎麼個事？」因此，「師道」不再尊嚴，也使得教師成為一九八〇年代的「弱勢群體」。一九八八年，霍達的報告文學《國殤》繼續講述了多名高級知識份子英年早逝的悲涼故事——菲薄的收入、貧困的生活，使得數學家張廣厚這樣的英才也沒能逃脫病魔的打擊。《神聖憂思錄》、《國殤》都曾經在文壇上、社會上產生了「轟動效應」。知識份子的貧困是一九八〇年代最觸目驚心的社會悲劇之一。那年月裏，「拿手術刀的不如拿剃頭刀的，造導彈的不如賣茶葉蛋的」，「窮得像教授，傻得像博士」，「博士不如狗，碩士滿地走」的風涼話到處流傳。知識份子隊伍中，「出國潮」、「下海熱」此起彼伏，很大程度上也與知識份子的貧困和「自己給自己落實政策」的無奈心態有關。

知識份子在長達二十多年的時間裏飽受了政治上被打擊的煎熬以後，又在一九八〇年代到一九九〇年代初期飽受了經濟上被壓抑的折磨。這一切，為「反智」思潮的繼續擴散提供了社會基礎。所以，王朔就以不屑的口吻談論知識份子了——「中國的知識份子可能是現在最找不著自己位置的一群人。……他們已經習慣於受到尊重，現在什麼都沒有了，體面的生活一旦喪失，人也就跟著猥瑣。」王朔的成功使得調侃正經、玩世不恭的風氣在文學界和社會上迅速流傳開來。在談到自己的成功時，他這麼說：「我的作品的主題……就是『卑賤者最聰明，高貴者最愚蠢。』因為我沒念過什麼大書，走上革命的漫漫道路受夠了知識份子的氣，這口氣難以下嚥。像我這種粗人，頭上始終壓著一座知識份子的大山。他們那無孔不入的優越感……以他們的價值觀為標準，使我們這些粗人掙扎起來非常困難。只有給他們打掉了，才有我們的翻身之日。」[8]王朔的這番自白，非常坦率地道出了中國一部分「反智者」的複雜情感：因為自己不得躋身於知識份子的行列而怨恨知識份子。

然而，不應忽略的另一面是，一九八〇年代畢竟是中國的文化事業迅猛發展的年代。從一九八〇年代初的「沙特熱」到一九八〇年代中的「尼采熱」、「佛洛伊德熱」，還有聲勢浩大、波瀾壯闊的「新啟蒙」運動、「文化熱」，彼此激盪，蔚為大觀。在貧困的經濟條件下，無數心憂天下的知識份子、莘莘學子熱烈地關心政治，積極參與改革，創造出了至今令人緬懷的文化奇蹟。這一現象耐人尋味：知識份子們一面抱怨著生活的貧困，一面自強不息地為推動改革的發展呼風喚雨。這成為一九八〇年代最令人感動的文化奇觀之一。今天看來，這一奇觀的出現具有複雜的社會原因：一方面是整個社會除少數人（主要是「個體戶」和「官倒」）外，基本都還沒有擺脫貧困的重壓，因此，知識份子的貧困一時並不顯得那麼突出；另一方面，知識份子政治地位

[8] 王朔：〈王朔自白〉，《文藝爭鳴》一九九三年第一期。

的提高，以及他們在比較寬鬆的文化氛圍中可以影響時代思潮發展的實力，也鼓舞了他們的社會責任感，使他們全力以赴去創造文化的奇蹟。

是在現代化進程重新開始的一九九〇年代，才有了世俗化思潮的迅猛高漲和「知識份子邊緣化」的歎息。知識界激進思潮的受挫必然導致「學術何為」、「文學何為」的迷惘不可阻擋地瀰漫開來。一九九三年的「人文精神大討論」，是知識份子反抗絕望的一次漂亮出擊，但它並沒有，也很難從根本上力挽狂瀾。那些熱衷於追趕西方文化新潮的學者們積極引進「後現代」思潮，為世俗化、狂歡化提供了有力的理論依據，也促成了「新啟蒙」思潮的進一步沉淪；另一方面，「王朔熱」在一九八〇年代末和一九九〇年代初的兩度迅速擴散，也在相當程度上促成了許多知識份子心態的巨變——從「新啟蒙」到「自我調侃」，從憂患深重到及時行樂。知識份子經濟待遇在一九九〇年代後期的明顯改善進一步加速了知識份子世俗化的進程。在貧困中憂患、進取的知識份子已經在小康的社會環境中重新選擇了自己的位置——為教育和文化體制發展中越來越多應接不暇的任務、為爭取形形色色的「博士點」、「研究基地」、「科研項目」而疲於應付。在這樣的激烈競爭中，許多知識份子都領教了「體制」的強大，發現了學校和科研結構「衙門化」進程的勢不可擋，也體會到了學術的實用價值，從而看輕了學術的尊嚴。還應該看到的是，應試教育對於青少年學生的摧殘，以及「混文憑」之風的盛行（從專為幹部「混文憑」而辦的各種「速成班」到市場上買賣「假文憑」的屢禁不絕）……這些陰暗面直接催生了青少年看輕學術的叛逆情緒。於是，「反智」的思潮繼續擴散。一九九〇年代以後，隨著人口就業壓力的迅猛增強，旨在緩解社會就業壓力而產生的大學「擴招」引發了教育的「大躍進」。而這樣的「大躍進」必然導致了大學生素質的下降和最終無法迴避的大學生就業難。從此，大學生也不再有「天之驕子」的優越感。

隨著後現代主義浪潮的高漲，「反智主義」也獲得了新的市場，就如同美國學者弗雷德里克・傑姆遜（Fredric Jameson）指出的那樣：「在後現代主義裏，可以說是出現了一種美學民粹主義，這一新的潮流……最根本的特徵是：過去那種純文化與大眾文化之間的界限消失了……後現代主義所推崇的恰恰是被斥為『低級的』一整套文化現象，如電視連續劇、《讀者文摘》文化、廣告模特、大眾通俗文學以及謀殺故事、科學幻想等等」，「後現代主義社會中一切都可以說是文化。」它刻意遠離深刻，追求「一種新的平面性，無深度感」。[9]於是，「反崇高」、「反文化」的「狂歡」浪潮也擴散了開來。「王朔熱」的流行、以粗鄙風格驚世駭俗的「身體寫作」、「下半身」詩歌以及某些散發出粗鄙、血腥、淫蕩氣息的「行為藝術」的恣意「狂歡」，都是證明。

在這樣的氛圍中，一位詩人甚至為「文革」叫好：「文化革命……直接為第三代人詩歌運動打下了良好的基礎。」「毛澤東以先哲的目光，意味深長地指出——教育要革命！」「白卷又有什麼交不得的呢？」因此，他們重新舉起了毛澤東的旗幟：「革命不是請客吃飯。」他們將當年農民革命和「紅衛兵」造反的粗獷風格熔入了自己的詩歌風格中：「第三代人詩歌運動，已經粗暴極了。橫掃一切牛鬼蛇神的戰鬥精神，貫穿到了每一個標點符號裏面。」[10]——這的確是當代的一大奇觀：不僅僅在中國，甚至在西方許多國家，毛澤東「造反有理」的口號已經成為後現代主義者叛逆、狂歡的一面旗幟。從韓東的《有關大雁塔》那樣的「反崇高」之作到李亞偉的《中文系》那樣寫盡高等學府世俗圖景的「反文化」之作……「反文化」的浪潮十分流行，至今不衰，尤其是在青年文化和大眾文化圈中。

「反智」的浪潮就是這樣在種種社會因素的「合力」作用下漸漸激盪成強大的洪流的。這個時代的「反智」已經不再是愚民時代「知識越多越反動」的喧囂了，而是現代化進程中由於生存競爭的激烈、大眾文化的熱鬧、狂歡之風的盛行的必然結果。從這個意義上可以說，「反智」是與「知識經濟」並存的現代文化思潮。它提醒人們注意：知識和知識份子在現代社會為什麼會顯得那麼「無用」？是知識出了問題？還是知識份子出了問題？或者問題還別有癥結？

---

9 引自唐小兵：〈後現代主義：商品化和文化擴張——訪傑姆遜教授〉，《讀書》一九八六年第三期。

10 楊黎：〈穿越地獄的列車〉，《作家》一九八九年第七期。

三

還有什麼比知識份子「反智」更具有諷刺意義的呢？

當代作家中，張承志是不遺餘力的「反智」鬥士。他曾經在〈聽人讀書〉一文中表示：「我接受了農民的觀點——寧無文化，也不能無伊瑪尼（信仰）。」就因為他們認為：「書嘛念上些好是好哩，怕的是念得不認得主哩。」作家因此相信：「這是中國穆斯林反抗孔孟之道異化的一步絕路。……真的，寧願落伍時代千年百年，也要堅守心中的伊瑪尼（信仰）」。[11]在《心靈史》中，也有一段文字：「在中國穆斯林中間，特別是在他們的知識份子中間常有一種現象，那就是責任感缺乏，往往樂觀而且言過其實。」[12]在〈無援的思想〉一文中，他憤怒抨擊了當代知識份子的崇洋心態：美國正對中國虎視眈眈，「而中國智識階級還在繼續他們吹捧美國的事業……」「龐大的中國知識份子陣營，為什麼如此軟弱、軟弱得只剩下向西方獻媚一個聲音？」[13]這樣的聲音頗有些刺耳，卻不無道理。

還有劉震雲。在談到長篇小說《一句頂一萬句》的創作時，他指出：「『知識份子』的概念如何界定？讀了幾本書，就成了『知識份子』？『知識份子』得對這個世界有新的發現。大部分的『知識份子』，不過是『知道分子』罷了。有時候讀他們十年書，還不如聽賣豆腐的、剃頭的、殺豬的、販驢的、喊喪的、染布的、開飯鋪的一席話呢。」「特別是中國作家，也假裝是『知識份子』，他們一寫到勞動大眾，主要是寫他們的愚

11 張承志：〈聽人讀書〉，《綠風土》，作家出版社一九九二年版，第二八二頁。
12 張承志：《心靈史》，花城出版社一九九一年版，第一一二頁。
13 張承志：〈無援的思想〉，《花城》一九九四年第一期。

味和無知，『哀其不幸，怒其不爭』，百十來年沒變過。採取的姿態是俯視，充滿了憐憫和同情，就像到貧困地區進行了一場慰問演出。或者恰恰相反，他把膿包挑開讓人看，就好像街頭的暴力乞討者，把匕首扎到手臂上，血落在腳下的塵土裏，引人注意。」「除了這種描寫特別表象外，我還懷疑這些人的寫作動機。一個站在河岸上的人，『子非魚，安知魚之樂？』一個釣魚的人，怎能體會一條魚的精神流浪和漂泊？他關心的不是魚，而是他自己和他自己所要達到的目的。他們找人沒有問題，但想找到相互知心的話就難了。」「更大的問題在於，他們認為重要和強調的事情，我舅舅和我的表哥們認為並不重要；他們忽略和從沒想到的事情，卻支撐著我親人們的日日夜夜。他們與街頭暴力乞討者不同的是，乞討者把匕首扎到了自己身上，他們把刀子扎到了別人身上。我討厭這樣的寫作，討厭這種『知識份子』的寫作。」[14]這樣的批評也的確耐人尋味。

再來看看「反文化」的藝術。藝術家徐冰以怪誕、詭譎的「新潮」風格馳名藝壇，值得注意的是，他有一個「反智」的藝術宣言：「讓知識份子不舒服」。[15]與此相應的一個創作理念是：「重新啟動『人民性』」。這裏，所謂「人民性」指的是「民間的方式」，也就是「用最低級的材料，表達對特別美好的未來生活嚮往的一種境界」。他坦率承認：「我是毛澤東教出來的。」因為他認同這樣的文藝觀：「藝術來源於生活」。[16]他有意以誰也看不懂的自己設計的作品和行為藝術《天書》、《文化動物》、《鬼打牆》挑戰知識份子的傳統理念。他怪誕的風格集中體現了一九八五年以後一部分「新潮」美術家、詩人、小說家不約而同競相追逐的一個文化目標：以怪誕挑戰正經，以粗野戲弄嚴肅。可是，顯而易見的是，他那些「讓知識份子不舒服」的作品「人民」更理解不了。

14 張英：〈話找話，比人找人還困難——專訪劉震雲〉，《南方週末》二〇〇九年六月十日。
15 楊子：〈徐冰：讓知識份子不舒服〉，《南方週末》二〇〇二年十一月二十八日。
16 燕舞：〈徐冰：在民間〉，《新民週刊》二〇一〇年第十七期。

旅美學者薛湧更以「反智的書生」自命，並宣稱自己是中國「反智主義」「最鮮明的倡導者」。[17]他在〈從中國文化的失敗看孔子的價值〉一文裏，竟然聲稱「知識份子代表了中國文化傳統中最醜惡的成分」，認為知識份子「本質上都是韓非理想中的法術之士，自以為掌握著某種國家理性，總想著獲得超越共同體自治的權力、干預老百姓的生活」，魯迅《阿Q正傳》等反思國民性的作品在他看來代表了知識精英「冷血」的「現代中國專制主義意識形態」，是對底層的妖魔化論述。[18]他認為復興中國文化之路不在這些知識份子身上，而在於向保存著中國文化最質樸精神的「最基層的小民百姓學習」。他痛恨「中國知識份子習慣憑藉自己對知識的壟斷佔據道德高地」，攻擊「中國主流知識階層」，尤其是「主流經濟學家」：「他們以為是他們設計的改革，他們像『法術之士』那樣掌握了稀缺的專業知識，能夠為大眾規劃生活」，然而，在他看來，他們的種種設計常常「背叛了市場經濟的基本原則。」他為此而宣揚「反智主義」的基本信念：「最健康的制度，其公共決策是建立在最廣泛的參與之上，而未必是最專業的知識之上。」[19]這樣的批判顯然有現實的針對性。這些年，關於專家已經成為某些特權利益集團或錯誤決策的同謀的批評輿論已經屢見不鮮。作家梁曉聲就憤怒抨擊過那些散佈「腐敗難免論」的「幫閒理論家」。[20]這一現象的存在令人擔憂。這樣的「反智主義」理所當然遭到了知識份子的反擊。經濟學家吳稼祥就指出：「一，反智主義並不必然導致平民主義，更不必然趨向民主主義，它更可能是獨裁主義的侍婢……第二，中國歷史的主流確實是主智主義，但並非沒有反智主義傳統。值得深思的反而是，主智主義占主導地位時，往往天下治平，反智主義成為主流時，不是天下大亂，就是暴政虐制。」「美國社會可以反智，因為它是一個高度開放，高度教育化的社會……當前的中國，則要警惕反智主義。我們的基礎

17 薛湧：〈「反智主義」思潮的崛起〉，《南方週末》二〇〇八年三月十三日。
18 薛湧：〈從中國文化的失敗看孔子的價值〉，《隨筆》二〇〇八年第一期。
19 薛湧：〈「反智主義」思潮的崛起〉，《南方週末》二〇〇八年三月十三日。
20 梁曉聲：〈一九九三——一個作家的雜感〉，《鍾山》一九九四年第三期。

教育還沒有完全普及……許多失學兒童還在渴望回到課堂，我們的政治體制還沒有開放到可以隨機吸納各種社會思潮……這種情況下的反智主義……會把更多的人滯留在初級勞動水平上，會誘發社會對立，激化社會矛盾，會把個別事件和零散的不滿情緒匯聚為社會群體意識」。[21]這樣的反擊也是切中肯綮的。

在部分知識份子中興起的「反智主義」思潮無疑具有深刻的文化意義：它昭示了現代世俗化浪潮和民粹主義思潮對知識份子的衝擊與影響。問題在於：「反智主義」的激進姿態除了引發思想的交鋒以外，未必有助於問題的解決。「反智主義」其實顯示了當代思想的困境：在缺乏強有力的思想武器去回應現實問題的挑戰的時代，在偏激的議論越來越成為在眾聲喧譁的年代裏引起人們注意的策略的社會上，這些回歸「反智主義」的知識份子除了極盡諷刺、嘲弄之能事以外，別無可行的改良之策。

另一方面，「反智主義」的一再流行，也在一定程度上反映了當代知識的困境和當代知識份子的窘境。說到當代知識的困境，是因為當代知識（無論是主流意識形態，還是形形色色的「新思想」）在爆炸的同時反而不能解決當代人層出不窮的困惑。在思想越來越晦澀、理論越來越蒼白的當代，在思想與文化的裂變與更新已經越來越迅猛的年代，知識和思想已經越來越成為知識份子紙上談兵的煩瑣設計和「象牙之塔」中的陳列品、出名、晉升的敲門磚。而說到當代知識份子的窘境，也有當代學者以「猥瑣」二字概括之：這些人「四體不勤，五穀不分」，他們的著書立說其實常常如同「鬼畫符」，「他們吆喝叫賣自己知識產品的誇張口吻與商人相仿——甚至不顧廉恥。」「許多盛年的知識份子染上了不少江湖氣。」[22]還有一位作家也尖銳地指出：對於許多「精英」而言，「學位論文是他們身份的證明而不代表他們的興趣，滿房藏書是他們必要的背景而從不通向他們的感情衝動。他們好談文化，準確地說只是好談關於文化的知識，更準確地說是好談關於知識的消息，與

21 見《中國青年報》二〇〇八年一月二十三日，「冰點週刊」。
22 南帆：〈素描：學院知識份子〉，《天涯》二〇〇二年第四期。

其說是知識份子，毋寧說更像是一些『知道分子』。」「他們是一些什麼知識都能談的知識留聲機……他們最內在的激情其實只是交際。」[23]這些批判，連同那些生動描繪了當代某些知識份子蠅營狗苟生活的長篇小說（如張煒的《柏慧》、閻真的《滄浪之水》、張者的《桃李》、閻連科的《風雅頌》等等），都是知識份子粗鄙化的見證。知識份子固有的某些「劣根性」在當代社會的「體制化」條件下也賦有了新的表現：不再因為貧困而自卑，而是因為成為了「精英」而向權勢諂媚，甚至將「官本位」的等級制、文牘主義、弄虛作假、浮誇風、鋪張浪費也引入了教育界、科學界，遺害無窮；不再因為生不逢時而玩世不恭，而是因為能夠打著「專家」的旗號欺世盜名而信口雌黃、大言惑眾、唯利是圖；不再因為理想的幻滅而頹唐，而是因為看破了理想、看透了學問只是「敲門磚」才縱情狂歡。

於是，傳統的「崇文」傳統與「反智」潮流的彼此衝撞也在當代呈現出截然不同的思想景觀：一方面，是知識在現代傳媒的傳播下迅速普及，人們的文化水平在不斷提高；另一方面，是知識份子陣營中的「反智主義」與社會上「無知者無畏」、「我是流氓我怕誰」的心態的交匯，質疑著知識的困惑、挑戰著文化的尊嚴；這一邊，是知識在被人們用作改變自己命運的「敲門磚」（從高考到「混文憑」之風）方面空前異化、在「泡沫化」中迅速貶值；那一邊，「反智主義」也因為難以抵擋「知識經濟」、「高等教育普及」的現實而成不了多大的氣候——這，便是世紀之交中國思想分裂的又一奇觀。應該承認，「反智主義」對於知識異化、知識份子庸俗化的激烈批判未嘗不是一劑猛藥。它提醒人們注意：在一個「尊重知識，尊重人才」的年代裏，知識和知識份子的異化必然導致人文精神的危機。沒有「反智主義」作為破除知識迷信、「精英崇拜」的解毒劑，知識難免發生可怕的病變。同時，它像瘟疫般流行的後果又敲響了社會可能退化、人性可能膚淺化、粗鄙化的警世之鐘。

[23] 韓少功：〈暗示〉，《鍾山》二〇〇二年第五期。

而當「反智」的浪潮已經席捲了許多文化人，當越來越多的青年也狂熱地投入了「反智」的大潮中時，我很自然想起了美國思想家迪克斯坦（Morris Dickstein）在論述一九六〇年代美國文化巨變的一段警闢之論：「一個新的文化誕生了，垮掉派生活方式和藝術風格廣為傳播。」[24]這種新的文化會如何發展，是值得關注的。

——原載《華中師範大學學報》人文社會科學版二〇一一年第三期

24 〔美〕MORRIS DICKSTEIN：《伊甸園之門》（GATES OF EDEN），中譯本，方曉光譯，上海外語教育出版社一九八五年版，第八頁。

三十年來中國作家的政治關懷

不知不覺間，「新時期」也經歷了三十年的歷史了。

新時期文學是從「撥亂反正」開始的。而撥亂反正的一個重要命題就是反思、批判「文藝為政治服務」、「文藝是階級鬥爭的工具」的文藝思想，因為從「十七年」到「文革」，「文藝為政治服務」、「文藝是階級鬥爭的工具」的指導思想導致了一連串的政治悲劇（從一九五〇年代批判電影《武訓傳》、批判「胡風文藝思想」、「反右」那樣的政治運動到十年「文革」那樣的浩劫）。一九七九年，《上海文學》發表的評論員文章〈為文藝正名——駁「文藝是階級鬥爭的工具」說〉在全國文藝界激起了強烈的反響。文章主張以「真善美的統一」說取代「文藝是階級鬥爭的工具」說，表達了廣大文藝工作者的心聲。從這裏開始，新時期文學在「多元化」的康莊大道上迅猛奔跑。

現在的問題是：在「文藝為政治服務」、「文藝是階級鬥爭的工具」這些謬說已經被歷史拋棄的「新時期」，作家們是否真的都遠離了政治？當文藝已經成功擺脫了「為政治服務」的僕從地位以後，作家們是不是真的就對政治麻木不仁了？

事實並不這麼簡單。

本文試圖通過對新時期以來文學思潮的回顧，梳理當代作家在拋棄了「文藝為政治服務」、「文藝是階級鬥爭的工具」的謬說以後，從個性的立場出發，繼續關心政治、評論政治、干預政治的思想軌跡，進而揭示三十年來中國作家政治關懷的思想意義與現實情懷。

「朦朧詩」中的「政治詩」

「朦朧詩」產生於「文革」的荒野上。談到「朦朧詩」，一般的當代文學教科書都會談到「新的美學原則」，也就是「不屑於作時代精神的號筒，也不屑於表現自我感情世界以外的豐功偉績」。[1]這樣的概括當然不錯。但當我們看到「朦朧詩」中有相當一批作品具有非常強的政治色彩時，我們是否又覺得「新的美學原則」的概括不夠全面呢？

既然產生於「文革」，就難免會刻上「文革」的痕跡。例如北島那首著名的〈回答〉：「卑鄙是卑鄙者的通行證，／高尚是高尚者的墓誌銘」，不就是對「文革」的憤怒抗議嗎？在「告訴你吧，世界／我——不相——信！／縱使你腳下有一千名挑戰者，／那就把我算作第一千零一名」這樣的詩句中，青春的叛逆情緒是與對「文革」政治的強烈不滿聯繫在一起的。還有那首〈履歷〉：「萬歲！我只他媽喊了一聲／鬍子就長出來／糾纏著，像無數個世紀／我不得不和歷史作戰」，鋒芒所指，也不言自明。而另一首同樣著名的詩連題目也非常有政治性：〈結局或開始——獻給遇羅克〉。遇羅克是「文革」中的持不同政見者。詩中那些名句，都是時代的回聲：「以太陽的名義／黑暗在公開地掠奪／沉默依然是東方的故事／人民在古老的壁畫上／默默地

[1] 孫紹振：〈新的美學原則在崛起〉，《詩刊》一九八一年第三期。

永生／默默地死去」——其中充滿了詩人對於「文革」的憤怒、對於「國民性」的歎息；「也許有一天／太陽變成了萎縮的花環／垂放在／每一個不屈的戰士／樹林般生長的墓碑前」——其中則有繼承不屈戰士的遺志的信念。而當詩人因為自辦、張貼民間刊物《今天》而遇到干擾時，他終於發現：「《今天》一開始就存在一個很大的問題，即是怎麼在文學和政治之間作出抉擇？所以在我早期的作品中帶有很強的政治色彩」。因為《今天》的產生「和整個政治氣候、整個西單牆運動是密不可分的」。「《今天》當時處在政治漩渦中，一直有一個問題：到底多深地捲入民主運動？因為本身是一個文學雜誌。」為了抗議打壓，他和他的同志們參加舉行過聲勢浩大的遊行，舉辦過「有很明顯的挑戰色彩」的詩歌朗誦會，朗誦「政治性特別強的詩，比如說像《西伯利亞囚徒》」。[2]這樣的體驗使得北島的詩歌自然賦有了「異端」的氣質。

再看看顧城。他以「童話詩人」著稱。但他也寫了不少政治色彩很強的詩，例如那首〈永別了，墓地〉，就是率先憑弔重慶「紅衛兵之墓」（全國唯一保存下來的「文革」武鬥死難者墓地）、提醒讀者勿忘「文革」的作品，其中有這樣的句子：「誰都知道／是太陽把你們／領走的／乘著幾支進行曲／去尋找天國……／你們好像／是參加了一場遊戲」——在「尋找天國」與殘酷的「遊戲」之間，有多少歷史的心酸令人長歎！更奇特的感悟是：「不要追問太陽／它無法對昨天負責／昨天屬於／另一顆恒星／它已在／可怕的熱望中燒盡」。在這朦朧感悟的字裏行間，我們是可以明顯感受到詩人的無奈與悲涼的。還有那首〈「運動」〉，將「運動」這個足以喚起當代人痛苦記憶的詞與一系列可怕的意象聯繫在一起：「『運動』，是鐵絲網上縮小的屍體」，「是買菜隊伍中／突然出現的蜥蜴」，「是那條虛幻的手臂／指的道路」，「是一個毫無希望的婚姻／一場老也不停的雨／老也搬不走的水泥構件」，真切寫出了一個少年的「文革」噩夢。他的〈眨眼〉有句引言：「在那錯誤的年代裏，我產生了這樣的『錯覺』」，接下來，是「彩虹」在眨眼間變成「蛇影」，「時鐘」在眨眼

[2] 〈北島訪談錄〉，廖亦武主編：《沉淪的聖殿》，新疆青少年出版社一九九九年版，第三三五—三三九頁。

間變成「深井」，「紅花」在眨眼間變成「血腥」的奇特意象變幻，而那些美的意象在眨眼間變成醜惡意象，與引言中關於「錯誤的年代」的提醒一起，共同復活了「文革」中美麗被醜化，真誠被異化、人妖顛倒的可怕記憶。還有那首發表於一九七九年的〈白晝的月亮〉則由「白晝的月亮」想到了一九七六年的悲痛與嚮往：「我願作一枚白晝的月亮，／不求眩目的榮華，／不淆世俗的潮浪。終生忠於——／一月八日的悲慟，／四月五日的嚮往……」一月八日，是周恩來的忌日。四月五日，是天安門運動的紀念日。顧城曾經參加過「四五運動」，「他擠身在人群中呼喊、鼓掌、跳躍，要截滅火水管，要同人民一起焚燒這最黑暗的時刻……廣播響了，他被一群結實的士兵撞倒在地，當他觸到堅硬地面時，猛然領悟了他畢生的使命。後來他說：『我要寫，一生都不夠。』」[3]他還寫過一首〈兩個情場〉：「在那邊，／權力愛慕金幣，／在這邊，／金幣追求權力，／可人民呢？／人民，／卻總是它們定情的贈禮。」也相當深刻地寫出了一種歷史：人民常常被政客和富豪出賣的歷史。

還有舒婷。她那首寫於一九八〇年的〈獻給我的同代人〉就很有悲壯的格調：「唯因不被承認／才格外勇敢真誠／即使像眼淚一樣跌碎／敏感的大地／處處仍有／持久而悠遠的回聲」，「為開拓心靈的處女地／走入禁區，也許——／就在那裏犧牲／留下歪歪斜斜的腳印／給後來者／簽署通行證」。在這樣的悲壯中，體現了和北島、顧城相近的政治關懷。她還有一首〈悼〉，寫於一九七六年，是為紀念「一位被迫害致死的老詩人」而作，其中燃燒著追問「文革」的激情。那首〈風暴過去之後〉是為「紀念『渤海二號』鑽井船遇難的七十二名同志」而作。那個轟動一時的新聞事件曾經激起了舉國聲討官僚主義的公憤。舒婷的〈悼〉及時地表達了詩人的悲哀。而她的名詩〈祖國呵，我親愛的祖國〉之所以在無數的愛國主義詩篇中顯得格外醒目，也因為它擺脫了謳歌美麗、富饒祖國的俗套，寫出了苦戀貧困的祖國的獨特情感。——這些詩作雖不似〈致橡樹〉那麼有名，卻體現了詩人關心政治、伸張正義的胸懷。

---

[3] 宋耀良：《十年文學主潮》，上海文藝出版社一九八八年版，第五十頁。

由此可見，「朦朧詩」中有相當一批作品都凝聚了詩人們關心政治的激情。其中有不少作品不僅不朦朧，甚至明白如話。那些對「文革」的義憤，對強權的追問，對正義的呼喚，都深深打上了那個特定年代的烙印——一方面，「朦朧詩」人們早在「文革」中就產生了對於現代迷信的懷疑，對於民主和自由的嚮往。他們的叛逆激情以「地下文學」的面貌出現，天然就賦有了「反『文革』」、「反專制」的政治意義；二來新時期剛剛開始，質疑「文革」、要求改革的潮流洶湧澎湃，渴望言論民主與創作自由、出版自由的呼聲此起彼伏，可法制的缺失、極「左」勢力的影響猶存又能在一定程度上阻遏思想解放的浪潮，於是詩人們的憤怒和悲哀又很自然具有了與極「左」勢力抗衡的意義。如此說來，「朦朧詩」人們的那些「政治詩」當然可以說是「時代精神的號筒」了。這裏的問題只在於：對「時代精神」怎麼理解。「主旋律」無疑是「時代精神」的重要組成部分。但在任何時代，都不可能只有「主旋律」的聲音。「主旋律」之外，常常還有民間思想的「雜語喧譁」，還有特立獨行者的「獨白」之聲。而時代風雲的巨變，常常就使「主旋律」的聲音也會發生戲劇性的巨變，並常常使那些曾經是「邊緣聲音」的民間思想、個性獨白漸漸強大起來，成為新的「主旋律」。從「文革」到「新時期」的思想巨變正好可以成為這一思想史、文化思潮史發展、演變的證明。因此，對「時代精神的號筒」，就應該有更寬廣的理解。從這個角度看，「朦朧詩」中的「政治詩」，顯然具有一九七〇年代初一部分已經悄悄開始了思想解放探索的青年至一九八〇年代初由於思想解放大潮高漲而爆發的幾次因為文藝作品引發[4]

4 顧城的第一部詩集《黑眼睛》中收入的最早作品寫於一九六八年，他的早期代表作〈無名的小花〉、〈生命幻想曲〉均寫於一九七一年。「朦朧詩」人多多回憶：「一九七〇年初冬是北京青年精神上的一個早春。兩本最時髦的書《麥田裏的守望者》、《帶星星的火車票》向北京青年吹來一股新風。」（《被埋葬的中國詩（一九七二—一九七八）》，廖亦武主編：《沉淪的聖殿》，新疆青少年出版社一九九九年版，第一九五頁。）北島回憶說：「真正開始寫詩，其實應該說是在一九七二年開始。」（〈北島訪談錄〉，《沉淪的聖殿》，新疆青少年出版社一九九九年版，第三二八—三二九頁。）而舒婷的第一部詩集《雙桅船》中收入的最早作品寫於一九七三年。由此可見，「朦朧詩」產生於一九七〇年前後。

的思想交鋒這一政治背景。這一部分作品與那些著名的政治詩（如老詩人綠原寫於一九七〇年的「牛棚」詩抄〈重讀《聖經》〉、老詩人牛漢寫於一九七三年的詩篇〈華南虎〉、〈悼念一棵楓樹〉、革命詩人郭小川寫於一九七五年的「地下詩篇」〈團泊窪的秋天〉，還有一九七六年「四五運動」中產生的「天安門詩歌」，還有一九七九年那個激情燃燒的歲月裏產生的雷抒雁的〈小草在歌唱〉、葉文福的〈將軍，不能這樣做〉、熊召政的〈請舉起森林一般的手，制止！〉等名篇）一起，顯示了那個年代的熱血詩人深刻思考政治、積極參與政治的沖天激情。因此可以說，「朦朧詩」中的這些「政治詩」，是具有鮮明的政治性的。這些「政治詩」與「十七年」文學中那些「政治詩」（例如賀敬之的〈放聲歌唱〉、郭小川的〈致青年公民〉等）的不同立場、不同風格，不言自明。

而當我們發現連這些主張「表現自我感情世界」的詩人們也具有如此鮮明的政治意識時，也就不難看出當代中國的政治文化特色了：一方面，「表現自我感情世界」的美學原則常常難免與「為政治服務」的「主旋律」、與「大一統」的主流意識形態發生或輕或重的碰撞，因此，「新的美學原則」天然就有了疏離政治話語的特質（也常常被作為「資產階級自由化」的表現而受到敲打）；另一方面，青年們在經歷了「文革」那樣的政治浩劫以後，也很難忘卻心靈上的傷痕。他們那些表達自己「文革」記憶的作品，連同他們積極參與「四五運動」的事蹟一起，都體現了一代人在飽嚐了專制政治之苦以後渴望衝決羅網的政治熱情。

從「傷痕文學」到「改革文學」：干預政治的吶喊

早在〈為文藝正名〉一文發表以前，作家們就以控訴「文革」的「傷痕文學」（以劉心武的《班主任》、盧新華的《傷痕》、王亞平的《神聖的使命》、鄭義的《楓》等作品為代表）、深挖極左思潮歷史根源的「反思文學」（以高曉聲的《李順大造屋》、韓少功的《回聲》、古華的《芙蓉鎮》、白樺的《啊，古老的航道》等作品為代表）開始了對極左政治的清算。這種清算的政治意義不言而喻。一般的當代文學教科書常常認為，作為「新時期文學」的第一股浪潮的「傷痕文學」復興了「五四」文學的現實主義傳統（從「問題文學」的思路到「曝露精神創傷」的題材）。誠然，但不應該因此忽略了「傷痕文學」與「五四」文學的一個重要區別——比起「五四」以「改造國民性」和「個性解放」為基本主題的啟蒙主義文學來，「傷痕文學」的政治色彩無疑要濃厚得多。在「傷痕文學」中，常常不是封建禮教窒息了人性（像《阿Q正傳》揭示的那樣），而是政治風暴扭曲了善良的心靈、純潔的政治理想。從這個角度看，「傷痕文學」曝露的政治悲劇比起「五四」文學來，具有更悲涼的意義。因為「五四」文學希望通過「改造國民性」的吶喊喚起民眾的覺悟，而「傷痕文學」則無情地告訴我們：覺悟以後的政治熱情、政治理想還可能在強大的政治風暴中被捉弄、被欺騙、被出賣。《班主任》中的謝惠敏、《傷痕》中的王曉華、《楓》中的丹楓都是具有「革命覺悟」的青少年。但正是這「革命覺悟」使她們在「文革」中變得知識貧乏、情感異化，在「革命」的狂熱中迷失了普通的良知。在這樣的歎息深處，寄寓了也許連作家們也未必意識到的現代政治學命題：「真正的問題都出現在『革命的第二天』。……人們將發現道德理想無法革除倔強的物質慾望和特權的遺傳。人們將發現革命的社會本身日趨官僚化，或被不斷革命的動亂攪得一塌糊塗。」[5]於是，就有了這樣的問題：**覺悟了又怎麼樣？**且不說這「覺悟」是與「現代迷信」攪和在一起的怪物，就說那些在「文革」中真正覺悟的人們（例如思想解放的先驅者遇羅克、張志新等人），不是也被扣上了「反革命」的帽子，默默地倒在了紅色恐怖中麼？

由此可見，要真正改造中國，單單靠啟蒙本身，是遠遠不夠的。中國的現代化進程中，啟蒙只是思想現代化的第一步。接著應該緊緊跟上的，是包括經濟改革和政治改革在內的全方位改革。對此，作家們當然是看得

5 〔美〕丹尼爾・貝爾：《資本主義文化矛盾》（中譯本），三聯書店一九八九年版，第七十五頁。

清楚的。所以，「傷痕文學」的深化就自然導向了對「特權」的挑戰。王靖的電影劇本《在社會的檔案裏》因此而具有特別的意義。與《班主任》、《傷痕》等篇把問題的根源歸於「文革」那場運動這樣比較模糊（雖然這樣的模糊也是一種歷史的真實）的思考不同，《在社會的檔案裏》通過一個少女被高級幹部及其子弟欺騙、污辱然後拋棄的悲劇，淡化了「運動」的氛圍，而撕開了籠罩在「大院」上面的神秘黑幕，凸現了社會悲劇的「等級」意義——高幹犯罪之所以可以逍遙法外，甚至連辦案的警察也無能為力，只好堅信：「任何罪行都寫在社會的檔案裏，登記在受害人的心裏，這是誰也銷毀不了的！」就因為這場悲劇的真正原因是：逍遙法外的特權。作家將故事置於「文革」的背景下，但由於故事是在「大院」中展開的，由於作家的著力點不在揭示「革命」的狂熱導致的悲劇（如同許多「傷痕文學」作品已經做過的那樣），而在曝露「首長」的特權如何不為人知地毀滅了一個女兵的青春，因此，這部劇本就在「傷痕文學」中具有了特別的意義：它的鋒芒不是「文革」，而是特權。因此，這部作品引發的爭議也比《班主任》、《傷痕》尖銳、激烈了許多。這部作品與劉克的小說《飛天》、沙葉新的劇本《假如我是真的》（又名《騙子》）一起受到批判，是「傷痕文學」悄悄衰落的標誌之一。[6]

「傷痕文學」對「特權」挑戰的傾向遇到了挫折，但中國作家對政治的追問沒有因此而中止。「改革文學」的崛起從表面上看，是作家緊跟改革大潮、謳歌改革風雲的成果，但作品中燃燒的政治憂患常常令人長歎！蔣子龍的《喬廠長上任記》就在刻畫主人公喬光樸大刀闊斧搞改革的同時也真實寫到了他「搞外交」因為不懂「關係學」結果「大敗而回」的困境，從而寫出了改革的艱難。小說中關於主人公對於「政治衰老症」的鄙視，關於主人公的老朋友石敢看準了「喬光樸永遠不是個政治家」，他將面對的不僅是一個經濟上的爛攤

---

6 在我的印象中，導致「傷痕文學」衰落的事件有三個：一個是因為電影劇本《苦戀》引發的爭鳴，爭鳴的結果是該影片遭禁；二是因為《在社會的檔案裏》、《飛天》和《假如我是真的》引發的爭鳴，爭鳴的結果是《在社會的檔案裏》沒有投拍，《假如我是真的》遭禁；三是因為《花溪》雜誌發表了一批格調不高的「傷痕文學」作品受到批評。

子，「還是一個政治鬥爭的漩渦」的描寫，關於喬光樸的對手冀申深諳「政治上的遠見卓識」的圓滑，都使得這部寫工廠改革的作品具有了鮮明的政治色彩。在《喬廠長上任記》的續篇《喬廠長後傳》和《維持會長》中，喬光樸左衝右突，卻難以擺脫困境，甚至向上級求援也收效甚微（因為支持他的是經委主任，而冀申的後臺則是市委書記）。在這樣的結局中，經濟改革離不了政治改革的主題已經呼之欲出了。在蔣子龍的另一部作品《開拓者》中，也多處寫到了政治問題——在寫到主張改革的某省委書記車篷寬與瞎指揮的D副總理的矛盾時，有這樣的心理描寫：「政治鬥爭的規律，戰勝了他的經濟規律。權力角逐的教訓提醒了他。」他不得不退避一時；而平庸、謹慎的省委第一書記潘景川也因為平庸、謹慎而先於車篷寬得到了提拔，並對車篷寬有掣肘之力；作家還借車篷寬的司機曾淮之口說出了這樣的話：「車書記是決心要搞經濟改革，而且是想利用自己的權力，在我們這個省先搞起來。經濟上的競爭，必然要帶來政治上的競爭。……他能走多遠？會不會作因搞改革而犧牲的替罪羊？」他甚至提醒車篷寬注意：「蘇聯和東歐一些國家，當改革和保守的鬥爭發展到十分尖銳的時候，總有一些主張改革的人做了犧牲品……」這樣的不祥預感後來不僅被車篷寬終於下臺（雖然是主動退休）的結果所證實，而且與當時輿論界不時可聞的「改革家從來沒有好下場」的警告相呼應（到了一九八五年，「改革家紛紛落馬」的議論已經不脛而走了）。由《喬廠長上任記》開頭的「改革文學」在產生的同時就籠罩上了一層悲涼之霧，以至於無論是張潔全面描寫改革派與保守派從上到下衝突的長篇小說《沉重的翅膀》，還是柯雲路塑造青年政治改革家形象的長篇小說《新星》，結局都是「改革家落馬」。這顯然不應該看作是巧合。

如果說車篷寬剛剛邁出一步就被迫退了下來，那麼《沉重的翅膀》的主人公、副部長鄭子雲則在深知改革必要的同時明顯缺乏應有的勇氣，因為「他沒有能力改變這現實，對於龐大的社會機器，任何個人的力量都是渺小的。」雖然遇到合適的機會，他也會尖銳地提出一系列重大的政治問題來，像「什麼叫『資』？什麼叫『無』？搞清楚了沒有？」還有主張學習西方的經驗，通過立法保證「要使職工有真正的權力」等等。這樣他終於背上了「洋務派」的「惡名」，並被他的同事——圓滑的部長田守誠所誹謗、排擠。

《新星》的主人公李向南具有「政治家的氣派」，是「一個強硬的鐵腕人物」。他說：「我是想搞政治的。我研究了中國的情況，也研究了東歐、蘇聯，還有西方、日本……我是希望中國的政治有活力、有創造性的……」他也知道，「要改革社會，先要用三分之一的力量去應付各種各樣的政治環境，包括人事環境，去化解形形色色的糾葛，去提防各種陰謀詭計、打擊報復；必要時，還不得不用一定的權術經驗來裝備自己……」但即便如此，他還是在以一身正氣打擊貪官，為百姓伸張正義的過程中觸及了老謀深算的對手顧榮的利益。在他碰壁以後，不得不發出了這樣的歎息：「我發現，我並不適合搞政治。」他畢竟不諳權術。他只好退了一步，想當「政治學術家」，以「給中國的改革家們當個高級幕僚」作為自己的追求了。在《新星》的續篇《夜與晝》、《衰與榮》中，李向南見識得越多，就越感到自己「很平常」，甚至自嘲：「什麼『仰天長嘯』，故作悲壯而已！」到最後，他開始轉向研究「人生哲學」了。從「想搞政治」到「當個高級幕僚」再到「研究『人生哲學』」，李向南的一退再退耐人尋味。作家由此寫出了從政的不易，又何嘗不是寫出了改革的艱難！正如評論家宋遂良曾經指出過的那樣：李向南的不斷退步「正反映了一部分有抱負的中國改革家壯志難酬的悲涼心境」。[7]那個年代許多關於改革家頻頻落馬的消息為李向南的悲劇作了最生動的注解。柯雲路終於沒能完成他的《京都三部曲》，而是轉向去研究氣功，寫出了長篇小說《大氣功師》，想通過對人體特異功能的破譯「創立一種新的宇宙——人生觀」：「一切都該超越。一切都該改變。」[8]柯雲路也從此遠離了「改革文學」，離開了他的政治研究。這一轉變完成於一九八九年，是「改革文學」最終消失的一個重要標誌。

---

7 宋遂良：〈李向南到京都以後〉，《文藝報》一九八八年五月二十八日。
8 柯雲路：《大氣功師•前言》，人民文學出版社一九八九年版，第十、二十七頁。

「新潮小說」的政治敘事

「新潮小說」在一九八五年左右的崛起也常常被認為是當代文學史上的一個重要事件，因為它標誌著文學多元化格局的形成。有評論家對於「新潮小說」作出了這樣的概括：文學「向內轉」。而這「向內轉」的趨向是以「題材的心靈化、語言的情緒化、主題的繁複化、情節的淡化、描述的意象化、結構的音樂化」為特色的。[9]這樣的概括當然是準確的。現在的問題是：在以敘事觀念更新、敘事手法多變、敘事語言變革為主要特徵的「新潮小說」中，對政治問題的關注是否已經淡化？

王蒙是「新潮小說」的先鋒。他發表於一九七〇年代末和一九八〇年代初的一批「意識流」小說就相當具有政治意識：中篇小說《布禮》、《蝴蝶》、《相見時難》都是「反思文學」的重要收穫。《布禮》回顧了「反右」的荒唐，也寫出了一個「右派」分子對組織的苦戀，其中顯然有作家本人的生命體驗；《蝴蝶》講述了一個老幹部在政治風浪中載浮載沉的經歷，寄寓了作家對「革命」如何扭曲了親情和人性的沉重思考；《相見時難》寫出了一個老革命在政治風浪的折騰中發現自己「充滿政治熱情，卻不懂政治藝術」的悲哀，這悲哀是對無數革命者在革命中翻船的痛苦教訓的概括。而在談到這些作品的時候，作家自道：「到現在為止，我的多數作品有一個共同的主人公：革命。我試圖寫出一點革命的必然，革命的神聖和偉大，革命的曲折、代價和艱難。」[10]事實上，對革命與政治的思考一直貫穿在從當年的《組織部新來的年輕人》到一九八〇年代的上述

9 魯樞元：〈論新時期文學的「向內轉」〉，《文藝報》一九八六年十月十八日。
10 王蒙：〈相見時難・作者小傳〉，《一九八一——一九八二全國獲獎中篇小說集》（下），海峽文藝出版社一九八三年版，第九〇九頁。

「意識流」小說中，並繼續延伸到他後來的相當一部分代表作品中：在一九八六年的寫實力作《名醫梁有志傳奇》中，他繼續刻畫一個幹部在政治風浪中身不由己、載浮載沉的經歷，揭示官場逼人消磨掉熱情和個性，漸漸變得庸俗起來的愁思，甚至引出了這樣的問題：「中國會亡嗎？」在一九八九年那篇引起了軒然大波的寓言作品《堅硬的稀粥》中，明顯可以使人看出作家對一點小小的改革也可能引發混亂、而走回頭路則相當容易的憂思；而在作家一九九〇年代創作的系列長篇小說《戀愛的季節》、《失態的季節》、《躊躇的季節》和《狂歡的季節》中，都凝聚了作家對革命的更深人的思考——從主人公關於為什麼革命者「也逃不脫庸俗，逃不脫銷磨與黯然失色，逃不脫愚蠢的自我敗壞與互相敗壞」這樣的困惑到「蘇聯、中國共產黨人在文藝問題、情感問題上為什麼取捨標準不同這個怪問題」，從嚐到運動的苦頭以後開始變得麻木的體驗到「緣木求魚，南轅北轍，畫虎類犬，飲鴆止渴……這就是一代人又一代人的故事？這樣的故事的意義又何在呢？」的反躬自問，一直到對於「文革」的恍然大悟：「革命就是狂歡，串聯就是旅遊」！王蒙的一系列反思革命、追問政治的「意識流」小說和現實主義小說一起，共同豐富了我們對於「革命與政治」的認識。他的「意識流」小說也因為這種鮮明的政治色彩而不同於西方的「意識流」小說（例如《尤利西斯》、《追憶逝水年華》、《喧譁與騷動》那樣基本上沒什麼政治色彩的西方「意識流」小說經典）。他提出的一系列關於革命教訓的思考常常發人深省。

還有韓少功。他的「新潮小說」代表作《爸爸爸》就通過一個村莊的衰落和村人們努力挽救村莊衰落的命運而抗爭，卻終於無法避免覆沒的厄運的故事，表達了作家對歷史的憂思：「《爸爸爸》的著眼點是社會歷史，是透視巫文化背景下一個種族的衰落，理性和非理性都成了荒誕，新黨和舊黨都無力救世」。[11]小說中關於造神、武鬥的描寫都很容易使人聯想到「文革」。而韓少功關於「文革是災難，也是一道閃電，使我看清了很

[11] 韓少功：〈答美洲《華僑日報》記者問〉，《鍾山》一九八七年第五期。

多東西。中國新時期作家，都是文革孕育出來的」的言論，也堪稱精闢之論。[12]

「新潮小說」中，有相當一部分是「文革」題材的作品。例如莫言的《透明的紅蘿蔔》表現了自己在「文革」的貧困生活中尋虛幻之夢的心靈體驗；殘雪的中篇小說《黃泥街》則表現了「文革」在普通人心中留下的恐慌感；馬原的小說《零公里處》記錄了一個孩子參加「大串聯」的奇特回憶；《上下都很平坦》披露了知青生活的屈辱往事；陳村的小說《死——給「文革」》是一篇想像與在「文革」中以死抗爭的翻譯家傅雷的亡靈對話的奇異之作；余華的小說《一九八六年》則通過一個因政治迫害而成為精神病人的教師的自虐慘狀反襯出當代人遺忘「文革」的麻木……這些作品都在不斷拓展描寫「文革」記憶的表現手法的同時，也不斷強化了「新潮小說」的政治色彩，體現了「新潮小說」作家在學習西方現代派文藝的新觀念、新手法的同時，難忘「文革」的政治情懷。從這個意義上可以說，這些描寫「文革」題材的「新潮小說」實際上也延續了「傷痕文學」的精神命脈。如果說「傷痕文學」對「文革」的控訴還是發自憤怒的理性精神，那麼「新潮小說」則以新的觀念、新的表現手法深化了對於「文革」的思考——那一場長達十年的浩劫，是一場全民族非理性的噩夢。

一直到一九九〇年代，在一般認為「新潮小說」已經退潮，「新寫實小說」方興未艾的年代，仍然有一批作家在繼續書寫著自己的「文革」記憶，以「新潮小說」的風格——林白的長篇小說《青苔》就以散發著神秘氣息的筆觸記錄了自己的「文革」印象：那些美麗女性的神秘之死，那個荒唐的年代裏女性革命的狂熱舉動，還有那些在「文革」中革命文化也淹沒不了的關於死亡、鬼魂的傳說和猜想……徐小斌的中篇小說《末日的陽光》也在如夢如煙的氛圍中講述了一個少女在革命年代對於「猩紅色」的「莫名恐懼」，而一個穿猩紅色斗篷的男人的突然出現則給這個少女帶來了朦朧的幻想。這個「文革」前的高材生、「文革」中「一派紅衛兵的領袖」、後來又因為「惡毒攻擊革命樣板戲」而成為「反革命」的青年，他的厄運是多少「紅衛兵」大起大落的縮影！而他關於

[12] 韓少功：〈答美洲《華僑日報》記者問〉，《鍾山》一九八七年第五期。

印度濕婆神的神秘主義意義的瞭解又與他大起大落的厄運在冥冥中重合在了一起，而使人對於命運的強大、莫測有了萬千的感慨。林白、徐小斌都是「女性文學」的重要作家，她們在自己的「女性文學」中也增加了「文革」記憶的重量。這些既具有神秘氛圍、新潮意味又富有政治色彩的作品豐富了我們的「文革」記憶。

西方的現代派文藝在思想主題方面的四個基本問題是人與社會、人與人、人與自然、人與自我的關係異化。[13]而到了中國，人與社會、人與人的異化主題又常常通過人與革命、人與政治的題材表現出來。這，不能不說是**「中國現代派」**的一大特色。在這一點上，「新潮小說」的政治主題與「朦朧詩」中的「政治詩」可謂異曲同工。

甚至到了新世紀還有閻連科的長篇小說《堅硬如水》以狂歡化的語言在重現著「文革」的癲狂——與政治的癲狂相伴而行的，是私慾的癲狂。小說主人公「患的是革命和愛情的雙魔症」，革命的癲狂與私慾（包括性慾和權慾）的癲狂燃燒在一起，革命成了私慾的保護傘，私慾也成了革命的瘋狂動力。而當革命竟然成了私慾的保護傘時，那「革命」的崇高性、純潔性不也就很值得懷疑了嗎？於是，一個「文革」中的性愛故事也有了意味深長的象徵意義：有多少革命是偕著私慾開始的（不是早就有「借革命以營私」的說法麼）！而革命的形式又常常是奪權：「沒有革命，就沒有權力，權力是革命的目標，革命是權力的手段。一切革命因之權力，結之權力。」這段文字也使人很自然想起了那段「最高指示」：「世界上一切革命鬥爭都是為著奪取政權，鞏固政權。」[14]想起了「文革」中曾經流行一時的「警句」：「有權的幸福，無權的痛苦，奪權的艱難，保權的重要」。作家一方面在小說中還原了「文革」中人們「語錄不離口」的真實，另一方面又將語錄、樣板戲唱腔、革命歌曲雜亂地堆積在一起，甚至讓男女主人公在性愛時也「語錄不離口」（例如「革命賜良機，愛情大樹壯，革命為肥情為果，愛情是目革命是綱，綱舉目才張」），從而將「文革」的癲狂與荒唐寫到了極致。

[13] 袁可嘉：〈外國現代派作品選・前言〉，《外國現代派作品選》（第一冊・上），上海文藝出版社一九八〇年版，第五頁。

[14] 轉引自《人民日報》一九六七年一月二十二日。

如果說，在王蒙那些交織著傷感與希望的「意識流」「政治小說」中，我們可以明顯感受到一九八〇年代初的激情湧動，那麼，到了一九八五年以後，《爸爸爸》、《死——給「文革」》和《一九八六年》這些寒氣逼人的作品的湧現則傳達出時代情緒的巨大變化：這是伴隨著改革進程的越來越艱難、伴隨著「改革文學」的一蹶不振而產生的寒氣。這是在一九八〇年代初的激情遭遇了現代派的虛無情緒和荒誕意識的猛烈狙擊以後瀰漫開來的寒氣。然而，換個角度看，在經歷了「清理精神污染」那樣的敲打以後，在關於「文革」的研究常常莫名其妙地成為「禁區」的風言風語中，作家們仍然不斷在強化著「文革」的記憶，深化著對「文革」的反思，開拓著刻畫「文革」的新空間，那些作品中的寒氣又是與拒絕遺忘「文革」這樣的政治熱情和歷史責任感水乳交融在一起的。這樣的政治熱情和歷史責任感使人感動！

「新寫實小說」的政治意義

就在「新潮小說」方興未艾之際，「新寫實小說」的潮流也漸漸高漲了起來。一批作家重新回歸寫實的傳統，刻意記錄平庸人生的瑣碎與冷漠，揭示生活「喧譁與騷動」的「原生態」。然而，這樣的一般之論常常也遮蔽了「新寫實小說」的另一面——那些還原了政治的無情與荒唐的力作。

劉恒、劉震雲都是「新寫實小說」的代表作家。而劉恒就寫過一個中篇小說《逍遙頌》，作品講述了「文革」中幾個中學生「赤衛軍」之間勾心鬥角的故事，他們「各自有各自的陰謀」，在彼此的爭吵、捉弄、施虐與受虐、狂躁與空虛中展示著人性的陰暗與險惡。小說是作家對於少年往事的回憶，這樣的回憶出發點已經不同於「傷痕文學」了。「傷痕文學」中青少年因為天真、單純而上當受騙的故事已經被少年的權慾和陰暗心理的展覽所取代。儘管如此，《逍遙頌》還是能喚起讀者對於「傷痕文學」乃至「文革」的記憶。此外，《逍遙頌》也足以使人聯想到英國作家戈爾丁（William Golding）那部描寫少年的人性惡的名作《蠅王》（Lord of the Flies）。該書的中文譯本出版於一九八五年。

而劉震雲則在「官場小說」和「鄉村政治小說」方面成就突出。他的「新寫實小說」名篇《新兵連》寫活了那些來自農村的新兵為了在政治上進步而醜態百出的可憐與可悲，可以說是一部探討鄉村農民「政治心態」的別致作品。而他的另一部「新寫實小說」名篇《一地雞毛》實際上是他的「官場小說」系列之一。他的「官場小說」系列按發表前後順序包括：《單位》、《官場》（一九八九年）、《一地雞毛》和《官人》（一九九一年）。這些作品無論是寫縣委書記們為了升官而緊張、苦悶、彼此明爭暗鬥、到頭來看破了一切的官場心態，還是寫機關幹部「沒有立場，沒有原則」、相互拆臺、唯上是從的官僚主義活法，都於平實中透著諷刺，入木三分。這些作品，上承一九八〇年代王蒙的《風息浪止》、《要字八六七九字》等「官場小說」的諷刺筆法，與閻連科同時發表的那一批描寫鄉村政治心態的小說《兩程故里》、《瑤溝的日頭》、《瑤溝人的夢》、《鄉間故事》、《中士還鄉》一起，下啟一九九〇年代以來熱鬧一時的「官場小說」的浪潮（如劉醒龍的《秋風醉了》、《菩提醉了》、王躍文的《國畫》、李佩甫的《羊的門》、周大新的《向上的臺階》、田東照的《跑官》、《買官》、《賣官》、《騙官》，一直到二〇〇〇年以後閻真的《滄浪之水》、劉醒龍的《痛失》等篇），著眼點是解剖不良的政治生態，又在實際上繼續了「改革文學」呼喚政治改革的精神，可謂意義深長。緊接著「官場小說」系列之後，劉震雲又發表了兩部「鄉村政治小說」的名篇〈故鄉天下黃花〉和〈故鄉相處流傳〉。前一部講述了一個村莊裏兩大家族長達六十年（從民國初年到「文革」結束）你死我活、「亂哄哄你方唱罷我登場」的鬥爭鬧劇，而鬥爭的目的只是為了掌權（一個「小木頭疙瘩」），為了「吃夜草」（占公家便宜）。為此，人們不擇手段，不惜生命，而戰爭和政治運動則成為兩大家族鬥爭常常必須借助的外力。這樣，作家就意味深長地寫出了鄉村政治的某些玄機。《故鄉相處流傳》則以漫畫的風格「戲說歷史」，將三國時期的曹操與袁紹的鬥爭「戲說」成為了一個寡婦的爭風吃醋，把明初朱元璋的殖民運動「戲說」成一場騙局，還將太平天國陳玉成的故事「戲說」成一個政治上的「暴發戶」得志便胡來、禍害百姓的故事。小說在「戲說歷史」的敘述中常常摻進當代政治辭彙（如「誰是我們的敵人，誰是我們的朋友」、「不符合中國國情」、「重吃二遍苦，重受二茬罪」、「思想政治工作」、「一切往前看」、「個人服從組織，少數服從多數，全體服從皇上」……等等），除了產生特別的喜劇效果之外，也明顯傳達出了相當濃厚的現實感。與那些一般只為「搞笑」而產生的「戲說歷史」作品不同，《故鄉相處流傳》表達了作家在「戲說」中對歷史上屢見不鮮的統治者愚民政策、陰謀詭計、借政治以營私的冷嘲熱諷。這部小說因此不僅在眾多狂歡化的「戲說歷史」作品中，別具一格，也在當代的「政治小說」中獨具異彩。

由此可見，在「新寫實小說」的諸位作家中，劉震雲以政治意識最強而格外引人注目。同時，我們也因此而可以矯正對於「新寫實小說」的一般化理解。

還有池莉。她以擅長描寫武漢市民的「煩惱人生」而知名，可她也寫過一篇頗有政治意味的小說──《預謀殺人》，這是一篇現代史題材的作品，立意卻在寫出委瑣小人借革命以官報私仇、借刀殺人的秘聞。小說主人公王臘狗因為家敗而痛恨興旺的丁家，更因為自己暗戀的女人嫁入丁家而發誓報仇。為此他不惜恩將仇報，不惜四處投靠，不惜出賣共產黨的交通員，以嫁禍於人，幹下傷天害理的勾當。可機關算盡，終因丁家有功於共產黨而未能如願。這部小說的主題與格非那部也寫借革命以營私的中篇小說《大年》有點相似，但因為小說具有一定的紀實性，而能與《大年》一起引發我們對於這一現象的思考：有多少人投身革命是為了美好的理想，又有多少人混跡革命是為了滿足自己的私慾。此外，池莉描寫底層婦女在一九六〇年代艱難生活的小說《你是一條河》、回憶知青生活的小說《懷念聲名狼藉的日子》都在一定程度上可以喚起我們對於「傷痕文學」和「反思文學」的記憶。由此可見，連池莉這樣特別善於描寫市民生活的作家，也常常會涉及「政治傷害無辜」這樣的主題的。

還有蘇童。他的「楓楊樹故鄉」系列小說將人的瘋狂慾望展示得淋漓盡致。但其中的《罌粟之家》則刻意寫出了性慾的超階級性：長工陳茂因為與地主劉老俠之妻翠花花和地主的女兒劉素子的混亂性愛關係而在革命中顯得動搖不定。他既想幹革命也想幹地主家的女人。而在亢奮的性慾、紊亂的性關係方面，他與地主劉老俠沒什麼區別。小說中關於「南方農民的生存狀態是一潭死水，苦大仇深構不成翻身意識，你剝奪他的勞動力他心甘情願」的議論既可以使人想到現代文學史上關於「國民劣根性」的著名主題（但在蘇童這裏，顯然已經沒有了「改造國民性」的意識，有的只是剖析和歎息），又有力地質疑了「階級鬥爭」的理論，並因此而具有了一定的政治色彩。另一方面，蘇童還寫過一個回憶「文革」期間一群少年渾渾噩噩生活的系列——「香椿樹街系列」。其中的《刺青時代》、《黑臉家林》、《舒農或者南方的生活》、《像天使一樣美麗》、《回力牌球鞋》寫一群少男少女充滿喧譁與騷動的殘酷青春，與王朔的《動物兇猛》一起，還原了「文革」中那些孩子的野性人生。他們的悲劇好像與「傷痕」沒多大關係（他們之間的打架鬥毆、爭風吃醋與政治上的狂熱毫無關係）。他們的迷惘和憤怒與當代青少年的迷惘和憤怒也沒什麼根本的區別。但我仍然從這些故事的「文革」氛圍中讀出了「難忘『文革』」的政治意味。

當「新寫實小說」在展示人生的瑣碎煩惱與躁動慾望時竟然也常常在有意無意間與「重新發現歷史」（例如《故鄉天下黃花》、《故鄉相處流傳》和《預謀殺人》）、與「重新認識『文革』」（例如《逍遙頌》和蘇童的「香椿樹街系列」）、與「深入解剖官場」（如劉震雲的「官場小說」系列）這樣一些政治主題聯繫在一起時，這些作品也就為「新寫實小說」增添了相當濃厚的政治色彩。

報告文學與紀實文學的政治意義

報告文學與紀實文學在一九八〇年代創造了空前的輝煌。當悲涼之霧因為西方現代派文藝的影響而在詩歌和小說界越來越濃之時，報告文學作家們卻繼承了當年的「右派」作家「干預生活」的傳統，以可貴的熱情擔當起了正視現實問題、曝露被遮蔽的歷史的雙重重任。對此，「社會問題報告文學」的代表人物麥天樞有充分的自覺：「我們的報告文學作家正自覺地回到一種啟蒙的歷史狀態中來，著意於幾十年的對民族精神的啟蒙。」[15]

新時期開始不久，在思想解放、撥亂反正的洪流中，就產生了《人妖之間》那樣揭露權錢交易、「關係網」問題的報告文學名篇，產生了楊匡滿、郭寶臣的《命運》那樣全面描繪「四五」運動的作品，產生了遇羅錦的《一個冬天的童話》那樣控訴「文革」傷痕的力作和王晨、張天來的《劃破夜幕的隕星》那樣披露「文革」冤案的作品，以及祖慰、節流的《線》那樣反思「文革」悲劇之因的作品。這些真實的故事不僅在當時產生了振聾發聵的轟動效應，而且為一九八〇年代中期以後「社會問題報告文學」匯成空前的大潮打下了堅實的基礎。

一方面，是喬邁的《希望在燃燒》、麥天樞、張瑜的《土地與土皇帝》那樣曝露官場腐敗驚心動魄情況的作品，和麥天樞的《活祭》那樣為一個政聲顯赫的副市長遭到不公正處理而鳴不平的作品繼續產生著轟動效應（其中，《土地與土皇帝》在所反映問題的當地甚至遭到無理查禁[16]），並催生著這樣的思考：《人妖之間》中提出的問題為什麼愈演愈烈？

另一方面，是曝露「反右」「文革」黑暗歷史的紀實作品成批湧現，並從一九八〇年代一直延伸到了經濟建設迅猛發展的一九九〇年代——從葉永烈披露「反右」內幕的《離人淚（葛佩琦傳）》、《反右派始末》到叢維熙的「反右」回憶錄《走向混沌》、戴晴的《儲安平》、朱正的《一九五七年的夏季》，凝聚了作家們對「反右」的可怕與荒誕的沉重思考，對中國知識份子苦難歷程的深長歎息，以及勇敢揭開被遮蔽的歷史的良

15 〈書庫·一九八八·關於報告文學的對話〉，《解放軍文藝》一九八九年第一期。
16 麥天樞：〈真實是可怕的——關於〈土地與土皇帝〉的非文學風波〉，《文學報》一九八九年一月十二日。

知與膽魄。從胡平、張勝友的《歷史沉思錄》、秦曉鷹的《偷越國境的紅衛兵》、鄧賢的《中國知青夢》那樣披露「紅衛兵」和知青悲劇命運的作品到馮驥才的「口述實錄體」《一百個人的十年》那樣還原「文革」過來人形形色色的體驗的作品，記錄下了民眾在「文革」期間的紊亂心態和悵惘回憶；而蘇曉康、羅時敘、陳政的《「烏托邦」祭》、師東兵的《九大風雲錄》、劉亞洲的《恩來》、權延赤的《女兒眼中的父親》、《龍困》則揭開了高層政治鬥爭的殘酷、政治家在政治風浪中艱難處境的重重內幕。此外，還有李輝的長篇紀實《胡風集團冤案始末》、戴晴的《王實味與〈野百合花〉》將歷史的悲劇一直溯源到了一九五〇年代初，甚至延安時期。這些作品披露了許多珍貴的史料，其意義已不止於在事實上延續了「傷痕文學」、「反思文學」的命脈，在文學題材上繼續突破「禁區」，也為當代政治史和思想史的研究提供了厚重的素材。一直到了新的世紀，還有楊顯惠的《夾邊溝記事》在強化著當代人對「反右」的恐怖記憶，還有廖亦武主編的《沉淪的聖殿》那樣記錄「文革」「地下文學」往事的回憶在加深著我們對「文革」中一部分青年開始覺醒的思想與思想潛流的記憶。

值得注意的是，在披露那些政治秘史的篇章中，作家們常常會情不自禁地表達自己的政治感悟，發表自己的政治見解。例如《歷史沉思錄》中的這麼一段議論就揭示了「文革」參與者的社會構成中一個值得注意的現象：「越是經濟、文化發達的地區，越是知識份子和準知識份子密集的單位，對『文化大革命』的回應也越是強烈。這不禁令人回想起歐洲早期的革命運動，激進派以清教徒形式出現的狂熱而又系統的政治運動，特別盛行於『無主的自由人』中，這些『無主的自由人』，並不是窮苦人，而多半是商人和紳士階級……」在這一現象中，體現了作家對知識份子狂熱性的思考（耐人尋味的是，列寧、毛澤東對「小資產階級的狂熱」也曾經多次敲打過的）。這樣，作家就開闢了「文革」研究的新思路。《歷史沉思錄》中還有一段關於「文革」中「大民主」的議論：「毛澤東主席利用它來『炮打司令部』，而億萬群眾則利用『炮打司令部』來發洩對當時黨和國家內在機制上的嚴重缺陷與種種特權的憤懣，來爭取自己真正回歸做人的權利」，也深入解釋了「文革」動因的複雜性，與海外「文革」研究中關於「兩個『文革』」的研究不謀而合。《龍困》在寫到陳伯達的命運時，有這麼一段議論：「中國政治講究『師出有名』，這時就需要中國文人進入政治角色，並且首先由他們鼓躁而出」，但是，「他們多數不懂農、工、商、兵……他們聯繫緊密的只有『政治』，偏偏他們從來也不真懂政治。」這段文字，是可以與前引《歷史沉思錄》中關於知識份子狂熱性的議論參照著看的。《九大風雲錄》中對「文革」中「王、關、戚事件」的結果有這麼一段評論：「本來是懲辦誣陷、誹謗周恩來的罪人，結果讓林彪、陳伯達、康生、江青變成了剪除異己的手段」，就將政治鬥爭的複雜寫得入木三分。……這些發人深省的議論，常常像夜空中的閃電一樣，成為這些歷史紀實作品的亮點。同時，這些琢磨政治的思想火花也顯示了當代作家在思想解放運動中達到的理性高度。

應該說，這也是當代啟蒙運動的一個重要方面。當代啟蒙運動是在反思「文革」、破除現代迷信的背景下展開的。除了從深挖「文革」的封建專制主義方面的文化反思，促進政治的現代化（民主化、公開化）也是十分重要的一個方面。而就這一方面來看，披露那些被遮蔽的政治秘史又具有不可低估的積極意義。這樣的披露直接將歷史的真相呈現在陽光下，讓讀者瞭解政治，瞭解在那些冠冕堂皇的理論、口號、運動的後面，歷史恩怨的剪不斷，理還亂；權力鬥爭的心計與謀略的高深莫測；政治派系縱橫捭闔、錯綜複雜的啞謎與玄機；政治鬥爭的實際需要與彼此利用的權宜之計……不正常年代的政治鬥爭有許多奧秘，是一般的讀書人和老百姓所不知道，或者略有所知也難以理解的。揭開這些奧秘，祛除政治鬥爭的神秘感，無疑十分必要。因為歷次政治運動中都有許多情感單純的人們僅僅憑著浪漫的政治熱情，去狂熱地投入那些其實並不浪漫、內幕反而相當陰暗的政治運動，最終付出了慘重的政治代價，甚至生命，一個重要的原因，不就在不瞭解政治鬥爭的內幕嗎？

遙想當年，巴金老人呼籲建立「文革」博物館，而上述這些關於「文革」歷史的回憶錄、紀實文學作品，也已經在事實上為一直沒有建立起來的「文革」博物館積累起了可觀的資料。就像馮驥才相信的那樣：「將來肯定會有文革博物館。」[17]甚至，可以預期的是，還會有「反右」博物館。那時，人們一定不會忘記這些年來為披露政治秘史而寫作的報告文學和紀實文學作家們，不會忘記他們敢於「說真話」的赤誠和勇氣。

作為政治寓言的「家族小說」

當代的「家族小說」產生了不少力作，已有了不少研究成果。

中國的「家族小說」源遠流長。《紅樓夢》寫「四大家族」的興衰，寫出了「一損俱損，一榮俱榮」的關係網，也寫出了「好就是了」的歷史規律。現代文學中，巴金的《家》曝露大家庭的黑暗，發出「我控訴！」的呼聲；路翎的《財主的兒女們》描繪了大家庭的土崩瓦解和青年們重新尋找出路的苦難旅程，顯示了戰爭風雲中的無常人生。這些作品，都是中國「家族小說」的重要收穫。

然而，當代中國的「家族小說」仍然寫出了新的文學境界。

一九八六年，張煒的長篇小說《古船》的問世引起了普遍的關注。小說以沉雄的筆觸揭開了「階級鬥爭」的另一面：「開明紳士」隋迎之因為成為首富而不安，也不論他怎麼謹慎為人，也不能平息趙家的嫉妒與仇恨。這時，土地改革為趙家的瘋狂復仇提供了機會。隋家因此敗了下去。這樣，張煒就寫出了中國鄉村社會矛盾的秘史：在中國，「階級鬥爭」有時就與家族矛盾糾纏在了一起；而當複雜的家族矛盾借「階級鬥爭」的暴力白熱化時，正義與邪惡之間的是是非非就常常被混淆了。善良的隋家人因為善良而飽嚐苦難；邪惡的趙家

17 〔瑞士〕Dietrich Tschanz：〈關於馮驥才先生談《一百個人的十年》文學工程的採訪錄〉，《鍾山》一九九六年第四期。

人也因為邪惡而胡作非為、逍遙法外。當作家這麼去重新翻開並審視那黑暗的秘史時，他也就無情地質疑了「階級鬥爭」理論的正確性，同時也寫出了中國社會矛盾的複雜性。儘管《古船》的立足點是「怎樣才能擺脫苦難」，劉再復也認為《古船》是「具有宗教氣氛的罪感與贖罪感的文學」[18]，我仍然覺得，《古船》具有顛覆「階級鬥爭」的簡單化理論的深刻政治意義。

《古船》之後，是前面已經論過的、發表於一九九一年的《故鄉天下黃花》。那也是一部質疑「階級鬥爭」理論的作品——孫家與李家兩大家族之間你死我活的鬥爭都沒什麼正義可言，都是為了那個「小木頭疙瘩」，為了「吃夜草」的「特權」。說到底，都是為了自己的私利。所有的政權更替、所有的政治鬥爭，在這兩大家族之間都只不過是打倒對家的機會而已。如果說《古船》因為有「邪惡凌辱善良」的主題而瀰漫著悲愴之氣，那麼《故鄉天下黃花》則因為以諷刺的筆法生動描寫了「狗咬狗」的鬥爭而耐人尋味——這裏沒有正義，只有混亂。讀《故鄉天下黃花》，是很容易使人聯想到「春秋無義戰」的古老歷史的。

一九九三年，陳忠實發表了長篇小說《白鹿原》。小說的沉雄風格一如《古船》。但作家寫出了家族鬥爭的另一種形態：白家與鹿家之間的鬥爭，是兩家地主之間的鬥爭。值得注意的，是白、鹿兩家祖上原是親兄弟，只因「仿效宮廷裏皇帝傳位的鐵的法則」，才有了兄弟地位的差異（族長由長門白姓世襲）。儘管如此，兩家在修建祠堂、創立學堂、修補堡子圍牆方面還能協力合作，同時，又在心裏、在暗處互相較量。相比之下，倒是作為地主的白嘉軒和他的長工鹿三之間，因為關係融洽而義重如山。真正打亂了他們生活的，是時代的動盪、軍閥和土匪的騷擾。如此看來，《白鹿原》也寫出了中國農村社會矛盾的又一種複雜狀態：家族鬥爭根深蒂固，經濟陣線倒未必分明。而這樣一來，不是也對「階級鬥爭」的理論提出了有力的質疑嗎？小說中有個白、鹿兩家都敬重的「關中大儒」朱先生，他在梳理世道時認為：「我觀『三民主義』和『共產主義』大同

18 劉再復：〈《古船》之謎和我的思考〉，《當代》一九八九年第二期。

小異，一家主張『天下為公』，一家昌揚『天下為共』，既然兩家都以救國扶民為宗旨，合起來不就是『天下為公共』嗎，合不到一塊反倒弄得自相殘殺？公字和共字之爭不過是想獨立字典……」這樣的議論不免書生之見，但也不無發人深思之處。因為歷史上兩次「國共合作」都可以證明兩黨有合作的基礎。當作家寫下這些文字時，他是否意識到，他已經將白、鹿兩家的不那麼驚心動魄的鬥爭與更廣闊歷史背景下的國、共兩黨之爭進行了意味深長的對比呢？因為，中國從來就有「家國同構」的理念。所謂「家國同構」，指的是「家庭——家族與國家在組織結構方面的共同性」。[19]這樣的精神在文學上，常常就體現為通過「家」來寫「國」的象徵意味。《紅樓夢》之所以有「封建社會的百科全書」之稱，也表明了這一點。《古船》、《故鄉天下黃花》、《白鹿原》中的家族故事，因此而常常使人想到民族的歷史、國家的往事。

筆者無意完全否定階級鬥爭的理論。階級鬥爭的存在常常是事實。甚至在今天，當貧富兩極分化已愈演愈烈時，我們仍然常常會情不自禁地想到「階級矛盾」這個片語。但是，在一個將一切社會矛盾（從民主人士的不同政見到黨內思想的矛盾齟齬乃至社會上不同思想、不同活法的分歧）都簡單、武斷地歸結為「無產階級」與「資產階級」之間「你死我活」的「階級鬥爭」的年代，動輒黨同伐異，動輒「全黨共誅之，全國共討之」的殘酷運動，已經極大地傷害了這個民族的元氣，這已是不爭的事實。因為有這樣的思想和歷史背景，作家們在描繪「家族小說」的畫卷時，才在努力還原中國農村矛盾的複雜性上不約而同地潑濃墨，上重彩。也正因為如此，這些作品才賦有瞭解構簡單化的「階級鬥爭理論」的政治意義。

---

19 參見馮天瑜、何曉明、周積明：《中華文化史》（上），上海人民出版社一九九〇年版，第二〇六頁。

當代作家的政論

陀思妥耶夫斯基認為：「任何一位批評家都應是一個政論家」。[20]這話不一定準確，但至少用在別林斯基、車爾尼雪夫斯基、杜勃羅留波夫、盧卡契、愛德蒙・威爾遜（Edmund Wilson）這樣一身而兼思想家、文論家的文化人身上，應該是不錯的。而且，又何止只是批評家！許多優秀的作家也寫出過不朽的政論——例如盧梭、雪萊、雨果、赫爾岑、索爾仁尼琴……

在思想解放的年代，中國也產生了許多關心政治的作家，他們中也有人寫出了優秀的政論。一九七九年，報告文學作家劉賓雁就發出了「文學要議政、議經、議文」的呼聲。[21]同年，詩人白樺發表了《五點和詩有關的感想》，也尖銳地抨擊了詩壇的平庸、抨擊了現代封建主義，他一針見血地指出：「中國現代封建主義比辛亥之前的封建主義還要厲害。我們有許多東西在客觀上造成了人身依附。」[22]這樣的憤激之論具有發人深思的力量。

一九八六年，張賢亮發表了引起過爭議的文章〈社會改革與文學繁榮〉，其中寫道：「真正的作家（不一定是好的作家）在本質上總是關心社會、關心政治的。」在改革開放的激流中，他呼籲「給資本主義『平反』」，「要參照現代資本主義的經驗和模式來改造自己國家的社會——政治體制」。而在「百家爭鳴」

20 〈陀思妥耶夫斯基文論書信摘編〉，《文藝理論研究》一九八六年第二期。
21 劉賓雁：〈文學要議政、議經、議文〉，《上海文學》一九七九年第一期。
22 白樺：〈五點和詩有關的感想〉，《詩刊》一九七九年第三期。

中，也是應該「包括資產階級這一『家』在內的。」[23]他的這些在當時聽來屬於驚人之論、曾經被當作「資產階級自由化」思潮的代表受到了批判的言論已經被後來進一步改革開放的事實所應證。一九九七年，他還出版了一本《小說中國》，洋洋灑灑地寫下了作家「個人對『中國』的一點情感和思考」，其中既有自己在險惡的年代裏讀馬克思著作、從馬克思從未被人注意的一段話而產生對於「文革」乃至「無產階級專政」的懷疑的思想旅程，也有在新時期「逐步改變中國共產黨的黨員結構，使中國大多數優秀人物都進入到黨內來」的思考，還有提高幹部素質、「整修『國家機器』」的議論和「重建個人所有制」的主張，顯示了他對國家前途的積極設想。而他本人也是有意以這樣一本書去繼承「中國傳統政治留下的」「寶貴的遺產」的，那便是——「政治與學術相結合，官員與學者相結合」。[24]這些思考，都因為被現實發展的進程所應證而顯得深刻、大膽。

梁曉聲的長篇雜感《龍年一九八八》和《一九九三——一個作家的雜感》也表達了作家對於現實的不滿與憂患：從「下半個世紀，中國的根本問題，將更是農民問題」的憂思到「一九八八年，廣大民眾的心理和情緒早已處在極不安定極其浮躁極易發作的崩散狀態」的不祥預感，由「迷信，從農村包圍城市。麻將，從黨內搓到黨外」的針砭到指出「種種不平等現象呈現出咄咄逼人的猙獰」的危機，[25]還有關於「一九九三年的瘋狂，體現在瓜分慾和佔有慾方面」的一針見血，[26]還有對於幫閒文人所謂「要改革，腐敗總是難免的」的奇談的怒不可遏，更有「我們正處在一個思想（平凡得簡直不能再平凡的思想）根本不值得認真的時代。甚至是一個根本就

23 張賢亮：〈社會改革與文學繁榮〉《文藝報》一九八六年七月三一日。
24 張賢亮：《小說中國》，陝西旅遊、經濟日報出版社一九九七年版，第二十六、五十六、一八三、二三七、三〇〇頁。
25 梁曉聲：〈龍年一九八八〉，《鍾山》一九九〇年第一期。
26 梁曉聲：〈一九九三——一個作家的雜感〉，《山西文學》一九九四年第四期。

需要明智地放棄思想的『毛病』的時代」的悲涼浩歎，[27]和「總得給老百姓留下點兒指望吧」的喝問。[28]在這些燃燒著憂憤之火的議論中，顯示了作家對於積重難返的社會問題、政治問題的不滿與吶喊。

在當代中國，由於種種原因的限制，真正獨立的政論不多。因此，上述這些公開發表、直抒胸臆的政治議論才顯得分外可貴。雖然其中的好些篇章都是隨感而發，有著明顯的急就章色彩，並因此而與西方的那些氣勢雄渾、分析透徹的政論宏論（例如愛德蒙・威爾遜的名著《去芬蘭的車站》[To the Finland Station]）難以相提並論，但它們仍然具有不可替代的政治意義：它們意味著有良知、有政治責任感和歷史使命感的中國作家已經不滿足於「寓政治之思與文學作品」的含蓄表達了，他們發出了自己的聲音，去評論政治，去針砭時弊，去為民請命，去促進政治改革。這些政論常常產生了廣泛的社會影響（例如《小說中國》和包括《一九九三——一個作家的雜感》在內的梁曉聲長篇雜感，都曾是暢銷書），也不時會激怒一些「左派」，都顯示了政論的強大影響力。

新左翼思潮：政治關懷的另一面

政治關懷當然不僅僅意味著抨擊黑暗。在中國這個一直有著「兼濟天下」、「世界大同」思想傳統的國度，政治關懷必然還意味著對光明的追求。耐人尋味的是，在當代思想界、文學界，對光明理想的訴求常常是與對共產主義運動遺產的重新認識聯繫在一起的。這樣，就形成了世紀之交的新左翼思潮。這一思潮以重新發現毛澤東思想、重新發現「紅色經典」、重新呼籲社會公正為主要特徵。

---

27 梁曉聲：〈一九九三——一個作家的雜感〉，《鍾山》一九九四年第三期。

28 梁曉聲：〈一九九三——一個作家的雜感〉，《鍾山》一九九四年第二期。

毛澤東對新時期的影響是持久的。

早在一九八一年，喬邁的報告文學《三門李軼聞》（獲中國作家協會第二屆優秀報告文學獎，後改編為電影《不該發生的故事》，並曾獲電影金雞獎、百花獎）就記錄了吉林省懷德縣一個村莊在實行聯產計酬、自願結合劃分作業組時發生的轟動新聞：五個共產黨員，哪一組都不要！經過認真反省，他們認識到：「是我們不怎麼像共產黨員了」！於是他們自己建立了一個「黨組」，還吸收了一些困難戶，經過艱苦奮鬥，取得了豐收，也重新贏得了群眾的信任。這個富有時代感、戲劇性的故事，引出了作家的感慨：「是什麼巨大的權威力量做出的奇蹟呢？是生活，是人民群眾……『我們共產黨人好比種子，人民好比土地』，我們黨的領袖老早就這樣說過了，種子是不能離開土地而生存的……這些年來，我們的教訓有一千條一萬條，歸根到底，其實恰恰是這一條：我們作為種子脫離了人民這塊土地。」[29]這部作品是「主旋律」文藝的代表作，其中對毛澤東語錄的重提無疑也顯示了毛澤東思想所具有的現實針對性。後來，「主旋律」文藝不斷正面宣傳優秀共產黨人的先進事蹟，都是沿著這個路子發展而來的。

無獨有偶。知青出身的作家張承志也不斷強調著自己創作的宗旨是「為人民」。一九八二年，他就在第一部小說集《老橋》的〈後記〉中坦然宣告：「將永遠恪守我從第一次拿起筆時就信奉的『為人民』的原則」。[30]到了一九九一年，他更在他的「生命作」《心靈史》的「前言」中自豪地宣稱：「對於我在一九七八年童言無忌地喊出的口號——那倍受人嘲笑的『為人民』三個字，我已經能夠無愧地說：我全美了它。」[31]他還在《心靈史》的「後綴」中寫下了這麼一句：「我比一切黨員更尊重你，毛澤東」。[32]作為一個老「紅衛兵」，他的這些

29 《春風》一九八一年第六期。
30 張承志：《老橋》，北京十月文藝出版社一九八四年版，第三〇六頁。
31 張承志：《心靈史》，花城出版社一九九一年版，第十一頁。
32 張承志：《心靈史》，花城出版社一九九一年版，第二八八頁。

宣言顯得格外與眾不同。他用了那樣的深情去讚美底層人民的無私、堅韌、對於信仰的虔誠，顯示了他對毛澤東思想的繼承與發揚。同時，他的這一立場也使得他對於世俗化浪潮一直保持了激烈的批判態度。他因此而成為當代理想主義的代表人物之一。雖然，他的理想主義事實上已經在世俗化浪潮的衝擊下痛苦無比。

他們在思想解放、張揚個性的年代裏不忘人民，顯示了博大的民本主義情懷，同時也顯示了當代文學與毛澤東思想的深刻聯繫，因此難能可貴。

一直到二〇〇〇年，還有出生於一九六六年的音樂戲劇人張廣天這樣表達了自己的新追求：「我開始告別與我們的處境無關的各種西方理念，在情感上越來越靠近勞動階層。」他「和知識份子的階層告別」，「要在生活的實踐中，行走於生機勃勃的大地之上」，「在人民中間，開始了自覺的文藝勞動」，「做一個永遠在人民中歌唱的歌者。」[33]雖然，他創作的歌曲、導演的戲劇已經有了相當濃厚的「先鋒」色彩……

一九九三年，正值毛澤東誕辰一百週年，紀念毛澤東的活動達到了一個高潮。此後，重新發現毛澤東的遺產進一步成為當代文化生活的一個熱點。其中，一九九五年張宇發表的報告文學《南街村》特別值得注意。作品向世人介紹了一個河南鄉村的奇觀——那裏至今還在高唱毛澤東時代的革命歌曲（《社會主義好》、《社員都是向陽花》……），還在宣傳毛澤東時代的價值觀念（「堅持走社會主義道路」、「堅持毛澤東思想育人」……），還在堅持著毛澤東時代的人民公社制度，而且靠「一大二公吃大鍋飯共同富裕發展起來」了。而南街村人這種顯然與時代主潮格格不入的生活方式也是在一度實行分田到戶以後，因為大多數人的不滿而重新回到社會主義道路上來的。另一方面，他們也的確從毛澤東思想中創造性地吸取了在商品經濟社會發展的智慧和力量：「過去打仗時農村能夠包圍城市，如今搞經濟農村能不能包圍城市？」「開闢市場的指導思想」也是從游擊戰的「十六字訣」演化出來的：「你無我有，你有我優，你優我廉，你廉我轉」。他們靠這樣的思想在

33 張廣天：〈行走與歌唱〉，《天涯》二〇〇〇年第五期。

激烈的商品經濟競爭中創出了自己的品牌。南街村因此而成為當代社會主義新農村的一個典型，並名揚天下。值得注意的是，張宇沒有一般化地謳歌南街村。他注意到南街村人的許多做法是「不可理解」的，注意到「南街村的事業在很大程度上，是以王宏彬的人格力量來號召來推動的……但是我們畢竟是現代人，好像不應該把希望寄託在個人身上」，還注意到那裏「人治的管理形態」產生的一些缺憾。[34]但不管怎麼說，南街村人創造的奇蹟在一定程度（哪怕僅僅是個案）上的確顯示了毛澤東遺產的感召力。

《天涯》雜誌是當今「新左翼」思潮的重要陣地。該刊在新世紀開闢的「一九七〇年代人的底層經驗與視野」專欄就別開生面地刊發了一系列「新生代」作家關注底層、體驗底層人生的文章。其中，作家丁三《我在圖書館的日子裏》就記錄了作者在自學的道路上邂逅理想主義的人生體驗：通過讀馬克思、毛澤東、魯迅的書而重新思考中國共產主義運動的命運：它為什麼能改變中國社會的面貌？「而新社會出現後，又迅速地回到舊世界曾經有過的最可怕的方面，舊世界以新世界的名義還魂，這背後，有什麼必然？」[35]這樣的問題，曾經在一九八〇年代「新啟蒙」運動中引起過影響深遠的討論，可到了新世紀，仍然有新一代的青年在對它認真探索。可見這個問題的無法迴避，也可見這個問題是需要經常講的（也就是說，「啟蒙」並沒有過時）。從馬克思主義出發，去重新探討中國社會問題，已經成為一部分知識份子的共同追求，雖然他們得出的結論會很不一樣。

此外，二〇〇〇年由黃紀蘇執筆的「現代史詩劇」《切・格瓦拉》的上演也引起了文化界的關注。它提出了這樣的問題：「格瓦拉精神如今還要不要？」它的回答當然是肯定的：要喚起人們對拉丁美洲革命家格瓦拉（他曾經受到過毛澤東游擊戰爭思想的影響）的記憶：「格瓦拉為弱者拔刀為正義獻身的精神在世界各地點燃了一顆顆心靈。」它更強調了緬懷格瓦拉的歷史意義：「我們還遠遠沒有到達新人新世界的彼岸。」「剝削壓

[34] 《人民文學》一九九五年第四期。
[35] 丁三：〈我在圖書館的日子裏〉《天涯》二〇〇三年第六期。

迫社會的長夜已經在醞釀下一次革命。」[36]此劇與新時期的「毛澤東熱」存在著顯而易見的精神聯繫，但也因為有關「醞釀下一次革命」的言論而受到了「要在中國煽動暴力革命」的指責。[37]這裏，需要特別指出的是，雖然「告別革命」已經成為當代官方（建立「和諧社會」的目標）和知識界（「改良主義」的復興）的共識，但警惕民變的聲音在文學作品中仍然不時敲響著警鐘——一九八六年，矯健的中篇小說《天良》就講述了一九七〇年代末因為「土皇帝」胡作非為而激起的一樁普通農民走投無路、憤怒抗爭的血案；一九八八年，莫言也在長篇小說《天堂蒜臺之歌》中講述了農民因為「土皇帝」的瞎指揮、因為負擔越來越重卻沒有正當的渠道去申訴冤屈，而只好鬧事的悲劇。這兩篇小說都是根據生活中發生的真事寫成的。一九九七年，鬼子的中篇小說《被雨淋濕的河》也寫出了一個打工青年曉雷「什麼事都幹得出來」和「隨時都會出事」的情緒，他因為父親作為鄉村教師的工資被無理挪用而動員全體教師鬧事，只因父親的下跪阻攔才沒有釀成大禍。這一切，和梁曉聲在《一九九三——一個作家的雜感》中關於「老百姓，對現實的牴牾情緒和叛逆心理，已經到了憎惡的程度」的感受，以及「總得給老百姓留下點兒指望吧」的喝問，和麥天樞在〈仰望大地〉一文中關於「生活中缺乏未來意識的人們，常常會多一些積極主動的社會性冒險精神，特別地提示社會統治者的政治警惕」的議論一起，[38]共同表達了值得全社會重視的潛在憂患。

這些作品，連同文學界在世紀之交興起的「關注底層」的思潮，共同表達了左翼思想的訴求：在兩極分化愈演愈烈、社會矛盾越來越尖銳的當代，文學再度發揮了「干預生活」的作用。

就這樣，毛澤東的名字與世紀之交呼喚社會正義的浪潮一起，成為當代人政治關懷的一個重要方面。這樣的思潮比起思想自由、注重啟蒙和發展的時代主流來，顯然影響有限。但這股「新左翼」的思潮意義不可低估。

36 黃紀蘇執筆：〈切・格瓦拉〉《作品與爭鳴》二〇〇〇年第六期。
37 參見黃紀蘇：〈臺上的「我們」，台下的我們〉，《讀書》二〇〇七年第八期。
38 《山西文學》一九九四年第一期。

歷史的啟迪：永遠的政治關懷？

通過上面的粗略勾勒，我們不難發現：在告別「文革」、思想解放以來的三十年文學發展歷程中，許多中國作家並沒有忘記、疏遠政治。無論是反思「文革」，回首「反右」，還是直面現實、針砭時弊，也不管是借文學以表達自己的政治之思，還是直抒胸臆以干預政治，都產生了不少有影響的作品。這些作品如此集中，如此引人注目，令人歎為觀止。而如果我們將研究的視野再拓展一些，回首二十世紀百年文學的發展歷程，我們甚至不難發現：這三十年中國文學中關心政治、批評政治、干預政治、嘲諷政治的作品之多，甚至是「五四」一直到「文革」半個多世紀的文學史上的同一思潮所難以比擬的。現代文學中，像郭沫若的《匪徒頌》、老舍的《貓城記》、葉紫的《豐收》、沙汀的《在其香居茶館裏》、張天翼的《華威先生》、王實味的《野百合花》那樣關心政治、批評政治、干預政治、嘲諷政治的作品，顯然不占多數。現代文學中，展覽、剖析「國民劣根性」的作品和呼喚個性解放、民族救亡的作品顯然占了絕大的比例。

這樣的比較是耐人尋味的。

也許是因為在現代文學發展三十年的烽煙背景中，作家們的主要注意力已被國家衰敗的悲涼情狀所吸引，所以還來不及對政治問題進行深入的解剖與研究，而只有在「文革」那樣的政治高壓時代隨風而逝以後，在積重難返的政治問題已經成為全民憂慮的主要問題之時，關心政治、批評政治、干預政治、嘲諷政治的作品才匯成了滔天的巨浪，為民主政治的現代化進程而發出日益緊迫的吶喊；也許是因為過去的那個年代有許多的政論家（例如梁啟超、陳獨秀、李大釗、羅隆基等等）已經成功承擔起了關懷政治、批評政治、設計政治的責任，所以反而使得作家的政治言論比較之下，略顯失色；也許是因為許多問題在那個政治風雲多變的年代常常會因為意識形態問題的干擾（想想魯迅、郭沫若、聞一多、何其芳等人經歷過的思想巨變，想想從延安時期以後到解放以後為了改造作家的世界觀而頻繁發動的一次次政治運動對於作家思想的高壓，想想許多作家在完成了世界觀的轉變以後文思枯竭的困惑……就不難看出意識形態和政治運動對作家個性和思想的巨大干擾力）而難以看清，只有到了世紀末，在百年的風雨過後，歷史的天空顯得比較明朗，許多政治問題才會得到更清晰、更有歷史感的呈現：關於階級鬥爭與權力鬥爭，關於階級鬥爭與黨派之爭，關於革命、群眾與專制、暴力，關於理想、道德與手段、心計……而這樣一來，才有了驀然回首的萬千感慨，有了新的思想覺悟。從這個角度看，這三十年來文學政治關懷的格外突出，正是作家們在新啟蒙的大潮中完成了獨立人格、自由精神建構的一個重要標誌。

同時，這三十年來文學政治關懷的格外突出，也在冥冥中再次凸現了中國文學的某種民族特色。這種特色就在於：「在兩千餘年專制社會結構中，中華文化始終受到強大的中央集權政治力量的控攝、支配，從而形成以『求治』為目標的鮮明政治型範式。龔自珍將此概括為：『一代之治，即一代之學也。一代之學，皆一代王者開之也。……是道也，是學也，是治也，則一而已矣。』在這種風格的籠罩之下，文化活動具有明顯的政治功利目的；文化成就須仰仗政權力量的蔭庇方能播揚；文化人——知識階層懷抱強烈的『經世』意識，『窮則寓治於教，達則寓教於治』，『學』與『仕』互為表裏，合二而一……」[39]從儒家的「修身齊家治國平天下」的政治理想到道家「無為而治」、「治大國若烹小鮮」的政治主張到《三國演義》、《水滸傳》、《紅樓夢》那樣的「政治小說」，都在一代又一代詩人、作家的文化心理上刻下了難以磨滅的印痕。到了二十世紀這個歷史的重大轉折關頭，雖然有西方的科學、民主思想開始深入人心，但頻繁的社會動盪與政治危機仍然使得這個百年與政治問題難解難分。如此說來，政治真是中國文化的宿命！可以預期，即使在中國實現了政治民主化

[39] 馮天瑜、何曉明、周積明：《中華文化史》（上），上海人民出版社一九九〇年版，第二四二——二四三頁。

的進程以後，作家們的政治關懷也不會淡漠。因為，在已經實現了政治民主化的西方，知識界的左翼力量仍然具有不可低估的影響力；優秀的「政治小說」（例如英國作家奧威爾的《一九八四年》、德國作家亨利希・曼的《臣僕》、湯瑪斯・曼的《馬里奧和魔術師》、美國作家約瑟夫・海勒的《第二十二條軍規》）、「政治紀實文學」（例如美國作家諾曼・梅勒的《黑夜的大軍》）、「政治戲劇」（例如法國作家沙特的戲劇《骯髒的手》）仍然層出不窮。正如美國一位評論家曾經論及的那樣：政治小說「不是為了表達什麼明確的態度，而是展現對政治生涯中人類那種含混不清的多重性的理解」，因為政治「是一種複雜的生活環境，在此之中，人們認識自己的本性，揭示自己的命運，而同時，每人又都保留有一些我們可以琢磨但卻永遠不能全部掌握的秘密。」[40]如此說來，即使是在現代化的時代，政治也是全人類無法完全擺脫的命運。

剩下的問題是：在這三十年來文學的政治關懷空前高漲、優秀作品成批湧現的奇觀以後，後來的作家如何去開拓新的文學天地？

值得期待。尤其是在「政治改革」的呼聲再度響起來的今天。

——原載《揚子江評論》二〇一〇年第二期

40　〔美〕羅伯特・阿爾塔：〈美國政治小說〉，《紐約時報書評》一九八〇年八月十日，引自《外國文學動態》一九八一年第二期。

關於國民性的筆記

一

國民性常常於比較中看出。多年前，讀曹桂林的小說《北京人在紐約》，其中的一段話令人過目不忘：「紐約人就是愛賭，而中國人更是世界馳名的賭族。」「賭場裏的人，有一半以上是東方人的臉。不用上去問，十有八九，不是老中，便是老韓。」

記得當時邊讀就邊想起了國內成千上萬的「搓麻」大軍，想起了那句曾經十分流行的順口溜：「十億人民九億賭，還有一億在跳舞，剩下的都是二百五。」似乎誇張了一些，但絕非無中生有之談。由此產生了這樣的問題：在中國人嗜賭這一現象的深處，有怎樣的文化心態？

後來，又讀到麥天樞、王先明的長篇歷史紀實《昨天——中英鴉片戰爭紀實》，在那本書的第七十六到七十九頁上寫著：「似乎有一個歷史之謎：鴉片煙為什麼不去英國、美國折騰上一氣呢？」「這裏（中國）風行的鴉片，在那裏（英國、美國）並沒有受到歡迎」。當時的中國，「十室之邑，必有煙館」，「全國吸毒人數已超過四百萬，八十萬清軍……中，吸食成癮者有二十萬之眾，文職官員也不下這個數目」。——吸毒，成了清朝衰敗的重要標誌之一。這裏的問題是：中國人為什麼有那麼多人吸毒？最近，又讀到了鄧賢的長篇紀實《流浪金三角》。在這篇作品中，也記述了作家的一個驚人發現：「西方人當然也向日本推銷鴉片，日本人很快接受鴉片，但是沒有像其他亞洲民族那樣自己吸食，淪為鴉片的癮君子和受害者，而是精明地學會利用鴉片賺錢，毒害別國人民。日本緊隨西方人，一度成為亞洲最大的鴉片輸出國，把鴉片賣到一衣帶水的中國和朝鮮。」——同樣是亞洲人，日本人為什麼具有對於毒品的免疫力？

愛賭、嗜毒，是國人相當普遍的生活方式。在愛賭、嗜毒的深處，不難使人感受到一種相似的病態熱情。那是沉溺於生命之「癮」的熱情，是明知於己、於家、於社會都貽害甚大也無意、或無力自拔的熱情。由此可見，許多國人是缺乏理性、缺乏自制力、缺乏責任感的，他們只圖一時痛快、連自己的生命都置之不顧的畸形熱情，是陰森可怕的激情。

是因為現實不能給他們提供別的娛樂方式和消遣方式？顯然不是。中國從來就有五花八門的玩法：下棋、釣魚、養花、養鳥、看戲、品茶、健身、收藏……一切都簡易可行。

如此說來，愛賭、嗜毒是醜惡生命的證明，常常無藥可醫。

二

中國一直有「禮儀之邦」的美名。但是中國從來也是問題成堆、危機不斷的國度。魯迅早就在《狂人日記》中指出：在「仁義道德」的深處，是「吃人」二字。孫犁在《耕堂讀書記（五）》中談道：「讀中國歷史，有時是令人心情沉重，很不愉快的。倒不如讀聖賢的經書，雖都是一些空洞的話，有時卻是開人心胸、引導向上的。古人有此經驗，所以勸人讀史讀經，兩相結合。」[1]

上述兩段議論，一激烈，一沉重，卻都觸及了中國國民性的「人格分裂」：仁義又殘忍。由此使人想到這樣的問題：究竟是因為中國人太殘忍所以才使得聖賢們不得不寫出許多勸人向善的經書？還是因為那些勸人向善的經書太蒼白無力，約束不了貪婪、殘忍的慾望，所以才有了暴君橫行、佞臣當道、冤獄叢生、民變頻仍的血腥歷史？一位學者告訴我們：中國農民起義之多，烈度之極，世界罕見。主要原因是：中國農民比西歐農民的實際生活水平低；中國封建國家的稅收重於西歐。[2]讚美中國文化的人們大多談論中國文化的精神價值，但是與此同時，他們不應該忘記中國社會的無情現實。

中國文化的精神價值是建立在中國社會的無情現實之上的。儒家產生於「禮崩樂壞」、民不聊生的春秋、戰國時期，就很能說明問題。而同時產生的道家不是也正是因為「竊鉤者誅，竊國者侯，諸侯之門而仁義存焉，則是非竊仁義聖知邪？」（《莊子‧胠篋》）、「方今之世，僅免刑焉」（《莊子‧人間世》）才創造了避世全身的逍遙哲學的麼？也正是在莊子的麻木心態、相對主義觀點中，產生了綿綿不絕的阿Q精神。

有權勢者的橫行霸道，就有一部分老百姓的揭竿而起，另一部分老百姓的玩世不恭。這，就是聖賢的教導為什麼總是不靈的原因所在。不過，問題也沒有到此為止。

在中國的文化辭典中，有許多令人毛骨悚然的成語、俗語——什麼「上刀山、下火海」、「赴湯蹈火」、「肝腦塗地」、「肝膽相照」，什麼「食肉寢皮」、「碎屍萬段」，什麼「頭懸樑、錐刺股」、「抉心自食」……給愛與恨、忠誠與刻苦這些情感和品質都塗上了濃濃的血腥味、殘忍氣。這是在西方文化辭典中很少見

---

1 孫犁：〈耕堂讀書記（五）〉，《散文》一九八〇年第八期。
2 王世民文，《社會科學》一九八六年第四期，又見《文摘報》一九八六年五月十五日。

的現象。這一切，是怎麼形成的？是因為中國歷史上有過太多的悲劇、太濃的血腥氣之故吧。魯迅在讀《通鑑》時徹悟「中國人尚是食人民族」[3]，他還「曾查歐洲先前虐殺耶穌教徒的記錄」，發現「其殘虐實不及中國」[4]。胡適也在一九三四年說過：「今日還是一個殘忍野蠻的中國，所以始終還不曾走上法治的路，更談不到仁愛和平了。」[5]野蠻，殘忍，是從暴君到暴民都屢見不鮮的劣根性。它們昭示了國民性中可怕的陰暗，也昭示了禮教的蒼白。現在的問題是：到底是暴君的胡作非為使得臣民們效法從而譜寫出了血腥的歷史？還是來自民間的暴君其實是將民間的野蠻、殘忍帶入了宮廷，因而暴君的野蠻其實是民間的野蠻的一個縮影？這個問題值得研究。

三

據說，在抗日戰爭期間，中國有六百萬偽軍助紂為虐。一位作家在紀念抗戰勝利五十週年的文章裏發問：「為什麼我們國家有最適合叛徒繁殖的土壤？」[6]一句話，使我想了許多：

我想到了劉震雲的作品《溫故一九四二》。在那篇顯然帶有濃厚的寫實風格的作品中，作家揭開了一頁鮮為人知的歷史：一九四二年，河南大饑荒。政府麻木不仁，官員扯皮推諉，倒是外國的慈善機構為救災辦了一些實事。後來，日本鬼子來了。絕境中的人們面臨著這樣的選擇：「是寧肯餓死當中國鬼呢？還是不餓死當亡國奴呢？」許多人選擇了後者。他們為了有一口飯吃而去為鬼子帶路，給鬼子抬擔架，幫助日軍去解除中國軍

---

3 魯迅：〈一九一八年八月二〇日致許壽裳信〉。
4 魯迅：〈一九三三年六月一八日致曹聚仁信〉。
5 胡適：〈再論信心與反省〉，見沙蓮香主編：《中國民族性（一）》，中國人民大學出版社一九八九年版，第一〇四頁。
6 余世存：〈國恥〉，見《邊緣思想》，南海出版公司一九九九版，第一二四頁。

隊的武裝。看得出來，作家是理解他因為無路可走而投靠鬼子的鄉親們的。作家的批判鋒芒是直指無能的國民黨政府的。在這一頁歷史的字裏行間，有這樣的主題：民以食為天。當政府不能讓人民吃上飯的時候，人民背叛政府也就理所當然了。儘管，在異族入侵的關頭，這樣的背叛又成了助紂為虐的惡跡。

我還想到了俄國作家陀思妥耶夫斯基在《卡拉瑪佐夫兄弟》一書中提出的尖銳問題：要自由，還是要麵包？「你只要把那些石頭變成麵包，人類就會像羊群一樣跟著你跑，感激而且馴順」。「他們永遠不能得到自由，因為他們軟弱，渺小，沒有道德，他們是叛逆成性的。」[7]注意：陀思妥耶夫斯基是俄國人，他將「見利忘義」的「叛逆」看作人類的天性。

而思想家黑格爾不是也在《法哲學原理》一書中這麼論述「緊急避難權」時指出：「生命，作為各種目的的總和，具有與抽象法相對抗的權利」麼——「好比說，偷竊一片麵包就能保全生命，此時某一個人的所有權固然因而受到損害，但是把這種行為看作尋常的偷盜，那是不公正的。一人遭到生命危險而不許其自謀所以保護之道，那就等於把他置於法之外，他的生命既被剝奪，他的自由也就被否定了。……唯一必要的是現在要活，至於未來的事不是絕對，而是聽諸偶然的。」[8]

由此看來，那些災民投靠日軍，情有可原。但問題還在於：那些偽軍都是因為饑餓難耐才投降的嗎？有多少人是出於「服從命令」、「隨大流」的習慣？有多少人是信奉「有奶就是娘」的生存法則？還有多少人是相信「留得青山在，不怕沒柴燒」的苟且哲學？——歷史的複雜，已經很難說得清楚了。

可怕的不是為了吃飯而出賣人格與國格，而是有飯吃還想投機，並且為了投機而出賣靈魂。也許，我們可以從「好死不如賴活著」、「出頭的椽子先爛」、「有奶就是娘」、「忍得一時之氣，免得百日之憂」、「在

---

7 〔俄〕陀思妥耶夫斯基：《卡拉瑪佐夫兄弟》（中譯本）上冊，人民文學出版社一九八一年版，第三七八——三七九頁。

8 〔德〕黑格爾：《法哲學原理》，商務印書館一九八二版，第一三〇頁。

人屋簷下，哪能不低頭」、「留得青山在，不怕沒柴燒」、「人生在世，吃喝二字」……這樣一些在中國盡人皆知的生存信條中，找到中國人中間為什麼容易產生叛徒的答案。

儘管中國也產生過許多捨生取義的志士、寧死不屈的烈士。中國多投機者（嗜賭就是投機，叛變也是投機），也不乏志士仁人——從這個角度看去，中國的國民性也是分裂的。因為投機者多，志士的事蹟才格外悲愴感人。因為投機者多，中國的巨變才格外變幻莫測。反之亦然。

四

說到中國的國民性，褒之者的讚美詞常常是「勤勞勇敢、酷愛自由」，其實，這些也是世界上許多民族都具有的品質。而常常以「愚昧保守、自私落後」之類貶義詞批判中國國民性的人們，也忽略了一個明顯的事實：那些劣根性，其實也是人性惡的證明。

任何民族都有其特別的品格——這些品格極其生動、複雜，是抽象的概括難以包容的。這些品格極其微妙、玄奧，需要學者對之作出深刻、獨到的揭示。關於中國文化的儒、道、佛合流特徵，已經有許多學者論述過了。關於中國文化的「倫理——政治型」特徵，也有學者進行過研究。

儘管如此，中國的國民性仍然給人以深不可測、言不能盡的感覺。如何從大量的現象描述入手，揭示中國國民性的複雜性、微妙性，雖然也已有了許多作家的感悟，但還是留下了有待重新發現、重新認識、重新解釋的廣闊空間。於是，便有了上面這幾則讀書筆記。

——原載《廣州文藝》二〇〇一年第一期（有刪節）

第二輯

大陸當代文學與神秘文化

神秘之境
——「當代小說與中國文化」札記之三

人生之謎

當代美國小說家厄普代克說過：性、藝術和宗教，是永遠的神秘。的確，古往今來，那麼多智慧的哲人都盡力探索它們的奧秘，到頭來卻總也無法說破它們的無窮魅力。這便昭示了它們的神秘。

其實，推而廣之，人生之謎又豈止是性、藝術和宗教？對凡事都問個為什麼，便常常會發現許許多多事物的終極之解是不可言說的神秘。——到底是雞生蛋還蛋生雞？為什麼宇宙間就沒有兩片完全相同的樹葉、兩個完全一樣的人？為什麼人常常無法正確地認識自己？宇宙究竟是有始有終有邊有際還是無始無終無邊無際？命運究竟是怎麼回事？預感、幻覺、禁忌、本能、嗜好、靈魂、生與死、愛與恨、夢與記憶……這一切都足以喚起你對人生的巨大神秘感，不是麼？面對這樣的不解之謎，天才們絞盡腦汁，前仆後繼，但結果呢？——有的瘋了（例如尼采）；有的存而不論（例如維特根斯坦）；有的坦率承認人的局限，對神秘的一切表示崇高的敬畏之情（如愛因斯坦）；也有的求索終生，留下無盡的困惑（如托爾斯泰）……

也許，人生的本質真是不可言說的神秘？——不然為什麼好多從理性起步的哲學家、科學家、文學家最終也步入了神秘之境？

無論如何，神秘文化構成了人類文化的一個重要組成部分——當代文化人類學、心理學甚至物理學都可以作證。如果說，對於列維—布留爾的《原始思維》（這部名著描繪了原始思維的神秘性質）和弗雷澤的《金枝》（這部巨著研究了自然崇拜、圖騰崇拜、戒律的神秘性）這樣的人類學著作，你還可以以「它們不過是對原始文化的描述」去打發了事，那麼，對於艾弗·格拉頓·吉尼斯主編的《心靈學》（該書展示了人類探討直覺、巫術、傳心術、心靈治療等超心理學領域的廣闊圖景）和費·卡普拉的《物理學之道》（中譯本即《現代物理學和東方神秘主義》，它揭示了現代科學與古老神秘文化的血緣關係）這樣的著作，對於二十世紀宗教哲學的復興，你不能不為神秘文化的強大魅力而懾服——它絕不僅僅意味著蒙昧、迷信！也許可以說，它是植根於人類心靈深處的一種情感、一種需要、一種無窮智慧的象徵。

而中國文化，雖然如一些學者所云，富於理性精神（所謂「經驗理性」），但這並不意味著對非理性的神秘主義的拒斥。民間的相地術、相面術、鬼神傳說、種種禁忌不必說了，經典之中也飄蕩著神秘之魂。你看，「群經之首」的《易經》便是一部卜筮的奇書，以探究「天人之際」的無窮奧秘，昭示「天人合一」的精微思想（「夫大人者，與天地合其德，與日月合其明，與四時合其序，與鬼神合其吉凶」——乾卦）；《老子》論道：「道之為物，惟恍惟惚。」（《老子·第二十一章》）——宇宙與人生的奧秘，不可言喻，不可理喻；《莊子》論道：「夫道，有情有信，無為無形；可傳而不可受，可得而不可見；自本自極，未有天地，自古以固存……」（《莊子·大宗師》）與老子一脈相承，教人敬畏，教人淡泊，教人「無為而無不為」。連務實的孔夫子也在《論語》中教弟子「敬鬼神」（〈雍也〉），「畏天命」（〈季氏〉），甚至以「久矣吾不復夢見周公」作為「甚矣吾衰也」的象徵（〈述而〉）——務實與務虛原來也可以互補。對神秘之境的敬畏，本來也是務精神充實之需要吧：多少政治家、軍事家、企業家都是宗教、巫術的信徒！漢代大儒董仲舒倡「天人感應」說：「國家之亂乃始萌芽，而天出災害以譴告之……不知畏恐，其殃咎乃至。」（〈必仁且知〉）[1]——也許太荒謬，又何嘗不是對反動統治者無法無天的旁敲側擊？唯物論者王充則曰：「世之衰亂，在時不在政，國之安危，在數不在教。」（《論衡・治期》）——是典型的宿命論，但史書上又演出過多少末路英雄「無力回天」的悲壯之劇！魏晉之際，名士們競相縱酒服藥，在幻覺中成仙，既是對黑暗現實的消極抗議，又是生命意識高揚的極致，魏晉文化史因了神秘文化的崛興而大放異彩；唐宋之時，禪宗風行，中國傳統玄學與印度佛學的交融孕育了新的智慧，在「儒失其守，教化墜於地」的危機時代以「修身正心，養生送死」之說為苦難的國人（尤其是士大夫）新闢了一塊聖潔之地（《李覯集・答黃普作書》），影響所及，直至現代哲學、現代藝術……清末民初，佛學再興。梁啟超云：「晚清所謂新學家者，殆無一不與佛學有關係。」[2]何故？既因為佛學神秘的方法中埋藏著認知世界的秘密，也因為佛學慈悲救世、眾法平等的主張正合了那一代革命家追求自由、平等、博愛的崇高心境……由此可見，神秘文化在中國文化史上也寫下了光輝的篇章。從精神文化的角度看去，其於世界文明的貢獻之巨或許並不遜色於「四大發明」。

所以我想說：不瞭解中國文化中的神秘部分，我們便不能說真正知道了中國文化。當我從當代小說中也注意到當代作家對神秘文化的關注和思考時，我覺得：探討中國人的民族性又有了一個別致的角度……

---

1 轉引自侯外廬、趙紀彬、杜國庠、邱漢生《中國思想通史》（第二卷），人民出版社一九五七年版，第一〇一——一〇二頁。

2 《清代學術概論》，《梁啟超史學論著四種》，嶽麓書社一九八五年版，第九十五頁。

神秘的宗教情感

如果說，基督教、佛教都是一神教，那麼，中國的宗教則是多神教。中國人既信佛，也敬祖宗，還尊先聖（如各地的孔廟、關帝廟），還祭天地（如祈雨、如各地供奉的土地廟），除此而外，各行各業還有各自的尊神——木匠尊魯班；銅匠、鐵匠、錫匠尊老君；剃頭匠尊羅祖；染匠尊梅仙、葛仙；漁民祭海神、山民祭山神……還有灶神、還有送子觀音、還有死神……神無處不在。敬畏無處不在。禁忌也無處不在。宗教成了命運的象徵。錢鍾書先生云：「蓋世俗之避忌禁諱（taboos），宗教之命脈繫焉，禮法之萌芽茁焉，未可卑為不足道也。」[3]中國的禮儀之完備繁瑣，舉世無雙，正是中國多神教文化的象徵。儘管虔誠的祈禱常常不靈驗，但信者依然執著地祈禱，祈禱——這顯然是愚昧的：一般的結論就止於此了。但作家的探討卻並不止於一般之論。他們要洞悉愚昧後面的人心之謎——

王潤滋無法從《魯班子的子孫》的人生困惑中找到現實的答案，於是寫了《海祭》。拜金主義的狂潮吞噬了人們的良知。但真的就無法無天了麼？不！有報應的。一場風暴掀翻了泯滅了良心的阮老七的船。為什麼船隊裏獨他出事？人們說：「限數到了，這是天意！」由此引出了浮躁者的懺悔：「你信神靈麼？……我信！過去不信，現在信！那麼好的天氣怎麼就會來了一場大風暴？那麼多船在海上，小舢板都闖過了，怎麼就翻了阮老七的大機帆船？……老人們說得對，這是報應！世間沒有報應怎麼行？那不好人管多會都要倒楣、壞人管多會得勢？」……也許，你要說這不過是一種偶然。世間該有多少惡無惡報，善無善報的無情事！但，至少對於

[3]《管錐編》第一冊，中華書局一九七九年版，第一八頁。

信者，報應是真實的，而且，一次就足夠了！人的虔信，是不可測度的神秘呵……

不僅僅王潤滋一個人出於憂時之心重新矚目於宗教，張承志亦然。這個回民之子以灼熱發燙的心血為崇高的宗教情感唱出了一曲又一曲含淚的讚歌。他為什麼要在《金牧場》中讚美那些不辭萬難去麥加朝聖的回民和去拉薩朝聖的藏民？他為什麼要說：「中國之幸也許就因為有了他們？」當他把朝聖的壯舉與世俗的濁流放在一起對比時，他的憤世之情和希望之寄託不是十分明白了嗎？

事實上，他體驗過神聖情感的震撼：「在這天地之間也許真的有……一位凝視著我的神。……我記得自己曾隱約意識到冥冥之中有一聲神異的召喚。那呼喚發於中部亞洲的茫茫大陸，也發於我自己身體裏流淌的鮮血之中。」這是只有熱血的理想者才會體悟到的「天人感應」吧！他甚至感到這個神秘的體驗比他拒絕的世俗現實「更真實」！哦，「生命在循迴中發出了神秘的聲響。人生在道路上顯出一種命定的軌跡」。這便是他無法變更的宿命：「他記著中國大西北是主張在心中想像神明的……他只想感受他需要的東西。」神聖之情高於一切，而在崇高的宗教情感照耀下，理想主義者嘲笑著世俗的污濁……還應該提到那部發燙的《西省暗殺考》。你能想像得出回教徒激烈癡狂的念贊會在驟然間應驗的奇蹟嗎：「頓時間灰沉沉憋悶著的陽世豁亮快暢，堵著胸口的氣一下子通開了。」——他們看到了先烈的英魂，甚至感到刀刃也已經滾燙！這樣的感受，只有信者才能體味！我忽然想起了陀思妥耶夫斯基那個偉大的發現——他在《卡拉馬佐夫兄弟》一書中借宗教大祭司之口道破了宗教心理學和社會心理學的一個偉大秘密：如果跟著上帝走前面只有飛沙走石，而跟著魔鬼走前面卻有麵包，世人還會信教麼？除非上帝把石頭變成麵包……不錯，有道理。但是，張承志筆下的回教徒面對屠刀還呼喊：「真主是唯一的！」一旦念贊觸動了狂亂滾燙的冥想，就可以捨下一切，為了灑下一腔子滾燙的血而復仇赴死——面對這樣的虔誠，陀翁又該出發怎樣的歎喟？……信仰是偉大的神秘。人最寶貴的是生命，但多少人是為了信仰而一擲了生命的！

當今之世，張承志這樣的理想主義者、回教信仰者是太少了。張承志常常品味著孤獨，但他其實並不孤獨。西省的回民中不乏虔誠的教徒。就在作家的行列中，禮平（《晚霞消失的時候》）、史鐵生（《原罪・宿命》)、阿城(《樹王》),應該說都與他心有靈犀一點通。純潔的南珊的皈依宗教、癱瘓的十叔生活在自己營造的神話中、堅忍的肖疙瘩的捍衛「樹王」,正是「淡泊寧靜」、「達觀知命」、「天人合一」古老理想的象徵。

還應該著重談談譚甫成那部意境深廣、格調高古的中篇《荒原》——知青孟孫與那條名叫海格的牧羊狗的情感溝通是怎麼實現的?作家寫到一個神秘的人,他無形,但他總在關鍵時刻把咒語傳給孟孫……神秘的咒語引發了神秘的感悟:「他想,他遇上這條狗這件事是命裏註定,上天安排的。這件事一定包含著一個不容抗拒的意志,如同他出生到這個世上是件不容抗拒的事實一樣。不僅如此,這裏還包容著一個更隱蔽,更不可言說的秘密。這秘密一定和宇宙一樣古老,一定在宇宙出現生命以前就存在著。」於是,人和狗的故事獲得了豐厚的象徵意蘊:「荒原是一個嚴酷的學校……他的世代遺傳的古老記憶復活了……他現在知道一切生命莫不起源於荒原,依附於荒原,只有荒原是永恆的、自足的、不敗的。但是他的族類另有一種屬性,這就是靈性……是一種不同於其他生命形式的自我完善的和創造性的能力……它的宏大、莊嚴的神秘遠超乎荒原的精神之上。它也許更接近於神性這種事物。」這樣的頓悟是在孟孫反思那一代「以探索思想和理論為己任,各有主張,互相排斥」、卻不知「為一種更本然的東西活著」的年輕人的命運這一背景上展開的,就更具有啟人思路、反思歷史的深遠意義了。

當然,當代作家並沒忽略宗教情感的另一面。賈平凹的《古堡》在一部改革的悲劇中寫了山民對於麝的恐懼、對於山神的敬畏——而這種迷信正好成為張老大改革不可逾越的障礙;賈平凹的《癟家溝》寫了人生的混沌與神秘,張家媳婦跪在癟神廟祈子的虔誠以及祈禱後果然生子、長大卻成怪人的描寫既是中國「生殖崇拜」的一個縮影,又是不可思議的神秘的象徵。癟家溝裏祈禱不絕,或靈驗或不靈驗,問題是一旦靈驗便在人們心理場上產生的深遠效應……其中有對蒙昧的憂思和諷刺,也表現了作家對信仰之謎、宗教情感之謎的複雜情感。到了一九八九年發表《太白山記》,我們可以感到作家自己也步入了神秘之境——據說一場大病過後,作家的世界觀大變了……問題不在於那夢幻般的文學圖景多麼荒唐。問題在於那樣的神異故事在中國民間是多麼的源遠流長。也許，中國的百姓在幻想中創造出的現代民間神話也構成了他們努力擺脫實際的重負，而在想像的世界中超越現實的絕妙象徵？只有在古風猶存、尚未邁入現代化的地區如拉美、非洲和中國一些偏遠的鄉村，神話還在流傳、還在被創造著……

神秘的預感

預感是不可言說的神秘，如同靈感一樣。《心靈學》一書中有專節論述。「『預感』（premonitions）一詞往往用來指對個人或公眾的一個未來災難的預知」。[4]而《歌德談話錄》中也記下了歌德關於預感的思索：「我們都在神秘境界中徘徊著，四周都是一種我們不認識的空氣，我們不知道它怎樣起作用，它和我們的精神怎樣聯繫起來。不過有一點是可以確定的：在某些特殊情況下，我們靈魂的觸角可以伸到身體範圍之外，使我們能有一種預感，可以預見到最近的未來。」[5]他還以自己戀愛中的經歷印證自己的思索。

當代作家中，矯健不止一次寫過預感的靈驗。那部悲愴的力作《天良》充滿了沉重的宿命感。天良祖輩後腦勺上長反骨，幾代人的悲慘結局應證了莫大叔的預言：「命定你家世世受苦，代代遭殃……」山村裏關於狐狸精、黃鼠狼精的神秘傳說也是「不祥之兆」。戀愛時的眼皮一跳也是「不祥的預兆」。天良終於被毀滅了，被土皇帝們的淫威毀滅了……矯健還有短篇《海猿》，其中寫道：「我老是想入非非，心中有一種莫名其妙的

4　〔英〕I. G.吉尼斯：《心靈學》，遼寧人民出版社一九八八年版，第一九四頁。
5　《歌德談話錄》，人民文學出版社一九七八年版，第一五八頁。

衝動。」海島上的發現證實了：「我的預感是準確的：小島藏著偉大的秘密！」「我身上有些古怪的東西，與地下的秘密絲絲縷縷地牽連著。」而這些秘密又是人不可能知道的，人只能猜測：人類發展史上那些神秘的空白……還有那篇《預兆》：古月的爹臨死前的預兆：對於水的恐懼……而這種恐懼「似乎早就埋在人們的意識底層……我想起醫學上的有些病狀，與水有著神秘的聯繫。比如人被狂犬咬了，會得恐水症……某些精神病患者也有恐水現象。為什麼怕水而不怕火呢？我不由追想到遠古時代，當一切生物還在海中進化的時候，不知道有沒有某種遺傳機制存留下來。生命來自於海，也許海給生命打下了不可磨滅的印記」。「海是博大的、神秘的。人也與海一樣博大，一樣神秘」。——這無疑是天才的奇想。當然也恐怕是永遠無法得到證實的奇想：人的知性有限吶！作家參悟了無法言說的神秘，作品也愈寫愈奇了——例如一九八九年發表的《紫花褂》：司機周式與紫花褂之夢有不解之緣：「有些事真沒法解釋……司機都有宿命感……」無論他怎麼畏懼紫花褂，最終他還是栽在穿紫花褂的女子身上！預兆、宿命，無法擺脫的心理障礙：「有時候，生活會顯示某種預兆，就像流星劃破夜空，倏地一亮又消失。你信不是，不信又不是，冥冥中總有什麼東西使你惶惑。」

所以，「左眼跳財，右眼跳災」的迷信才廣為傳播，所以問卜算卦之業才源遠流長。迷信，尤其是預兆的靈驗，是人性不可測度的深淵！而如果有時連敬畏、躲避也難逃劫數，那麼，人安身立命之處何在?!

神秘的禁忌

中國文化中有許多不解之謎。例如：十二生肖。為什麼是鼠、牛、虎、兔、龍、蛇、馬、羊、猴、雞、狗、豬而不是別的？十二生肖的起源是什麼？恐怕也是一個永遠的謎了。而更有趣的是由此產生的生辰禁忌——賈平凹《古堡》中有這麼一段順口溜：「羊鼠相逢一旦休，從來白馬怕青牛，玉兔見龍雲伴去，金雞遇犬淚雙流，蛇見猛虎如刀斬，豬和猿猴兩相鬥，黃道姻緣無定準，只為相沖不到頭。」閻連科的中篇《鬥雞》中也有一段與此相似的順口溜：「自古白馬犯青牛，羊鼠相逢一旦休。猛虎見蛇如刀斬，青龍遇兔不到頭。雞犬不能成婚配，豬兒生來怕猿猴。」為什麼？顯然因為屬相的原型本來相剋，於是忌諱，於是不能成婚。荒唐麼？但總有些不幸的婚姻為之作注。當然，也許那是偶然，反例不也有的是麼？而我感興趣的是：是哪位偉大的先人把人的命運與動物的命運神秘地連在了一起？這也是「天人感應」的流韻吧。

還有動物崇拜引發的禁忌：莫言的《貓事薈萃》就寫了人們不敢打殺吃雞的貓，為什麼？因為「鄉村中有一種動物崇拜，如狐狸、黃鼠狼、刺蝟，都被鄉民敬作神明，除了極個別的只管當世不管來世的醉鬼閒漢，敢打殺這些動物食肉賣皮……」許多山鄉至今不吃雞，敬蛇仙，是遠古圖騰崇拜的遺風？還是佛教「戒殺生」的勸誡的效應？或者兼而有之？蒙昧與善良，是這樣地水乳交融，正如聰明與邪惡常常結伴而行一樣……

還有一些讓人摸不著頭腦的禁忌：苗長水的那部絕妙的《季節橋》中就有一段胡兒媽叮囑孫子的話：「石磨是不能往上爬的，爬上去就會叫晴天打雷劈著。小孩了也不能吃雞頭，吃了雞頭，娶媳婦就會碰上下雨天，不吉利。小孩子也不能傷害小貓小狗，不然以後到了陰間過不了奈何。奈何是陰間的必經之路，必須得叫小貓小狗背著才能過去，在陽間裏傷了它，陰間裏就不背你……」今生的慎之又慎是為了來世的平安無事。但石磨、雞頭、小貓、小狗的禁忌又是什麼典故？又是謎。禁忌如此多，難怪中國人共同塑造了謹小慎微的集體形象……

更有數不清的語言文字禁忌：取名須避皇帝和先人的名字之諱（而西方全無此忌，如查理斯之子就可以叫小查理斯等）、喜慶之日須避不祥詞語之諱、漁民忌諱「翻」字、響馬忌諱「犯」字（甚至連吃飯也有黑話曰「吃瓤子」）、淘金者忌諱「空」字……等等。加上由漢字的諧音帶來的數不盡的象徵性的忌諱——這一切，織成了一張巨大的禁忌之網，束縛著熱愛自由的天性。而荒唐的是，人們不僅相信它，還虔誠地接著織，織了一代又一代……沒有禁忌，是不可思議的，那將真的導致惡欲橫流、無法無天；但是，禁忌太多，也是令人恐懼的，這必然導致靈魂的頹喪、生命的萎縮。

神秘的偶然

宗教的奇蹟、預感的靈驗、禁忌的形成，對於有的哲人來說，純屬偶然。可有那麼多不可思議的偶然，這事實本身不就證明了人生的莫測、命運的神秘麼？現代西方哲學的一塊基石便是偶然二字。而錢鍾書先生在《管錐編》中也有「人生如弈棋」條，就列舉了中國古代哲人對神秘偶然的參悟十餘條，從王充「《論衡》首標〈逢遇〉、〈幸偶〉之篇」到杜甫的名句「聞道長安以弈棋，百年世事不勝悲」，更證之以西方民俗學者「同感人生中有『擲骰子成分……』《堂・吉訶德》即以人生譬於弈棋之戲」的例子，[6]甚是生動而雄辯。由此也使人想到老莊的「不可知論」、孔子的「天命論」……偶然，說不清道不明，正如那冥冥中捉弄著人又難以為人把握的「道」一樣。偶然，就是道。

我還想到巴爾扎克的名言：「偶然是世上最偉大的小說家，若想文思不竭，只要研究偶然就行。」[7]——小說藝術的秘密和人生之謎盡在其中了。

這兒有必要看看那些以寫實手法烘托神秘人生主題的作品。

例如余華那篇精緻優美的《鮮血梅花》：阮海闊浪跡江湖，尋找殺父的仇人。可是，歧途、遺忘、疾病、陰錯陽差的失之交臂，使他的復仇歷程演變為毫無目的的漫遊，而鬼使神差的感覺和莫名其妙的偶然，卻使他於不經意中完成了復仇的使命。再如格非那部引人入勝的《迷舟》：蕭旅長奉命偵察敵情，但父親的死訊卻

6 《管錐編》，第三冊，中華書局一九七九年版，第一一三九頁。
7 《人間喜劇・前言》，伍蠡甫主編：《西方文論選》下卷，上海譯文出版社一九七九年版，第一六八頁。

使他回家奔喪。他沒想到在故鄉會與早年的情人相遇，也沒想到由此惹出的風波會極其偶然地改變他的命運，他為了愛而去榆關，卻在偶然間印證了師長的疑心而以奸細的罪名被冤殺……作家寫了他的對人生之謎的感悟：「他覺得人們總是生活在幻覺裏。」寫了他回家卜問生死，寫了他心中一大堆的謎團，寫了他意念深處滑過的微弱念頭也偶然地改變了他的初衷……一切都十分平凡又十分神秘。又有蘇童那篇似幻似真的《儀式的完成》：民俗學家調查民俗，偶然撞上了拈人鬼的儀式，又偶然不幸拈中。儘管他被寬容赦免，卻在歸途中偶然被車撞死。作家寫道：「民俗學家之死在我看來充滿神秘因素。」還應該著重提到馬原——他無疑是當代作家中專注於描繪神秘人生的代表。他在《馬原寫自傳》中寫道：「我比較迷信。信骨血，信宿命，信神信鬼信上帝……信莊子和愛因斯坦先生共有的那個相對論認識論……」[8]他相信：「神秘來自明白無誤但又無法企及……神秘不是一種氛圍，不是可以由人製造或渲染的某樣東西。神秘是抽象的也是結結實實的存在，是人類理念之外的實體。」[9]他具有以寫實的筆觸揭示人生不可知的深奧底蘊的不凡功力，他的幾乎所有的作品都是很好的範例。他寫種種的瑣細事件偶然地改變了生活的樂趣（《拉薩河女神》）；寫人關於事物前因後果合乎邏輯的推測結果偶然地被證明完全是不可思議的錯誤（《錯誤》）；寫一樁樁「絕對無法預料的巨變」（《上下都很平坦》）；寫種種身不由己的胡思亂想如何偶然地牽出一團團謎（《西海無帆船》）……他似乎深受博爾赫斯的影響，而博爾赫斯這位拉美小說大師的獨特魅力不也正在於他崇尚玄學、崇尚道德之謎、心理之謎、崇尚懷疑主義、崇拜休謨和莊子這樣的神秘論大師，同時擅長於以樸素的風格寫活人生的奇崛和神秘麼？……拉美文學對於當代中國文學的影響不僅僅是「尋根」，還有關於時間、永恆、偶然等一系列富於神秘色彩的啟迪……或者這麼說吧：尋根，也必然尋到了神秘之根。從韓少功，李杭育、鄭萬隆、阿城、賈平凹這些「尋根派」的作

---

8 〈馬原寫自傳〉，《作家》一九八六年第十期。

9 許振強、馬原：〈關於《岡底斯的誘惑》的對話〉，《當代作家評論》一九八五年第五期。

品中，我們都可以感受到神秘人生的誘惑，不是絕好的證明麼？

簡短的結論

一、以智者的眼光看人生，人生充滿了不可言說的神秘：這是人的局限性的證明，是人的渺小的證明，也是人生、宇宙富於無窮魅力的證明。

二、對神秘之境的崇拜是中國文化的一個重要方面。這種崇拜是蒙昧的象徵，也是智慧的象徵，也與務實精神相映成趣。

三、當代作家對神秘之境的追求既是他們的人生觀與世界觀臻於成熟的標誌之一，又是他們的血脈與傳統文化神秘相通的結果。

四、西方文化中也不乏對神秘人生的敬畏之論，於是，歷史與今天疊印在了同一畫面上，當代作家對神秘人生的探索也同時賦予了當代意義和永恆的文化意義。

五、追求神秘，敬畏神秘，是深植於人性深處的文化基因……

——原載《文藝評論》一九九〇年第五期

當代神秘潮

——當代中國作家的人生觀研究

問題不再是：「在一個符合理性意志的需要的世界上，能夠達到什麼樣的偉大目的？」而是：「在一個冷漠無情、可能還充滿敵意的世界上，個人怎樣才能體面地生活下去，不致鬱鬱寡歡？」在一時絕望的時候，柏拉圖自己也提出過這樣的問題。

——〔英〕伯納德・鮑桑葵：《美學史》

二十世紀是風雲變幻莫測的世紀。變幻莫測的世事為神秘主義的復興提供了適宜的氣候。遙想當年，因近代科學的興盛而高漲的理性主義思潮在十八—十九世紀的歐洲是怎樣宏大的陣勢！眼看「理性王國」的天堂就要建成，誰曾想十九世紀末會風雲陡變：叔本華、尼采的非理性主義成為「世紀末情緒」的象徵。到了二十世紀，儘管世紀初曾有過理性主義重振雄風的輝煌，但兩次世界大戰和「世紀病」的痼疾仍然無情地迫使理性主義退潮。神秘主義註定要成為這個多災多難世紀的主旋律。甚至連科學也鬼使神差地走上了與神秘主義攜手共進的旅程——卡普拉的《物理學之道》一書（中譯本《現代物理學與東方神秘主義》曾風靡一九八〇年代中期的讀書界）足以作證。

中國的二十世紀也走過一條大致相似的路線。世紀初那一代人滿腔熱忱為「科學與民主」搖旗吶喊，演出了本世紀最威武雄壯的一幕。可戰亂卻擊毀了他們的夢想。新中國成立以後萬眾意氣風發，為理性主義高歌猛進提供了多好的條件！誰又曾想「過七八年就來一次」的政治運動耽擱了現代化進程。連理性本身也異化成愚民的教條。這就難怪「文革」後期，「世紀末情緒」會在民間滋長、蔓延。「文革」結束，理性主義的「反思」在一九八〇年代初譜寫了當代思想史上輝煌的篇章。然而，隨著「反思」的深入，隨著西風東漸，隨著對民族的重新認識，神秘主義思潮終於在一九八〇年代中期以不可阻擋之勢蔓延了開來。這股思潮是如此地強大，強大到甚至連好些理性主義者也難以抗拒它魔力的誘惑。儘管當代思想家李澤厚在非理性主義方興未艾的一九八六年發出了「中國現在更需要理性」的吶喊，[1] 欲挽狂瀾於既倒，儘管李澤厚式的富於使命感的理性主義思想家、作家在中國也有相當的陣營，但神秘主義仍然成為世紀末中國思想界一面引人注目的旗幟。這樣，許多作家在「文革」造成的「信仰危機」的情緒波動中選擇神秘主義作為自己觀察世界、理解世界的人生支點，也就是很自然的了。

在此，我試圖勾勒一下當代作家神秘主義人生觀、世界觀的大略輪廓。

「反思」通向惶惑：人性之謎

還記得一九七〇年代末那場思想解放運動中那些「熱門話題」吧：從「實踐是檢驗真理的唯一標準」到「改造國民性」，從「人生的路啊，為什麼越走越窄……」到「中國的封建社會為什麼延續了兩千年」……這些

[1] 見李澤厚答記者問：〈中國現在更需要理性〉，《文藝報》一九八七年一月三日。

具有轟動效應的問題引發了廣泛深刻的理性「反思」。應該說，這「反思」至今猶未中止。正是在這樣的精神氣候、文化背景中，產生了「反思文學」。《李順大造屋》、《回聲》、《蝴蝶》、《人啊！人》、《我愛每一片綠葉》……都凝聚了理性的反思。民族的苦難之源在哪裡？在政治活動中，在民族劣根性中，在信念的迷失中……都是一點就破、言之成理的政治問題、社會問題、品質問題。然而，這並不是一切。「改造國民性」是偉大的文化目標。可如果國民劣根性中原本就埋藏著人性惡的基因呢？如果人的悲劇是本性中的罪惡能所註定，那麼，「改造國民性」的希望何在？

正是在這層意義上，張煒的《古船》和王安憶的《好姆媽、謝伯伯、小妹阿姨和妮妮》在一九八六年的發表才具有里程碑的意義：在此以前，多的是「國民性」的悲劇；在此以後，對人性惡的沉思才導致了對人類悲劇宿命的無奈認同。「改造國民性」的希望之光到了「人性惡」的地獄，就幻滅了。《古船》濃縮了對民族苦難的理性反思：「人要好好尋思人。……他自己怎麼才能擺脫苦難？他的兇狠、殘忍、慘絕人寰，都是哪個地方、哪個部位出了毛病？」——「老隋家的人一輩一輩都苦苦摸索過。」答案呢？「難就難在還不知道，還不知道。」隋抱樸以托爾斯泰式的胸懷，力圖以從我做起的精神開創化干戈為玉帛的新紀元，但這樣的理想化處理也如托爾斯泰的說教一樣蒼白無力。歷史發展到當代，無數哲人絞盡腦汁，不得不接受世間沒有烏托邦的事實。社會生物學和新犯罪學的研究結論也表明：人性惡的基因無法消除。人類所能做的只是盡力遏止它的膨脹。僅此而已。《好姆媽、謝伯伯、小妹阿姨和妮妮》則在一個自尋煩惱的普通故事中寫出了人性惡的深度：妮妮那些彷彿與生俱來的惡習源於何方？「這小孩的種氣不大好呢。」「偷似乎成了她一種無法用理性控制的本能……無法推理出動機和原因。」妮妮的故事瓦解了關於童心的美好童話。「童心之惡」的主題將「人性惡」的主題進一步深化了。（儘管早在一九八二年，汪曾祺就寫過一篇速寫《釣人的孩子》，寥寥幾筆，勾勒出一個「小魔鬼」的嘴臉，但只是到了王安憶這兒，才有了對「小魔鬼」本性之謎的沉思與惶惑。王安憶之後，蘇童的《桑園留念》、《黑臉家林》、《舒農或者南方的生活》、《城北地帶》也反覆書寫著「童心惡」的主題。）

緊接著，是莫言的《棄嬰》記錄下遺棄女嬰的獸行（莫言知道這獸性源於傳統觀念，但他仍在創作論中強調了「人有時是極難理喻的」、「人不如獸」的主題）[2]；余華也在《現實一種》中寫了「手足相殘」的暴行：兄弟之間沒有親情，只有冷漠。偶然事變促使他們野性瘋狂，可宣洩了瘋狂以後，連他們自己也不明白「為何要這樣做」？方方的《風景》寫一戶平民之家的黑暗：父親「打架鬥毆像抽了鴉片一樣難得戒掉。」他「精力過剩。他不這麼消耗便會被堵塞在體內而散發不出的精力折磨而死」。母親是受虐狂。兒子們則充滿了「對生命的困惑和迷茫而導致的無法解脫的痛苦」。（儘管方方一直致力於揭示「環境使人沉淪」這一批判現實主義的主題，但她依然寫出了人性之謎的深度。）[3]——這些作品均在家庭的場景中展開人吃人的悲劇，從而才撇開了人的文化屬性、階級屬性而直接拷問人性本身。而莫應豐的長篇小說《桃源夢》則是一部旨在揭示「善是敵不過惡」這一主題的寓言體作品：一群善人逃入世外桃源「天外天」，可重重難以預料的偶然事變還是擊毀了「桃源夢」……在「反烏托邦小說」流行的二十世紀，《桃源夢》對於中國的意義，正如奧威爾的《一九八四》對於歐洲的意義，扎米亞京的《我們》對於俄國的意義一樣。二十世紀，是人類徹底絕了「烏托邦」夢想的世紀。

在「性與暴力」的層面洞悉人性的可怕，是一九八〇年代中期以後神秘主義思想高潮的一個重要特點。「性與暴力」是文學的永恆主題之一。而當代中國作家卻註定要在政治與社會的「反思」完成以後才回歸這一永恆主題。上述作品中《古船》、《現實一種》、《風景》都展示了暴力的不可理喻：突如其來，無法控制。

余華的《難逃劫數》寫一條女人內褲就勾起了東山的強烈性慾，他從此不可阻擋地走向毀滅；劉恒的《殺》寫倒楣的王立秋殺心陡生的瘋狂勁；矯健的《天良》寫絕望的天良決定殺仇人的一刻：「他身體裏什麼

---

2 莫言：〈人有時是極難理喻的〉，《中篇小說選刊》一九八七年第三期。

3 參見方方：〈我眼中的風景〉（《小說選刊》一九八八年第五期）、〈僅談七哥〉（《中篇小說選刊》一九八八年第五期）。

地方咔嗒一響，像有一種毒汁流入血液。」蘇童的《罌粟之家》寫劉老俠「血氣旺極而亂」，劉老俠兄弟無惡不作，又都毀在了縱慾上，而長工陳茂的命運為什麼也是縱慾？「你能更換一個人的命運卻換不了他的血液……有的男人註定是死在女人褲帶上的」——這便是最後的浩歎。葉兆言的《最後》也在探索阿黃的殺人動機時寫道：「越是研究得深入，對阿黃的真正動機便越糊塗。」看來，作家們幾乎是不約而同地逼近了這麼一個難題：「性與暴力」是苦難之源，也是不解之謎。既然人類的苦難不會有終結，冷漠的「世紀末情緒」也就自然會瀰漫開來了。是的，一九八五年以後，隨著現代主義情緒的擴散，一股粗鄙化、冷漠化的「審醜」思潮急速席捲了文壇。在作家們爭先恐後寫人性惡、寫性與暴力、寫病態情結、寫粗話髒話的後面，我們不難洞見一種浮躁、焦灼、急於宣洩的時代情緒。「反思」的深沉、感傷已為「宣洩」的浮躁、焦慮所取代。這裏，引人注目的現象集中湧現：一貫溫柔敦厚的王蒙在一九八六年發表《活動變人形》以後走向了冷嘲；一九八五年以前寫出過《民間音樂》、《透明的紅蘿蔔》那樣優美篇章的莫言也在一九八六年發表了灼人的《紅高粱》和令人驚恐的《築路》；張煒、矯健，都在一九八〇年代前期寫出過溫馨之作，一九八六年以後也紛紛轉向，逼視人性的可怕；劉恒、余華的早期創作也以溫馨見長，卻不被文壇注目，一直到一九八七以後他們決心「在文學身上捅幾刀子，直到捅出讓人賞心悅目的血來」[4]才會令人刮目相看……這一切看似巧合，卻於冥冥中昭示了時代精神的變遷。

而「性文學」不也正是在一九八六年崛起的嗎？「性文學」不同於「黃色文學」的根本之處也許就正在於：它在性這一層面開掘了人性的深度。王安憶的《小城之戀》寫由性引發的「無名的狂躁」，靈與肉的衝突為什麼總以肉的勝利告終？因為「罪孽是那樣的有趣，那樣的吸引人，不可抗拒」。《荒山之戀》寫性愛的「不由自主」、出乎意料；鐵凝的《麥秸垛》寫女性的宿命超越文化的分界線（「城市女人們那薄得不能再

---

4 劉連樞：〈劉恒素描〉，《開拓》一九八八年第二期。

薄的襯衫裏，包裹的分明是大芝娘那雙肥奶」）。一九八八年，劉恒接連發表《白渦》、《伏羲伏羲》、《虛證》、《黑的雪》，或精細分析人的性心理，或極力渲染性愛的瘋狂，或寫性心理創傷驅人走上絕路的悲劇。而不論從哪個角度切入，劉恒都一再強化神秘的主題：「他不知道該拿自己怎麼辦。」「大家都身不由己。」「思考是徒勞」，「在適宜的時間，在適宜的地點，人人都會成為野獸。」「人不會有好下場。」（《白渦》）「他們想入天堂卻入了閻羅的重圍」，「人怎麼能這麼活，他不明白」。（《伏羲伏羲》）「可變性控制著生活的每一個角落，它公正而強悍，不是人所能抗拒的」。「探討根源沒有意義……過去或未來都不能阻擋小部分人踏上這條道路」。（《虛證》）「他鬧不清楚這到底是怎麼回事。他也許命中註定是那種走不上正路的人」。「一遍又一遍地拷問自己。生活仍舊不能輕鬆。直到自己稀裏糊塗地幹出另一件蠢事」。（《黑的雪》）同年，鐵凝發表《玫瑰門》。一九八九年，王安憶的《山上的世紀》、鐵凝的《棉花垛》問世。此後，還有劉恒的《冬之門》、《蒼河白日夢》……這些作品都在性的層面表達了對生與死、壓抑與放縱、自虐與受虐的無奈與悲憫。

從「改造國民性」到「拷問人性惡」，是一個深刻而更富於悲涼意味的巨大轉折。這一切發生的原因極其複雜。這裏只想指出的一點是：當代作家大多是在一九八〇年代中期完成了從社會批判意識到人性批判意識的轉變，因而才賦有了「人類意識」。是的，「人類意識」正是一九八六—一九八七年間作家們議論紛紛的話題——莫言說：「文學觀念……應該是指作家對宇宙對人生的一些基本看法，」「作家對人類的思考，對世界的認識」至關重要。[5]他推崇加西亞・馬爾克斯和福克納也主要因為他們「站在一個非常的高峰，充滿同情地鳥瞰著紛紛攘攘的人類世界」，「生動地體現了人類靈魂家園的草創和毀棄的歷史」。[6]矯健也說：「現代意識說

5 〈幾個青年軍人的思考〉，《文學評論》一九八六年第二期。
6 莫言：〈兩座灼熱的高爐〉，《世界文學》一九八六年第三期。

穿了是人類意識。」「就是人在現代文明的背景下站到人類的高度對自身歷史的反思。這種反思使得人對自己存在的永恆性乃至合理性產生了疑惑……」[7]王安憶也認為：「幾乎所有的人都在孤獨地與自己作戰……這一場戰爭是人類共同的……我的文學，就將是為這些個孤獨的戰場進行艱難而努力的串聯與聯絡。」[8]——這樣的思考顯然超越了對國民性的反思。「人類意識」的覺醒標誌著當代作家人生觀的成熟，也標誌著「世紀末情緒」的悲涼之霧已遍被華林。為什麼「改革題材文學」在《新星》以後再難掀高潮？為什麼「尋根文學」紅火了一陣，後來也涼了下來？為什麼唯有「新潮小說」、「新寫實小說」這樣充滿荒謬感、絕望感和焦灼情緒的思潮在一九八七年以後成為文學多元化格局中最熱鬧的一元？答案與這「人類意識」很有關係。耐人尋味的是，「危機感」也是一九八六年中國思想界的一個熱門話題。而崔健的搖滾樂不也是在一九八六年因一曲《一無所有》颳起了旋風的麼？——卸下了「反思」的重負，面對著人類的悲劇宿命，宣洩、浮躁、瀟灑成了命定的選擇。

人性之謎的無解令人絕望，也驅使人苦中作樂。

偶然決定一切：命運之謎

如果說對人性之謎的探究導致了對人的失望，那麼，認同「偶然決定一切」的命運觀，則意味著對世界的失望。

巴爾扎克說過：「偶然是世界上最偉大的小說家，若想文思不竭，只要研究偶然就行。」[9]本來，世間充滿

7 矯健：〈想想人類〉，《小說選刊》一九八七年第二期。
8 王安憶：〈面對自己〉，《文學報》一九八七年一月一日。
9 〔法〕巴爾扎克：〈《人間喜劇》前言〉，伍蠡甫主編：《西方文論選》下卷，上海譯文出版社一九七九年版，第

了偶然。許多偶然事變不僅改變了人生的航道，甚至改變了世界歷史的進程。所以古今先賢，多「以棋局比人事」。[10]而陀思妥耶夫斯基也在《地下室手記》這部哲學小說中論及「人是思想輕浮和其貌不揚的生物，他可能像象棋手一樣，只喜歡達到目的的過程，卻不喜歡目的的本身，而且誰知道（因為這是不能擔保的），人類向地球上的一切突進的目的也許只不過是為達到目的而經過的連綿不斷的過程。」[11]人生如棋局般變幻莫測，既是命運的播弄，也是人心的需要：如果人生的一切都被某種理性的權威固定在一條軌道上，那該多乏味！

認同「偶然論」勢必導致接受「不可知論」。當人們以「迷惘的一代」給「文革」中成長的一代定性時，他們道出了某種歷史的真實：「不可知論」這一神秘主義哲學正是在「文革」末期滋生、蔓延開來的。它似乎是消極的，卻又是對「文革」中那異化了的僵死理性的抗議。「朦朧詩」是迷惘情緒的第一縷風。而也許只是從馬原開始，這一代人才顯示了走向「不可知論」的實績。

馬原在當代文壇以玩「敘事圈套」著稱。但馬原本人的創作論卻浸透了神秘的哲思。他說：「我比較迷信。信骨血，信宿命，信神信鬼信上帝……泛神——一個簡單而有概括力的概括。」[12]這種泛神論的世界觀建立在怎樣的基礎上？馬原說：「生活並不是個邏輯過程……我喜歡純粹意義上的偶然性，生活的不可預料就屬於這種偶然。」[13]由此產生了他的創作方法：「我的方法是不邏輯的。」[14]馬原的小說佈滿神秘氛圍，昭示了人生的不可理喻。他受博爾赫斯、霍桑的影響頗大。但我更傾向於將這種「影響」看作是「心有靈犀一點通」的「契

一六七八頁。
10 錢鍾書：《管錐編》第三冊，中華書局一九七九年版，第一一三九頁。
11 〔俄〕陀思妥耶夫斯基：〈地下室手記〉，《世界文學》一九八二年第四期，第一四六頁。
12 〈馬原寫自傳〉，《作家》一九八六年第十期。
13 馬原、許振強：〈關於《岡底斯的誘惑》的對話〉，《當代作家評論》一九八五年第五期。
14 馬原：〈方法〉，《中篇小說選刊》一九八七年第一期。

合」。證據是馬原曾談及過他忠厚的父親一輩子要求入黨終不能如願，這件事給他的刺激很深。這事便極不合邏輯，可又實實在在。另一些證據是他那些帶有自傳色彩的作品：《零公里處》是少年大元的串聯印象錄。「他人生的第一課是明白了：在光明的真理以外，還有實在難以理喻的生活。」「生活會教會你。隨機應變信如神居然是個普遍適用的真理呢……它可以使生活來得容易」，至於未來？「即使是一個作家，迷惘總是少不了的。」《大元和他的寓言》也是印象的隨記，卻烘托出了生活捉弄人的主題：日常生活中多少欺騙都是在漫不經心、極偶然的境遇中演成！《上下都很平坦》寫知青的命運，也立足於寫知青命運中「絕對無法預料的劇變」。……馬原的「文革記憶」充滿了神秘氛圍與哲理意味，與眾不同地表達了他對一代人命運的思考：這一代人正是因為太天真、太單純、太依賴理性才在命運的播弄下飽嚐了苦果的呀！他們從理性與激情起步，卻命定要走向神秘與惶惑。馬原就這樣以真切的人生體驗完成了人生觀的蛻變。他後來在西藏寫出一系列神秘的「西藏故事」，只不過是他「文革記憶」的自然延伸罷了。有趣的是，在回答評論家許振強「企及給讀者的收益是什麼」的問題時，馬原也說：「一局棋，象棋或圍棋均可。」[15]

馬原以後，洪峰的《極地之側》、矯健的《紫花褂》、劉恒的《虛證》、周梅森的《軍歌》、《重軛》、氾小青的《單線聯繫》、蘇童的《儀式的完成》、余華的《鮮血梅花》……均致力於寫偶然的不可思議、陰森可怖，有時也具有陰差陽錯、歪打正著的希望意義。而在馬原以後寫「偶然之謎」用力最專者，也許當推格非。格非一九八七年因發表《迷舟》成名。蕭在執行任務過程中為一系列偶然事件所誤，最後陰差陽錯、糊糊塗塗就送了命。人生如迷舟。為強化這一主題，格非甚至給指揮所所在的山起了個「棋山」的名兒。此後的《大年》、《褐色鳥群》、《青黃》、《風琴》、《敵人》、《錦瑟》、《雨天的感覺》也從各個角度寫偶然與人生的種種奇特形態：人心的險惡叵測設置的圈套，幻覺與夢境的恍恍惚惚，時間的錯覺、記憶的中斷、甚

15 馬原、許振強：〈關於《岡底斯的誘惑》的對話〉，《當代作家評論》一九八五年第五期。

至連綿的陰雨……都成為命運之神播弄人生的偶然，又都是具有決定意義的因素。常常一句謊言、一個錯覺就改變了世間的秩序、人生的航道。格非因此也強化了「人生不可知」，「命運無法把握」的悲涼主題。由此頓悟「所有的東西都沒有意義」（《風琴》）也就是水到渠成之事了。「人們總是無法預料自己什麼時候會突然背運，無論你考慮得多麼周全，無論你貴為天子，還是賤若乞丐，惡運都會出其不意地攆上你，像水蛭一樣吸附在你身上甩都甩不掉」。（《錦瑟》）——在這樣的感悟深處，不僅飄蕩著「世紀末情緒」，也積澱了對人類悲劇命運的理解。

這麼多作家接受了「偶然論」、「不可知論」，昭示了某種宿命。按理說，「不可知論」令人迷惘，但也該給人以希望吧（范小青的《單線聯繫》寫一個白癡的一連串偶然失誤戲劇性地化險為夷，即是一例），可大部分作家都偏執於從中品味絕望感的刺激。我猜測：這種充滿幻滅意味的思潮也許是世紀末人回首歷史、卻感歎悲劇多於喜劇的心態的必然體現？「巴爾扎克的幻想的潰滅的主題，是十九世紀世界文學的主要主題之一。人類沒有看到一七八九——一七九三年法國革命所宣揚的自由、平等、博愛，也沒有看到法國啟蒙學派所提出的善、正義、人道主義理想的勝利，卻看到了資本主義社會的實際，它是這麼粗暴而可笑地和理論相矛盾的」。[16]到了二十世紀末，「幻滅」的主題依然不曾熄滅。

「不可知論」最著名的思想家是休謨。羅素稱之為「哲學家當中一個最重要的人物」，並這麼評價了他的哲學：「從某種意義上講，他代表著一種死胡同：沿他的方向不可能再往前進。」可是，他的哲學卻具有常青的生命力：「結果成了給哲學家們下的一道戰表，依我看來，到現在一直還沒有夠上對手的應戰。」[17]然而，悲觀無情的哲學並不妨礙休謨成為一個秉性溫和、性情開朗的人，儘管他自道：「經常失望。」[18]——這樣的思想

16〔蘇聯〕葉爾米洛夫：《陀思妥耶夫斯基論》（中譯本），上海譯文出版社一九八五年版，第一二九頁。
17〔英〕羅素：《西方哲學史》（中譯本）下卷，商務印書館一九八二年版，第一九六、二〇〇頁。
18〔英〕羅素：《西方哲學史》（中譯本）下卷，商務印書館一九八二年版，第一九七頁。

與人格的分裂，堪稱文明的奇蹟。

是的，「偶然論」、「不可知論」是通向地獄的深淵。另一方面，人也並不一定因此而必然地沉淪。何況魯迅還作出過「絕望中抗戰」的榜樣！

永恆的輪迴：時間之謎

既然一切都繫於偶然，一切都是過程，那麼，「永恆」這個詞還有什麼意義？是的，「永恆」只是天真的嚮往。人生是一個過程，歷史是一個過程。然而，為什麼柏拉圖關於理念「是超乎存在之上，比存在更有威力的東西」的學說和黑格爾關於「絕對精神」的學說會一直流傳至今？為什麼基督教關於「天國」的許諾、佛教關於「法輪常轉」的智慧會穿過千萬年苦難一直流傳到今？羅素說的好：「追求一種永恆的東西乃是引入研究哲學的最根深蒂固的本能之一。它無疑地是出自熱愛家鄉與躲避危險的願望；因而我們便發現生命面臨著災難的人，這種追求也就來得最強烈。宗教是從上帝與不朽這兩種形式裏面去追求永恆……有了一點點的災難，就很容易把人們的希望又帶回到他們的古老的超世間的形式裏面去：如果地上的生活是絕望了的話，那麼就唯有在天上才能夠找到和平了。」[19]正是這樣，「文革」後中國文學的基調是幻滅、是悲涼，但仍有一些作家在致力於追求永恆以超越幻滅感。我曾在〈叩問宗教〉一文中對此作過評述。[20]現在，我想從「永恆輪迴」的角度探討當代作家永恆信念的思路。

19 〔英〕羅素：《西方哲學史》（中譯本）上卷，商務印書館一九八二年版，第七四—七五頁。

20 樊星：《叩問宗教》，《文藝評論》一九九三年第一期。

史鐵生的《禮拜日》最後一段描寫潮起潮落、月圓月缺、花開花落、時光的輪迴，本身就啟迪人們：「時光無限，宇宙無涯。」整篇小說由尋太平橋始，到尋不見太平橋終，本身也呈現出「圓的結構」，與「輪迴」的主題相諧。〈《務虛筆記》備忘〉中這麼寫生命之火的燃燒與傳遞：「世世代代這預言總在應驗總在應驗。一輪又一輪這個過程總在重演。」——輪迴就是永恆，就是希望。這樣的思考也在賈平凹的《煙》中迴響：這篇寫「三世輪迴」的魔幻之作也在篇末記下了作家的猜測：佛教的「古賴耶識」學說與哲學的「絕對精神」也許並不虛妄？「世界原來究竟就是這些古賴耶識嗎？一切都是這些古賴耶識在發生著作用嗎？它們這麼聚集在一團遊蕩空中，尋找著地面上的似乎有著什麼頻率相通的東西而附體嗎？……啊，偉大神奇的古賴耶識，這無生無滅，無時無空的創造世界的種子，這一次附在了人身上成為人下一次附在樹木之上成為樹，如此反覆不已就是人世上所說的輪迴轉世嗎？」這樣的猜測絕非虛妄。試看星移物換、滄海桑田，先哲的思想之光卻萬世普照，這不是「靈魂不滅」的絕好注腳嗎？張承志《金牧場》的篇末宣告：「我找到了終極的真理。是的，生命就是希望。我崇拜的只有生命。真正高尚的生命簡直是一個秘密。它飄蕩無定，自由自在，它使人類中總有一支血脈不甘於失敗，九死不悔地追尋著自己的金牧場。」也是基於對「生命輪迴」的信念。

以上是希望的主題。可「輪迴」也常常意味著災難。《鬼谷子》中即提到了「或轉而吉，或轉而凶」的辯證法。[21]正是這樣，中國的思想家們在探討中國歷史悲劇格外深重的原因時，常常注意到「重演」這一現象。從魯迅到當代思想家，許多人都對「歷史的循環」這一怪圈感到悲觀。悲涼之情，由此而生。這就難怪一些作家紛紛走向拉美魔幻小說大師博爾赫斯了。「博爾赫斯崇尚玄學……他崇拜休謨、叔本華、莊子……博爾赫斯日夜思索的是另外一些題目，諸如『時間』和『永恆』、『同一性』和『多個性』、『此』和『彼』。」他的小說有一個基本的主題：「時間和我們為了取消時間而進行的花樣翻新但毫無收效的嘗試。」「在他的筆下，我

21 錢鍾書：《管錐編》第三冊，中華書局一九七九年版，第九二一頁。

們看到：時間由變化構成，變化即是重複，而人則消逝在這樣的時間的迷宮裏；永恆是一面無形的鏡子，人要是用這面鏡子觀看自己，就會化為一片灰煙……」[22]——由此，博爾赫斯給哲學小說提供了一種新的形式：迷宮形式。他偏愛「圓形廢墟」、「迷宮」這些意象，而他的名篇《圓形廢墟》「就暗示著『時間是循環的』，這個畢達哥拉斯派的或東方的思想。」而「時間循環」也就意味著：「把生活看成一種夢幻。」[23]

當代小說中，格非的《褐色鳥群》、陳村的《象》、黃石的《圓廊式概括》、余華的《此文獻給少女楊柳》、潘軍的《流動的沙灘》……均酷肖博爾赫斯的小說，寫夢境與現實的混沌莫辨、幻覺與時間的重複顛倒，迷宮般的故事，朦朧的氛圍意在啟悟讀者：時間捉弄人。「故事始終是一個圓圈，它在展開情節的同時，也意味著重複」。（《褐色鳥群》）「各種情景以幻覺的形式出現……他把一個人的行為和另一個人的行為混淆起來，把一張臉安到另一張臉上，各種人物有時突然出現，又突然疊成一個怪物」。（《圓廊式概括》）「一切好像是一樁往事的重複」。（《此文獻給少女楊柳》）「你對很多事情，包括你親身經歷的事，都沒有把握說清楚」。（《流動的沙灘》）——在這樣的文字中，連人本身的形象也模糊了。一切都如霧如煙。

上述作品，均發表於一九八八年以後。我不禁猜測：這種在時間的輪迴中消解了歷史直至消解了人的存在的真實性的傾向，是一九八五——一九八六年焦灼情緒宣洩過後倦意瀰漫的一個象徵？

而呂新則是面對時間之謎，以博爾赫斯式目光看破人世荒涼的當代作家中最突出的一個代表。自一九八九年起，他發表了一系列「圓形小說」：《圓寂的天》、《雨季之甕》、《手稿時代：對一個圓形遺址的敘述》、《黑手高懸》、《撫摸》……其中，除《圓寂的天》為寫實之作外，其餘諸篇全是由紛亂的影像組成。當他寫「山區亮度微弱而無限往返的時間」，「時光在山區的魔道裏緩慢而艱難地向前移動……圓形的日子，

22〔墨西哥〕奧•帕斯：〈弓手、箭和靶子——論博爾赫斯〉，《世界文學》一九八九年第一期。
23〔阿根廷〕博爾赫斯：〈我的短篇小說〉，《世界文學》一九八九年第一期。

如鍋似碗」。「最終，那時間刪節了一切的內容」時，便傳達出了貧窮山區生活的單調、乏味，也使人想起《聖經》中以「驢轉磨石喻人生」的一節。[24]而當他寫「時間是一種不知不覺的無情欺騙」、「時間就總在這種相同的形狀和數目中不斷重複」、「時間以外的地方是無比潔淨的地方，對於一個品質低劣的民族世代都無法從時間之河裏跳出來」時，他不僅表達了迷惘與虛無的情緒，也對人類歷史中悲劇的循環作出了無情的批判。呂新曾在一篇創作談中寫道：「我的許多小說都是得益於一次又一次的睡眠。……睡眠為我提供源源不斷的語言的輪廓。」[25]如果這不是戲語，那麼，這種夢幻似的創作與「睡眠」這一行為不正好提供了我前面所指出的「倦意」的絕妙注腳嗎？呂新、余華、蘇童這些一九六〇年代出生的青年作家在「世紀末情緒」的薰染下早早就進入了蒼涼的「暮年心境」，這也是宿命的安排吧。

佛經中寫著：「世界如車輪，時變如輪轉，人亦如車輪，或上而或下。」然而，「知命運之無常而反以自壯者，惟其無常，則不至長貧終賤，而或有發跡變泰之一日也」。[26]以「三十年河東，四十年河西」的「輪迴」眼光來看，迷惘、幻滅的「世紀末情緒」也總會有潮落之時的吧。當代的理性思想家們之所以寄厚望於二十一世紀，而在這個悲涼的世紀末仍執著於「新理性」的探求，也是有哲思的依據的。

---

24 錢鍾書：《管錐編》第三冊，中華書局一九七九年版，第九二九頁。
25 呂新：《撫摸・序語》，《山西文學》一九九三年第四期。
26 錢鍾書：《管錐編》第三冊，中華書局一九七九年版，第九二六——九二七頁。

尋找「美麗瞬間」：走向唯美主義

最後的問題是：希望只在渺茫的未來嗎？除去宗教，塵世間還有沒有別的獲救之路？我注意到唯美主義的呼喚已在當代文壇升起。儘管唯美主義在中國文藝理論教科書中總與頹廢情緒密不可分，可我卻發現：當代走向唯美主義的張承志、史鐵生、王安憶卻偏偏是真誠的理想主義者！

早在一九八一年的《綠夜》中，張承志就觸及到了「在幻滅中尋找慰藉」的主題。當草原已不再是夢中的草原，連小奧雲娜也從天真走向了平凡單調時，還有夢可尋嗎？但主人公「還是捕捉到了這美好的一刻」。雨中奧雲娜指路的手電筒光使他頓悟：「人總是這樣：他們喜歡記住最美的那一部分往事並永遠回憶它，而當生活無情地改變或粉碎了那些記憶時，他們又會從這生活中再找到一些東西並記住它。……也許，人就應當這樣。哪怕一次次失望。因為生活中確有真正值得記憶和懷念的東西。」從破碎的人生中不斷尋找「美麗瞬間」，此情何等可貴！一九八六年的《美麗瞬間》記述了在天山深處體驗過的絕美——那一瞬間的美好記憶足夠十年回味。是啊，「一生中能有那樣一天，真是由於真主的美意。」「人生能有這樣的一瞬是不容易的……人也許不但應該記著生活中的艱難，更應該記著體驗過的美好」……到一九八八年的散文《暮春時節》中，他更寫道：「當他的筆不聽頭腦指揮洩露出如同機密的孤單、沉重和悲觀主義的時候，他就走進了——美。」「一切都無所謂有無，只有心中的激動價值千金。」[27]他之所以一次次走向大西北，就為了在孤獨與痛苦中尋找他的「美麗瞬間」。甚至，他把自己後半生的追求定位在「尋求連我自己也弄不清是什麼的一個輝煌的終止」

[27] 張承志：〈暮春時節〉，《文學評論家》一九八九年第二期。

上。[28]他飽受創傷。在一九八九年的《西省暗殺考》中甚至寫下了「剛烈死了。情感死了。正義死了。時代已變，機緣已去」這樣的句子，尋求理想的結果就是這幻滅麼？可是，「生命在她傷殘的那一瞬，如果這是一次有真正意義可尋的傷殘的話，那麼，那個瞬間就是美麗的。一個偉男子的一生，也許就是靠著這場傷殘的一瞬才完成了美。」[29]——這裏有殉道的狂熱與真誠，而這又是凡夫俗子難以理解的崇高與神秘情感。「美麗瞬間」，是張承志的人生哲學。這一哲學與他的宗教情感水乳交融：走近哲合忍耶教的瞬間便充滿了輝煌的激情！

史鐵生則從另一個思路走入唯美境地：「說生命的終極價值和意義是美，彷彿有點無可奈何。……如果毀滅一向都在潛伏著一向都在瞄準著生命，那麼，生命原本就是無用的熱情，就是無目的的過程，就是無法求其真而只可求其美的遊戲。」「小說只給我們提供一個機會，一個擺脫真實的苦役，重返夢境的機會：欣賞如歌如舞如罪如罰的生命之旅吧。由一個亙古之夢所引發的這一生命之旅，只是紛紜的過程，只是斑斕的形式。這足夠了」。——文學也好，宗教也好，都是為了超越苦悶所必需的精神寄託所在。「這美夢越是作得長久，我便越是快慰得長久，假如這美夢在我死前一直不被揭穿，我豈不是落得了一生的好運道？」[30]——這兒已不是「美麗瞬間」，而是「美夢」了。當史鐵生寫下這一段話時，他已與王爾德「關於美而不真的事物的講述，乃是藝術的本來的目的」[31]這一論斷取得了共識。如果「直面人生」的結果是痛不欲生，走進「象牙之塔」便是命定的選擇。

28 引自朱偉：〈張承志記〉，《鍾山》一九九三年第五期。
29 引自朱偉：〈張承志記〉，《鍾山》一九九三年第五期。
30 史鐵生：〈隨筆十三〉，《收穫》一九九二年第六期。
31 〔英〕王爾德：〈謊言的衰朽〉，伍蠡甫主編：《西方文論選》下卷，上海譯文出版社一九七九年版，第一一七頁。

而王安憶也是在一九九二年才發現：「我覺得我有一種唯美的傾向，而且這傾向在一九八八年到一九八九年期間幾乎變成一種創作指導。那時有一個階段，我寫小說好像不是從思想上著手，而是從形式著手，特別強調形式。我往往對一些事情的判斷或對世界的看法，好像不是從經驗出發，而是從我審美的理想出發。」[32]——這一探索也與王爾德關於「生活對藝術的摹仿遠遠多過藝術對生活的摹仿」的思想相近。[33]從審美理想出發去看世界、看人生、去想像、去創造，以此獲取創造的快樂——王安憶勤奮多產、不斷創新求變的奧秘，於此也可以得到揭示。由此推及那些銳意創新、迷戀形式的小說藝術探索者，那些「為藝術而藝術」的信奉者，我們不難發現：唯美主義思潮早已在文壇蔚為壯觀了……而「重新評價王爾德」、「重新評價三島由紀夫」的話題也在冥冥之中為這一思潮推波助瀾。三島由紀夫的小說也在近年的中國讀書界流行。三島由紀夫對「生存之美」與「毀滅之美」的狂熱迷戀與追求與史鐵生關於「美夢」的思考、張承志關於「美麗瞬間」、「傷殘之美」、「犧牲之美」的感悟何其相似！在「世紀末情緒」的寒霧中，唯美主義作為一種人生理想放射出了璀璨奪目的光輝。當年，索爾仁尼琴曾在諾貝爾文學獎的獲獎演說辭中重複了陀思妥耶夫斯基的名言：這世界最終要靠美來拯救。而今，中國作家中不甘沉淪於寒霧的一批作家也以自己獨特的生命體驗接近了這一哲理命題……也許，真如王爾德所言：「人生真正的秘密在於尋找美。」[34]只是，什麼是美，這又是一個眾說紛紜的謎了。張承志、史鐵生、王安憶的唯美主義無疑具有聖潔的氣質。然而對於天生的惡人，唯美主義也會異化成罪惡的毒品……

由此可見，通過美而獲救，也許只應是「上帝的選民」的「特權」？……

32 〈王安憶與讀者的對話〉，《文學自由談》一九九三年第一期。
33 〔英〕王爾德：〈謊言的衰朽〉，伍蠡甫主編：《西方文論選》下卷，上海譯文出版社一九七九年版，第一一三頁。
34 〔英〕王爾德：《道連・格雷的畫像》（中譯本），外國文學出版社一九八二年版，第五十五頁。

結語：超越神秘主義的必要

神秘主義在世紀末的流行，為勢所必然。費希特說過：「你是什麼樣的人，你便選擇什麼樣的哲學。」[35]這一代人紛紛走向神秘主義，因為風雲多變、多災多難的時代把他們變成了懷疑論者、不可知論者和虛無主義者。這未必就是什麼災難。事實上，理性主義與神秘主義一直是思想史、文化史上兩大對立又互補的主題。它們隨時代情緒的變動而消長。理性主義一旦走上異化的歧途，神秘主義便成為僵化理性的解毒劑。「文革」後叔本華的「唯意志論」、尼采的「強力意志」、沙特的存在主義、佛洛伊德的「壓抑與超越」學說既是「信仰危機」的解毒劑，又促進了人性解放、思想自由的人文精神的普及，於冥冥中體現了歷史的意志。然而，幻滅感和縱慾意識的蔓延也成了世紀末新的精神危機。羅素早就指出過：「每一個社會都受著兩種相對立的危險的威脅：一方面是由於過分講紀律與尊敬傳統而產生的僵化，另一方面是由於個人主義與個人獨立性的增長而使得合作成為不可能，因而造成解體或者是對外來征服者的屈服。一般說來，重要的文明都是從一種嚴格和迷信的體系出發，逐漸地鬆弛下來……隨著壞東西的發展，它就走向無政府主義，從而不可避免地走向一種新的暴政，同時產生出來一種受到新的教條體系所保證的新的綜合。」為了避免這種悲劇「輪迴」，他寄希望於自由主義：「自由主義的學說就是要想避免這種無休止的反覆的一種企圖。自由主義的本質就是企圖不根據非理性的教條而獲得一種社會秩序，並且除了為保存社會所必須的束縛而外，不再以更多的束縛來保證社會的安定。

---

35 引自〔蘇聯〕阿爾森・古留加：《康德傳》，商務印書館一九八一年版，第四十五頁。

這種企圖是否可以成功，只有未來才能斷定了。」[36]自由主義在西方取得了公認的成功，但它的弊端也顯露了出來，以致於新保守主義作為自由主義的解毒劑又在十多年來的西方發揮著積極的作用——人類為維繫心靈的平衡要跋涉的漫漫征途，哪會有窮期呵。

神秘主義的流行，還會延長一個相當的歷史階段。然而，神秘主義絕不可替代理性。宣洩是久受壓抑的必然，問題是宣洩並不能代替建設。「我們現在所面臨的，還是如何從中世紀的非科學的盲從迷信等行為方式、思維方式中掙脫出來，用科學和理性代替它們的問題」。[37]當神秘主義者只是陶醉於新潮的喧囂中時，他們是否意識到：「我們自己所為之而歡欣鼓舞的許多偏見，對於心靈氣質不同的另一個時代，將會顯得是何等之愚蠢。」[38]應該意識到這一點。在經過僵化理性的束縛和神秘主義的宣洩後，下一個高度應該是：迎接新世紀的新理性朝陽。

——原載《文藝評論》一九九四年第一期

36 〔英〕羅素：《西方哲學史》（中譯本）上卷，商務印書館一九八二年版，第二十三頁。
37 見李澤厚答記者問：〈中國現在更需要理性〉，《文藝報》一九八七年一月三日。
38 〔英〕羅素：《西方哲學史》（中譯本）上卷，商務印書館一九八二年版，第六十七頁。

叩問宗教

——試論當代中國作家的宗教觀

隨著本世紀七〇年代末那場偉大的思想解放運動的展開，當代中國人開始重新尋找生存的峰頂。人們一方面變得務實了，為了溫飽和小康的生活水平而奮鬥、競爭，另一方面又變得更迫切地需要精神支柱以抵禦「信仰危機」的寒風。正是在這樣的歷史背景下，「信仰自由」再次成為人們選擇精神寄託的法律依據。「宗教熱」就這樣在民間悄悄興起並迅速蔓延。一份關於「基督教熱」的報告顯示：截止一九八七年底全國的基督徒已超過四百萬。[1]感情的需要、精神生活的貧乏以及對黨風和社會風氣不正的抱怨，是「基督教熱」興起的現實基礎。與此同時，一部分學者和作家也致力於探索宗教的當代意義：李澤厚在《批判哲學的批判》（一九七九）一書中介紹了康德「理性的宗教」；劉小楓的《拯救與逍遙》（一九八八）一書表達了借基督教的「拯救」精神療治中國傳統文化的「逍遙」基因的思考；默默（劉小楓）連載於《讀書》雜誌一九八八年第九期至一九八九年第七到八期的〈二十世紀西方基督教神學一瞥〉系列札記通過介紹當代西方基督教思想家

[1] 蔣志敏，徐祖根：〈面對十字架的思考〉，《瞭望週刊》一九八九年第五期。

以超越平庸現實的崇高道德理想去拒絕人性沉淪的悲劇的悲壯努力，使人瞭解對宗教的關注，對理性的片面性的關注，對生命存在終極價值的關懷，也是本世紀思想文化建設的一個重要主題；對馬克斯・韋伯的名著《新教倫理與資本主義精神》的譯介為當代人研究社會發展的內驅力提供了新的思考角度；四川人民出版社推出的《宗教與世界》叢書展示了西方思想家、學者從各個角度探索宗教與人的奧秘所達到的深度……如同當年的周作人想借基督教「一新中國的人心」，「以能容受科學的一神教把中國現在的野蠻殘忍的多神——其實是拜物教打倒」[2]的願望一樣，當代學者對宗教的思考帶有相當濃的理性色彩，這恰與關於宗教是愚昧的象徵的一般理解形成有趣的對照。[3]下面，筆者試圖通過對幾位當代小說家描寫宗教題材、張揚宗教精神的作品的分析，探討當代作家的宗教觀，並闡述這種宗教觀所具有的人生意義和審美特色。

禮平：為了歷史的獨到反思

一九八一年的《十月》第一期上，發表了禮平的中篇小說《晚霞消失的時候》。是為當代作家叩問宗教的開始。其時，「傷痕文學」的熱潮剛剛過去。「反思文學」也在挖掘民族苦難的歷史根源方面達到了相當的深度，「改造國民性」再度成為思想界、文學界的熱門話題。而《晚霞消失的時候》卻別開了反思「文革」教訓的新生面。如果說，當時作家們的反思一般都集中於社會批判的層面（「改造國民性」主要便是一個社會批判的主題），那麼，禮平的反思卻指向了人生哲理的層面。小說第一章中關於「文明和野蠻永遠分不開」這

2　周作人：〈雨天的書・山中雜信〉，嶽麓書社一九八七年版，第一三七、一三八頁。
3　關於宗教的二重性，筆者曾在〈宗教與人心〉一文（載《當代作家評論》一九八八年第四期）中有過論述，此不贅。

個「囊括了全部人類歷史的大題目」的討論已為全篇定下了一個基調，使讀者們在習慣了探索以現代理性反封建的新路的思考時一下子進入到對人類悲劇宿命的體味的新境界中。正是在這樣博大的襟懷中，對「紅衛兵運動」的反思有了新的收穫：「紅衛兵運動」的大悲劇不僅僅是階級鬥爭理論誤導的結果，也是「人類的良知」被踐踏的證明。與紅衛兵們從狂熱走向迷惘的旅程形成鮮明對照的是：備受磨難的南珊如何從自卑走向人格的完善？支持著她以寧靜去抵禦喧囂，以智慧去戰勝磨難的精神支柱是什麼？她說：是耶和華、是基督教。不論從理論上說，皈依宗教如何有「貶低理性」之嫌，事實上，當許多科學家、文學家、政治家都因不堪「文革」的折磨而絕望棄世之時，南珊對宗教的認同卻是具有自救的意義的。而聯繫到一九八〇年代「宗教熱」在中國的蔓延，聯繫到古往今來無數哲人上下求索最終皈依宗教的事實，又怎能使人不得出這樣的結論呢？——南珊的發現宗教是當代人不媚俗、不自棄、發現自我、努力自救心態的象徵。是人類的良知不會被現代的罪惡所窒息的象徵。是理性的求索最終要通向宗教境界的象徵。相比之下，人生旅途上的幸運兒李淮平由十二年前的鄙棄宗教到十二年後也承認了宗教的魅力，與南珊殊途同歸，則別具深意：南珊當年認同宗教，是時勢逼迫所然，是自我求索使然，是情感的需要；而李淮平的宗教啟蒙，卻是源於一段偶然的緣分——與泰山長老的邂逅。「宗教的意義也不在於真而在於善……宗教以道德為本」。長老將玄奧的宗教哲學以最淺顯的語言表達了出來，給李淮平以啟迪。而南珊也在漫長歲月的求索中悟得：「在信仰問題上，我們中華民族自己有著更好的傳統……中國人那種知天達命的自信和對於生死浮沉的豁達態度，成了中國儒家風範中許多最優秀的傳統之一。你可能以為我在外國找到了心靈的寄託，可是我的感情卻一直更傾向於自己的祖先。」這一番話既體現了南珊經過「文革」走上「尋根」之路的新動向，也與「文革」後學術界「新儒家」思潮的流行和「尋根熱」的興起不謀而合。因此，這部作品將當代青年尋找生存信念的努力與當代「宗教熱」和「尋根熱」無意間聯繫在了一起，使南珊的尋尋覓覓，超越了偶然的、個體的孤立的意義，而獲取了深廣的當代文化思潮的背景。基督教、佛教和儒教儘管教義各有歧異，但禮平卻把握住了它們的「主旨卻終不過是勸導人問，使強者憐憫，富者慈悲，讓人生的痛苦得到撫慰，於靈魂的空虛有所寄託」。也即是說，從宗教中提取了時代需要的愛的哲學。這部作品之所以能在許多青年中引起熱烈而非消沉的反響，顯然與此有關：宗教的意義似乎不僅僅是精神鴉片。否則愛因斯坦何以認定：「隨著社會生活水平的提高，道德性的宗教也就會佔優勢。」[4]湯因比何以斷言：宗教作為「鼓舞人們戰勝人生中各種艱難的信念」是使文明社會「維持下去的精神力量」。[5]

因此，《晚霞消失的時候》在「反思文學」中佔有非常獨特的位置：它從兩個青年在探索人生之路上殊途同歸的故事中開掘出一系列重大的時代課題——關於宗教與良知、關於宗教的拯救意義、關於宗教與中西文化、關於宗教與文化尋根……有趣的是，禮平本人對自己的成就缺乏足夠的自覺意識，以致在面對不難理解的詰難時竟矢口否認作品中顯而易見的宗教主題。[6]這樣的否認如果不是違心之論，就只能表明：禮平作為第一個在當代文壇叩響宗教大門的作家在鼓起勇氣敲響了那扇門後的猶疑和怯懦。這當然是可以理解的。而這樣一來，他也就無法更深入地去探討宗教（理性的宗教）與時代，宗教對於療治「世紀末情緒」的意義。小說未能更深入、更細膩地揭示南珊走向宗教的完整歷程，恐怕也與這種認識上的猶疑有關。對《晚霞消失的時候》的指責使禮平再未觸及宗教與人的主題。後來，他發表的幾部中篇小說（《無風的山谷》、《小站的黃昏》、《海蝕的崖》）都以關於遠離塵囂的人和自然的溫馨回憶為題材，但成就已明顯不及《晚霞消失的時候》了。與他的同齡人史鐵生、張承志、賈平凹在宗教的求索旅途上頑強前行相比，禮平的中止探索無論如何是令人惋惜的。

---

4 〔德〕愛因斯坦：〈宗教和科學〉，許良英等編譯：《愛因斯坦文集》第一卷，商務印書館一九八三年版，第二八〇頁。

5 《展望二十一世紀——湯因比和池田大作對話錄》，國際文化出版公司一九八五年版，第三六三頁。

6 禮平：〈談談南珊〉，《文匯報》一九八五年六月二十四日。

史鐵生：為了尋求生存的終極價值

史鐵生大約是從一九八四年寫作《山頂上的傳說》開始他思索宗教意義的艱苦勞作的。在那以前，他發表的《法學教授和他的夫人》、《午餐半小時》、《在那個角落裏》、《我的遙遠的清平灣》等篇已顯示了廣泛描繪人生圖景的不凡功力，但只是在《山頂上的傳說》中，他才開始思索「為什麼一定要活著呢」、「人到這個世界上來是幹嗎呢」之類永恆的難題的。

史鐵生顯然有意要寫一部中國的「薛西弗斯神話」。這位偶然地成了殘疾人的作家在病榻生活中都想了些什麼啊！「不走運可怎麼辦呢？」「你似乎是被一種莫名其妙的力量拋進了深淵，……就因為那麼一個偶然的念頭，他非要到那間八面漏風的潮濕的小屋裏去睡不可……」「這輩子全是夢。全是不應該……活得不應該，死還是不應該！」「唉，人類奮力地向前走，卻幾乎是原地未動。痛苦還是那麼多，歡樂還是那麼少，你何苦還費那麼大勁往前走呢？」……人，面對這些無解之謎，終於意識到了自己的渺小。戰勝命運，談何容易！那麼多人投入絕望的深淵，都是懦夫？不一定吧。「樂觀的，是因為有樂觀的基礎；絕望的，是因為有絕望的處境」。「落到誰頭上誰就懂得什麼叫命運了」。史鐵生如是說。他讓自己筆下的殘疾人選擇了薛西弗斯神話：與困苦抗爭、為抗爭而抗爭！「人最終能得到什麼呢？只能得到一個過程」——小說中關於生存的偶然性思考，關於生存意義的虛無性的體悟，關於為抗爭而抗爭、神就是人自己的邏輯推論都具有相當鮮明的存在主義色彩。顯然，這一事實與一九八〇年代初中國思想界、文學界「存在主義熱」的文化背景有關。

值得注意的是，當存在主義關於現實的荒誕性學說風靡之時，有的作家因此而消極厭世或縱情玩世，史鐵生卻選擇了絕望的抗爭。為什麼《山頂上的傳說》與另一些存在主義色彩濃郁的作品不同，把反抗荒誕的奮鬥寫得那麼深沉動人、可歌可泣？除去作家對深沉的抒情風格的刻意追求，小說中隱隱約約透露出的宗教情感恐怕也是一個重要因素。儘管小說中有「什麼是神？其實，就是人自己的神」這樣的句子容易使人想到「上帝已死」的呼聲，但對人無法參透造物的奧秘、無法戰勝厄運的宿命的深重思考卻迫使作家承認：「上帝本來不公平。上帝給了你一條艱難的路，是因為覺得你行……」也就是說，作家感到了有一股在冥冥中支配著人的命運的異己力量在安排著一切。這股看不見的力量，中國人叫做「天命」，西方人名之「上帝」。人一旦面對生死之謎的玄思、對生存意義的詰難、對自我渺小的承認，便會自然產生關於天命或上帝的猜測的。不論一九八四年的史鐵生對此是否已有足夠意識，從存在主義出發接近宗教的主題，卻顯示了史鐵生探索的獨特。如果說，禮平筆下的南珊是通過讀書找到了自我完善的途徑，那麼，史鐵生筆下的「他」則是通過冥思苦索於無意間接近宗教的。但在有一點上，他們又是相似的，那便是：對命運不公的切身感受。因此，「他」有關「幸福不在天涯，而在自己的心中」，「誰都是只相信自己的心」的頓悟也就與南珊關於「這個世界的希望，更多的是在人類自己的心靈中，而不是在那些形形色色的立說者的頭腦中」的見地於冥冥中若合符契了。經過磨難，他們不約而同地認識到了：自救是最可靠的道路。

我不知道史鐵生在寫作《山頂上的傳說》時是否受過《晚霞消失的時候》的影響。顯而易見的是，前一部小說的宗教意識遠不如後一部小說那麼清晰。但一九八五年以後，史鐵生對宗教的求索卻一下發生了質的飛躍。他發表在《鍾山》一九八六年第一期上的創作談〈交流、理解、信任、貼近〉已明確寫道：

> 教堂的穹頂何以建得那般恐嚇威嚴？教堂的音樂何以那般凝重肅穆？大約是為了讓人清醒，知道自身的渺小，知道生之嚴峻。於是人們才渴望攜起手來，心心相印，互成依靠。這至少也是小說的目的之一吧。

自此以後，史鐵生寫出了一系列既「恐嚇威嚴」又「凝重肅穆」的小說和隨筆，集中地、不斷深入地思考宗教對於人生的意義——《我之舞》中有一個「神秘的聲音」啟迪「我」直面虛空，兩個老者的坦然之死為鬼魂的話作了最好的注腳：「死，不過是一個輝煌的結束，同時是一個燦爛的開始。」《禮拜日》中的男人苦苦追索人生的真諦，到頭來卻是頓悟：「上帝把一個東西藏起來了……誰也不知道。」造物主的意志似乎無所不在——連翹花與你的註定相見、月亮和海的磨擦、鹿在諦聽自然的命令、狼咬死老鹿、鷹奉上帝的旨意來迎接老鹿的靈魂、男人尋找女人的太平橋……一切「彷彿在遠古之時就已註定」。《原罪》中的十叔以心造的神話支持著癱瘓的生命：「一個人總得信著一個神話，要不他就活不成他就完了。」《宿命》中的「我」坦然接受了宿命論：「上帝已經把莫測的前途安排好了。在劫難逃」。「上帝說世上要有這一聲悶響，就有了這一聲悶響」——意外的災難無法避免。人所能做的，只是在被災難擊倒的時候也不絕望。這是存在主義的生命哲學。也是宗教的精義所在。

史鐵生不斷探究深不可測的人生真諦，不斷強化人是渺小的、只有承認宿命的強大才是自救的唯一前提的宗教主題，並在《禮拜日》這部傑作中使自己的人生感悟昇華到了宇宙觀的層次。但他似乎仍有意猶未盡、非直抒胸臆不能表達他最聖潔的宗教情感的哲思。於是，他寫下了他的啟示錄——《隨想和反省》和《答自己問》。這兩篇激情洋溢又深沉肅穆的隨筆因為理直氣壯地為宗教的復歸而呼喚而格外引入注目、而在中國世紀末文學的史冊上佔有非常獨特的地位。請讀讀這些隨想吧——

> 中國文學正在尋找著自己的宗教。
>
> 宗教的生命力之強是一個事實……只要人不能盡知窮望，宗教就不會消滅。不如說宗教精神吧，以區別於死教條的壞的宗教。[7]

---

7 史鐵生：〈隨想與反省〉，《人民文學》一九八六年第十期。

詩人的天才出於絕望……他面對的是上帝布下的迷陣，他是在向外的征戰屢遭失敗之後靠內省去猜斯芬克斯的謎語的，以便人在天定的困境中獲救……他不過是一個不甘就死的迷路者，他不過是「上窮碧落下黃泉」為靈魂尋找歸宿的流浪漢。[8]

——這便是史鐵生在一九八六—一九八七年達到的思想高度。當時，「新潮小說熱」和「尋根熱」餘音未歇。一批文學家正思考著「文學本體論」的問題。史鐵生的思考因為似乎偏離文學的主潮而成空谷足音。但也正因此才獨樹一幟。

本來，依照維特根斯坦的理論：「倫理原是不可說的」，而「凡是不可以說的，對它就必須沉默」。[9]但事實上，人類發自本能的對終極價值的關懷卻驅使著他們去猜想人生的意義、去尋找一個心以為然的價值觀作生命存在的基石。而二十世紀的一大文化主潮不正是在理性王國被證明已無力救世的形勢下重新尋求信仰嗎？「不少思想家仍然相信，只有當思想和生命與最終神聖者連在一起時人本主義才能有基礎，而且認為，如果人本主義聽任其無神論的虛無主義推至邏輯的極端，它就將以自我毀滅而告終……他們的思想都集中於使人向最終者或大全敞開的情境和經驗之中，這類最終者或大全即使不能被稱作上帝，也仍具有既是絕對者又是神聖者的性質」。他們相信：「上帝之死就意味著人之死。」[10]史鐵生正是在「為生存尋找理由卻終於看到了智力的絕境」之後才選擇了「自我完善」的道路的。[11]而他的啟示錄儘管是空谷足音，卻也因其與二十世紀西方現代宗教

8 史鐵生：〈答自己問〉，《作家》一九八八年第一期。

9 〔奧〕維特根斯坦〈邏輯哲學論〉，洪謙主編：《西方現代資產階級哲學論著選輯》，商務印書館一九八二版，第二六一—二六二頁。

10 〔法〕保羅・利科主編：《哲學主要趨向》（中譯本），商務印書館一九八八年版，第五六一—五五五頁。

11 史鐵生：〈答自己問〉，《作家》一九八八年第一期。

哲學的息息相通而賦有了鮮明的當代感。

史鐵生最近發表的一部作品《中篇1或短篇4》顯示了作家探索的新走向：由凝思基督教轉而求教於佛祖。這裏又有一個想不清的問題：「一旦佛祖普度眾生的宏願得以實現，世界將是什麼樣子？如果所有的人都已成佛，他們將再做些什麼呢？」因此頓悟：「無惡即無善，無醜即無美，無假即無真……煩惱即菩提。普度眾生乃佛祖的大慈，無路無極是為佛祖的大悲。」「也許，唯有自然才是真正的完美」——宗教，是別無選擇的選擇。但宗教也經不起理性的詰難：向基督求助的結果是上帝藏匿了生命的終極之解；向佛祖求教的結局是沒有極樂淨土。最後的立足點是自強不息、自我完善、與荒誕的現實和解。史鐵生的求索走了一個圓圈：從否定現實的合理性到承認現實的合理性；從積極救世到淡泊達觀。史鐵生滿懷愛心卻絕不失之熱狂，走近宗教但決不放棄理性，他的宗教觀因此而別具特色，他的作品也因此而充滿了優美肅穆的詩意。儘管人生的終極價值依然是個謎，但「理性的宗教」使史鐵生戰勝了絕望，不僅頑強地生存了下來，還以那支飽蘸宗教情感的筆在當代人探索人生的記錄上留下了獨特的思考。在當代探索宗教的作家中，史鐵生是最富於理性色彩、思考最深入的一個。他的探求顯示出了極大的開放性。

張承志：為了「一條熱得過分的命」

都說張承志是一個理想主義者。《北方的河》、《金牧場》可以作證。但他擁抱著一種怎樣的理想呢？——是極端痛苦、極端孤傲的理想。其實《金牧場》中已燃燒著一種憤世的情緒了：「他勇敢地前進了。世人卻看見他徹底地背叛了……他只能背叛，然後只能痛苦。」「我的血在驅使我流浪。」「我以真正的異端為驕傲。」因為心中有一塊極聖潔的土地，才對時代的濁流失望；又因為天性傾向於「偏激地愛憎」[12]，才固執地走上了叛逆之路、流浪之路。

張承志選擇的永恆主題是「母親——人民」。從一九七八年的處女作《騎手為什麼歌唱母親》到一九九〇年「猛地終止了自己」的史詩《心靈史》，這一主題始終如一又不斷出新意：從知青與大草原到朝聖者與黃土高原、從謳歌母愛到崇拜堅忍……他把「愛人民」這一司空見慣的主題寫到了偏激的極致——為了這偏激的愛，他甚至可以理解蒙昧（如《黑駿馬》中對白髮老奶奶生命崇拜信仰的含有歎息的理解）、讚美朝聖者的虔誠（如《金牧場》中對藏民朝聖拉薩和回民朝聖麥加的讚頌：「中國之幸也許就因為有了他們」）、謳歌一貧如洗者的凜然（如《心靈史》中對哲合忍耶教派的頌贊）……這是一種只有在當年的俄國民粹主義者和中國的老紅衛兵那兒才燃燒過的愛。

似乎又不僅僅是愛。還有血緣上的原因可尋。一個顯而易見的事實是：張承志只是一九八五年在大西北的窮鄉僻壤裏尋到了回民的信仰以及與這信仰如影隨形的殉道精神，才最終找到了自己的歸宿與寄託——「一切都無所謂有無，只有心中的激動價值千金。……數數看我們回民曾出過多少英雄俊秀，都是因為依了一時心性，毀了一世生計」。這，便是「生在回族之家就已經判定了的命運規律」。[13]——這種無比強烈的回族意識是作家自寫作《殘月》後宗教情感如岩漿噴發般壯烈的內驅力。

《殘月》的基調還是寧靜的憂傷，正如同作家的《綠夜》、《晚潮》、《凝固火焰》。小說通過對一個穆斯林楊三老漢宗教情緒的動人描繪，揭示了真主對於穆斯林的意義：「心裏還有主的念想，再苦也能尋個安慰」——這兒的基調是「安慰」。是日子好起來以後的對主更強烈的依戀。對「那個神秘的喚聲」的描寫絕妙

12　張承志：《老橋・後記》，北京十月文藝出版社一九八四年版，第三〇八頁。
13　張承志：〈暮春時節〉，《文學評論家》一九八九年第二期。

地寫神了穆斯林信仰的根深蒂固。到了《金牧場》，「安慰」已昇華為「狂熱」（張承志對此毫不掩飾：小說第二章開頭便有「躁動和狂熱」的字眼以表明恢復心目中的理想大陸的神聖狂想）。《金牧場》把宗教意識可能激發的狂熱渲染了個淋漓盡致：寫楊阿訇哭倒在殉道者磚墓前給「他」帶來的空前震動：「宗教難道真的這樣撼人心靈麼？」寫「朝聖的故事才是人類的奇蹟」，那些朝聖的農民都是兩腿泥巴一身襤褸，「我們污濁。但我們為聖徒深深感動了」。寫「他」奔向黃土高原是為了「冥冥之中有一種神異的召喚。那呼喚發於中部亞洲的茫茫大陸，也發於我自己身體裏流淌的鮮血之中」。寫伊斯蘭教徒的血河給「他」的深深刺激：「我不能殉了主道，我只有守在紅河灘灘邊上受苦……」寫日本姑娘真弓小姐的宗教分析：不論對於基督徒、還是伊斯蘭教徒，都註定了要背負著人類與民族的苦難……神奇的宗教偉力、神秘的宗教奇蹟、神聖的宗教感應——這一切都因為張承志的帶血的傾訴而給人以深廣的啟迪：宗教，不僅僅是苦難的安慰，還是力量的源泉；宗教，不僅僅是人類理想的象徵，也是人心不可征服的化身——禮平和史鐵生對於宗教的理性尋求至此已為張承志的血性擁抱所代替。張承志也因此在當代作家探求宗教的歷程中奏出了最響亮的音符。

後來的《海騷》（一九八八）、《西省暗殺考》（一九八九）、《心靈史》（一九九〇）都是「狂熱」旋律的不斷強化。用血氣灼燙的文字一遍又一遍地書寫穆斯林中最悲慘、最壯烈、最堅貞的一支——哲合忍耶教派代代剛烈，為信仰慷慨赴死的故事：「祖祖輩輩不就是這麼個章法麼——荒絕了旱透了就濺些淋淋的血。」（《海騷》）只為了不讓人糟辱自己的信仰，就不計成敗地拚命：「不用操心打敗了；即便打個大勝，我們求的也只一個死字」。（《西省暗殺考》）這是一種怎樣的人生體驗呢？「信教不是卸下重負，而是向受難的追求」。（《心靈史》）這種對受難的追求狂熱中埋藏著人性中最動人、也是最令人恐怖的基因。渴求苦難這一典型的陀思妥耶夫斯基式的主題到了張承志這兒已由「忍從苦難」昇華為「捨命不捨教」的平民的尊嚴。當張承志在謳歌這種平民精神的同時，常常按捺不住鄙棄苟活、只為金錢和享樂苟活的人們，鄙棄「沒有基礎，不敢濃縮和樸素化」的知識者階層[14]的輕蔑，顯示了他的卓而不群：他深深地感到孤獨，但他的孤獨感卻在「為人民」的體驗中變得深廣博大。禮平、史鐵生是在沉思中走向宗教的，張承志卻是在一次次走進黃土高原、走進哲合忍耶教眾的情感體驗中完成了對崇高人格和人生真諦的追求。當他在《心靈史》這部「熔歷史、宗教、文學為一爐」的書的「後綴」中寫下「我感覺到，我多年來選擇了鋼筆和稿紙的生涯，連同一本本飽蘸著我心血的文字，都寫完了」的字樣時，他便是在這充滿惶惑的時代裏宣佈了自己的歸宿。在這一點上，他也與史鐵生不斷探問的「理性的宗教」頗不一樣。他在哲合忍耶教中體驗了無比的激動，他不需要再問什麼了。他似乎無須理性也能驕傲地生存。他的成功便是證明。

張承志的狂熱無疑有著深刻的文化背景：穆斯林的「宗教狂熱以及對異信仰者之嚴酷……為其他『世界性』宗教所不及」。[15]張承志那天性中的偏執與高傲與穆斯林精神的狂熱的一拍即合似乎是一種前定。一當他在窮鄉僻壤中發現了他的哲合忍耶教，他就自覺承擔起了佈道的使命。他將哲合忍耶教的秘笈鈔本《熱什哈爾》介紹給當代。他更為哲合忍耶教寫了一部感天動地的史書《心靈史》。「偏執地追求歷史而且企圖追求心靈的歷史，有時全靠心的直感、與古人的神交，以及超驗的判斷」。這便是張承志的歷史觀。這種對歷史的獨特發現來自哲合忍耶教的激情。當張承志偏激地認定「在中國只有這裏才有關於心靈和人道的原理」，「一神教的觀點總結了人生和文化。我最後的渴望是——像他們一樣，做多斯達尼中的一個人」時，他顯然是在宣傳哲合忍耶的精神——忠於信仰、追求殉道、堅忍又悲壯。他甚至說：「哲合忍耶距離原教旨主義更遠了；它愈來愈

14 張承志：《心靈模式》，《讀書》一九九〇年第十期。按：張承志多次表示過對中國知識界的不滿——《金牧場》中對兩位教授浩劫過後，只是訴苦的鄙棄；散文《禁銅的火焰色》中對知識份子不理解「家」的哲學內涵的嘲諷；《心靈模式》中對「惶惶無路的智識者」的悲憫；《心靈史》中對知識份子「信仰膚淺，責任感缺乏，往往樂觀而且言過其實」的指責以及「我不信任現代中國的知識界」的偏激之論……這種情緒與一九八〇年代中國知識份子命運的大討論，都是今後研究當代思想史的重要資料。張承志最終脫離知識者階層，成為自由作家的舉動，顯然與這種情緒有關。

15 〔蘇〕謝・亞・托卡列夫：《世界各民族歷史上的宗教》（中譯本），中國社會科學出版社一九八五年版，第五九五頁。

象徵著一種嶄新的東西——中國的信仰及其形式。」儘管這信念恐怕只會是一種理想(因為占中國人數絕大部分的漢族人由於文化的原因不可能「哲合忍耶化」),張承志的宣教佈道仍具有積極的意義,它表明:即使在厄運和絕境中,也依然有神聖的信念熠熠閃光!

值得注意的還有,張承志是偏激的,但卻並不那麼偏狹。《金牧場》將回民的殉教精神與基督徒的博愛追求、蒙族的理想之歌和老紅衛兵的真誠、日本學生的叛逆熱情連在一起寫,從而突出了小說的人類意識,也使小說的氣勢格外恢弘;《心靈史》高聲頌揚哲合忍耶教,同時作家無意使這種頌揚被誤解為一種偏狹的民族主義,他為此一再強調:「也許,今天的七百萬回民中,至多只有一半人還堅持著自己的信仰。」「回族是一個複雜的人群共同體,有時它那麼剛強激烈,有時它又冷漠自私至極……這樣一個小商色彩濃厚的、虔誠信教但是不知缺乏著一種什麼基礎的民族……」「在遍及全國的回民起義中,很難數清究竟是英雄多還是叛徒多。即使在哲合忍耶這個最單純、最勇敢的集團裏,投降和出賣也在恐怖的持續中屢屢出現了……」作家是狂熱的,卻也敢於直面人生的缺憾。但這樣一來,他不也就揭示了一條嚴酷的真理麼?——人性的弱點常常阻止了宗教精神的普照世間。這是人的悲劇,即使嚴峻的事實將證明:哲合忍耶也難以救世,張承志也可以問心無愧了——他拯救了自己的靈魂,並為中國文化史、宗教史貢獻了一部不朽的平民心靈史。他的書總是吸引著一批最優秀的讀者,這又表明:他是一面旗幟。高傲的叛逆者的旗幟。

其他作家:為了探索人性奧秘

史鐵生、張承志,是當代作家中寫宗教題材最多、思考宗教問題最深的小說家。除他們以外,還有一些作家偶爾也寫宗教題材,他們對宗教的探求各有千秋。

王蒙的短篇小說《十字架上》具有「寓言」的色彩。小說從「從未見另一個神像耶穌基督這樣痛苦」的感受進而發問：「神為什麼這樣痛苦？」小說通過基督的心理活動探索了他的痛苦之源：人的自私與爭鬥使他「永遠完不成對世人的擁抱」！小說因此而瀰漫著悲涼的色彩。小說對宗教心理學的探討令人想起陀思妥耶夫斯基在《卡拉馬佐夫兄弟》中的悲觀思考：「人尋找的與其說是上帝，還不如說是奇蹟。」[16]想起歷史上的宗教戰爭和現代的一起起宗教慘案。因此，《十字架上》對俗眾與宗教的冷峻思考是對《晚霞消失的時候》、《禮拜日》、《金牧場》這些作品的重要補充。宗教未必能救世——這也是警世之言。

范小青的短篇小說《瑞雲》是作家筆下的「蘇州文化小說」中極美的一篇。吃素好婆因誦讀佛經而充實、無畏、淡泊、慈善，又將這些可貴的品質傳給了她收養的翹腳小女瑞雲，使瑞雲竟成了「人精」，雖身殘而心境淡泊，又因淡泊而散發難言的魅力。「把苦當作不苦」：這是好婆和瑞雲信奉的真諦。雖說有點「阿Q精神」的味兒，但也自是一種大智慧。《瑞雲》因此寫出了蘇州平民中的佛家文化的深厚偉力，也以文筆的空靈、飄逸傳神表達了佛教空靈的魅力。

賈平凹的魔幻之作《煙》借佛家「三世輪迴」的精義寫人生的玄奧，通過石祥對前世的神秘感應和對後世的夢見，寫靈魂也許不滅的玄思，寫對人與世界本原的猜想：「啊，偉大神奇的古賴耶識，這無生無滅，無時空的創造世界的種子，這一次附在了人身上成為人下一次附在了樹木之上成為樹，如此反覆不已就是人世上所說的輪迴轉世嗎？」這樣的文字表達了作家天馬行空的文思，也體現了作家從佛教中求索人生之謎的新動向。

王安憶的《烏托邦詩篇》則是頗具自傳色彩的一部中篇小說。王安憶素以寫庸常人生見長。近年卻體現出探究人的內心世界的動向。《烏托邦詩篇》講述了王安憶通過對一位臺灣作家（從文中所述的種種跡象來看，該作家的原型是陳映真）的瞭解而走向對基督教的讚頌的心路歷程：「像我這樣生活在俗世裏的孩子，沒

16　〔俄〕陀思妥耶夫斯基：《卡拉馬佐夫兄弟》（中譯本）上冊，人民文學出版社一九八一年版，第三八二頁。

有宗教的背景，沒有信仰，有時候卻也會嚮往一種超於俗世之上的情境。」這種宗教情感的本能是走向宗教的最初契機。後來，對普遍性人生的積極尋求以及與這位從《聖經》中汲取了強大精神力量的臺灣作家的結識使「我」加快了走同宗教的步伐。對於一個作家來說，寫作本是一條自救之路，但「我」的創作經驗卻使「我」發現：「我的文學沒有這樣的力量，我的文學充滿了急功近利的內容。」寫作的孤獨驅使「我」苦苦求索「是什麼意義驅使我這樣不停地寫，不停地寫」？臺灣作家的救世熱忱與「我」的迷惘情緒形成了鮮明的對照。「我」在一段時間裏專注研究《聖經》但仍未找到通往神靈世界之門。對臺灣作家的懷念、在德國教堂的頓悟、去陝北黃河邊的體驗──這些人間的現實情感終於匯成了古典式的激情：沒有宗教背景的「我」通過切身的溫馨體驗領悟了宗教的真義：「在一個人的心裏，應當懷有一個對世界的願望。」這裏的主題也不只是「安慰」而是人對於博大情懷的「需要」。史鐵生苦苦思索的答案，王安憶是通過她特有的理解世界之路找到的。對博大境界的追求使王安憶的創作步入了新境界。

上述作品都在一九八八－一九九一年間問世。這幾位當代文壇以持續多產、不斷深入探索文學與人生真諦著稱的作家都以獨闢徯徑的作品和不約而同從宗教中汲取創作靈感與人生真理的成果，顯示了文學與宗教的神奇緣分。雖然與史鐵生、張承志那樣的執著追求和偏執信仰相比，上述作品略顯單薄，但它們仍在當代作家探索宗教的史冊上佔有獨特的地位。也許，正是沒有刻意追求（或許《烏托邦詩篇》是例外）的邂逅才更能表明精神探求的極致必與宗教相通的定律。對於王蒙這樣的智者、對於范小青這樣有深厚的吳文化根基的小說家、對於賈平凹這樣的當代道家精神的傳人，中國傳統文化的豐富營養在他們身上滋養出的那份機智、那份淡泊、那份靜虛，似乎足以從容地與「世紀末情緒」周旋了。他們的從容正顯示了靈魂的充實。這種充實無疑也是一條獲救之路。這條路昭示人：宗教不是唯一的獲救之路。然而，他們還是在冥冥中走向了宗教……

就這樣，中國文化中儒道釋三教合一的傳統又與近代以來傳入中國幾浮幾沉、終於又在當代中國傳播開來的基督教文化在衝撞中融匯成一股新思潮：為世紀末的中國尋找更堅實的精神支柱的人文主義思潮。無論未來的風雲變幻如何神秘莫測，作家們的成功已經顯示：他們獲得了自救。本來，宗教的終極關懷是救世。但無數事實已經表明：救世永遠是理想，而自救才最可靠。

叩問宗教：為了追求崇高美

在閱讀當代的這些宗教題材的小說時，我時時為一股深厚的力量所感動。我注意到：宗教題材與崇高美之間存在著某種命定的聯繫。這是為什麼？

美國現代基督教神學思想家尼布林指出：「只有靠追求超越人之上的生命的終極可能性，才能實現超越平庸的社會生活現實的道德理想。」[17]對人生終極意義的追究勢必引人超脫世俗的煩擾，升入崇高的境界。多少思想家不約而同地走向了宗教，多少宗教徒為讓世界充滿愛而默默地工作著，多少浪子因為宗教的感召脫胎換骨痛改前非……無數事實昭示著宗教的偉力，以致使人一接觸到宗教的動人故事，就會感動不已。

當代文壇產生了一大批以表現人生的悲涼、現實的荒誕為主旨的作品。這是時代精神的體現：經歷了「文革」的「瞞」和「騙」，當代人不能不直面嚴酷的人生。危機感、荒謬感，是當代中國文化走向現代社會的必要前提。但因此就驚呼「崇高泯滅了」，以為「時代文學的這種庸俗」便意味著「美學觀念和審美趣味的某種錯亂」，[18]則視野未免狹隘。且不論寫危機感和荒謬感的眾多作品所達到的現代意識深度對於重造強大的民族魂是多麼必不可少，以為「崇高泯滅了」至少是對禮平、史鐵生、張承志……等人充滿崇高美的作品的陌生，對

17 引自默默：〈不抱幻想，也不絕望〉，《讀書》一九八九年第一期，第一二一頁。
18 何新：〈當代文學中的荒謬感和多餘者〉，《讀書》一九八五年第十一期。

當代人在喧囂中尋找崇高的潮流的隔膜。實際上，宗教的生命力歷千百年而不衰這一事實本身就表明：崇高以及對崇高的追求，是深深植根於人類本性中的一種情感需要。人類離開了對崇高的追求、對生存終極意義的關懷，是不可能生存和發展的。至於歷史發展中並不鮮見的「信仰危機」時期，也並不能作崇高泯滅的證明。一方面，在任何時候、任何地方，都有那麼一批最優秀的人執著於崇高境界的追求；另一方面，「信仰危機」本身也體現了在文化轉型時代人類對新的信仰的渴求。何況在人類罪惡能大釋放的某些歷史災難時期，俗眾的迷狂也是來自某種「崇高的」感召！

對人類生存意義的終極關懷，便是對人類命運的沉思。這種沉思必然伴隨著博大的悲憫與浩歎。當作家使筆下人物的苦難與求索與宗教聯繫在一起時，當作家使筆下人物發出古往今來一直牽動著人類命運的永恆天問時，一種深廣的歷史感也理所當然地產生了。就這樣，博愛融化了孤獨，悲憫稀釋了苦悶，激情戰勝了迷惘，崇高超越了平庸。為什麼我們讀有些寫命運無情的作品時感到冷酷，而在讀《卡拉馬佐夫兄弟》那樣寫悲劇宿命的傑作時卻既體驗了恐怖又感受到了深廣的溫馨？為什麼我們讀南珊的故事時常常感到她既柔弱又剛強？為什麼史鐵生筆下的那些殘疾人形象、張承志筆下的那些貧苦農民形象帶給我們的感動多於憐憫？為什麼王蒙的《十字架上》中毫無他慣有的調侃？為什麼范小青的《瑞雲》中也全不見她擅長的瑣細與清淺風格？為什麼賈平凹的《煙》中關於「古賴耶識」的議論會大大沖淡掉小說的魔幻色彩，也較他以前發過的許多「以靜虛療治浮躁」的議論要浩大得多、深刻得多？為什麼同樣是探索人的困境，王安憶的《烏托邦詩篇》就比《小鮑莊》、《小城之戀》、《鳩雀之戰》寫得要崇高得多、感人得多？——這一切「為什麼」的根源也許都在作家的作品中灌注了博大深沉的宗教情感，那便是：追求崇高的情感、胸懷人類的情感、體驗永恆的情感。這種情感便決定了作家在探索宗教對於人的意義時會自然採取一種肅穆的，崇高的審美目光，以表現人對於永恆的宗教偉力的敬畏。不是嗎？宗教的基本教義從來都非常樸素，但正是這些極樸素的教義卻蘊含了為眾多玄奧的哲學所無法取代的偉力，從古到今，給一代又一代人以生存的勇氣和發展的希望。

當然，話又得說回來：崇高並不獨鍾宗教主題。靳凡的《公開的情書》、張承志的《北方的河》、《大阪》這樣寫知識份子追求理想境界、自強不息的作品，鄭義的《老井》、賈平凹的《天狗》、周梅森的《大捷》這樣寫普通農民平凡而光輝的人格的作品，還有梁曉聲的《今夜有暴風雪》、陸天明的《啊，野麻花……》這樣為知青的悲壯奮鬥樹碑的作品和朱蘇進的《射天狼》、《炮群》這樣寫和平年代的軍人英傑的作品……都以對人憑著對事業的忠貞、對理想的追求、對美德的執著、對良知的堅守、對個性的自信而戰勝厄運、抵抗誘惑，以對這些普通人自我完善、問心無愧的平凡業績的動人刻畫達到了崇高美的境界。而他們對美德的恪守中所體現出的那種熱忱，不正是一種宗教般的情感嗎？還是康德說得好：「宗教與道德沒有任何區別。」「沒有道德的神是可怕的。」[19]對於優秀的人來說，宗教不是迷信，而是美德，是人自我完善的真理。不管怎麼說，當代的「宗教熱」復興和作家的探索宗教都是值得注意和研究的文化現象，儘管這種「熱」也許註定了在中國不會成為文化主潮。

——原載《文藝評論》一九九三年第一期

[19] 引自〔蘇〕阿爾森・古留加：《康德傳》，商務印書館一九八一年版，第二二一、二一四頁。

「新生代」文學與傳統神秘文化

我們這一代，腦子裏塞滿了神秘主義思維空間宇宙共振並且明白科學也不過是人類為了解釋世界而給自己設置的另一個圈套而已……

——林白：《子彈穿過蘋果》

神秘主義文化，是傳統文化的重要組成部分。在神秘主義文化中，積澱了多少人類理性難以解釋的世界之謎、人性之謎！從那些古老的神話傳說到「河圖洛書」，從楚人崇巫（「信鬼神，好淫祀」，見《漢書・地理志》）的古風到儒家關於「天命」的思想，從東北的「薩滿」信仰到粵人「祠天神帝百鬼」的風俗（《漢書・郊祀志》），還有世代流傳的風水講究、氣功法術、「麻衣相法」、占夢玄機、輪迴信仰……一切都昭示出中國文化的神秘幽深、中國人生命體驗的神奇莫測、中國人想像力的奇譎瑰麗。這一切，儘管在毛澤東時代因為科學的普及得到了一定程度的遏制，卻沒有也不可能寂滅。到了思想解放、現代化進程重新啟動的新時期，神秘主義文化再度復興。一方面，我們應該看到神秘主義文化的某些負面影響；另一方面，神秘主義文化的復興又提出了這樣的問題：它顯示了怎樣的文化心態？僅僅是愚昧心態的死灰復燃？還是思想解放、人性回歸、生命力返樸歸真的某種必然？而它在文學創作中的漸成氣候又昭示了文學與神秘主義怎樣的精神之緣？

具體說到當代文學中的神秘主義思潮，我們不難注意到相當一批作家在重新發現神秘主義文化的積極意義方面作出的可貴探索：或像賈平凹那樣將小說寫出「志怪」、「傳奇」的意味（例如《白朗》、《懷念狼》）[1]，或如鄭萬隆那樣發現了「薩滿」信仰與現代環境保護意識之間的契合（例如《我的光》），或似馬原，在致力於揭示生活的神秘性的同時有力地解構了理性的神話（例如《岡底斯的誘惑》、《零公里處》），或像黎汝清，深刻地剔發了歷史的神秘玄機（如《皖南事變》、《碧血黃沙》），或如王安憶，寫出了生育之謎、遺傳之謎（如《好姆媽、謝伯伯、小妹阿姨與妮妮》）和性愛之謎（如《小城之戀》、《崗上的世紀》）……因為有了思想解放的寬鬆氣氛，作家們自然會猜測人性與自然的神秘；又因為有了無數理性解釋不了的困惑，神秘的感悟和思考才順理成章地回歸文學與思想。本來，理性與非理性（超越理性的神秘之思）是人們認識世界的兩個互補的路徑，它們之間的相生相剋，都是大千世界無窮奧妙的反映。它們常常能奇蹟般地統一於許多文學家、思想家、政治家、科學家和普通人的世界觀中。可當像「文革」那樣思想統一、理性僵化的年代硬是要將人民的思想都禁錮在假馬列主義的牢籠中時，非理性就成了探索的禁區。然而，隨著「文革」的煙消雲散，深深植根在人們心靈中的神秘感覺和思想就會復蘇、成長，直至開出奇異的文學與思想之花……

就是在這樣的思想文化背景中，我們看到了「新生代」作家走向神秘主義境界的足跡。

1 參見拙作：〈賈平凹：走向神秘〉，《文學評論》一九九二年第五期。

叩問命運

命運這個詞，本身就具有神秘感。無論是中國的「天命論」、「時勢論」，還是西方的「宿命論」、「必然論」，都揭示了某種超人力量的存在。誠然，「認命」常常為強者所不取，但對於大多數無緣成為強者的人來說，「認命」的處世態度卻常常體現了十分複雜的心態：其中，既有挫折與苦難的體驗，也未嘗沒有豁達與順其自然的胸懷。相信「天命不足畏」、「人定勝天」的強者固然創造了許多的人間奇蹟，但不是也常常因為急於事功而招致了自然規律和社會發展規律（這兩個常用詞似乎與「命運」一詞有相近之義）的報復嗎？尤其是在「文革」這樣的激進運動遭遇了慘敗以後，人們在對激進主義的反思中開始冷靜地重新估量「命運」的意義。梁曉聲的《這是一片神奇的土地》、孔捷生的《大林莽》、韓少功的《回聲》、《西望茅草地》等作品都是對於理想碰壁、熱情虛擲的無情歷史的深刻反思之作。這些沉重的反思足以喚起人們對於人自身的局限性的認識和對於客觀世界強大力量的敬畏。

值得注意的是，「新生代」作家對於命運的感悟明顯不似上述「知青」出身的作家那麼側重於歷史反思的層面，而更具有本體論的色彩。也就是說，在他們看來，命運的神秘、強大，是在日常生活中也避免不了的。命運，就是人生的主宰。在這樣的世界觀支配下，他們審視人生悲劇的眼光就顯得冷靜了許多。無論是靜觀那些慘不忍睹的悲劇（例如余華的《現實一種》、《河邊的錯誤》、《一九八六年》，蘇童的《刺青時代》、《儀式的完成》等），還是理解那些麻木、逆來順受的人生（例如余華的《活著》、《許三觀賣血記》，蘇童的《罌粟之家》等），他們都顯得那麼無奈。用余華一篇小說的標題可以概括這一代作家對命運的理解：《難逃劫數》。在這篇具有濃郁的宿命色彩的關於性瘋狂與暴力的小說中，余華頻繁地使用這樣的句子：「他們沒有注意樹梢在月光裏顯得冰冷而沒有生氣，顯然這是不幸的預兆」；「那一刻裏她的右眼皮突然劇烈地跳動了幾下。由於被行動的慾望所驅使，她沒有對這個徵兆給予足夠的重視」；「當他此刻站在審判大廳裏重新回顧那一天的經歷時，他才知道彩蝶和男孩其實是命運為他安排的兩個陰謀」；「那個時候他們誰也不知道命運已在河邊為他們其中的一人設置了圈套」……在這樣的句子中，作家突出了災難的預兆和人對預兆的忽略，從而也就突出了「難逃劫數」的宿命主題，突出了悲劇的神秘意味，因為，中國人是普遍相信「預兆」和「劫數」的。同樣的宿命感，我們還可以在余華的其他作品中不斷感受到——在《世事如煙》中，有這樣的句子：「這個身穿羊皮茄克的男子，她在現實裏見到過六次，每次他離開時，她便有一個姐姐從此消失。如今他屢屢出現在她的夢中，一種不祥的預兆便籠罩了她。」「接生婆已經預料到她一旦走過那破舊的城牆門洞以後，她將會看到什麼」，「此後的事實果然證實了接生婆的預料」；在《死亡敘述》中，也一再出現這樣的句子：「這一切都是命中註定的」；在《呼喊與細雨》中，也有這樣的描寫：「他的死混雜著神秘的氣息」，「害怕和虔誠終於讓我看到了菩薩，我不知道是真止看到，還是在想像中看到……它一閃就消失了」。

在蘇童的作品中，同樣充滿了神秘的氛圍。例如《一九三四年的逃亡》中「無法解釋天理人倫」，「我想探究我的血流之源」，「有一顆巨大的災星追逐我的家族」這些句子的神秘意味；又如《罌粟之家》中關於「劉老俠……血氣旺極而亂，血亂沒有好子孫」的點化，關於「楓楊樹是個什麼鬼地方啊，初到那裏你就陷入了迷宮般的氣氛中」的渲染，關於「陳茂和地主一家之間存在的神秘的場」的描寫，都表達了作家對血緣、遺傳、性關係與階級關係之間極其複雜的神秘聯繫的感悟與猜想。在蘇童筆下，性與血氣緊密相聯；性關係常常使不同階級的男女的命運糾結在一起（《一九三四年的逃亡》中的地主陳文治與女長工蔣氏的性關係，《罌粟之家》中地主劉老俠、長工陳茂都與劉妻翠花花有著性關係）；縱欲又使得血緣紊亂，家族衰敗。

與余華擅長指點預兆、劫數不一樣的，是蘇童對「血氣」、「血緣」的關注。這種對「血緣」、「血氣」的關注使作家一方面寫出了人倫關係的複雜與神秘，另一方面也與中國民間對「種氣」（所謂「帝王氣象」、

「王氣」、「有種」等說法）、「血緣」（所謂「血濃於水」、「打虎親兄弟，上陣父子兵」）、「血性」的確信緊密相聯。但他們都致力於感悟命運的神秘，卻又異曲同工。還有魏微，不是也在長篇小說《一個人的微湖閘》（一名《流年》）的第六章中記下了對家族遺傳氣質的發現麼？——「有一種東西，流淌在他們的血液深處，一代一代地相承了下來。」「『相像』就是這樣的一種東西」，「那就像一條血液鏈，貫穿於他們的筋骨和脈絡裏，顯現於他們的容顏上。這是祖輩流傳下來，千百年來也不能改變。」這是「神秘的家族血液」。「我們家的男人，對愛情並不用心」。「我想起了我自己，很多年來，一直處於血緣的迷狂之中。我困惑……回首觀望我這三十年，幾乎沒有刻骨銘心的、無悔的愛情」。如此說來，道德品質有時也與血緣有關？

而格非、畢飛宇則比較注重偶然對於命運的決定意味。格非的小說《迷舟》、《大年》、《青黃》、《敵人》、《雨季的感覺》、《錦瑟》都一再強化著「命運的迷霧」或「迷一般的命運」以及「人們總是無法預料自己什麼時候會突然背運」之類主題。一系列「意想不到的事」（包括「意念深處滑過的一個極其微弱的念頭」、「自己也無法預料的感覺」、「陰錯陽差」的時間偏差以及天氣的變化引起的人的情緒、記憶的紛亂）都常常在偶然間改變了人的命運和事件的發展。格非是不可知論者，同時也是宿命論者。為了渲染神秘的氛圍，作家常常在自己的作品中安排算命先生的出場以渲染神秘氛圍。如果說余華的《世事如煙》中的算命先生還是愚昧與瘋狂的證明（他的胡言亂語對於那些渾渾噩噩的人們竟然具有那麼強大的影響力，但他的兒子在他誘姦幼女那一天的死去使他的虛妄受到打擊的描寫，則顯然有騙局破滅、迷妄幻滅的意義），那麼，在格非的作品中，既有卜卦失誤的描寫（《迷舟》），還有算命應驗的點染：如《敵人》中寫兩個瞎子隨口說出的話的一一應驗，在一定程度上渲染了趙家一系列災難的神秘氛圍；《湮滅》中寫陰陽先生關於「一切前世註定」的讖語也奇蹟般地應驗，就都有厄運已經註定的意義。畢飛宇也在小說《敘事》中寫道：「悲劇（似乎）總是發生在偶然之間。所謂偶然就是幾個不可迴避碰到了一起。這才有了命。才有了命中註定。……我不習慣依照『規律』研究歷史。歷史其實是一個浪漫主義詩人，他興之所至，無所不能。歷史是即興的，不是計畫的。」

作品中關於家族悲劇的歷史與日本侵華戰爭有關，也與日本人板本六郎愛好中國書法有關，當然還與在學習書法的過程中邂逅了陸家少女有關，而板本六郎對陸家小姐的強暴又在改變了一個家族的血緣的同時也改變了後代的心態。一切就是這麼地偶然。而小說在描寫「我」（陸家小姐與日本人的後代）與情人偷情時產生的「我成了板本六郎」的幻覺也入木三分地刻畫出了家族屈辱在後人心中的變態投射。在《楚水》中，也有這樣的議論：「歷史本身必須是謎，這是人類心智的極端需要。」「悲劇的意義就是由一個偶然走向無可更改的毀滅性必然。」值得注意的是，格非、畢飛宇比較側重對偶然的悲劇意味的渲染，而余華的《鮮血梅花》則寫出了偶然的喜劇意味：沒有武藝的阮海闊為了母親的期望踏上復仇之路。然而，在漫無邊際的尋找中，他卻在暗中接近了復仇的目標，並且在陰錯陽差中完成了復仇的使命。在這個故事中，余華一改《世事如煙》、《現實一種》的陰暗色調，突出了偶然的積極意義。只是，這樣的主題在「新生代」作家的創作中顯得相當少見，至少遠不如渲染偶然陰森可怖的作品那麼多。

就這樣，命運的神秘莫測和強大無比便成了上述作家觀察世事、探索人生不約而同得出的結論。神秘主義的宿命論與不可知論就這樣成為「新生代」作家世界觀與人生觀中的重要組成部分。不妨將這樣的文學思潮看作「文革」後「信仰危機」的反映。也可以從中看出傳統神秘主義文化的悄然回歸。

輪迴之思

世事如輪迴，是佛教的重要信念之一，也是古希臘哲人的猜想。[2] 輪迴之思，即「循環之道」，「是中國傳統文化中最根本的觀念之一。」「中國文化的諸多品性，或則是循環觀念的派生物，或者與其有密切關聯。以至從思維方式上看，中國傳統文化的最大特徵可以用一個圓圈來表示」。[3] 從陰陽五行說到天干地支圖，從「智圓行方」的處世之道到「無字不圓，無句不圓」的作文講究，[4] 從世道滄桑的治、亂輪迴到「五百年必有王者興」的政治期待，都體現了中國傳統文化的這一特點。這是與進化論頗不一樣的一種世界觀、時空觀。

不少「新生代」都對表現輪迴之思表示了濃厚的興趣。呂新的小說就特別偏愛「圓形」意象。在他看來，時間、歷史都是輪迴。他筆下的晉北山區永遠也走不出輪迴的陰影。他筆下的人物形象常常影影綽綽，模糊不清。他小說中的故事也常常支離破碎，紛亂重疊。這樣，他就以別致的筆觸突出了人生虛無的意義，而使「時間」、「日子」的輪迴意義得以凸現。《雨季之甕》中有這樣的文字：「我的筆驅趕著一批虎背熊腰的漢字，在山區亮度微弱而無限往返的時間裏遊移徘徊，緩緩而行。」「時光在山區的磨道裏緩慢而艱難地向前移動。」「圓形的日子，如鍋似碗。」《手稿時代：對一個圓形遺址的敘述》中也有這樣的文字：「時間就總在這種相同的形狀和數目中不斷重複。」「故事的內容每天都在重複……我們都坐在故事的某一

2 「古希臘大哲學家作小詩，自言前生為男子、為女人、為樹、為鳥、為魚……」，見錢鍾書：《管錐編》第二冊，中華書局一九七九年版，第七九五頁。
3 劉長林：《中國系統思維》，中國社會科學出版社一九九〇年版，第十四、二十二頁。
4 見錢鍾書：《談藝錄》（補訂本），中華書局一九八四年版，第一一二—一一三頁。

個角落裏……含著眼淚躺在了一個圓形故事的開頭或結尾處的門板上。」《撫摸》中對於「圓形的天空」、「圓形水壇」、「圓的意識」、「舊式花園」、「骯髒的水輪迴著流動」的描寫和「關於他的故事，我們只能簡單地設想是一個巨型的圓環」、「無數相同的千篇一律的洞穴使他們意識到他們實際上一直都毫無進展地走在一條重複循環的舊路上，他們終於發現了他們是在沒有意義地一遍一遍地兜圈子」的刻畫也都突出了輪迴的意味。

呂新對「圓形」意象的反覆描繪別開生面。而余華、格非、劉繼明則以「圓形」作為小說的敘事結構，在「圓形」的敘事中傳達出人生如迷宮的感悟與歎息。例如格非的小說《褐色鳥群》的故事推進就呈現出這樣的結構：在夢幻般的故事裏，時間出了毛病。敘述者與「棋」是相識還是陌生？敘述者與那個女人在未來時間裏的相遇似乎是過去夢中故事的自然結果，可一切又似是而非。相似的情節一再重複，重複中又常常有錯位。是時間出了毛病？還是記憶出了問題？小說中的一句話「故事始終是一個圓圈，它在展開情節的同時，也意味著重複」是全篇的點睛之筆。余華的小說《此文獻給少女楊柳》也是圓形敘述：在這篇時間錯亂的作品中，少女楊柳死亡的故事和敘述者尋訪楊柳家的故事在一再的重複講述中呈現出莫衷一是的模糊感，而那些重複的講述又形成了一個又一個的圓形怪圈，昭示著真相的模糊不可知。劉繼明的小說《明天大雪》裏的四個男人都在大雪的前夜出門在外，陰錯陽差地投入了某個女人的懷抱——洪商人為吳老闆的女人所引誘，吳老闆因同情王獵戶的女人而墜入情網，王獵戶對燒炭人的妹妹翠一往情深，燒炭人又以對玖的癡心摯愛而如願以償。小說中的每一個男人都為一個陌生的女人所征服。但小說結尾處的一段文字又預示了新的開始：「他（洪商人）到達的實際上是一個更加令他感到陌生的地方。」在這樣的故事的後面，我們可以感受到作家對人性的理解：許多人都不滿足於已經獲得的愛情，他們總是嚮往著新的目標，而新的目標又常常是他們新的困惑的開始。人，就是這樣不斷棄舊圖新的麼？可事實上，不是也有許多人在經過漫長的期待和追求以後而知足常樂了麼？

「圓形」的結構因此而具有了哲理的意味，豐富了我們對人生的理解：世世代代的人們，總是在追求著相似的目標，或做著相似的噩夢；而那些目標的實現又可能帶來新的困惑，那些噩夢的周而復始又在冥冥中昭示著人性的奧秘。這樣的追求與困惑構成了人生循環不已的輪迴。這樣的輪迴也就自然成了人生與歷史的一種形態。

夢境體驗

文學與夢，從來密切相關。二十世紀初，弗洛依德的《釋夢》一書打開了人類探索潛意識的大門。而中國古老的占夢術則早就將夢可以預測未來吉凶的意識播入了人們的心中。科學研究表明：那些重複的噩夢可能是做夢者身體隱疾的反映；有的噩夢則是親人之間心理不祥感應的顯現。北島的詩句「我不相信夢是假的」是「文革」中無數人痛苦體驗的概括；殘雪筆下的破碎夢魘是「文革」中人性異化、人心扭曲的傳神寫照（例如《蒼老的浮雲》、《黃泥街》）；賈平凹在中篇小說《廢都》中寫「現實與夢境的吻合」，在《晚雨》中寫相愛的男女主人公做相同的夢，既為小說創作平添了一些空靈之氣，也顯示了作家的奇特生命體驗（作家說過：「我就愛關注這些神秘異常現象，……西安這地方傳統文化影響深，神秘現象和怪人特別多，這也是一種文化，在傳統文學中有不少這類現象存在著」，「柯雲路關心的神秘、特異功能和我作品中的什麼現象是兩回事情。我作品中寫的這些神秘現象都是我在現實生活中接觸過，都是社會生活中存在的東西。」[5]）。下面，我們會看到：噩夢可能成真，如何成了不少「新生代」作家創作的一個常見主題。

蘇童的《黑臉家林》講述了一個少年的短暫人生：他「很怪，一年有三百六十五天要做惡夢」，夢醒後就

[5] 賈平凹、張英：〈地域文化與創作：繼承和創新〉，《作家》一九九六年第七期。

痛苦萬分。只有在有了性體驗以後，才睡得安穩了。可到了結婚之夜，他卻夢見了狼群，於是跳樓自盡了。他的生活本身就是一場惡夢。在這篇作品中，作家寫出了一種病態的人生。在陳染的長篇小說《私人生活》中，也有主人公倪拗拗噩夢成真的情節：她夢見葛家女人死去，醒來後果然得知那女人被虐殺的噩耗。陳染說過：「我對神秘主義一直有一種興趣。……我所以喜歡博爾赫斯等作家的一些東西也就是因為他們小說裏面的神秘意味。」「愚昧當中有很多神秘主義，真正的現代文明當中也有許多神秘主義。」[6]劉繼明認同關於他的小說動機就是「尋夢」的說法，並且補充道：「我是生活在夢想裏。但我的夢往往又是奇怪的夢，非常恐怖，恐怖到極點，讓我非常害怕，我唯一可做的就是逃，所以我在生活中逃跑的願望也是非常強烈。……這種夢確實是時時壓迫著我，所以我把這種夢也寫進了小說裏。」[7]他的《前往黃村》就充滿了迷霧的氛圍，陰森恐怖。

我注意到，在「新生代」作家筆下，有許多的噩夢；但有意思的是，他們筆下的主人公一面害怕做噩夢，一面又渴望通過做夢逃避現實。丁天就在自傳體長篇小說《玩偶青春》講述了恐怖的夢：被人追殺、呼喊救命。這樣的夢，顯然與主人公厭學，卻不得不面對強大的精神壓力有關。可過著自由、放縱生活的青年就可以逃避噩夢的追逐了嗎？安妮寶貝的《小鎮生活》中的主人公不是也常常重複那個被人追逐的夢魘嗎？「不知道追趕在身後的是什麼，卻清楚心裏焦灼無助的恐懼。在慌不擇路的奔跑中，一次次陷入迷途，最後發現自己始終是在兜一個圈子。」這裏，「焦灼無助」也許是夢魘的癥結所在？可主人公又是那麼地迷戀做夢！因為，「夢不需要語言。它們是靈魂深處黑暗而驚豔的花園。所以有時我覺得，夢才是屬於我的現實……我是這樣激烈而貪婪地需索著它的華麗，卻不想看到日光從玻璃後面照射進來以後，留給我臉上的蒼白和心中的空洞。夢魘是一種真實，而清醒似乎是沉睡。」在這奇特的人生體驗的深處，是但願長睡不願醒的人生選擇。而燕華

6　林舟、齊紅：〈個體經驗的書寫與超越——陳染訪談錄〉，《花城》一九九六年第二期。
7　〈尋夢歌手的批判與關懷——劉繼明訪談錄〉，《小說的立場》，廣西師範大學出版社二〇〇二年版，第四八八頁。

君也在長篇小說《聽聽耳環》中描寫了同樣的心態：一方面記錄了主人公「一些怪異且恐怖的夢」：漆黑的小巷、漆黑的人群，「鋪天蓋地的漆黑，整個的漆黑，它們都齊齊地朝我壓下來。一直到我渾身濕透，尖叫著從夢裏醒來」……這些夢都是在父親落葬後出現的，那麼，它們是主人公戀父情結的折射嗎？而做夢人的困惑是：「我做這些夢是什麼意思呢？我去找誰解釋這些荒唐的夢呢？」可另一方面，生性懶散的主人公又常常無端地渴望著「夢聯著夢，夢套著夢」的生活，甚至覺得多夢的生活使「人生慢慢地變得有意思起來」。夢雖無聊，卻耽於做夢，這種心態也正是一些庸庸碌碌、無意進取的人們典型的生活方式的體現吧。

而海男則談到這樣的生命體驗：「我完完全全生活在某種預感和偶然當中。我經常做夢，然後這夢一直走進白天的生活，我是完全生活在神秘氣氛中的人。小時侯我就生活在一種魔幻的現實中，跟馬爾克斯筆下的魔幻極為相似……」「我是個宿命論者，比如說我老願意用撲克牌算命什麼的，做夢對我來講也是很重要的，我每做一個夢，第二天都要應驗。我完全是在一種預感中生活」[8]。這樣奇特的人生體驗顯然顯示了作家不一般的心理素質。

但畢竟，還有另一種夢境。

遲子建的小說《遙渡相思》也是一篇寫夢的作品，卻已經超越了惡夢的境界。其中，既有得豆因夢見父親的亡靈而在吃飯時看見父親的頭顱在飯桌上出現的幻覺描寫，也有夢見大蟒蛇而期待不一般的男人來臨的迷信心理描寫，還有在夢中感到父親的靈魂悄然回家的感覺描寫……一連串的夢境描繪為全篇籠罩上一層神秘色彩。在這樣的描寫中，我們不難看出東北故鄉文化對於作家具有浪漫風格作品的影響。民間的泛神論信仰為遲子建表現東北人的神秘感覺鋪墊了厚實的基礎。這樣，作家關於夢的描寫就具有了濃郁的風俗畫色彩。遲子建

[8] 〈穿越死亡，把握生命——海男訪談錄〉，張均：《小說的立場》，廣西師範大學出版社二〇〇二年版，第三四四、三五八頁。

在小說《原始風景》中寫的一段文字顯然也是作家個人的世界觀的表述：「我不是一個樸素的唯物主義者，所以我不相信那種科學地解釋自然的說法。我一向認為地球是不動的，因為球體的旋轉會使我聯想到許多危險，想到悲劇。我寧願認為我生活在一片寧靜的土地上，而月亮住在天堂，它穿過茫茫黑夜以光明普度眾生。」在一篇題為〈假如魚也生有翅膀〉的散文中，她還告訴讀者：「在夢境裏，與我日常相伴的不是人，而是動物和植物。白日裏所企盼的一朵花沒開，它在夢裏卻開得汪洋恣肆、如火如荼。……我在夢裏還見過會發光的樹、游在水池中的鱉、狂奔的鬣狗和濃雲密佈的天空。……我曾想，一個人的一生有一半是在睡眠中虛過的，假如你活了八十歲，有四十年是在做夢的，究竟哪一種生活和畫面更是真實的人生呢？」所以，她相信：「夢境也是一種現實，這種現實以風景動物為依託，是一種擬人化的現實，人世間所有的哲理其實都應該產生自它們之中。我們沒有理由輕視它，把它們視為虛無。……而且，夢境的語言具有永恆性，只要你有呼吸、有思維，它就無休止地出現，給人帶來無窮無盡的聯想。」[9]是的，夢也常常與美好的嚮往緊密相聯。美夢成真的事情在日常生活中不是也常常流傳嗎？

我注意到，衛慧也發現了夢的積極意義。在她的小說裏，「夢」也是一個經常出現的主題。在《艾夏》中，她講述了這樣的睡覺體驗：「睡覺就是這樣一種具有集體力量的奇妙行為，在眾多夢境的間隙中，存在的是時間，有血有肉的生命支架靠不住時，按照總的邏輯，人們只能懶洋洋地趴下。」午休「是夏天裏最完美的夢魘時分，無休止的渴望地帶。」在《像衛慧那樣瘋狂》中，她這麼表達了自己的人生觀：「一切都讓它順其自然吧，想我所想，夢我所夢，是有那麼一些東西超乎我們的想像，是無法預先算計的，這也是我們的生活充滿變幻，並仍然富有喜劇性的因素之一。」在這些描述中，作家闡發了夢的象徵意義：夢就是逃避，夢就是安慰，夢還是希望。

[9] 遲子建：《清水洗塵》，中國文聯出版社二〇〇一年版，第三五六頁。

有多夢的體驗，就會有夢幻般的文學語言。夢囈，常常是破碎、零亂、沒有頭緒的。呂新自道：「我的許多小說就是得益於一次又一次的睡眠。……睡眠為我提供源源不斷的語言的輪廓」。[10]因此，他的小說就產生了夢幻般的效果。如他筆下那些描寫晉北山區景觀的句子：「那些無聲地遊動在山區的黑影如鳥如神，紅楊樹枝啪啪地響，土裏土外熱烈地泛著一種血腥氣。有如銅錢大小的陽光，迷濛而燦爛。」「蒼白的太陽像一個出門不久的病人孤零零顫巍巍地拄著手杖站在大門口……流油不止的晉北山區啊熱烈無度的晉北山區」（《農眼》）「太陽是在半夜裏升起來的。」「遠處的山出現了許多種太陽的顏色。」「晉北山區血紅的山川……」（《舊地：茅草一片金黃》）「太陽正斜倚在一棵樹後呼呼地睡覺。」（《圓寂的天》）「這一章裏的風景裏插滿了無數的枯枝。」「那是山區廣大勞動人民灰褐色的手臂。」「地裏長出了如雲的黑髮。那些鮮紅的、碧綠的和灰褐色的鳥糞都夢見他了，夢見他在山區的戲臺子上強作歡顏，夢見他巨大的墨綠色的頭顱膨脹不止，空空如也。」（《黑手高懸》）呂新擅長描寫景物的變形、顏色的變異、感覺的奇詭。一切都像超現實主義的畫一樣，神秘而怪誕。呂新因此而在山西作家群中自成一格，也在小說詩化的嘗試中作出了獨特的貢獻。[11]陳染的兩篇作品的題目，都有「夢」的意象，如《巫女與她的夢中之門》和《夢回》。前一篇寫一個有「戀父情結」的少女的瘋狂體驗，但小說結尾處的一段文字卻使故事籠罩在了虛幻如夢的氛圍中：「我的任何記憶都是不可靠的。在藍蒼蒼恬靜的夏日星空下與在狂風大作的冷冬天氣裏，追憶同一件舊事，我會把這件舊事記憶成兩個面目全非、徹底悖反的兩件事情。」後一篇寫一個女人從前由於「長時間一板一眼地生活」，「連夢也很少做」，走近中年時「卻難以控制地做夢了」的人生體驗。奇怪的是，人近中年，卻常常夢見自己成了老婦人。這樣的夢顯然是早衰心態的體現，又足以使人聯想到許多年輕人看破紅塵的冷漠心境。而林白，也在作品

10 呂新：〈《撫摸》序語〉，《山西文學》一九九三年第四期。
11 見拙作：〈蒼涼之詩——呂新小說論〉，《當代作家評論》一九九二年第五期。

中多次寫到夢境。在長篇小說《一個人的戰爭》中，就從童年之夢一直寫到了成人的白日夢：「在遙遠的童年就穿越了害怕的隧道，她在無數個五點半就上床的、黑暗而漫長、做盡了惡夢的夜晚經受了害怕的千錘百煉」；「我的耽於幻想、愛做白日夢的特性」使主人公常常神往於虛無縹緲的情感和遐想（例如：「我常常遐想，深夜裏的河流就是冥府的入口處，在深夜的某一個時刻，那裏彙集了種種神秘的事物，在某些時刻，我會到那裏，等待我生存的真相，我不止一次地聽見一個聲音對我說：你是被虛構的。」）；「現在追憶起來，有許多事情都是模糊不清的，像夜晚的水流，在夢中變化，永遠沒有一個清晰的形狀」……在長篇小說《守望空心歲月》中，她寫道：「只有我們自己的夢境才與我們息息相關」，「恐怕的夢記憶猶新，美好的夢不一而論。」「我想起了童年時期經常出現的一個夢境，那是一道瑰麗的彩虹，從幽暗的地方走到我的眼前……它在不同的夜裏反覆出現，我不知道它到底意味著什麼，直到現在，還是沒有人能解釋這個夢。」「夢境是一種飛翔，看電影和戲是一種飛翔，寫作是一種飛翔，吸人麻是一種飛翔，性交是一種飛翔，不守紀律是一種飛翔，超越道德是一種飛翔，死亡是一種飛翔。它們全都是一些黑暗的通道，黑而幽深，我們側身進入這些通道，把世界留在另一邊。」夢的恐怖，夢的神秘，夢的美好，夢的離奇，在林白的筆下可謂洋洋大觀，也為她的小說籠罩上一層神秘的浪漫色彩。作家告訴我們：「我這種在小說裏所表現出來的某種神秘的或者巫性的東西，可能是我們這種從西南邊陲出來的人自身天然攜帶的。我身上也許像別人所說的有某種巫性……」[12]這樣的猜想與前引遲子建關於東北神秘文化影響的有關論述一起，使我們注意到神秘文化的本土根基。是的，神秘文化不僅僅與作家的個人心理素質有關，也與本土文化氛圍有緣。還有衛慧，也喜歡夢幻般的語言風格。在《像衛慧那樣瘋狂》中，就有這樣的文字：「紅色的血，白色的黏液，無色的淚水，黑色的墨汁，黃色的臭尿，我不再是

---

12 〈生命的激情來自於自由的靈魂——林白訪談錄〉，張均：《小說的立場》，廣西師範大學出版社二〇〇二年版，第二八二頁。

我，而是鼴鼠、母狗、罌粟、百合、陰溝、絞肉機、行星、蛆蟲、墳墓、恥毛、黎明、病房、戰爭、鋼琴、達達、夢境、凶兆、宗教、謊言、國際歌的結合。這種結合像痔瘡一樣粘住屁股不放。我繼續在陰影裏面手淫不止，生命不息。」這樣紛亂的文風，如夢囈般撲朔迷離。燕華君的《聽聽耳環》中也有一段描寫主人公的母親看戲心情的文字：「皂靴，綸扇，水袖，花釵，蓮步款款，香喘吁吁，紅樓驚了夢，遊園驚了夢，這個夢那個夢。身世飄零的女子啊，夢斷青樓的女子啊，除卻巫山不是雲的那個女子啊，我要為你癲狂了！」「母親癡迷這樣的生活，它是真實的，它又是虛幻的。」紛亂的意象，既是青春激情飛揚的生動折射，也是夢境支離破碎的寫照。

由此可見，跳躍的意象，變形的感覺，奇特的聯想，朦朧的幻想，成了相當一批「新生代」作家的文字特色。這樣的文風，在表達了他們奇異的生命體驗的同時也為作品平添了許多神秘而空靈的詩意。不妨稱之為「充滿神秘感的詩意小說」。這些文風唯美的文字，與那些描寫「原生態」的寫實小說也形成了鮮明的對照。如果說「原生態」的寫實小說是現實世俗化人生的真實反映，那麼，「充滿神秘感的詩意小說」則顯示了逃離現實的生命衝動，也顯示了古老的神秘文化在「新生代」心中產生的持久迴響。

傳奇故事

人生，有許多不可思議的奇遇：從綿綿不絕的神話和鬼故事到現代生活中那些一直解不開的自然與世界之謎。對這些奇遇的記錄構成了中國古代「志怪」、「傳奇」的基本內容。當代作家中，賈平凹的《龍捲風》、《瘪家溝》、《太白山記》，莫言的《奇遇》，王潤滋的《三個漁人》、《海祭》都具有相當濃郁的魔幻色彩。無論是記錄鄉間的傳奇，還是發現生活的詭異，都給人以耳目一新之感。「新生代」作家中，也不乏這方面的佳作。

例如蘇童的小說《儀式的完成》就通過一位民俗學家考察鄉間「拈鬼」習俗卻不幸死於非命的故事，揭示了偶然的神秘莫測。——對這樣的故事，科學論者當然可以以「偶然」一笑了之。但這樣的作品在蘇童的創作中顯得相當獨特，體現了作家對「神秘」的不可思議性的關注。林白的《青苔》中也記錄了一位女友關於陰間的信念：她在一天清晨發現，她父親生前用過的一隻茶杯無端地裂開了一道細細的紋，而它頭天晚上還是好好的。（類似的傳說，在民間層出不窮，十分流行。）她相信，這一定是她摯愛的父親的靈魂回來的證明。鍾晶晶也在《拯救》的結尾描繪了「趕屍」的風俗：無親無故的外地勞工死去後，他們的屍體會被戴著面具的活人神奇地「趕」著，「走」向回故鄉之路。（這樣的古老風俗，據說千真萬確！）又如遲子建的小說《格里格海的細雨黃昏》也講述了一個神秘的故事：一位不怕鬼的作家在漠那小鎮上一再為夜間鬼魂出現的跡象所困擾，於是只好請巫師驅鬼。而巫師的驅鬼術也的確神奇地使鬼魂銷聲匿跡了一陣。值得注意的，是在小說的結尾，作家後來因為自己大膽驅鬼的經歷而感到「無比羞愧」的體驗。作家悟得：「我想那是一種真正的天籟之音，是一個人靈魂的歌唱，是一個往生者抒發的對人間的綿綿情懷。我為什麼要拒絕它呢？在喧譁而浮躁的人間，能聽到這樣的聲音，只應該感到幸運才是啊。」這樣，作家就將一個常見的「鬼故事」翻出了新意。在小說《白雪的墓園》裏，遲子建也寫下了這樣奇異的感覺：父親去世的時候，母親的眼睛裏突然出現圓圓的一點紅色。「我總覺得那是父親的靈魂，父親真會找地方。父親的靈魂是紅色的，我確信他如今棲息在母親的眼睛裏。」奇特的是，當母親去墓園中憑弔了父親以後，她眼中的那點紅色也消失了。「看來父親從他嚥氣的時候起就不肯一個人去山上的墓園睡覺，所以他才藏在母親的眼睛裏，直到母親親自把他送到住處，他才安心留在那裏。」——對這樣的故事，也許可以看作是一陣「幻覺」。但聯繫到作家「我不願意相信那種科學地解釋自然的說法」的自白，你不能不發現作家思想中根深蒂固的泛神論情感。正是這情感使遲子建寫出了風格清新、空靈而魔幻的作品。

東方神秘主義文化的悠久傳統，已經在一代又一代人的心靈深處打上了抹不去的烙印。無論是源於古老的傳說，還是來自本人的神秘體驗，那些神奇的故事一直在流傳，並且漸漸形成了中國古典小說的魔幻傳統：從《三國演義》中諸葛亮、關羽的鬼魂顯靈場面到《水滸傳》開篇「洪太尉誤走妖魔」，從《紅樓夢》中賈寶玉「神遊太虛境」和「奇緣識金鎖」到《聊齋志異》的志怪傳奇，可謂源遠流長、蔚為大觀。到了現代文學，雖然科學主義世界觀的引入大大沖淡了這一傳統，而使現實主義的文學有了長足的發展，但是，魔幻的傳統並沒有寂滅。郁達夫小說《還鄉記》、《還鄉後記》、《十三夜》、《青煙》中對於夢幻的描寫，許地山小說《命命鳥》中關於夢幻世界的描寫，巴金小說《憩園》、《寒夜》中有關夢境的描寫，蕭紅小說《呼蘭河傳》、端木蕻良小說《科爾沁旗草原》中關於「跳大神」風俗的描寫，徐訏小說《鬼戀》中有關人鬼之戀的描寫，曹禺《雷雨》中的宿命主題……應該說都是傳統神秘主義文化的悄然延續。然而，儘管如此，畢竟只是到了拉美魔幻現實主義文學在一九八〇年代在中國文壇激起了千層浪以後，那與拉美魔幻文學息息相通的中國傳奇志怪文學的傳統才得以重放異彩。這一現象是可以發人深思的。在多元化的文學格局中，應該有神秘主義文學的一元。因為，它不僅具有不可替代的文學魅力，也與許多人的神秘體驗相通。也許，神秘也是一種「真實」。由此甚至可以得出這樣的推論：只要是忠實於現實主義的精神，就或多或少會在對人物心理或民間風俗的描寫上接近神秘主義。因為，神秘主義本身就是現實生活的一部分。而「新生代」對這一文學傳統的繼承，既折射出他們的生命體驗，也是當代人被強大的異己力量裹脅著奔向不可知未來的心態體現。

——原載《華中師範大學學報》人文社會科學版二〇〇五年第一期

當今女性文學與神秘主義

論及女性文學，關於「身體寫作」的議論已經為人熟知。但關於女性文學中的神秘感覺、神秘氛圍、神秘猜想，則似乎鮮有論及。然而，在當今許多女作家的作品中，濃厚的神秘主義氛圍卻是很值得注意的：這些神秘主義的描寫為當代文學增添了怎樣的異彩？在這些神秘主義的描寫的深處，埋藏著瞭解女性文化心態的怎樣奧秘？這樣的文化心態對於理解中國當今女性文學的特質具有怎樣的意義？

神秘主義，東、西方都有。東方神秘主義與西方神秘主義有相通之處（如都有宿命論，都有釋夢的理論，都有關於直覺、預感的迷信，等等）。但東方神秘主義仍然具有自己的特色（例如輪迴的觀念，氣功和瑜珈的神奇，以及陰陽五行、天人感應的學說，等等）。這些特色有的雖然已被科學證明是虛妄，卻一直在民間廣為流傳（因此，描寫原生態的民間文化就很難迴避對於民間迷信的刻畫）；有的迄今為止仍然是科學難以解說的奧秘（例如氣功和瑜珈的原理、中醫的經絡學說）；有的則已經與現代物理學和環境保護思潮合流（例如美國學者卡普拉就在《物理學之道》一書中證明：「現代物理學家與東方神秘主義……有許多共同之處」[1]；）。而

[1] 灌耕編譯：《現代物理學與東方神秘主義》，四川人民出版社一九八三年版，第二一三頁。

如果東方神秘主義已經深深溶化在了絕大多數東方人的血液中，那麼，一個不言而喻的結論就是：研究東方人（當然包括中國人）的心智結構、情感特徵、民族性格，就繞不開神秘主義。因此，神秘主義就應該成為研究東方文學的一個重要切入角度。從這個角度切入的研究，對於理解並闡釋中國文學的特色，無疑具有深長的文化人類學意義。

另一方面，女性因為長於情感性、直覺性而顯然更具有神秘氣質。法國女權主義思想家西蒙・波娃就指出過：「女人的心理狀態，因襲了過去崇拜土地魔力的農業社會心理：她是相信魔術的。……她相信心電感應，相信星相術、催眠術、占卜、碟仙、千里眼；相信『信則靈』；她的宗教信仰充滿了原始的迷信；譬如蠟燭、符咒等；她相信聖人是古代自然界神怪的化身……她對人生的態度，同占卜或祈禱時的態度差不多」。「女人不接受邏輯理論和道德規範……在她的生活領域裏，處處都有魔術產生；而在她生活範圍之外，則一切都神秘不可測。」[2]這樣的描述與心理學家榮格關於女性心理原型的論述是暗合的：「阿利瑪形象通常都是在女人身上得到外象化的。」「隨著阿利瑪原型，我們進入了神的王國，或者更準確地說，進入了形而上學為自已保留的王國。阿利瑪所觸及的一切事物都變得神秘起來——變成了無限制的、危險的、禁忌的、魔幻的事物。」「……某種奇怪的意義附在她身上，這是種神秘的知識或者潛藏的智慧。」[3]當我們發現，女權主義的自我認識與文化研究的原型評論在關於女性心態的神秘主義特質的確認方面不謀而合時，就更覺得有探討女性文學中的神秘色彩的必要了。

而根據中國學者劉長林的研究，由於中國傳統思維方式具有「濃厚的情感因素」、「重視形象思維」、「長於直覺思維和內心體驗，弱於抽象形式的邏輯推理」等特徵，因此，「中國文化在總的趨勢上有陰性特

2 〔法〕波娃：《第二性——女人》（中譯本），湖南文藝出版社一九八六年版，第三八五、四〇五頁。
3 〔奧〕榮格：〈集體無意識的原型〉，《心理學與文學》（中譯本），三聯書店一九八七年版，第七十八、八十一頁。

徵」，「與女性思維和心理特徵相應合」。[4]這樣的研究結論無論是對於中國民族性的深入探究，還是對於中國女性文學研究的深化，都具有重要的參考意義。因為，既然中國傳統思維方式與女性思維和心理特徵相合，則對於中國作家思維方式與情感狀態的研究就自然通向了神秘主義的領域……

神秘的感覺與想像

神秘首先是一種奇特的感覺，並與神奇的猜測與想像和傳統神秘文化的暗示緊密聯繫在一起。

徐小斌自道：「打我很小的時候，神秘和魔幻便浸透了我想像的空間……支撐我創作的正是我對於女性繆斯的迷戀和這種神秘的智性的眩暈。」[5]她的《雙魚星座》、《迷幻花園》、《末日的陽光》、《羽蛇》都被各種色彩的神秘氛圍所籠罩。例如《羽蛇》這部顯然帶有相當自傳色彩的作品，開篇就寫道：「寫這樣一部小說的想法，從很早就開始了，也許，是從生命的源起，從子宮裏就開始了。」似乎有點誇張，但細想一下，又似乎並非荒誕不稽（佛教不就認為世間因果是無始無終、無窮無盡的麼？所謂「三世因果」，其中有大智慧焉）。整部小說寫血緣的神秘，感覺十分瑰麗：主人公羽多次夢見那口幽藍的小湖，「就是她出生的那塊地方，那湖中緩緩張開的巨蚌」，「那一整塊藍的水晶……那個被黑色羽毛封閉起來的蚌」。這一意象的性意味顯而易見。但這神奇的夢又總是與女主人公羽的孤獨情感和虛無意識緊密相聯。作家相信：「有一種神秘令人無法駕馭。你只能聽憑那力量把你拉向懸浮在天空的古老理想。」小說中關於外婆（玄溟）與母親（若木）、

4 劉長林：《中國系統思維》，中國社會科學出版社一九九〇年版，第五七八—五八一頁。

5 徐小斌：〈寫在《紅罌粟》叢書出版之際〉，《世紀末風景》，雲南人民出版社一九九六年版，第一〇九頁。

母親與女兒（羽）之間怨毒情緒的刻畫，關於母親「冷漠、刁蠻、心硬如鐵」的描寫，都相當無情地解構了東方女性的神話。《末日的陽光》講述了一個少女的「文革」記憶，作品自始至終貫穿著猩紅色的夢幻記憶——從開篇「有一件神秘的往事……我十三歲那年忽然對於黯淡的猩紅色有了一種莫名的恐懼。我躺的那張床對面掛著一片姐姐拾來的楓葉。……即使黑夜也抹不掉那種古怪的顏色。那楓葉在黑暗中通體晶瑩有如被施了巫術。……我突然長大成人。眼前那片楓葉慢慢變得碩大無比不可理喻，那一片猩紅色淹沒了我猩紅在冥冥中化作一種氣味洞穿我的身體……」到情節推進中因為讀了屠格涅夫的《前夜》而感到「恍惚中似乎有一片暗淡的猩紅色降臨在我的床邊。那好像是一個身披猩紅色斗篷的年輕男人」，並因為他的多次降臨而引發自己對於死的感覺而醒悟「那便是死神」，而發現「死是猩紅色的」，再發展到與那個「紅衛兵」領袖相處的時候驚訝地發現他對於猩紅色的解釋（「那猩紅色不是地獄之火而是太陽是末日的太陽是被鮮血浴過的太陽啊」），並因為這新的解釋而對猩紅色有了新的認識……神秘的體驗是與強烈的色彩溶在了一起的。

感覺是一個變化無窮的世界。感覺是一個難以言述的領域。感覺與個性聯繫在一起，與獨特的生命體驗、心理素質、想像力緊密聯繫在一起。而女性，又因為感覺比男性更為敏銳、豐富，而更善於去描繪那變化無窮、玄妙無比的感性體驗。而在感性世界中，預感又尤其神奇（據說女性的預感能力比男性強）。

請看徐小斌在《羽蛇》中如何寫羽的心理定勢：「一切事情當她還沒做的時候她就預感到要失敗」，但這是因為「她永遠擺脫不了母親的陰影，每當她就要快樂起來的時候，母親會告訴她，她要失敗，她所做的一切都是一個零，甚至負數。她還沒有真正開始就被打敗了，但我們並不知道也無從知道，她究竟被什麼打敗。」這段話清楚地寫明了**神秘預感的現實根源**。這意味著，徐小斌不僅對於神秘的人生體驗有敏銳的洞察力，而且還關注神秘心理形成的現實基礎。在長期的心理暗示和精神壓力下，人的心理定勢是很容易滑向已經形成的精神軌道的。

陳染也一再寫到了神秘的預感及其應驗。在《沙漏街的卜語》這樣一篇看似探案故事，其實旨在渲染神秘氛圍的小說中，作家寫主人公「總是長時間地沉溺在預感當中」，並覺得「也許正是這個特點，我的奇思異想、怪夢幻象才源源不斷地湧瀉到筆端。」而且「回首望去，許多年前我從子虛烏有中產生的預感，在今天都得到了應驗。」小說的主題是：「世界上的確有一些神秘莫測的事情，令人匪夷所思。」在具有自傳色彩的長篇小說《私人生活》中，作家這麼描寫了自己的神秘預感：

> 從一開始，便有一種涼嗖嗖的不祥的預感從母親的門縫裏邊鑽出來，爬上我的臉孔，我從那一扇令我望而卻步的灰門上，模糊地觸摸到一種與死亡相關的東西，這毫無道理的預感，使我遲遲不敢為母親打開那一扇鐵門，彷彿這扇門一旦被打開，便打開了一片災難。
>
> 果然，這預感在不久的幾年之後應驗。

有了諸如此類的神秘體驗，就自然會習慣於進行神秘的猜想。徐小斌就在《羽蛇》中記錄了這麼一個「十分令人驚奇的發現：在許多女童的幻想中，都有著一個美麗或者特別的成年女人，她是她們的母親的原始心像，也是她們一切慾望的緣起。是她們的同性喚起了她們最初的慾望，但她們很難接受這個事實。」羽的大姐綾性早熟的故事就是證明。這樣的感覺，以及由這樣的感覺產生的一些人間故事顯然**對於佛洛伊德關於女孩子具有「戀父情結」的理論是一個有力的挑戰**。小說中還有一段關於羽的母親若木在懷著羽時喜歡吃毒魚的眼睛描寫，並由此產生了這樣詭異的文字：「羽的怪癖也許恰恰來自那些毒眼。那些毒魚的眼睛在羽的眼睛背後生了根，能夠洞穿一切。這種洞穿一切的能力使羽看世人總有一種渾濁的感覺。」這種神秘的猜測相當奇異，也隱隱傳達出了作家對大千世界萬事萬物之間存在著千絲萬縷的神秘聯繫的信念。此外，小說中對母親的怨恨也意味深長：這樣的怨恨與「五四」時期廬隱在小說《海濱故人》中揭示的母女之間的矛盾（母親因為露莎出生時外祖母去世而「怨感到露莎的出世有些不祥」，並因此開始「憎厭露莎」；而露莎也因為從小「吃了母親憂抑的乳汁，身體十分孱弱」）一脈相承，既尖銳有力地質疑了母女情真的一般認識，也相當深刻地寫出了女性的奇思和奇特情感。

花、鏡子、血緣、星座：女性神秘文化的常見意象

女人如花，是常見的比喻。女性也常常以花自喻。花是美麗的，同時也嬌弱；花期是短暫的，又隱含著「好花不常開」的悲涼。當代女作家中，于勁的《血罌粟》是描寫戰爭中女性的性心理的：戰爭使女性的性意識、生育慾望變得格外強烈，那當然是人性的證明。文夕的《野蘭花》、《罌粟花》、《海棠花》是描繪那些在特區生活的「二奶」、「白領」的情感糾葛與經商體驗的，商場尋覓，情場爭奪，幾番酸甜苦辣，到頭來還是只剩下女人如花，「有一天你老了或者是花謝了，你就該丟進垃圾箱，新的鮮豔的花會取代你」的悲鳴。林白在《同心愛者不能分手》中寫一個女性自戀的五味：「一個人的戰爭意味著……一朵花自己毀滅自己」。而「她的床單被子像一朵被摘下來隨意放置的大百合花」也具有奇特的意味。她的長篇小說《守望空心歲月》中有一段描寫一位女性欣賞自己的身體的感覺：「那是一種花朵，與所有的花朵毫無二致，在盛開的花期渴望著種子、風、鳥類、昆蟲以及蝶類。」則明顯是具有性意味的了。而徐小斌在《迷幻花園》這篇頗有寓言意味的小說中刻畫了這麼一種融恐怖與美為一體的場景：「每塊墓碑下面都生長著一種花，一片碑林下面生長著千百種不同的花……那片綠玻璃似的月亮幽幽地照著，黑夜中的那些花塗了熒粉似的呈半透明狀，溫潤的花粉散發著一股奇異的藥香。……那種香氣使她想起童年時採集的一種花，那花豔得有些古怪，同伴們叫它『死人骨頭花』，是專門開在人的骨殖上的……」女主人公芬因此而感到害怕：「這一大片千奇百怪綺麗濃豔的花帶給她的並不是美感而是一種近似狂躁的情緒。」小說以此烘托了神秘之感。王安憶的長篇小說《桃之夭夭》講述了

一個女演員的成長故事。小說各章都以古典詩詞、散曲中詠花的句子為題（從「一枝梨花春帶雨」、「新剝珍珠豆蔻仁」、「千朵萬朵壓枝低」到「豆棚籬落野花妖」、「插髻燁燁牽牛花」），正好是成長各個階段的寫照。而小說結尾那段關於女主人公郁曉秋人到中年後「就像花，盡力綻開後，花瓣落下，結成果子。外部平息了燦爛的景象，流於平常，內部則在充滿，充滿，充滿，再以一種另外的，肉眼不可見的形式，向外散佈，惠及她的周圍」，立意又頗新：花落未必可悲，花落後結果，一樣令人欣喜。這樣，作家就寫出了新意。

女性愛美，喜歡照鏡子。於是鏡子就自然成了她們作品中常見的意象。但女作家們對於照鏡的描寫又常常超出了愛美心態的層次。例如林白的《一個人的戰爭》中的女主人公從小就「最喜歡鏡子，專看隱秘的地方……看遍全身並且撫摸。」這時，鏡子成為性心理的投射。在她的中篇小說《同心愛者不能分手》中，也有這樣的描寫：單身女主人公「在鏡子裏看自己，既充滿自戀的愛意，又懷有隱隱的自虐之心。任何一個自己嫁給自己的女人都十足地擁有不可調和的兩面性，就像一匹雙頭的怪獸。」這時，鏡子又成了女性雙重人格的反映。作家還有一篇創作談，題目就是《室內的鏡子》，其中寫道：「鏡子就是我的源泉。」作家常常「對鏡獨坐……往事如飄零的花瓣，越過層層疊疊的黑暗，無聲地潛入……或者有一個幻想，從幽暗的鏡子中隱隱浮現，你從未見過的虹光，從你的前世散發出來……」「你的美無與倫比。」[6]這時，鏡子又成了回憶、白日夢與創作的源泉。再看陳染。她在《與往事乾杯》中也寫了早熟的少女「拿著一面鏡子對照著婦科書認識自己，鏡子上上下下移動，她的手指代表著另外一個手」的體驗（這情形與《一個人的戰爭》中的相似情形不謀而合地寫出了早熟少女的隱秘感受。顯然，這感受也可以說具有「認識自我」的意義，至少是認識自我的開始吧）。作家在《私人生活》中也多次寫到鏡子這一意象：倪拗拗的同性戀伴侶禾寡婦的房間「四壁鑲滿了無形的鏡子，你一進入這樣的房間，就會陷入一種層見疊出、左右旁通的迷宮感」，這種恍恍惚惚的描寫顯然寫活了一

---

6 林白：〈室內的鏡子〉，《鍾山》一九九三年第四期。

位少女紛亂的情感體驗。當她與禾寡婦彼此欣賞對方的身體時，她感到禾寡婦「是我的鏡子」；當她後來發現「有時候我是一個很容易愛上自己的人」時，她也會在恍恍惚惚的情感狀態中將鏡中的自己當作戀人：「我從鏡中看到，我自己的雙手正撫在鏡中那年輕女子的身上……」在這樣的生命體驗中，鏡子似乎更具有「被窺視」或者「被愛」的複雜意義。衛慧在《艾夏》中這麼寫女主人公照鏡子的感受：「鏡子裏的人總帶給她獨自一人和獨一無二的感覺……艾夏想，她愛她自己。」這樣的自戀與一種隱隱的自大混合在一起。到了《上海寶貝》中，更有了「我會把自己在鏡子裏的臉比作一朵有毒的花」的想像，則又有了「惡之花」的意味了。……由此可見，「鏡子」的意象在這些女作家筆下已經具有了十分豐富、不斷變幻的感覺與心理意義。雖然阿根廷作家博爾赫斯已經反覆強調了「鏡子」意象的「迷宮」意義，[7]但中國的女作家們還是憑著自己的生命體驗開掘出了更豐富的人生意義。

除了對花與鏡子神秘意蘊的點染以外，女作家們還常常猜測星座與血緣的神秘意義。對神秘的人生體驗十分敏感的女作家，也是很容易將對神秘的奇特感覺與星座、血型之類流行迷信聯繫在一起的吧。例如徐小斌的《雙魚星座》的開篇就這麼介紹——

……出生在這一生辰星位的人，敏感、神秘、耽於幻想，經常在只有冥想而無行動的特殊意境中生活……假若她是女性，則有一種奇異的魅力，她異常渴望愛情……她雖然絕頂聰明，但很可能一事無成；因為脆弱、漫不經心、自由放任會毀掉她的靈性；而她幻想中的愛情則充斥著危險……

想像力豐富的雙魚座人說：我相信。

---

7 崇尚玄學的博爾赫斯從小就因為難以理喻的原因奇怪地害怕鏡子。他後來寫了題為《鏡子》的詩，就表達了他對於鏡子的困惑。（見〔美〕埃米爾・羅德里格斯・莫內加爾：《博爾赫斯傳》（中譯本），東方出版中心一九九四年版，第三四——三六頁。）他的小說《鏡子與面具》也充滿了神秘的恐怖意味。

此外，衛慧不也在中篇小說《像衛慧那樣瘋狂》中這麼寫道麼？——

摩羯座可以同時過著物質與精神、體面與乞丐般的生活，不同檔次的生活，思考問題常常繞圈子，被死亡和生存、情慾和靈魂弄得神魂顛倒，認識朋友像吐口痰那麼容易，但不大經常見面交心，言辭直率會不小心傷到人，是個妄想狂、手淫狂，發瘋似地愛自己，可以一連兩個鐘頭照鏡子，下腹那個地方一有風吹草動就往醫院跑，同時又絕望地恨著自己。

在她的長篇小說《我的禪》中，也有這麼一句：「也許是我的星座關係，我喜歡計畫但向來不喜歡計畫被打亂。」

顯然，有限的星座是難以解釋無限豐富的個性的。而且許多複雜的現象也自然會引起人們的懷疑（例如笛安的長篇小說《告別天堂》中的少女方可寒就按照「星座書」上說的，判斷魯迅是天蠍座的人，因為「天蠍座的人外冷內熱——我覺得滿像魯迅的」，可她的同學宋天楊卻知道：「可惜，魯迅是處女座。」）但問題是：這些當代人，她們十分迷信星座。她們對於星座的迷信毫不亞於她們的前輩對於生辰八字、屬相是否相配的迷信。時代發生了天翻地覆的變化。人們的世界觀、人生觀也發生了顯而易見的巨變。但是，人類迷信的心理從根本上看似乎變化不大。對神秘命運的虔信，也許是相當一部分人類的天性？這迷信的本能給了多少人的成長以難以想像的心理暗示？催生了多少難以理喻的人間悲喜劇？同時，當然，也給文學的想像插上了奇異的翅膀。

再看看她們對於血緣的神奇感覺：在《羽蛇》中，徐小斌時而猜想「一個人愛另一個人，是從他（她）的胎衣中掙脫出來的那一刻就決定了的，那是血液裏的東西，非常神秘，難以言傳」，「哪怕有萬分之一的血緣關係，也一定會有一種神秘的吸引」；時而又發現「血緣有時也不那麼可靠，老實的彭嫣不一定有一個老實的女兒」。這樣的猜想與發現的確寫出了血緣的似有若無、人性的神秘莫測。林白也在長篇小說《守望空心歲月》中寫到了女主人公在公園裏憑對於血緣的信念尋找亡父墓地的體驗：「我是否在繁茂的草木中感到過血緣神秘的親和力？」（但結果卻不得而知。）一切都不那麼虛無縹緲，但也同樣不那麼切實可信。陳染的《私人生活》中的女主人公倪拗拗也自認為自己強烈叛逆的個性來自於「血液中那種把一般的對抗性膨脹到極端的特徵」。在這樣的描寫中，不難看出這些女作家從血緣中尋找命運的謎底的神秘之思，不過，神秘的信念與現實的紛亂之間的出入又使她們常常陷入惶惑與迷惘。儘管如此，她們也似乎無意因此而放棄對於一切神秘現象的猜想。這，也是一種難以理喻的宿命嗎？

一切也許都十分偶然。但一切又似乎不那麼簡單。命運是文學的永恆主題。但當女作家在作品中常常企圖從花、鏡子、星座、血緣中猜想命運的答案時，當她們筆下的人物常常在失戀、家庭矛盾或事業受挫、身體不適時感傷地表達了對悲劇宿命的認同時，她們也就常常在無意中示弱了。**這樣的示弱與女權主義的主張顯然相去甚遠**。同時，這樣的示弱當然也可以看成在當代生活的重重壓力中許多女性面臨的無窮困惑的無奈體現。在上述作品中，好像只有兩種人有所不同：或如《桃之夭夭》的主人公那樣以淡定、從容的態度去化解了命運的壓力（這是許多傳統女性的生活方式），或如《私人生活》、《上海寶貝》的主人公那樣以「新新人類」的叛逆與狂歡去向命運不斷挑戰，但這兩部小說的結尾都沒有擺脫悲涼的意味：《私人生活》中的倪拗拗最終被診斷出患有「幽閉症」，不能不說具有微妙的諷刺意味（足以引出這樣的意味：她的叛逆也許不大正常？）；《上海寶貝》的結尾也是那古老的「我是誰？我是誰？」的困惑之問，無解之謎，都實在耐人尋味。如果再將《私人生活》、《上海寶貝》那樣的抗爭與《桃之夭夭》那樣的從容作一比較，就更有發人深思的文化玄機值得品味了。這一切，不知作家們本人想到了沒有？

神秘主義的地域色彩

神秘主義有著豐富的文化形態。它時而顯示為一種與生命體驗緊密相聯的精神狀態，時而又與古老的民俗和地域文化聯繫在一起。而古老的民俗與地域文化中又是積澱了豐厚的前人的「集體無意識」的。從這個角度看，是可以發現當今**神秘文化思潮的民俗和地域文化色彩**的。不言而喻，這樣的文化色彩是文學的「中國性」的重要標誌之一。人們常常說，越是民族的，才越是世界的。其實，還可以補充一句：**越是地域的，才越是民族的**。

林白的體會是：「寫作過程絕對是一個很神秘的過程」，「這裏頭有天意」。她的作品有濃郁的「巫性」，她猜想：「我這種在小說裏所表現出來的某種神秘的或者巫性的東西，可能是我們這種從西南邊陲出來的人自身天然攜帶的。」「我們南方老家那裏確實是有一種巫氣，很神秘的」。[8]在她的長篇小說《一個人的戰爭》中，有這樣的句子：「我天生對神秘的事物有濃重的興趣」。小說中特別描寫了作家的故鄉B鎮：

> B鎮是一個與鬼最接近的地方，這一點，甚至可以在《辭海》裏查到，查「鬼門關」的辭條，就有：鬼門關，在今廣西北流縣城東南八公里處，B鎮就是在這個縣裏。我八歲的時候曾經跟學校去鬼門關附近看一個溶洞，溶洞比鬼門關有名，晉代葛洪曾在此煉過丹，徐霞客也去過，洞裏有一條陰氣逼人的暗河，

---

[8] 〈生命的激情來自於自由的靈魂——林白訪談錄〉，張均：《小說的立場》，廣西師範大學出版社二〇〇二年版，第二七七、二八二頁。

幽深神秘之極，沒有電燈，點著松明，洞裏的陰風把松明弄得一閃一閃的，讓人想到鬼魂們正是從這條河裏漫出來，這條暗河正是鬼門關地帶山洞裏的河啊！有關河流是地獄入口處的秘密，就是在這個時候窺見的。……洞外是桂林山水那樣的山，水一樣的綠色柔軟的草，好像不是跟鬼有關，而是跟天堂有關。

林白的心理素質和寫作習慣都相當奇特。她善於將恐怖的感覺也寫出詩意來。在《一個人的戰爭》中，就有這樣的神秘感覺：「我的身體太敏感，極薄的一層衣服都會使我感到重量和障礙，我的身體必須曝露在空氣中，每一個毛孔都是一隻眼睛，一隻耳朵，它們裸露在空氣中，傾聽來自記憶的深處、沉睡的夢中那被層層的歲月所埋葬所阻隔的細微的聲音」。在這樣奇異的寫作狀態中，才有了十分詭異而瑰麗的回憶、想像與夢幻：「在徹夜不眠的夜裏，我閉上眼睛就看見她們在透明柔軟的水流中央輕盈地歌唱，河水從她們的腳下流過，她們明亮幽黑的眼睛佈滿我夜晚的房間，她們豔麗的裙裾拂過我的臉頰。這些女人我一無所知，我總是在虛無中看見她們，她們在我的眼前魚貫而過，面容模糊，腰身婀娜，三圍性感。」

陳染說過：「我對神秘主義一直有一種興趣……我所以喜歡博爾赫斯等作家的一些東西也就是因為他們小說裏的神秘意味。」「先有了神秘主義的心理傾向……後來到了湘西，一下子覺得那種神秘感找到了支撐點。愚昧當中有很多神秘主義，真正的現代文明當中也有許多神秘主義。」[9] 她的湘西之行是在一九八七年。那時，「新潮小說」和「尋根文學」的熱潮剛剛過去。在陳染的「湘西小說」中，瀰漫著神秘的氛圍：《紙片兒》是一個愛情悲劇故事，作品中關於紙片兒的祖父粗暴干涉孫女的愛情，指揮一大群貓咬死紙片兒的戀人的情節和大群水耗子上岸在一分鐘內瘋狂咬死那些貓的情節，使「人們開始關注大自然的魔力」；《小鎮的一段傳說》講述了一位醜女異想天開做「記憶收藏家」的故事，她憑著「出色的女性感覺和神經質的靈氣」找到了自

[9] 林舟、齊紅：〈女性個體經驗的書寫與超越——陳染訪談錄〉，《花城》一九九六年第二期。

己的戀人。但人們「有的說她邪魔纏繞，魂魄失守；有的說她心殫神危，陰極陽生；有的說她仙草歸真，驀與神會」，而她的突然失蹤「為小鎮的歷史又添了一張神秘莫測的插圖」；《塔巴老人》追溯了一個老人淒涼的愛情故事，在一片神秘的氛圍中，故事的講述者黑丫提前看見了「老人的亡魂已經出現，它正在把去陰間的期限由七天縮短為三天」，因為她「能預知死亡還能聽到天上一切聲音能聽到星星們的交談夕陽唱的憂傷的調子以及月亮的腳步聲以及死亡的顏色以及亡靈的出現」，這些奇異的體驗使她「感到一種宇宙的未知」；《麻蓋兒》也通過一個愛情悲劇渲染了湘西的神秘氛圍：正常人變成瘋子是因為魔鬼的作祟；冤死的人的靈魂會「像鳥一樣飛走，或者變成一顆有毒的蔬菜，跑進仇人的肚子裏去……這些神奇的傳說與此前湖南作家孫健忠的《醉鄉》、韓少功的《爸爸爸》、《歸去來》、蔡測海的《「古里」—「鼓里」》等作品中那些神異的描寫風格相近，共同烘托出了湘西的神秘文化氣氛，同時也顯示了中國作家在開掘中國的神秘文化方面達到的文學高度。陳染是北京人。但她的湘西神秘小說和湖南作家的神秘小說一樣，頗得巫楚文化的真髓：浪漫，朦朧，神秘。由此可見地域文化對作家個性的強大影響力。

范小青是描繪蘇州文化的高手。她既擅長點染蘇州的神奇傳說，也善於捕捉、描寫那些難以理喻的生活現象。長篇小說《褲襠巷風流記》描寫蘇州百姓的普通生活，其間穿插了不少關於風水不靈，人丁不旺、九頭鳥叫，必有災難、牆龍上屋，大廳搖撼的民間軼聞，寫得影影綽綽，為全書平添了一層淡淡的神秘色彩，同時也傳達出了蘇州民間文化的神秘氛圍；短篇小說《瑞雲》關於吃素好婆因為信佛而變得不怕鬼的描寫也相當成功地寫出了信仰的奇特偉力；中篇小說《豆瓣街的謎案》中，九頭鳥的怪叫聲貫穿全篇，與那一樁樁撲朔迷離的案件有著若有若無的神秘聯繫。在「大奎媽和九頭鳥有什麼必然的聯繫嗎？」這樣的疑問中，有著永遠說不清、道不明的謎。長篇小說《天硯》也是在一個破案的故事中不中斷點化人生如迷魂陣的哲理。小說中也穿插寫了太湖地區拜湖神的習俗和「湖神」說話的傳說（書中寫道：「最不可解釋的一點，就是湖神說話……湖神到底有沒有說話，不僅僅是一個迷信問題，其中有一個唯物和唯心的不可逾越的巨大界限。」），還有「太湖漁民的習俗，是不能站在船頭小便的，怕得罪了水神。」小說中還常常隨意點染關於太湖，有關歷史傳說的撲朔迷離，莫衷一是，烘托整體的神秘氛圍。也許是因為作家平時感受了太多的神秘，她才能將她的「蘇州文化小說」寫得如夢如煙，朦朧、空靈，饒有禪意，獨樹一幟。她筆觸的含蓄、空靈，恰好寫活了太湖和蘇州的魔力。她因此而與素有「陸蘇州」之名的陸文夫那一貫寫實的風格區別了開來。

當然不僅僅是在南方，在楚文化和吳越文化的故鄉。東北作家遲子建的作品就顯示了東北神秘文化的地域風采。在遲子建以前，蕭紅已經在她的長篇小說《呼蘭河傳》中既寫出了東北薩滿文化的異彩（例如書中關於跳大神、放河燈的風俗畫描寫），也曝露了薩滿文化的黑暗（例如書中團圓媳婦被迷信害死的悲慘故事）。而遲子建則顯然對渲染薩滿文化的神秘詩意更感興趣。遲子建來自東北，那裏曾經是薩滿教（一種「以大自然崇拜為主體」的「多神的泛靈的信仰」[10]）流行的地區。薩滿教對於世界的神奇看法在遲子建的作品中也打上了鮮明的印記。所以，作家才在她的創作談中寫道：

> 我相信動物與植物之間也有語言的交流……魚也會彈琴，它們把水底的卵石作為琴鍵，用尾巴輕輕地敲擊著，水面泛開的漣漪就是那樂聲的折射。我想它們也有記錄自己語言的方式，也許鳥兒將它們的話語印在了樹皮上，不然那上面何至於有斑斑駁駁的滄桑的印痕？也許岩石上的苔蘚就是鹿刻在上面的語言，而被海浪沖刷到岸邊的五彩貝殼是魚希望能到岸上來的語言表達方式。
>
> ……在夢境裏，與我日夜相伴的不是人，而是動物和植物。白日裏所企盼的一朵花沒開，它在夢裏卻開得汪洋恣肆、如火如荼。童年時所到過的一處河灣，它在夢裏竟然煥發出彩虹一樣的妖嬈顏色。我在夢裏還見過會發光的樹、游在水池中的鯊、狂奔的鬣狗和濃雲密佈的天空。……我曾想，一個人的一生

10 烏丙安：《神秘的薩滿世界》，上海三聯書店一九八九年版，第六頁。

有一半是在睡眠中虛過的，假如你活了八十歲，有四十年是在做夢的，究竟哪一種生活和畫面更是真實的人生呢？

有時我想，夢境也是一種現實，這種現實以風景動物為依託，是一種擬人化的現實，……我們沒有理由輕視它，把它們視為虛無。……而且，夢境的語言具有永恆性……給人帶來無窮無盡的聯想。

有了這樣瑰麗的感覺和體驗，作家才生動寫出了北國的神秘，那童話般的世界，那理性無法解釋的人生：《遙渡相思》中關於父親的靈魂飄進家門的恍惚感覺，《白雪的墓園》中關於父親的靈魂棲息在母親的眼睛裏的奇特描寫，《原始風景》中關於「我不是一個樸素的唯物主義者，所以我不願意相信那種科學地解釋自然的說法。我一向認為地球是不動的，因為球體的旋轉會使我聯想到許多危險」的異想，《親親土豆》中關於「土豆花張開圓圓的耳朵，聽著這人間的對話」的妙筆，還有那些甜蜜而奇特的夢境；《逝川》中關於淚魚被捕獲以後雙眼會流珠玉般的淚的描寫以及淚魚可以暢遊逝川，可人卻只能守在逝川邊的聯想……都體現了神異的人生體驗與文學感覺。遲子建的成功可以表明：**曾經被「五四」啟蒙思想家猛烈批判過的「野蠻的薩滿教思想」**[11]**在新的文化視野中竟能放射出文學的異彩**。這意味著，那些古老的原始思維（這個文化人類學的名詞與「迷信」二字似乎相去不遠？）可以成為當代人文學創新的靈感之源。

還有來自西藏的奇異感覺。女詩人馬麗華的「大散文」《藏北遊歷》、《西行阿里》都以纖毫畢現又相當空靈的筆觸寫活了西藏的神秘：「藏族人更多具備了形象思維和夢幻意識。幻想與夢是藏民族真實生活中一個不能缺少的組成部分。」「當地人對於神魔鬼怪故事堅信不移的態度最能感染人。」在寫到西藏原始宗教——本教時，作家寫道：「本教是靈氣薩滿教的一支，主張萬物有靈的多神教」，看，這與遲子建筆下的東北薩滿

[11] 周作人：《薩滿教的禮教思想》，《談虎集》，北新書局一九三六年版，第三四二頁。

教不是遙相呼應了麼?甚至連那裏的學者也十分特別:「他們所從事所擅長的是神秘主義的東方式智慧。像漢民族一樣,長於沉思,不求實證,認識世界的途徑,是由詩人的眼光而非物理學家的。他們的想像力又是超常的。」因此,馬麗華相信:「那些非此地莫屬的心理素質、思維方式和表達方式如此引人入勝」,以至那裏的人們「史實與神話混為一談,科學與荒誕水乳交融,客觀現實與主觀臆想相得益彰。……讀藏族一本正宗史書,也如讀馬爾克斯。」長期在這樣的環境中生活,連作家也產生了奇異的感覺——

……我正悠游於三維空間與多維空間之邊緣,險些超越昇華飄飄如仙而去。倘是天目開通之人,當能觀望到神山之巔及其四周遍被華彩,卓異的聖地磁場之電光鋼藍色地氤氳迸射。然而無須天眼開通,我也能感到身處其中的,是一個沿順時針方向湧動旋轉的巨大的場。這個場由不可見的氣態物質蔚成,它正托舉擁推著我不走自行,平步青雲。……

由於天人合一,諧頻共震,這個場所含資訊呈無級變倍。秘而未宣的資訊有待破譯。

馬麗華的《藏北遊歷》、《西行阿里》與扎西達娃的《西藏,隱秘歲月》、馬原的《岡底斯的誘惑》、阿來的《塵埃落定》一起,使當代「西藏文學」大放異彩。

上述女作家中,除陳染筆下的湘西常常散發出陰冷、詭異的氣息以外,其他幾位筆下的地域文化景觀,多顯示了神秘文化精靈的活躍與絢麗。一方面,這些女作家充滿神秘氛圍的作品無疑與那些「尋根派」作家筆下那些表現神秘、探討神秘的作品(從韓少功的《爸爸爸》、《歸去來》、鄭萬隆的《我的光》到賈平凹的《瘪家溝》、《太白山記》)一起,共同顯示了**神秘主義文化思潮回歸**的傾向;另一方面,這些女作家的有關創作也在一定程度上填補了一些地域風情文學的空白(例如在范小青和林白之前,就沒有作家觸及蘇州和廣西的神秘文化)。需要特別強調的是，這股關注神祕文化的思潮是與西方的非理性思潮很不一樣的一股浪潮。如果說，以唯意志論、存在主義、精神分析學說為主流的現代西方非理性思潮更具有理論的深度和痛苦的品格，那麼，當代中國作家筆下的神秘世界似乎更富於感性的異彩和好奇、甚至神往的心態。那些善於描繪神秘體驗的女作家們在以敬畏或驚喜的筆調描繪她們的神秘體驗時，就寫出了她們時而敬畏神秘，時而又渴望接近神秘、親近神秘的微妙心態。

這裏特別要指出的是，徐小斌、林白、范小青、遲子建、馬麗華等作家對神秘感覺的詩意渲染比起《爸爸爸》、《歸去來》、《癟家溝》、《太白山記》的陰暗、詭異色調來，顯得明麗了許多。這種明麗的色調耐人尋味：也許它在無意中透露出了女作家努力從神秘的體驗中發現美、創造美的開朗心態。《爸爸爸》、《歸去來》、《癟家溝》、《太白山記》等篇的陰暗、詭異氛圍或多或少流露出男作家面對神秘現象的批判意識（如韓少功）或困惑記憶（如賈平凹），而女作家們則在困惑之外還多一層好奇。這樣的好奇心朦朧、微妙、飄逸，為理性的解釋鞭長莫及，卻耐人尋味，並足以開啟新的文學世界。

我甚至覺得，這種對神秘現象的好奇心，還具有疏遠多年來流行的僵化理性的積極意義。那種動輒以一種簡單化的理論去解釋大千世界無窮奧秘的企圖不僅顯得十分牽強，也於無形中磨鈍了人們的感覺。這樣，一當思想解放的潮汐衝破了舊理論的堤壩時，人們重新審視自己的感覺，就具有了感性回歸的積極意義。從這個角度看去，當代文壇上神秘主義思潮的回歸，具有積極的文化意義。

神秘之美

神秘是一種美，雖然神秘也常常顯示為恐怖與陰森。但當代許多女作家卻不約而同地側重去表現神秘之美。而她們感覺的細膩，情感的微妙，以及她們表達美好感覺時的詩化才情，也在表現神秘之美的文字中得到了清新的展現。

那是對現實的一種過濾——以美好的情懷去過濾掉現實的「原生態」，去表現自己心中的美好感覺。這樣，對神秘美的渲染就賦有了浪漫的情調。從這個角度看去，徐小斌、范小青、林白、遲子建、馬麗華等作家充滿神秘氛圍的女性寫作就與方方、池莉那些展示世俗人生「原生態」的粗礪、冷漠風格的作品區別了開來，也與王安憶、鐵凝那樣具有歷史感和反思意義的理性寫作（例如王安憶的《長恨歌》、鐵凝的《玫瑰門》、《大浴女》）區別了開來。由此可見，**以詩化的筆觸去表現女性詩化的感覺（尤其是對於愛情、夢想、猜測的神奇體驗），是女性神秘主義寫作的一大特色**。這樣的特色也許是女性愛美天性、善感情緒的自然流露吧。無論如何，這一特殊的亮色對於一九八〇年代中期以後幾乎已經成為文壇主潮的世俗化傾向無疑是一個重要的補充。當世俗化傾向已經使越來越多的作家乃至文學青年的文筆變得越來越粗礪、粗鄙（雖然這樣的粗礪、粗鄙當然是現實的真切寫照）時，具有明顯詩化傾向的神秘主義寫作在冥冥中就延續了現代文學中「詩化小說」的傳統，而給文壇保留了一片比較絢麗的園地。

同時，那還是對未知世界的追問：感覺（包括直覺、預感）是怎麼一回事？夢幻是怎麼一回事（似乎不一定與性心理有那麼直接的關係）？命運（包括偶然、血緣）是怎麼一回事？信仰（包括迷信）是怎麼一回事？一切似有若無，只能感受、品味，只能描述、形容，卻難以說得明白、清楚。正所謂：「不可不信，又不可全信」。而描述那一切，也需要特殊的才情——特殊的感受力、想像力與文學表達力（而理性的分析對此常常是無能為力的），需要以如夢如煙、如詩如畫的筆觸去點染、描繪的才華（而嚴格的寫實主義筆法在此也是力不從心的）。因此，在表現人生的神秘感方面，「詩化」風格就有了比寫實筆法更明顯的優越性。這裏，**「詩化」不僅僅意味著詩情畫意的文風，更意味著對世界與人生的玄妙的參悟**。就像愛因斯坦說過的那樣：「我們所能有的最美好的經驗是奧秘的經驗。它是堅守在真正藝術和真正科學發源地上的基本感情。……我們認識到有某種為我們所不能洞察的東西存在，感覺到那種只能以其最原始的形式為我們感受到的最深奧的理性和最燦爛的美——正是這種認識和這種情感構成了真正的宗教感情……我自己只求滿足於生命永恆的奧秘，滿足於覺察現存世界的神奇的結構，窺見它的一鱗半爪……」[12]在這樣的感情中，體現出世界的偉大、科學的神奇以及人對於世界奧秘的敬畏之情。這樣的敬畏之情使作家會遠離粗鄙、步入美好境界。因此，它不同於迷信。

對神秘之美的注意與表現，已經成為當代文壇一股不可小視的潮流。一方面，隨著思想解放、西風東漸，具有神秘主義傾向的思想學說和文學作品（如尼采、佛洛伊德、克爾愷郭爾的哲學和陀思妥耶夫斯基、博爾赫斯的小說）給了中國作家以新思維的啟迪；另一方面，對於民族文化傳統中神秘文化的重新發現和對於自己生命中神秘體驗的敏銳捕捉，也使作家們在表現神秘文化的本土性（例如對於巫楚文化、薩滿文化的描繪）和個人性方面，寫出了鮮明的特色。當代作家對於神秘世界的表現、對於神秘美的追求，應該進入我們的研究視野。

——原載《學術月刊》二〇〇九年第八期

12 〔德〕愛因斯坦：《我的世界觀》，《愛因斯坦文集》第三卷，商務印書館一九七九年版，第四五—四六頁。

當代陝西作家與神秘主義文化

一

魯迅先生在《中國小說史略》中寫道：「中國本信巫，秦漢以來，神仙之說盛行，漢末又大暢巫風，而鬼道愈熾，會小乘佛教亦入中土，漸見流傳。凡此，皆張惶鬼神，稱道靈異，故自晉訖隋，特多鬼神志怪之書……」[1]有趣的是，「須知六朝人之志怪，卻大抵一如今日之記新聞，在當時並非有意做小說。」[2]這樣，中國的古典小說就充滿了神秘主義的氛圍。這樣的氛圍體現了中國古代文化崇巫、尚鬼，「把『天』、『地』、『鬼』聯繫起來……使天地人鬼成為一個可以互相繫連的大網路」的心理和知識特徵。[3]經過「五四」新文化運

1 魯迅：《中國小說史略》，人民文學出版社一九七三年版，第二十九頁。
2 魯迅：《中國小說史略》，人民文學出版社一九七三年版，第二七六頁。
3 葛兆光：《中國思想史》第一卷：〈七世紀前中國的知識、思想與信仰世界〉，復旦大學出版社一九九八年版，第

動的衝擊，現代小說已經形成了嚴格的寫實傳統。這樣的傳統一直延續到了一九四九年以後的新中國文學中。然而，這一切並不意味著神秘主義文學的滅絕。到了思想解放的新時期，神秘主義思潮也在現實生活和文學創作中悄然復活了。那麼，這樣的復活具有怎樣的意義呢？本文試圖通過對陝西部分作家創作的分析，探討當代神秘主義復活的文化與文學意義。

二

賈平凹是最早渲染神秘文化氛圍的當代作家之一。他曾經自道：「我就愛關注這些神秘異常現象，還經常跑出去看，西安這地方傳統文化影響深，神秘現象和怪人特別多，這也是一種文化」，並說：「柯雲路關心的神秘、特異功能和我作品中的神秘現象是兩回事情。我作品中寫的這些神秘現象都是我在現實生活中接觸過，都是社會生活中存在的東西……我在生活中曾接觸過大量的這類人，因為我也是陝西神秘文化協會的顧問。」他還說：「我老家商洛山區秦楚交界處，巫術、魔法民間多的是，小時候就聽、看過那些東西，來到西安後，到處碰到這樣的奇人奇聞異事特多，而且我自己也愛這些，佛、道、禪、氣功、周易、算卦、相面，我也有一套呢。」[4]另一方面，在他看來，「從佛的角度、從道的角度、從獸的角度、從神鬼的角度等等來看現實生活」，也具有文學創作「不要光局限於人的視角」的意義。[5]寫於一九八六年的長篇小說《浮躁》主題是寫鄉村變革中的浮躁情緒，但其中已經有不少對於神秘文化的描寫：民間對陰陽風水的講究，韓文舉卜卦觀

二二六頁。

4 賈平凹、張英：〈地域文化與創作：繼承和創新〉，《作家》一九九六年第七期。

5 賈平凹：〈關於小說創作的答問〉，《坐佛》，太白文藝出版社一九九四年版，第二一〇頁。

天象、夜夢土地神，和尚談玄講空，小水左眼跳金狗果然到，陰陽師線裝古書中的神秘之語……這些描寫似乎與變革的題材格格不入，卻又相當生動地寫出了鄉村中根深蒂固的神秘文化氛圍——那氛圍不會因為生活方式的變革而煙消雲散，而昭示了鄉村神秘文化的久遠。同樣寫於一九八六年九月的《龍捲風》中對於趙陰陽料事如神的描寫、對於鬼市的描寫為全篇寫人生混純的主旨增添了夢幻一般的氛圍。接著，寫於一九八七年二月的《瘟家溝》以魔幻的筆法寫幻覺、夢境、傳說，表達了對生死之謎、真偽之惑、混沌人生的參悟。《太白山記》作為「商州世界」的有機組成部分，渲染了商州神秘文化霧一般朦朧又清新的氣氛，參悟神秘文化深層的人生玄機。因此，賈平凹便在成功地創造了一個山清水秀、民風純樸、又在時代大潮的衝擊下漸漸變得浮躁起來的「商州世界」之後，打開了進入故鄉神秘文化的一扇門。風格魔幻的《龍捲風》、《瘟家溝》和《太白山記》在「商州世界」中具有特別的文化意義——它們是商州神秘文化和商州人心靈世界的傳神寫照。完成於一九九五年的長篇小說《白夜》刻畫了幾個普通市井男女的浮躁心態與精神痛苦。小說中有許多關於目連戲的描寫，就因為目連戲「陰間陽間不分，歷史現實不分」的特色適合表現小說的主題：在一個「滿街都是鬼了」、「活鬼鬧世事」的年代，好人難做。這樣，人異化為鬼的思考便彰顯了作家的憂患意識。

賈平凹作品中的神秘感常常以魔幻的形態出現。同樣的風格也出現在陳忠實出版於一九九三年的長篇小說《白鹿原》中。《白鹿原》時時注意點染那部「民族的秘史」的神秘意味：在關於白鹿的神奇傳說（那傳說顯然象徵著傳統與理想）[6]與主人公白嘉軒偶然發現雪地下那株形似白鹿的植物之間，昭示了「冥冥之中的神靈給他白嘉軒的精確絕妙的安排」（小說結尾寫白嘉軒相信兒子白孝文當上縣長「也許正是這塊風水寶地蔭育的結果」）；老人關於「這個村子的住戶永遠超不過二百，人口冒不過一千，如果超出便有災禍降臨」的咒語是白鹿原頻頻遭受苦難的真實寫照，又昭示了根深蒂固的憂患意識和宿命思想，而白嘉軒也在經歷了大災大難以

---

6 小說中就借白靈的感覺道出「上帝其實就是白鹿」、「共產主義都是那隻白鹿」的寓意。

後認定：「白鹿村上空是冥冥蒼穹之中，有一雙監視著的眼睛，掌握著白鹿村乃至整個白鹿原上各個村莊人口的繁衍和稀稠……」；小說中關於朱先生「絕妙而詭秘的掐算」的描寫令人驚歎（他不僅因為白嘉軒的白鹿夢而算準了白靈的犧牲，而且因為在解放前就勸白嘉軒辭掉長工自耕自食的先見之明而使他倖免於被劃成地主；他生前就算定了死後會被人掘墓，因此而在墓磚上刻下了「折騰到何日為止」的警世之言，到「文革」中紅衛兵掘墓之日激起大家一片驚呼！）……在這樣的描寫中，凸現了人生與世道的宿命感。在紛亂的歷史中，有沒有定數？有沒有天意？中國人是相信定數與天意的。而定數與天意又是與所謂「客觀規律」不盡相同的神秘概念。所謂「五百年必有王者興」，所謂「善有善報，惡有惡報」，所謂「天下大勢，分久必合，合久必分」，所謂「人無千日好，花無百日紅」……在這些眾所周知的傳統樸素信念中，凝聚的恐怕不僅僅是神秘的情感，也有相當豐富的歷史經驗與社會知識。

《白鹿原》中還有對於陝北紅軍戰士臉型的描寫：「這是黃土高原北部俊男子的標準臉框，肯定是匈奴蒙古人的後裔，或是與漢人雜居通婚的後代，集豪勇精悍智慧謙誠於一身，便有完全迥異於關中平原人的特點而具魅力。」在這一段文字中，具有遺傳與人種的知識背景，而遺傳與人種不也是充滿了神秘色彩的知識麼？

在高建群出版於一九九三年的長篇小說《最後一個匈奴》中，也有與《白鹿原》不謀而合的人種與命運之思（兩部小說均出版於一九九三年）。例如小說中關於漢族人與匈奴人結合以後，「一個生氣勃勃的人種成長起來」的描寫：「男人們長著頎長高大的身材，長條臉，白淨面皮，寬闊前額，濃重的眉毛下一雙深邃的眼睛……沒有人注意到他們的腳趾……一般說來，分裂為兩半的腳趾的這位後裔，通常，他對土地表現出了更多的愛戀，他生性溫順……而那些腳趾光滑的後裔，他們的性格像他們那眉眼分明的面孔一樣，身上則更多地呈現出一種桀驁不馴的成分，他們永遠地不安生，渴望著不平凡的際遇和不平凡的人生，他們對土地表現出一種淡漠……」這裏，作家顯然是從陝北人的身體特徵去猜想陝北的命運、去探詢陝北革命的人種學奧秘的。眾所周知，在中國，一直有從洪洞大槐樹下走出來的人腳指甲蓋上有一道十分清晰的棱的這麼一說，寄託了人們對人種與親情的神秘信仰。雖然具有同樣身體特徵的人性格、命運常常千差萬別，但人們仍然對於民族的生命體征津津樂道，就顯示了大家對於民族與血緣的深深信仰。而高建群對此顯然也是認同的。小說中有多處關於「這個家族一半的靈魂屬於馬背上的漂泊者，另一半靈魂屬於黃土地上死死廝守著的農人……兩種靈魂輪番統治著這個家族」的描寫和「也許在我們的體內，真的有許多的遺傳的基因，它們來自我們上溯的每一位祖先的生命體驗」的猜想，都可以證明這一點。

小說中還寫道：「陝北的地域文化中，隱藏著許多大奧秘。……解開這些大奧秘的鑰匙叫『聖人佈道此處偏遺漏』……儒家文化並沒有給這塊高原以最重要的影響，它的基本文化心理的構成，是遊牧文化與農耕文化的結合」。[7]《最後一個匈奴》就著意點染了這一歷史的玄機：

> 鬼使神差，歷史把這一次再造神州的殊榮，給了陝北高原，給了這塊黃土地，給了這片軒轅本土。……
>
> 按照傳統的說法，毛澤東本人是一個法家，而按照同樣的說法，陝北高原是一個「聖人佈道此處偏遺漏」的地方。所以在這塊剽悍而豪邁的高原上，毛澤東如魚得水……毛澤東的踏入陝北高原，也許是一種天意。

以這樣的眼光看歷史，就迥異於正統的意識形態說法了：陝北高原「深厚、博大、詭譎四布、玄機四伏」。這樣的土地養育出的陝北人是「天生的叛逆者」，他們「未經禮教教化」，才能以「桀驁不馴」的精神「給奄奄一息的民族精神，注入一支強心劑」。他們中，有李自成、張獻忠。有劉志丹、謝子長。作家因此猜

---

[7] 高建群：〈你知不知道有一種感覺叫荒涼〉，《長篇小說選刊》二〇〇六年第六期。

想：「也許我們這個民族的發生之謎、生存之謎、存在之謎，以及它將來的發展之謎，就隱藏在這陝北高原的層層皺褶中，這軒轅部落的本土中。」這樣的猜想，耐人尋思造化的奇蹟、命運的玄機。

小說中還寫到了自然對文化的啟迪：主人公楊岸鄉眺望著黃河邊上的乾坤灣：「黃河在它湍急的流程中，突然繞著一座大山打旋，這樣便留下了一個灣子……叫乾坤灣。據說，中華民族的陰陽太極圖理論，就是受了這乾坤灣的啟示。」由此可以聯想到漢字的產生、風水的奧秘、「究天人之際」的中國學問……一切都無比神奇。

在這些對於神秘現象的猜測與遐想中，昭示了作家觀察力的敏銳、想像力的豐富，還有理性的蒼白。

三

神秘主義思潮的回歸具有重要的文化意義。顯然，早在一九八〇年代初就已濫觴的當代神秘主義思潮（例如禮平發表於一九八一年的小說《晚霞消失的時候》中對宗教的叩問、馬原發表於一九八二年的小說《海邊也是一個世界》中對人物內心隱秘的表現），是與「新啟蒙」思潮水火不容的。然而，這股神秘主義的思潮是思想解放以後當代作家開拓文學想像力空間的重要成果。一方面，它是民間文化的重要組成部分，寫民間生活，尤其是寫預感、幻覺、傳說、夢境、奇遇這些題材，都不可避免地會觸及許多科學也無法解釋的神秘現象，而這樣一來，這些描寫也就自然具有了耐人尋味的文化意義：這世界上，有好些難以理喻的現象，幾千年來都挑戰著人類的智慧，昭示著人類在認識世界與自我方面的微不足道、力不從心；另一方面，作家們對那些神秘現象的描寫和渲染也在昭示了他們的困惑的同時，表達了他們「尋根」的新思考：從民間文化中尋找對於命運奧秘、歷史規律的新猜想、新解釋，而這些猜想與解釋又是在理性與科學的解釋也顯得鞭長莫及時打開了人們認識社會與人生的新視野的。

又豈止是文化「尋根」的結果！在現代西方文化發展的歷程中，因為理性的支離破碎而使得神秘主義思潮得以回歸和發展不是顯而易見的事實麼？尼采的唯意志論、柏格森的直覺主義、佛洛伊德的精神分析學說、梅特林克和葉芝的神秘主義詩學[8]……都是證明。這些非理性主義的思想衝破了理性的牢籠，為現代人的心靈自由、個性解放插上了主體性或者神性的翅膀。這些學說在二十世紀的廣為傳播顯示了神秘主義思潮的強大生命力。從這個角度看，中國作家對神秘文化的重新發現與弘揚其實也是回應了西方神秘主義思潮的高漲，只是，中國作家更多是致力於開掘本土神秘文化、感悟造化的神奇罷了。在這一方面，韓少功、蔡測海、馬原、莫言、馬麗華、徐小斌、蘇童、遲子建等人的許多作品都與賈平凹、陳忠實、高建群的上述作品不謀而合、異曲同工。

另一方面，當作家們已經將探索人生的筆觸深入到神秘文化的世界中去時，他們也就突破了現實主義的天地。闡釋他們作品的神秘文化底蘊，就需要評論家具備神秘文化知識。而這樣的知識又常常是我們的文學理論教科書不具備的。研究文學作品中的神秘現象描寫，有助於我們瞭解作家的心靈世界，也有助於我們猜想許多造化的奧秘、人生的奇蹟。當然，不可因此走火入魔。如何在理性地打量世界、研究社會與神秘地猜想世界、揣度命運之間保持必要的張力，需要有健全的心智，還需要進退自如的靈活性。

——原載《小說評論》二〇一〇年第六期

[8] 關於梅特林克和葉芝的神秘主義詩學，可參看伍蠡甫主編：《現代西方文論選》（上海譯文出版社一九八三年版）中「神秘主義」一輯。

賈平凹：走向神秘

——兼論當代志怪小說

一

疾病有時可以改變人的性情乃至人的觀念，幾乎可說是人生的一種經驗了。探索文藝與疾病的關係在西方還引起有些學者的注意。「一件藝術品的誕生，是否因為藝術家由於自己的疾病而產生一種擴大的、不尋常的感受能力，這種能力非顯露不可」[1]——這也許是一個極有魅力的話題。對陀思妥耶夫斯基、托爾斯泰、卡夫卡，愛倫坡、尼采、勃朗特姐妹……的研究都導致了對下述結論的肯定回答——「雖然因為精神疾患的傾向而

1〔德〕維拉波蘭特：〈文學與疾病〉，《文藝研究》一九八六年第一期。

愛上了文學，文學又是戰勝這種疾患的結果。」[2]

那麼，中國某些作家與疾病的關係又如何呢？賈平凹也許是一個現成的例子。一九八七年初，他患肝疾住院。據說，住院時間一長，他的思想觀念發生了變化，腦子裏有了不少怪異念頭。[3]他寫出了風格迥異於《浮躁》的作品——《太白山記》、《白朗》、《煙》。他承認：這些病中、病後之作「散發著藥味，或許觀點偏頗，或許用情亢奮，都不同程度的有著久病人的變態情緒」。[4]「整日的獨躺獨想，起先以為是一種最殘酷的刑罰，到後來便覺得有吸大煙的效果……你想啥就來啥，睜著眼睛好像又在夢中，完全處於逍遙遊了，所以便疑心莊子一定是患過大病的。」[5]《太白山記》等篇極盡變形誇張之能事，雖然文筆之古樸依然如故，但故事的荒誕、奇崛，主題的迷離、朦朧卻使人不能不聯想到中國古典文學中的六朝志怪、唐宋傳奇，想到《聊齋志異》，想到佛門故事，還想到加西亞•馬爾克斯的《百年孤獨》和路易士•博爾赫斯的《圓形廢墟》（在這部作品中，作家「把生活看成一種夢幻」[6]），已有評論家對這些奇特之作進行了這樣的闡釋：「以實寫虛，將人之潛意識化變成實體寫書，它的好處不但變化詭秘，更產生一種人之複雜的真實」，並將這種深不可測的藝術思維稱作「氣功的思維法」。[7]不管人們是否認同這一看法，但其說是言之成理的。我這裏還想嘗試從文化的角度去探索這些魔幻色彩極濃的作品所蘊藏的民族文化心理與人生哲理，並勾勒一下近年來當代小說中追求志怪動向的粗略圖景。

---

2 〔英〕赫伯特•里德：〈夏洛蒂和艾米莉•勃朗特〉，楊靜遠編選：《勃朗特姐妹研究》，中國社會科學出版社一九八三年版，第二七六頁。

3 金吐雙：〈《太白記》閱讀密碼〉，《上海文學》一九八九年八月號。

4 賈平凹：《人跡•自序》，廣東旅遊出版社一九九〇年版，見該書第二頁。

5 賈平凹：《人跡•跋》，廣東旅遊出版社一九九〇年版，第一三八——一三九頁。

6 〔阿根廷〕豪•路•博爾赫斯：〈我的短篇小說〉，載《世界文學》一九八九年第一期。

7 金吐歡：〈《太白記》閱讀密碼〉，《上海文學》一九八九年八月號。

二

自賈平凹一九八三年開始經營「商州世界」算起，到一九八七年寫完《癟家溝》，前後五年的時間裏，這位勤勉的小說家發表的幾個系列共二、三十部長、中、短篇小說，已使一個色彩迷人、氣韻古樸、結構宏大的「商州世界」成功地屹立在了當代文壇之上。其中，既有對商州山地自然風物、歷史掌故的詩意描繪（《商州初錄》、《商州又錄》、《商州》），又有對農村變革中新人趣事的幽默再現（《小月前本》，《雞窩窪的人家》、《臘月・正月》），既有對人生悲劇的深長浩歎（《商州世事》、《冰炭》、《遠山野情》），也有對浮躁世紀病的達觀理解（《浮躁》），還有對生死之謎的凝思（《龍捲風》、《癟家溝》）——這已經是一個比較完整的藝術世界了。當代地域文化小說中，「商州世界」無論就氣勢之恢弘，還是文體之豐富，或是文化意味之醇厚，都可以占第一流的位置。但作家並沒有就此止步。對文化之謎的深邃之思驅使他深入開掘商州的文化礦藏，從而打開了商州文化的又一扇大門，引讀者步入神秘文化之境。《太白山記》作為「商州世界」的有機組成部分，其文化意義正在於，體驗商州神秘文化霧一般朦朧又清新的氣氛，參悟神秘文化深層的人生玄機。而這種體驗和參悟又不早不晚，恰恰在作家患病期間發生了：為疾病所催生的變態思維喚醒了作家腦海深處有關神秘文化的記憶。疾病於冥冥中幫助作家找到了表現神秘文化的形式：以夢幻筆法，寫夢幻人生……

事實上，對神秘文化的深入體驗和傳神表現，是有利於達到對中國人生、中國民族性、中國文化乃至人性奧秘的深層把握的。因為，神秘文化是中國文化的一個比較值得注意的部分。

魯迅先生在《中國小說史略》中寫道：「中國本信巫，秦漢以來，神仙之說盛行，漢末又大暢巫風，而鬼道愈熾，會小乘佛教亦入中土，漸見流傳。凡此，皆張惶鬼神，稱道靈異，故自晉訖隋，特多鬼神志怪之書……」[8]有趣的是，「須知六朝人之志怪，卻大抵一如今日之記新聞，在當時並非有意做小說。」[9]這段話將中國神秘文化的源與流，將中國小說與神秘文化的血肉聯繫作了精煉的概括。本來，神秘文化普遍存在於人類的一切文化形態之中，這也就意味著：神秘——對神秘事物的恐懼與敬畏、對一切無解之謎的困惑和浩歎——作為一種要素，一種文化基因，是人性的重要組成部分。神秘文化的源遠流長昭示著人性的脆弱：人的想像力、幻覺和人對神秘事物根深蒂固的虔信，從古到今不斷提醒人正視人的渺小，宗教、神話、傳統所塑造的造物主、神靈、妖魔形象永遠以超凡的魔力支配著一部分人的命運。無論那些關於創世造物的傳說，關於世界末日的預言，關於圖騰禁忌、靈魂轉世、占夢卜筮的啟示多麼荒誕不經，古今中外仍有一些人堅信不移。由此可見：製造神秘，崇拜神秘，傳播神秘，是有些人的一種生存需要。儘管如此，神秘文化在不同的民族那兒仍有不同的命運。由於種種原因的作用，東方文化中的神秘成分便明顯多於西方文化，其影響也較後者深遠得多。中國的文化典籍中，歷史常常被塗上了神話的色彩，連《三國演義》和《紅樓夢》那樣的寫實巨著中也充溢著神秘之霧。有時神異的傳說不斷地產生著、傳播著——「一個年青寡婦能夠從她丈夫的泥土塑像那兒受孕生孩子；肖像變成活人；木製的狗可以跑；紙做的如馬一類的動物能像活的動物一樣行動；一個畫家在街上看見了一匹某種顏色的、傷了一條腿的馬，就認出了它是自己的作品……這些故事根本不近情理，但在它們的中國作者看來卻是完全合乎自然的。」[10]荒誕的一切卻會在有些人的心中獲得真實的、自然的品格，現實與夢幻是一回事，假的就是真的，這是多麼奇異的文化心理！

我以為，《太白山記》等篇作品正是對這種文化心理的魔幻表現。《太白山記》由十六則筆記組成，十六則筆記，是十六個荒誕不經的故事：死去的爹夜裏還魂與守寡的娘過夫妻生活而娘卻又似乎渾然不知（《寡

8 魯迅：《中國小說史略》，人民文學出版社一九七三年版，第二十九頁。
9 魯迅：《中國小說史略》，人民文學出版社一九七三年版，第二七六頁。
10 〔法〕列維—布留爾：《原始思維》（中譯本），商務印書館一九八一年版，第三十八頁。

婦》）。吝嗇的挖參人懸照賊鏡以護家卻被其妻從鏡中看到了他橫死的結局（《挖參人》）。獵手與狼搏鬥到頭來卻發現是與人廝打（《獵手》）。木匠以斧劈人砍下的人頭竟只是一層厚厚的垢甲（《殺人犯》）。無頭的香客到處找頭（《香客》）。公公與媳婦似乎彼此只是「意淫」但媳婦卻生下了一個又一個酷肖公公的孩子（《公公》）……好像除去《領導》、《飲者》二則傳達出了土皇帝偷情、吃白食的諷世之音，其餘諸篇，無論寫性，或是寫暴力，或寫生與死，都用的是「恍兮惚兮」的魔幻筆法，使人讀來如墮雲霧之中，莫知所云。你無法從中提取什麼社會主題，也難以用「典型論」、「真實性」之類理論去闡釋那些朦朧、奇異、變幻莫測的故事。你只能面對這一篇篇如酒醉之言、癡人之語、昏夢之囈的文字去猜測：這種魔幻文字是否作家夢幻的追憶？抑或是直接取自民間傳聞？不管怎麼說，這些詭怪的奇聞是原始思維的結晶——無論作家意在觀賞魔幻人生中蘊含的奇詭野趣，還是借這些「鄉野奇聞」表現山民神秘心態的不可測度，抑或僅僅是換一種寫法，探索一條寫小說的新路，他畢竟以故事的難以理喻暗示給讀者一條感悟世事的難以理喻的路徑。世間既有神秘文化，人間既有魔幻之思、癡人說夢，就也應有詭異的筆法——哪怕為此消解了主題也不足惜！

應該說，這種對魔幻人生的表現早在他病前創作的《龍捲風》、《癟家溝》兩部中篇裏已露端倪了。這意味著，即使沒有這場大病，作家的奇思也會引導他步入神秘文化之境。

寫於一九八六年九月的《龍捲風》中有個料事如神的趙陰陽，他觀天象以預測第二年的收成，結果應驗；他臨終單等禿女的固執使眾人不解，結果四十年後禿女之子因作孽而得惡報，才使人們恍然大悟……小說中還有關於鬼市的傳說（《太白山記》中《阿離》一則也寫鬼市，筆法、旨趣大致相彷彿）——這些都寫得似幻似真，為全篇寫人生混純的主旨增添了霧一般的氛圍，只是由於小說的基調是寫實，上述奇事不過是「虛實相濟」的點綴罷了。何況作家還沒忘了加上趙陰陽死後不能顯靈以及鬼市是「漫衍的傳說」的文字，以突出寫實的基調。

接著，寫於一九八七年二月的《癟家溝》中，怪異之筆明顯增多了：張家媳婦在癟神廟祈禱後果然生子；

侯七奶奶臨終安詳預言會出現五個太陽結果神奇地應驗；作家石夫一直熬到書稿校樣來到眼前才氣絕，其妻後來卻又見他復活於花環上讀書；大官人生前喜食驢聖，死後村人們認定：這是驢在陰間向閻王告狀的結果；炳根爺盜墓，因墓中白絹上預言盜墓之日的精確嚇死穴中；牛過秤的魂靈在冥冥中看見陰間的小鬼、陽間的家人，又買通鬼市由死復活；老貫患奇病，睡半年又醒半年……其中有的顯係偶然（如張家媳婦求子得子），有的則是幻覺（如石夫復活），有的源於迷信（如驢在陰間告狀），有的則是病態（如老貫的奇病），怪固怪矣，但尚未怪到魔幻的迷津，也因為全篇寫實的段落佔有相當比重，且扣緊生與死的主題做文章，故尚能使人於「虛實相濟」中產生關於生死之謎的某些感悟：生，死，都是難以言說的永恆之謎。從時間上來看，《瘺家溝》的寫作正是在作家臥病前後不久。這不難使人產生這樣的猜測：疾病催發了作家對生死之謎的玄思。

《龍捲風》與《瘺家溝》的發表，在賈平凹的探索之路上具有非同一般的意義。如果說在此以前，作家一直走著一條寫實的路子，以寫實的筆法寫山川風物、人生悲歡，那麼從此以後，作家開始步入神秘之境，以魔幻的筆法表達了對幻覺、夢境、病態心緒的感知，對生死之謎、真偽之惑、混沌人生的參悟。回首一九八五年，作家在中篇《古堡》中，還只是以那幾隻神秘的白麝作命運的象徵，使其與村人一心要搞垮銳意改革的張老大的嫉妒之火與迷信心態如影隨形，浸透全篇的憂憤之心與批判意識仍灼然可感。到了一九八六年六月完稿的長篇《浮躁》，在表達了對浮躁時世的理解的同時，作家明確地省悟了換一種寫法的必要：「這種流行的似乎嚴格的寫實方法對我來講將有些不那麼適宜」。如何使自己的創作「更多混茫，更多蘊藉」？[11]《浮躁》中有不少混茫之筆：民間對陰陽風水的講究，韓文舉卜卦觀天象、夜夢土地神，和尚談玄講空，小水左眼跳金狗果然到，陰陽師線裝古書中的神秘之語……這一切似乎與這部長篇寫改革、寫浮躁的主旨頗不相合，但這些混茫之筆又引發你生出無數的玄想：關於偶然與命運，關於神秘文化與改革的關係，關於浮躁必歸於靜虛的哲

11 賈平凹：《浮躁‧序言之二》，《收穫》一九八七年第一期。

思，……你信嗎？「鄉下人有鄉下人的哲學，城裏的文明人不承認，村民卻信服。」[12]這樣在寫改革艱難的作品中點染神秘文化的異彩，既增大了作品的容量，也為讀者提供了從超越時空的永恆哲理高度觀照改革，觀照現實人生的玄妙角度。《浮躁》為「商州世界」中的「改革題材系列」打上了句號。作家從《龍捲風》、《癟家溝》開始超越了改革這一社會主題，而步入參悟神秘文化、表現山民混沌如霧的原始思維的「形而上層次」。作家的視角轉換了，審美風格也隨之轉換——由憂思轉為靜觀，由忽略轉入洞悉，而文筆也就自然從寫實變為「虛實相濟」再變為《太白山記》的「恍兮惚兮」了。事實上，只要執著於生死之謎的玄思，經常是要面對神秘之境的：這一點已為一些事實所證明。許多玄想、幻覺、夢囈、神話都可以被證明是荒唐的，但為什麼它們又具有那麼強大的魔力，以致於科學和哲學的力量似乎也無法將其征服？為什麼人生註定了與它們有不解之緣，甚至那樣的奇蹟只要發生一次就足以改變一個人的意念和德行？這一切似乎是理性也難以解釋透徹的。

三

《太白山記》在當代小說中是一部極獨特極有個性的作品。它那「恍兮惚兮」的混沌風格除了傳達神秘文化不可言說的氣息這層文化的意義而外，還具有怎樣的文學意義？

從作家的自覺追求來看，從寫實到魔幻，從清晰到朦朧，是為了「更多蘊藉」的審美境界。《太白山記》那極度的誇張變形，那真偽莫辨的敘事技巧，的確為促使讀者從文本乃至從自身的對神秘文化的體驗中走出一條感悟神秘、理解神秘、猜測神秘之路提供了多層次的可能。

12 《浮躁》中語。

另一方面，從文體的角度看，《太白山記》的魔幻風格使其成為「當代志怪」的一篇代表作。

眾所周知，中國古典小說於魏晉南北朝時期初具規模，標誌之一便是志怪小說的繁榮。「漢末魏晉六朝是中國政治上最混亂、社會上最苦痛的時代，然而卻是精神史上極自由、極解放，最富於智慧、最濃於熱情的一個時代。因此也就是最高於藝術精神的一個時代。」[13]現實的苦難逼使人逃入幻想的「象牙之塔」，於是，佛教大興，道教大興；於是，也就有了談巫說鬼，「發明神道之不誣」（干寶語）的志怪小說，以「震聳世俗，使生敬信之心。」[14]一片黑暗之中，佛徒的赤子之心灼灼閃爍。而志怪小說那天馬行空的奇思異想，簡潔樸素的敘事語言，也在中國小說發展史上，立下了一塊碑。後來的唐宋傳奇、明清小說中，魔幻之筆雖有變化但並不曾斷絕。「五四」以後，中國小說發生了巨變。現代小說家多深受西方批判現實主義的影響，志怪的傳統似乎已被湮沒。但進入八〇年代，由於神秘文化的復蘇和拉美魔幻現實主義的影響，又促使當代小說家返回志怪的傳統——儘管作家們對此未必都有充分的自覺。韓少功的《爸爸爸》、蔡測海的《「古里」——「鼓里」》，扎西達娃的《西藏，隱秘的歲月》都是魔幻之作，於變形、誇張中反思歷史、表現神秘人生，而余華的《四月三日事件》、矯健的《紫花袱》，則以寫實的筆觸寫幻覺、寫預感，揭示幻象的神秘、命運的莫測，莫言的《奇遇》、陳昌本的《覓鬼》也以寫實的筆法寫鬼魂的似有似無……這一切顯然與拉美作家的「神奇現實論」，即認為現實的神奇不是作家的隨意捏造，而是存在於人們頭腦中的東西這種觀點有關。但恐怕也與當代小說家對於本民族文化中的神秘因子的重新認識有關。無論上述作家是否都讀過《搜神記》那樣的志怪經典，逼近神秘文化勢必導致志怪的復活，卻是確定無疑的吧。只是，韓少功、蔡測海、扎西達娃、余華的上述作品還顯然具有較濃的理性批判精神，而矯健、莫言、陳昌本的上述作品則因為專力寫預感的應驗、鬼魂似乎實有而遠離了

13　宗白華：〈論《世說新語》和晉人的美〉，《美學散步》，上海人民出版社一九八一年版，第一七七頁。
14　〔英〕I. G. 吉尼斯：《心靈學》（中譯本），遼寧人民出版社一九八八年版，第一二九頁。

理性的思考，因而也更得志怪的神韻。《太白山記》則索性連寫實的筆法也不用，所以堪稱當代志怪小說突出的一例。

「當代志怪」的產生當然具有深刻的文化背景。神秘主義思想的流行（從「信仰自由」到「易經熱」、「氣功熱」）是近幾年來的一個文化現象，功過是非，留待後人評說，人們對它自然也不必完全予以認同。但對神秘文化的關注無疑具有文學上開拓思維空間的意義：「當代志怪」小說的產生豐富了當代小說的敘事模式，也在中國文學與拉美文學交流的思潮中積累了資料。八〇年代中期以後，許多中國作家對神秘人生的凝視，至少標誌著當代作家探討人生進入到另一個領域：一個因為充滿了難以言說的困惑而在藝術上更具有魅力的領域。

當然，這裏已是「當代志怪」。也即是說，它不是魏晉志怪小說的簡單復歸。站在二十世紀末的歷史高度，當代作家的視野和胸襟都空前地開放。如果說，魏晉志怪小說立意在「發明神道之不誣」，那麼，《太白山記》卻在寫幻覺、寫潛意識、寫混沌的感覺、寫變形的思維方面體現出了當代意識——多層次地觀照人性奧秘，揭示人與神秘文化的深刻關係。《寡婦》寫寡婦對丈夫亡靈的渴望，以孩子的親眼目睹化虛為實；《獵手》寫嗜獵如命卻無獸可獵的獵人由空落到迷狂的心理變態旅程，是對病態人性的傳神表現；《公公》寫公公與媳婦的「意淫」竟也有了結果，又以山民折磨那女子的情節作了荒誕故事的心理基礎，從而揭示了意念與現實之間「假作真時真亦假」的微妙關係；《醜人》中那個私生子的有感覺的影子則明顯是自卑與敏感的象徵；《少男》對少男不顧一切要成仙的厭世心與追求欲的描寫又顯然是對山民心理（絕非僅僅淳樸）的一種觀照；……這一切魔幻之筆都有「心理的真實」、「信仰的真實」為基礎，也只以表現山民虔信神秘文化的魔幻心態為旨歸。「當代志怪」在開掘人心的深度方面超越了古代志怪。

四

值得注意的是，作家並未在魔幻筆法上多費苦心。也許是作家意識到了《太白山記》過於玄虛混沌而到了此曲不可無亦不可多的臨界點之故，抑或是作家還想多作探索以表現神秘文化的豐富，於是有了《白朗》和《煙》這兩部別致的作品。

寫於一九九〇年五月的《白朗》是一部現代傳奇。作品寫得跌宕多姿、故事性強：自朗是一代巨匪梟雄，卻美如姣婦，且氣度高潔。即使因為大意醉酒而被手下敗將俘獲也高傲無比。小說開篇那段寫烈日曬蔫了勝利者，唯被押的白朗卻高聲大笑，極是酣暢淋漓，令人過目不忘。囹圄中，他拒絕了女色的誘惑，並因此感動了敵手黑老七之婦，助他殺了黑老七，再振雄風。至此，一部傳奇已經完成，讀來與一般傳奇似無大差異，就在你簡直以為作家是在練習寫通俗傳奇之時，突兀的結尾卻如奇峰崛起：白朗再度稱王，在追祭為營救他而倒下的亡靈的盛會上，感天地泣鬼神的奇蹟發生了：兩山主鬼魂附身，通說壯烈往事——「在得勝相慶的今日，在白朗大王酒奠亡靈的狼牙山寨上，召來的是多少的鬼魂！」於是他頓悟：「我勝利了嗎？我是王中之王的英雄了嗎？」那麼多人為他而死，使他一下蒼老如朽翁了。他的手槍因此也溜入泉中，化作一條銀魚。他本人從此看破紅塵，成了「居止無定，煉精服氣，欲得道引吐納之法的隱人」了。——一個英雄在勝利的瞬間變成了一位隱士，這一過程是對許多人間悲喜劇的象徵性概括，而其間的轉機卻是神秘因素：鬼魂的復活。這使人想起了莎翁名劇《哈姆雷特》中丹麥王子因鬼魂的點化而認清仇人，想起孟超的《李慧娘》中的主人公含冤而死化作鬼魂與奸臣鬥爭的情節。這兩部作品都是文學史上有名的「鬼戲」，是刪去了鬼魂情節便無法演進、無法達到高潮的範例，不妨把這些鬼魂的復活看作是一種幻覺。事實上，「催眠實驗證明，人的心靈有能力在催眠師的暗示下製造出逼真的魂靈。」[15]這是一條例證。中國古時亦有一身兼神、巫二任者，跳神時如神靈附體，如癡如狂，所謂「神降而托於巫也」。[16]這是又一條例證。說明幻覺可以創造神靈、鬼魂的心靈奇蹟。白朗因鬼魂復活而大徹大悟的情節因此而具有了似乎荒誕卻並不失其「心靈真實」的「亦幻亦真」的文學意義。這一情節還使我聯想到巴爾扎克的奇特之作《于絮爾·彌羅埃》中的有關情節：那位不信教的「思想的貴族」米諾萊醫生是怎麼在頃刻間完成了皈依宗教的轉變的？不就因為他親眼目睹了催眠術的奇蹟嗎？而那位貪婪陰險的車行老闆米諾萊—勒佛羅又是如何走上真誠的懺悔之路的？不也是因為宗教神力的恐嚇使他大病一場後良心發現的麼？世上層出不窮的「浪子回頭」之類故事有多少是說教的作用，又有多少該歸於心靈幻象的神力作用？這問題至今還缺乏起碼的研究……

《白朗》開篇寫得輝煌，結尾寫得空靈，惜中間部分顯得鬆散、拖遝，不如作家另一部也頗具傳奇色彩的作品《美穴地》那麼始終氣貫長虹。原因也許在作家花了太多的筆墨寫白朗的美貌與堅忍，用語多有重複，缺乏推波助瀾的力量。

接下來是《煙》。此篇初成於一九八九年八月，完稿於一九九〇年九月。一部短篇前後磨了一年多才問世，這在以快手多產馳名的賈平凹，恐屬少見。這一事實似乎表明了他結撰此篇用心良苦。

屠格涅夫曾有一部長篇，也以《煙》為題，以寓世事如煙之意，以表現屠格涅夫由滿腔熱情求索人生到看破人生悲劇底蘊的蒼涼感慨。賈平凹的《煙》則從佛教的「神不滅說」、「輪迴說」中吸取了創作的靈感，創造了一個蘊含佛理的「靈魂轉世」的故事。與《太白山記》寫山民的神秘心態，《白朗》寫鬼魂附體的魔力不同，《煙》致力於探究佛理（人生哲理）的玄奧。這樣，《煙》便打開了窺測神秘文化殿堂的又一扇門。七歲

---

15 〔英〕I. G. 吉尼斯：《心靈學》（中譯本），遼寧人民出版社一九八八年版，第一二九頁。
16 轉引自錢鍾書《管錐編》第二冊，中華書局一九七九年版，第五九八—五九九頁。

的石祥突發煙癮，恍惚中竟顯示出知道前世之事的奇異功能——那是二十年前，他的前身，一個面目俊秀的山大王，威威武武，煊煊赫赫，甚至抽煙也極有神功，能吐神奇的煙圈套住想暗算自己的陰謀者……這似乎是一個魔幻的傳說。可他用過的煙斗偏偏在八十年過後被他靈魂轉世後的替身石祥奇蹟般地憑預感從人跡不到的險處找到。石祥因此繼承了山大王的煙癮，卻沒能繼承山大王的美貌和風流。石樣太憨，以致與心愛的女同學也久久不能確定下戀愛關係。後來，石祥走入南疆的石洞，犯了煙癮卻無煙可吸。昏朦中，他又夢見了來世：他轉世成了一個囚犯，那犯人頭目疤臉又很像他前世的冤家對頭胡大王。獄中他又面臨無煙可吸的困境。一直到臨刑，他才抽了一口煙。他在夢中死去了。但當石祥從夢中醒來時他真的被一塊飛進石洞的石頭擊斃。臨終，他終於抽了一口煙——這與他夢見的來世真太相似了：到底是夢預見了死與來世還是死與來世與夢原本有神秘的聯繫？

一個人的現今的生活中能知道過去和未來，這豈不是很幸運的事嗎？……他極力想將這自己僅知的三世連繫起來，看清其中的原因，一世與一世怎樣的轉化，但除了吸煙外，再也尋不出別的來，唉，罷了罷了，反正活一個人真怪的……

——是呀，三世之間的聯繫是顯而易見的，否則，石祥怎麼會突然感知古堡上的那個煙斗？他臨死前的來世之夢為何又與現實之死神秘地聯在了一起？但另一方面，三世之間的差異又是多麼巨大呵：從英武的山大王到憨厚的邊防戰士再到死刑犯，秉賦不同，命運各異，唯有嗜好相近——吸煙；歸宿一樣——死。

常常有些似真似幻的夢。常常有些亦通亦隔的釋夢之解。但佛教卻別有見地——賈平凹天馬行空的思緒使他走近了佛教的智慧，從人生的亦幻亦真中頓悟玄妙的哲理，於是使有了下面這段佛光普照的文字：

石祥的靈魂並沒有遠離了軀體，不，他現在才明白了這並不稱作是靈魂的，是應該叫做古賴耶識的怪誕名字的。……當石祥的古賴耶識現在離開了軀體，也才發現滿空中到處在遊蕩著古賴耶識，它只能是同類的一種，再稱之為「石祥的」便是錯誤了……這些古賴耶識似乎在自身裂變著，同時相互擁擠撞擊而上升，已經有很厚很厚的一團聚集在天之高空了。世界原來究竟就是這些古賴耶識嗎？一切都是些古賴耶識在發生著作用嗎？它們這麼聚集在一團遊蕩空中，尋找著地面上的似乎有著什麼頻律相通的東西而附體嗎……啊，偉大而神奇的古賴耶識，這無生無滅，無時無空的創造世界的種子，這一次附在了人身上成為人下一次附在了樹木之上成為樹，如此反覆不已就是人世上所說的輪迴轉世嗎？……

——古賴耶識，即佛教所謂世界萬物的精神本原、含藏一切現實的種子，是個極玄奧極深刻的概念，就如同黑格爾的「絕對理念」一樣，乍聽起來好像荒誕不經，但沉思凝想便使人不能不感歎它的博大淵深。當賈平凹努力要使人領悟（而不似《太白山記》那樣只是讓人體驗）：煙，不僅是串聯石祥三世輪迴的線索，也是人之魂、世界之本的古賴耶識的象徵（正是為此他才在小說結尾寫下了那一大段關於古賴耶識的文字以點破主題而不惜以此犧牲對「混沌」和「蘊藉」的追求！）——這時，他便在一個佛理意蘊深厚的故事中寄寓了關於人的本質和世界本原的神秘玄遠之思。這樣，在這篇志怪之作中，作家也就通過魔幻之筆給人以哲理上的意蘊：石祥那些不解之惑也是人類的永遠之謎，石祥的命運輪迴也是人類悲劇的一個縮影。那些無人能回答的天問再次昭示我們：思想是永遠的痛苦，而且常常是無果之花。也許科學可以輕易地證明「輪迴」的荒唐，但科學也許永遠也破譯不了人的記憶之謎、靈感之謎、幻覺之謎、個性之謎乃至命運之謎。——作家是當代寫實小說的聖手，卻也叩響了神秘王國的大門，這一事實耐人尋味。

在賈平凹表現神秘人生的幾部作品中，《煙》寫得最好：三世輪迴的新奇構思與古樸蒼勁的老到文筆相映生輝，濃郁的宗教色彩與虛實相濟的敘事風格空靈卻絕不晦澀，因而是當代寫神秘人生的志怪之作的精品。

讀過《太白山記》和《白朗》，又讀了《煙》，感到賈平凹在探索表現神秘之境的新路上，在開拓小說創作新天地的旅程中，樹起了新的標竿。原始思維、鬼神幻覺、宗教義理，都可以作滋養小說藝術的補劑。

儘管寫神秘人生和神秘文化的「當代志怪」小說是一個不可忽視的文學動向，但它在整個當代小說創作中，畢竟只占一個部分，也只是當代小說的一個品類。對「當代志怪」還研究甚少的情況下，筆者發表如上的看法，也只是筆者的一孔之見，是非正誤均有待方家教正。筆者只想表明這樣一層意思：人們儘管可以不對這股文學動向表示認同，但卻不可忽視這股文學動向。

賈平凹的《太白山記》、《白朗》、《煙》是賈平凹近期的幾篇較重要的作品，在表現神秘人生和神秘文化的「當代志怪」小說中也具有不可替代的地位，但這也畢竟是賈平凹的一小部分作品，是賈平凹浩翰的文學創作中的一個分支。賈平凹是不是一定就沿著這條神神怪怪的路子走下去？恐怕也未必。因為他一邊在寫這些神神怪怪的魔幻人生，一邊還在經營他所擅長的寫實畫廊：「流逝了的故事」系列（《王滿堂》、《劉文清》和《美穴地》等篇）也均寫於（或發表於）一九八九—一九九〇年之間。「賈平凹走向神秘」這題目不過意味著：他的創作又闢蹊徑，他的創作路子越走越寬了……

——原載《文學評論》一九九二年第五期

范小青與當代神秘主義思潮

關於當代神秘主義思潮

在當代，神秘主義思潮有悄然回歸之勢：在知識界，有心理學的復興、唯意志論和存在主義的流行；在民間，則有「氣功熱」的不脛而走；在青年學生中，關於星座、血型與性格的神秘關係相當有市場；而在文學界，也有許多作家在不遺餘力地揭示著世界的神秘與神奇——從馬原的《岡底斯的誘惑》表達對神秘西藏的敬畏到韓少功的《爸爸爸》對一段楚文化混沌歷史的追問，從史鐵生的《禮拜日》對世界神秘真諦海闊天空的猜想與浩歎到林白關於「寫作過程絕對是一個很神秘的過程」的信念，[1]從賈平凹小說中十分濃厚的神秘文化氛圍

1 〈生命的激情來自於自由的靈魂——林白訪談錄〉，張均：《小說的立場》，廣西師範大學出版社二〇〇二年版，第二七七頁。

到陳忠實的《白鹿原》對異兆的刻畫，從遲子建的《原始風景》對北方孩子神秘人生體驗的詩意描繪到徐小斌的《羽蛇》、《雙魚星座》對女性直覺和夢幻的盡情渲染……這些，都匯成了一股聲勢不容低估的潮流，表達了當代人對東方神秘主義的重新審視和有所認同，同時也衝擊著、動搖著理性的世界觀和人生觀。在這樣的背景下看范小青的小說，是可以看出她對於神秘主義文化的獨到發現與感悟的。

范小青的「文革」故事：日常生活的神秘感

在范小青的作品中，有幾篇回憶「文革」故事的作品頗為耐人尋味：《洗衣歌》在一個中學「宣傳隊」中的微妙人際關係（老師與女生之間，以及女生與女生之間）中揭示了生活的玄機：生活中充滿變數，人與人的關係相當微妙。一切的變故都難以預料，也說不清楚。同時，一切的變故（從種種的努力因為偶然因素而突然落空到災難的突如其來）在當事人心中好像也十分平常。（將此篇與稍前發表的那篇同樣是寫蘇州人淡泊心態的中篇小說《梔子花開六瓣頭》作一比較是很有意思的：在《梔子花開六瓣頭》中，作家寫出了「吳文化」的典型心態：淡泊無求，同時又明顯寄予了含蓄的批評機鋒：因為淡泊而「好像永遠也提不起精神來」的「溫吞水」性格是不是也與碌碌無為的平庸如影隨形？[2]可到了《洗衣歌》中，同樣淡泊無求的心態卻顯示出坦然面對命運磨難的平常心。這樣的比較本身就耐人尋味：同樣的心態，在不同的故事中，竟然可以呈現出截然不同的人生境界來！）《楊灣故事》則剔發出「謀事在人，成事在天」的命運玄機。當那些中學生為了當兵而施展種種手段時，他們不知道最後的結局出乎所有人的意料之外，更不會知道最後出人意料當上了兵的炊事員之女

[2] 范小青：〈文化與人〉，《中篇小說選刊》一九九〇年第三期。

入伍以後壯烈犧牲。於是，一切的故事都通向了「無常」。而這樣的「無常」不也就昭示了人力的有限、爭奪的無謂和平常心的可貴嗎？《我們的戰鬥生活像詩篇》捕捉到了一種十分常見的生活現象：「那時候很多人家的小孩都偷偷摸摸拿大人的錢，被大人捉到了算倒楣。但是無論捉到捉不到，也無論捉到了會受怎樣的懲罰，會丟多大的臉，會吃多痛的皮肉之苦，這樣的事情還是經常發生，生生不息。」和藹可親的媽媽不屈不撓地與偷錢的女兒進行著無休無止的鬥爭，一直到女兒意外溺水身亡，與此同時，媽媽也在政治的壓力下突然瘋了。這樣的故事寫出了親人間在生活瑣事上的頑強較量，也就寫出了「親人」與「敵人」（小說中有一句：「媽媽把我們當成了她的敵人」）之間的微妙聯繫，寫出了母女關係之間（人們常常以為這樣的關係是至親無間的關係）的小小的、同時也相當偏執的心理芥蒂，從而也就寫出了親情的微妙（推而廣之，許多人際關係——從親戚關係、朋友關係到同事關係……不是也常常如此嗎？）。

這幾篇關於「文革」的作品著力在寫出「文革」中的日常生活和日常生活中的平民心態上，這樣也就揭示出了在劇烈動盪的政治歲月中那常常被人們忽略了的永恆的人生玄機。事實上，在「傷痕文學」的浪潮消退以後，已經有不少作家在描寫「文革」的日常生活上下功夫，寫出了當代人「文革」記憶的新篇章。[3]如果說，王安憶的《流逝》、《「文革」軼事》、馬原的《零公里處》、韓東的《紮根》這些描寫「文革」日常生活的作品寫出了在「文革」漩渦的邊緣，普通百姓執著於日常生活情趣，在「鬧中取靜」的活法，同時也就寫出了世俗人生對於政治狂熱的免疫力，那麼，范小青的《洗衣歌》、《楊灣故事》和《我們的戰鬥生活像詩篇》也進一步點化出了日常生活中命運無常的微妙玄機，從而表達了對中國民間命運觀的認同。聯繫到那個革命年代中「人定勝天」思想的廣為流行，以及伴隨著這一流行而產生的許多悲劇（從「大煉鋼鐵」、「圍湖造田」對自然環境的大規模破壞到違背經濟規律的「運動思維」），是可以讀出范小青對於歷史的別一樣深刻感悟的。

---

[3] 參見拙作：〈當代作家筆下的「文革」日常生活〉，《南京師範大學文學院學報》二〇〇六年第二期。

（但范小青的近作《赤腳醫生萬泉和》在描寫「文革」中的日常生活中卻顯得比較拖遝。問題何在？值得探索。）

范小青的「謎案」故事：奇詭人生的禪機

在范小青的小說中，有兩篇「謎案」故事寫得格外奇詭。

一篇是《豆瓣街的謎案》。小說由一系列怪事營造了神秘的氛圍：豆瓣街上九頭鳥的傳說與怪叫，因為這些傳說與怪叫而產生的恐懼心理，由於這些恐懼心理而產生的一系列恐怖怪事——趙家似乎因為綠貓在房頂產仔而橫禍連連；大奎爹似乎因為鵝血噴了一頭而死於非命；王小紅曾遭雷擊而被吊到梅公祠前，從此仇恨梅公祠；大奎媽嫁到豆瓣街來好像與她對梅家藏有一幅名繡有所耳聞相關；而那幅繡有九頭鳥形象的名繡的失蹤又的確撲朔迷離……一切都與九頭鳥有關，一切都好像真真切切地發生過，但又好像只是模模糊糊的印象與居心叵測的傳說。一直到最後，那些謎案都籠罩在詭異的神秘氛圍中。而作家的立意也都可以以一句話籠而統之：「豆瓣街上還有很多的謎，豆瓣街生來就是一個謎。」作家由此寫出世界如謎的哲理。這樣就不同於一般的「探案」之作，而還原了世界的神秘本質：有許多謎無從破解。你只能去猜測，去感慨。

還有一篇是長篇小說《天硯》。此篇由一個推理探案的故事揭示了生活中充滿誤區的哲理：「可以說生活本身恰恰是由許許多多的案件組成，每個活著的人，隨時隨地都在破案子。」而預感、直覺、意外、偶然共同織成的迷宮到了最後竟然是因為一件完全不相干的事情而水落石出，進一步證明著命運的玄妙，「一切事情都有它的規定性，時間不到，是不能了結的。」（事實上，這世上還有多少永遠也破不了的案、永遠也解不了的謎啊！）小說充滿了海闊天空的玄想，閃爍著深不可測的神秘。那些似有若無的因果，那些陰錯陽差的偶然，那些鬼使神差的奇思，那些混沌朦朧的暗示，都是理性所難以企及的神秘。然而，一旦若有所悟，就會有豁然開朗的猛醒，換一種思路和活法，進入博大寬宏的境地。《天硯》除了通過一個探案故事揭示了世界的奇詭以外，還具有特別的意義：中國的探案文學一直不太發達。而《天硯》也因此而值得特別關注：它將探案的故事寫出了哲理的意味。

范小青的「政治小說」：點化官場的玄機

范小青的長篇小說《女同志》在女性文學和政治小說中具有特別的意義。

談及「女性文學」，常常聽到的流行詞是「身體寫作」。當代的確有不少女作家在展示女性的情感迷失、婚姻困惑和性開放體驗方面達到了相當的心理深度。然而，「身體寫作」這個詞顯然不能概括當代女性文學的全部。像畢淑敏那樣深刻追問女性的生死意義的作家（例如她的《血玲瓏》），像葉廣芩那樣回首舊時代女性的生活場景的作家（例如她的《誰翻樂府淒涼曲》），像鬚一瓜那樣剖析女性犯罪心理的作家（如她的《毛毛雨飄在沒有記憶的地方》），像盛可以那樣關注打工妹命運的作家（如她的《活下去》）……都顯示了「身體寫作」所難以包容的女性生活──女性的社會生活，女性的生命意志，女性的心理狀態。而范小青的《女同志》則撩開了「女性的政治生活」的幕布。這部描寫一位女幹部官場生活的作品既開拓了女性文學的描寫空間（不妨稱為「女性文學」中的「官場小說」），又觸及了女權主義的某些敏感問題。

中國有許多女幹部。這些女幹部撐起了中國社會的「半邊天」，但女性文學中描寫她們的作品似乎不多。《女同志》洋洋近四十萬言，以萬麗在政治上不斷要求進步、步步高升的成長歷程為經，以她在小心翼翼地處理與幾個上級的微妙關係和與幾個女同事的激烈競爭的矛盾刻畫為緯，多方面地揭示了政治的雲詭波譎，游刃有餘地寫出了作家本人對於女性與政治的獨到思考。一個官運尚可，城府不深，處世謹慎的「聰明的老實人」，一個一直緊張地琢磨著政治、摸索著進步的女同志，身不由己地捲入了上司之間的矛盾鬥爭中，並在鬥爭中漸漸感悟了官場的玄機：一方面，官場上講關係，講背景，講「一朝天子一朝臣」，因此，「進步」與否，常常不由自主，但又需要忍耐、等待機會；另一方面，因為風雲際會而如願以償地取得了「進步」以後，又常常會引來猜疑、嫉妒、非議，導致脾氣的改變、莫名的失落、人格的扭曲；一方面，在「進步」的過程中，她深深體會到苦澀的滋味：「作為一個女同志，過於追求進步，總是讓人有點接受不了，在大家眼裏，一個女人，這麼想當官，一定不是件好事情。」另一方面，「權力慾不強的女人，別人就會認為她太軟弱，沒有能力」，真是左右為難。這樣，作家就在寫出了「當官難」（這是《七品芝麻官》中的一句唱腔）的同時，也觸及了一些微妙的問題：女幹部怎樣自我定位？硬性規定領導班子裏配備適當比例的女幹部，是否反而「把女性重新置於了『軟弱性別』的位置」？而在這些顯然與「女權主義」思路不同的思考中，是寄託了作家對女性問題的深長思考的。

耐人尋味之處還在於：在萬麗「進步」的道路上，一直有男性的指引與提攜。這一獨特的設計，顯然也是與女權主義的主張相悖的。其中，既有作為局外人的老同學康季平的不斷點撥（而這點撥又在很大程度上來自他對萬麗的愛），還有老領導向問的大力提攜（而向問又是康季平的舅舅）。小說在最後才點明向問與康季平的舅甥關係，足以促使萬麗如夢方醒：「什麼才女，什麼工作能力強，什麼大氣大度有魄力，難道這一切，都是因為康季平？因為向問是康季平的舅舅？」在這樣的捫心自問中，不僅可以使人自然聯想到「政治與關係網」這樣盡人皆知的社會問題，而且是可以讀出作家對女幹部從政的某些深刻見地的——她沒有寫人們常見的「女強人」形象（「女強人」在當代中國社會上屢見不鮮），而是刻畫了一個「聰明的老實人」形象。也正是因此，這個女幹部的謹慎、困惑和遇事就向康季平請教才更具有發人深省的普遍意義吧（顯然，在女幹部的龐大陣營中，「女強人」畢竟是少數。「聰明的老實人」顯然更多）。她不貪，卻不能不身不由己地變得「自私，冷酷，無情」起來；她能幹，但在龐大的「關係網」中，卻常常顯得力不從心。官場使人性異化的主題，在此已昭然若揭。而這一切，又都是與層出不窮的困惑、似有若無的玄機交融在一起的。

《女同志》因此而在近年來流行的「官場小說」中也佔有了引人注目的一席之地：這是一部關於女幹部的「成長小說」。

明明「當官難」，高處不勝寒，為什麼還全力以赴去爭取「進步」？是因為「太強的事業心和責任心，怎麼也擺脫不了的」（如葉楚洲所云）？還是因為「太愛面子，爭來爭去，爭的也就是一個面子」（如康季平所云）？或者是二者都有？「看破紅塵愛紅塵」——康季平給萬麗的指點頗有高深莫測的禪機。范小青的小說，常常在平凡的生活中點化深刻的禪機。這一特點，在《女同志》中也若隱若現。小說中沈老師點撥萬麗那番關於有時候，弱點也能成為化險為夷的關鍵，但弱點畢竟是弱點，「一個人，把握分寸是最重要的」的話；關於萬麗的朋友和對手伊豆豆因為性格的出格，別具一格，反而辦成了許多事情的描寫；還有萬麗在照鏡子時產生的感慨（「女人自己騙自己，然後女人就有了自信」）；以及「在機關裏，有許多事情，是只可意會不可言傳的」、「你背靠的樹越是牢靠，你的危險性越是大」這些耐人尋味的哲理議論中，都顯示了作家在「官場小說」中揭示為人與從政的玄機的功力。將「官場小說」寫出哲理，寫出禪機，應該說也是《女同志》的特色之一。而這特色也正好昭示了一條政治的定律：政治是充滿變數，充滿深不可測的玄機的。

范小青與禪宗智慧：揭示人生的「不可知」與「不確定」

范小青更多的作品，是那些描寫蘇州百姓平凡生活的小說。她在這些小說中揭示了神秘而空靈的禪宗意味，同時也就表達了對禪宗思想的認同。

作為一個蘇州人，范小青是非常關注蘇州文化中的「佛性」品格的。她在長篇小說《褲襠巷風流記》的「後記」中寫道：「自三國時期佛教傳入蘇州，對蘇州民風影響頗大，有人認為蘇州人佛性甚篤……我以為，佛性與『韌』，似乎是有聯繫的。」「蘇州人是很韌的。」[4]《褲襠巷風流記》描寫了蘇州小巷人家日常生活中的瑣細煩惱，矛盾心態，那裏雖然頗有些小家子氣，但人們或固守著傳統的生活方式，自得其樂，或在社會變動的浪潮中不安分地去碰運氣，都可親可愛。小說最後通過一個大學生的感歎——「二千五百年而不變，可喜乎？可悲乎？」——寫出了社會與歷史的玄機：保守或進步的是是非非，真是一言難盡！其中已有禪意。此後，范小青的創作在兩塊園地裏同時展開：一是通過佛教信徒或與之關係密切的人生故事呈現對佛理的感悟，這方面的作品有《瑞雲》、《還俗》、《菜花黃時》、《單線聯繫》等等；二是在普通百姓的故事中點化世事的神秘、頓悟命運的奇妙，這方面的作品則有《楊灣故事》、《文火煨肥羊》、《牽手》、《動盪的日子》和《城鄉簡史》等等。

《瑞雲》中的吃素好婆因為讀佛經頓悟了「空」字，便再也不怕鬼了，而且能以平常心去超越世事的煩擾，「什麼都想得很穿」。在她的影響下，殘疾人瑞雲也永遠以平靜的笑去對待命運的不公。小說寫出了居士的體驗：佛即是膽，佛即是慧，佛即是寬容，佛即是豁達。《還俗》記錄了幾十年的世道滄桑：尼姑慧文在五十年代初被迫還俗後依然終身獨守，平易待人，「雖然幾十年前就還了俗，其實看起來和不還俗也差不多」。而慧明幾十年裏一直修禪侍佛，不問世事，憑著堅定的信念堅持到佛事重興、故庵重建的一天。作家通過慧明在苦修後頓悟慧文更有佛性表達了禪宗的真諦：本心清靜，即心即佛。《菜花黃時》在幾位太婆燒香前後的心理活動、談話和遭遇的變故中感悟生死的無常和幸福與不幸的相對性：一切都繫於感覺中，一切都是相對而言。《單線聯繫》講述了一個陰差陽錯的故事：一個愚呆低能的孩子由於一系列偶然的因素而在對敵

[4] 范小青：《褲襠巷風流記・後記》，作家出版社一九八七年版，第四〇九頁。

鬥爭中化險為夷。故事本身就具有命運高深莫測的難以理喻性。作家更通過住持玄空和尚的談玄念佛，為故事平添了神秘而空靈的氛圍：在因與果之間，在設想與直覺之間，充滿了不可思議的變數。世事無常，本是「新潮小說」作家們偏愛的主題。但是深受西方現代派思想影響的作家們常常渲染的，是這個主題的悲涼意義。而《單線聯繫》則突出了「世事無常」的喜劇意味。這樣別開生面的揭示與東方佛教智慧的從容襟懷顯然有關。

另一方面，范小青在普通人的平凡故事中也啟迪了玄妙之思：《文火煨肥羊》在一連串「詭譎怪異的故事」中揭示了人生的尷尬和命運的陰錯陽差：書呆子不諳世事、不合時宜的閒話竟然意外傷害了鄰居，而他對生活的設想又常常陰錯陽差地落空；一個對戲曲沒什麼興趣的幹部也因為一系列的陰錯陽差轉入了戲劇界。「文火煨肥羊」的烹飪術就這樣成了從容對待人生的哲理。《牽手》中提出了這樣的問題：「在盲人中，是先天的盲人更痛苦呢，還是後天的失明更痛苦？」「盲人的世界到底是很單調還是很豐富，這只有盲人自己知道。」一切，都繫於各人心理素質的不同，難有一概之論。《動盪的日子》由一樁歷史舊帳展現了世事的混沌：邢父之死是不是冤案？老馬是不是那個殺人如麻的麻子？老馬最後竟然被邢家的砧板擊中而死，偶然中有沒有玄機？一切都如水月鏡花一般朦朧、神秘。《東奔西走》講述了顧好婆不顧兒女的阻攔，熱心於當醫院護工的故事，落腳點卻在寫人生的神秘：脾氣古怪的病人在她的照料下就變得服服帖帖；事實上，她從小就偶然顯示出了制伏調皮小孩的天賦。在這一頭一尾的情節中間，作家又似乎漫不經心地寫了她的兒子顧言為了阻攔她，去病人家交涉，卻意外被拉入牌局的經過，寫了她的兒媳邱小紅在母親節問候母親，反而因為口氣的不安引起母親的牽掛的插曲，但在這些插曲的進展中，一直有一個若有若無的主題在那兒忽隱忽現，那便是：人們常常習慣於按照常理去猜測事情的原因與進程，可實際上事情的發展常常出人意料之外：打牌者以為顧言的手氣不可能一直好，可結果就是一直很好；打牌者以為病人的脾氣古怪是需要不斷換年輕的護工，卻沒想到病人就是接受了一個七旬老太的照料；邱小紅的母親一直為女兒操心，其實女兒一切正常……看似散淡的筆墨中其實蘊涵了深遠的玄機。想想我們的生活中，有多少「以為」常常出錯！有多少「常識」常常失靈！而且，小說寫顧好婆的子媳對外面的世界充滿熱情，也就曲筆暗示了：如果顧好婆回家賦閒，陪她的恐怕只有寂寞。還有《城鄉簡史》，小說通過一個普通人的流水帳因為疏忽而陰差陽錯被當作書捐給鄉村小學，又鬼使神差地使鄉村的一家農民由此對城裏人的生活產生了強烈的興趣，直至舉家遷往城市生活，改變了自己的命運這麼一個頗有傳奇色彩的故事，寫出了「無用」與「大用」之間的神奇聯繫，也揭示了生活充滿「各種可能性」，充滿「不可知」、「不確定」因素的哲理。

這些寫生活的混沌與奇妙、「不可知」與「不確定」的作品，體現了作家對傳統神秘文化的認同，從而也就寫出了人生「非理性」的底蘊。一切都難以理喻。一切都那麼平凡又那麼神奇。這樣，作家也就寫出了日常生活的神秘感，為讀者打開了一扇窺探、頓悟生活神秘感的視窗。

多年來，范小青一直在寫著蘇州人平平淡淡的生活，卻又在散淡的筆墨中時時點化著生活的玄機。這樣的故事，頗有禪宗「公案」的意味，能觸發讀者從平淡中「悟」出雋永的哲理來。所以，姑且稱之「禪意小說」吧。

在一篇創作談中，作家曾經談到了內心的畏懼：「在我的內心，有一種畏懼，是對人生，對命運，對社會，還是對他人，我說不清楚，我感覺到這是一種寧靜平和的畏懼」。[5]無論是寫日常生活中的怪事、奇聞，還是寫官場中人的紊亂體驗，作家都寫出了藏在生活的寧靜平和下面的神秘（從理智不能破解的那些奇聞軼事，到流言與傳聞下深不可測的世道人心），還有作家對這神秘的敬畏——這裏面，有「道可道，非常道」的玄機，也有佛家「世事無常」的智慧。而這一切，又與西方存在主義世界觀的焦慮與絕望迥然有別。面對神秘莫測的命運，現代人都普遍變得越來越焦慮時，范小青卻從道家和佛教智慧中汲取了寧靜平和的從容氣度，這一

[5] 范小青：《我的自傳》，《作家》一九九一年第七期。

點令人感動。她是一個多產的作家。那種藏道家和佛教智慧於平淡的敘事風格中的功夫，那些需要認真琢磨才能有所頓悟的淡泊風格，在當代文壇上自有發人深省、促人頓悟的神奇魅力。

——原載《小說評論》二〇〇八年第一期

「風馬牛也相及」的故事

——關於一種「哲理小說」的筆記

一

多年前，讀王蒙的一篇創作談：〈談觸發〉，其中談到讀書可以觸發寫作的衝動：「很可能你寫的東西與你讀的東西並無緊密的聯繫，但你讀的書中的某一點，或從正面或從反面打動了你的心，於是，你拿起了筆。」他舉例說，張弦寫《被愛情遺忘的角落》「是因為他看了一些粉飾農村生活的牧歌作品，他不滿足，他不平，他有話要告訴讀者。」王蒙本人當年寫《眼睛》也是因為讀了蘇聯作家納吉賓的《冬天的橡樹》，「雖然，《眼睛》與《冬天的橡樹》看來風馬牛不相及。」[1]

[1] 王蒙：〈談觸發〉，《王蒙談創作》，中國文藝聯合出版公司一九八三年版，第六十五頁。

當時，我的腦海裏就浮現出了牛頓因為蘋果出樹上落下而頓悟「萬有引力定律」，瓦特因為開水沸騰掀動壺蓋而頓悟，併發明了蒸汽機的科學美談。

看來，「風馬牛不相及」的說法也可以因此而改成「風馬牛也相及」了。

二

阿根廷小說家博爾赫斯就是一位寫「風馬牛也相及」的大師。他是一位神秘主義者。在談及他的小說《圓形廢墟》時，他談到了世界的神秘：「象棋棋手們不知道有一位運動員在指引著他們；運動員們也不知道他在受著上帝的指引；上帝同樣不知道自己在受著其他上帝的指引。」[2]這說法使人想起了中國的古老成語：「螳螂捕蟬，黃雀在後」。也使人想起了那句俗語：「人沒有長後眼睛」。

博爾赫斯的名篇《交叉小徑的花園》也是寫「風馬牛也相及」的哲理：一個怯懦的黃種人余准為了拯救德軍而冒險，在危急中刺殺了友人、著名的漢學家亞伯特，僅僅因為亞伯特也是英國一個城市的名字，並以這樣奇特的方式暗示給德軍去攻擊那個英國城市。小說圍繞這個故事，通過余准與亞伯特的交談，揭示了世界如迷宮，宇宙如迷宮，迷宮「錯綜複雜，生生不已，包羅過去和將來，在某種意義上甚至牽涉到別的星球」的神秘哲理，還有「在某一個可能的過去，您是我的敵人，在另一個過去的時期，您又是我的朋友」的不確定性。這樣，人間的許多恩恩怨怨都可以從時間與空間的交錯中得到新的解釋了。

[2] 〔阿根廷〕博爾赫斯：〈我的短篇小說〉，《世界文學》一九八九年第一期。

雖然巴爾扎克早就說過：「偶然是世上最偉大的小說家，若想文思不竭，只要研究偶然就行。」[3] 但只有到了博爾赫斯這裏，千變萬化的偶然才呈現出「風馬牛也相及」這樣極其神秘的意義。

三

許多當代中國作家對博爾赫斯都十分景仰，並將他那玄思的神秘風格引入了當代小說。不知道他們是否都受到過博爾赫斯的影響。

例如格非的中篇小說《迷舟》（《收穫》一九八七年第六期）就是寫一場陰差陽錯的悲劇：蕭旅長本是為了奔喪而回鄉，沒想到邂逅了少年時的戀人杏，更沒想到他與杏的舊情復燃會導致杏的丈夫的瘋狂折磨杏，而他護送杏回娘家的舉動又在冥冥中與他的上司對他可能叛變的懷疑陰差陽錯碰到了一起，最終因此而糊裏糊塗送了命。《迷舟》中寫蕭的指揮部在「棋山」，就隱含了「人生如弈棋」[4] 的神秘意蘊。

還有余華的短篇小說《鮮血梅花》（《人民文學》一九八九年第三期），情節、意境頗像武俠小說，但其中顯然多了一般武俠小說中很少涉及的神秘主義玄機：人生如迷宮、偶然改變一切。這樣的小說，或可稱為「新武俠小說」。復仇是武俠小說中常見的主題，但阮海闊的虛弱顯然與母親寄予他的報仇厚望不相稱。這樣，作家一開始就「改寫」了武俠小說。兇手之謎和阮海闊「無邊無際的尋找」、「虛無縹緲的尋找」的歷程為全篇烘托出神秘的氛圍。但就在一切看似無望的漂泊（那尋找甚至漸漸變成了「毫無目標的美妙飄泊」！）

3 〔法〕巴爾扎克：《人間喜劇・前言》，伍蠡甫主編：《西方文論選》下卷，上海譯文出版社一九七九年版，第一六八頁。

4 見錢鍾書：《管錐編》第三冊，中華書局一九七九年版，第一一三九頁。

中，就在阮海闊甚至陰差陽錯地偏離了母親的指令、遺失了復仇的武器時，他卻非常偶然地於無意間通過傳話使幾位武林好漢替自己完成了復仇的使命。於是，作家就為武俠小說注入了神秘主義的哲理主題。這裏，需要特別指出的是，在許多作家（包括博爾赫斯）的筆下，人生如迷宮的主題是與虛無主義的歎息緊密相聯的，而余華卻在《鮮血梅花》中巧妙地點化出了一個喜劇性的主題：迷宮未必只有悲觀的意義。一個看似無能的弱者也會在變化無常的命運迷宮中不可思議地達到自己的人生目標。因此，《鮮血梅花》也就不僅成功地「改寫」了傳統意義上的武俠小說，而且將一個悲劇的主題寫出了喜劇的亮色：「迷宮」、「偶然」、「神秘」有時也通向「希望」和「成功」的。余華的作品，總體的格調是陰暗、低沉的，但《鮮血梅花》是少見的例外。

還有呂志青的中篇小說《南京在哪裡》（《收穫》二〇〇二年第四期）也很有看頭。小說通過一個初中老師的問題「南京在哪裡」點化了詞語的魔力：「一個詞就是一個活的神秘的發酵體。只要死死逮住不放，它就會一而二、二而三地生發、裂變，生發和裂變出一些令人意想不到的東西來……以致無窮無盡。」於是，一群孩子陷入了探討南京歷史的浩如煙海的史書中，從金陵、金陵女子大學到與女大有關的田漢，與田漢有關的徐悲鴻、周揚，也有從秦淮河到與秦淮河有關的朱自清、俞平伯，與俞平伯有關的俞樾、章太炎，與章太炎有關的孫中山，但這幫孩子為了瞭解南京而走火入魔，影響了其他老師的教課，也擾亂了其他老師的心情，又點燃了有的老師對於歷史的濃厚興趣。於是，求知的熱情與煩惱交織在了一起，知識與知識之間發生了矛盾。如何剎住這股風氣？靠說教，沒用；靠家訪？效果也有限，而且還引出了學生的失蹤！這樣，歷史對於現實的影響，被教育者對於教育者的挑戰與引導，教育者對於被教育者的無能為力，都以當事人始料未及的方式呈現了出來。一個詞改變了原有的秩序，改變了人們的心態，並且，是以那麼匪夷所思的方式！小說寫出了生活的變幻莫測，也足以令人想起「風起於青萍之末……」的古句（毛澤東曾經以宋玉的《風賦》為例，號召他的部下見微知著，明察秋毫）。

二〇〇六年，范小青發表了短篇小說《城鄉簡史》（《山花》第一期），小說講述了一位城市居民自清在處理自己的舊書時，十分偶然地發現自己的一本流水帳不見了。他的心因此而莫名其妙地空蕩了起來。他當然不會想到，那個帳本混在一堆書中間去了西北鄉村，並陰差陽錯使一個偶然得到了那帳本的農民孩子及其父親對那帳本，進而對城市生活產生了好奇心和「強烈的興趣」，最終因此舉家搬進城裏，靠收舊貨為生。一本流水帳，就這麼十分偶然地串聯起了城市與鄉村的不同生活，並因此改變了一個農民家庭的命運。作家因此寫出了「無用之用」和「偶然改變命運」的玄妙哲理。

就在《城鄉簡史》發表的同時，張潔發表了長篇小說《知在》（《收穫》二〇〇六年第一期）。小說由一幅古畫，如何穿越了一千七百年的歷史煙雲，一千七百年的人世恩怨，後來又被分成兩半，最後又在偶然的顛沛流離間，鬼使神差一般偶然地在異國合在了一起，好像是顯示了某種「天意」，令人感到「冥冥之中那個神秘的力量」。在那些恩怨故事的間隙，作家點化著命運的玄機：「命運有時恰恰掌握在『心血來潮』的手心兒裏。」「事情有時就是這麼怪，或許一個眼神、一句話、一個不經意的動作，命運從此拐了個彎兒，從此就是上天、下地的區別。」「世間每一事物的存在、發生，其實都有緣由，只是人們不求、或無法求其甚解罷了。」「人生的每一個拐彎兒、角落，不都藏滿了奇蹟、玄機……」晉朝的愛情悲劇與晚清的家庭悲劇與大洋彼岸華裔美國人的一段漂泊史，就這樣被那幅古畫神奇地串在了一起。可怕之處還在於：「凡擁有過這幅畫卷的人，沒有一個有好下場，卻又沒有一位願意將它放棄。」

在談到此篇的主題時，作家說：「《知在》好像與我們這個時代沒有什麼直接關係，我不過是在探求一種也許並不存在、卻讓我感到無時不在，無法解釋、卻又讓我迷茫不已的意念，或說是我的臆想。我明知這個探求是沒有結果的，也是不可能的，可我不能罷手。」[5]作家語焉不詳，但她認同評論家李敬澤的概括：小說表達了這樣的主題——「一種永世的、普遍的隔絕——人與自我、人與人、男人與女人、現在與過去、中國與外

---

[5] 胡殷紅：〈與張潔談她的新作《知在》〉，《人民日報（海外版）》二〇〇六年三月三十日。

國、一幅畫的一半和另一半」。[6]如果這麼看，倒是與張潔的另一部長篇小說《無字》有相似之處。但問題是，《知在》很容易使人想到「風馬牛也相及」的奇特，想到偶然與歷史的神秘。

在寫下了大悲無言的《無字》以後，作家又寫了《知在》。與《無字》的血淚洶湧相比，《知在》顯然有了一層超脫感。作家表達了對命運的認同：一切都是命中註定！這樣的感悟也足以使人想起中國的民間智慧：「再強強不過命」。

在《山花》雜誌二〇〇七年第七期上，近年來以擅長寫人生的絕望感引人注目的作家艾偉發表了小說《白蟻》。作品寫了一個鄉村中學教師對自己的女學生絕望的愛和這個女學生對這種愛的反感，同時又寫了這個女學生身不由己地癡情於一個並不喜歡她的男同學，在這個男生的折磨下依然心甘情願的故事。於是，這個女生楊若亞便將兩個互不認識的男人聯繫到了一起。她當然不知道，等待這兩個男人的都是絕望——一個因為愛情落空而臥軌自殺，另一個則因為她在醉酒的狀態中使他難堪而死於非命。而白蟻，則都在他們尋死時降臨，從而成為某種絕望的象徵。這樣的作品寫追求與癡迷的難以理喻，寫出了人性的悲哀。但在談及此篇的結構時，作家也寫道：「我打算寫出一個類似『蝴蝶效應』的故事。蝴蝶搧動了翅膀，在地球的某處出現了一場颶風。」[7]一個人的痛苦追求聯結著另一個人的噩夢，而另一個人的痛苦與絕望又與第三個人的痛苦糾纏在一起。只是，類似的故事我記得楊爭光在中篇小說《賭徒》（《收穫》一九九一年第一期）中也寫到過。那也是一個老實的男人為了追求一個女人而不得痛苦不堪，可那女人偏偏就癡迷一個賭徒，而那賭徒又偏偏不把愛當一回事，一心癡迷賭博，直到傾家蕩產，連同自己的女人也放棄掉……小說的主題是：「人都要在一棵樹上吊死哩！」這主題也足以使人聯想到中國那句家喻戶曉的俗語：「鹵水點豆腐，一物降一物。」不過，這樣的主題

[6] 〈張潔〈知在〉將出版　挑戰自己寫懸疑〉，《新京報》二〇〇六年三月十三日。
[7] 艾偉：〈蝴蝶效應〉，《山花》二〇〇七年第十期。

與「風馬牛也相及」還是有些不同。筆者在此引用此篇，主要是因為艾偉提到了「蝴蝶效應」——這是「風馬牛也相及」的另一種表述。

上述作品中，《迷舟》是陰差陽錯的悲劇。《鮮血梅花》是「有心栽花花不發，無意插柳柳成蔭」的喜劇。《南京在哪裡》和《知在》則可以稱為偶然改變一切的悲喜劇吧。這裏，需要特別指出的是，當余華、呂志青、張潔將「風馬牛也相及」的故事寫出了喜劇的意味時，他們就在一定程度上超越了現代主義文學的悲涼濃霧，而傳達出「萬物靜觀皆自得」的中國智慧趣味。

四

那麼，這樣的故事傳達出了怎樣的時代精神？

杜甫早就感歎過：「天意高難問」。[8]張元幹也浩歎過：「天意從來高難問」。[9]都體現了中國古人「畏天命」的文化觀念（雖然，王安石也曾經叱吒風雲，發出過「天命不足畏」的豪邁之聲。但這樣的思想只有少數改革家、農民起義領袖和為所欲為的帝王、狂徒信奉）。在這樣的觀念中，凝聚了多少失敗的體驗、神秘的感悟！

二十世紀，多難興邦。奮發圖強、「人定勝天」的思想一度深入人心。但改天換地帶來了大自然的無情報復；政治鬥爭空耗了人們的單純熱情。為什麼良好的願望把大家引入了不堪回首的噩夢？為什麼看似觸手可及的宏偉藍圖轉眼間卻灰飛煙滅？飽經了從「反右」到「文革」接二連三的折騰，人們感到了疲憊，也感到

8 〈暮春江陵送馬大卿公恩命追赴闕下〉。
9 〈賀新郎‧送胡邦衡待制赴新州〉。

了對政治的恐懼、對命運的「敬畏」。「敬畏」這個詞開始在思想界、文學界流行，顯然建立在對當代政治悲劇的深刻反思上。就像劉小楓指出的那樣：「這一代人曾因『天不怕、地不怕』而著稱，不怕權威、不怕『犧牲』、不怕天翻地覆、不怕妖魔鬼怪。」可他們終於明白：「怕和愛的生活高於歷史理性的絕對命令」。雖然，劉小楓面對歷史的一座座墳塋和當代文化中「現代意識禮贊的是生命的赤裸裸的強力，慫恿生命自持強力超逾於一切神聖價值之上」的現實思潮，他選擇了皈依基督教。他說的「怕」「與任何形式的畏懼和怯懦都不相干，而是與羞澀和虔敬相關」，[10]但他對「怕」和「愛」的時代脈搏的把握應該說還是比較準確的——在一個充滿了「無畏」（所謂「徹底的唯物主義者是無所畏懼的」）、也充滿了破壞的年代過後，人們開始小心翼翼地對待生活，「摸著石頭過河」，追求「穩定」與「和諧」。

不過，應該看到的是，現代意識中既有尼采、柏格森那樣「禮贊生命的赤裸裸的強力，慫恿生命自持強力超逾於一切神聖價值之上」的強者，也有充滿了憂患意識、「躲進小樓成一統」的智者，例如遠離喧譁與騷動的卡夫卡、普魯斯特、福克納、塞林格、博爾赫斯。強者有強者的邏輯。智者有智者的活法。而在這個世界上，強者顯然永遠是少數。大多數人是像智者那樣一生追求平安的。甚至多少人一生追求平安而不得！

追求平安，不存奢望。這樣的人生哲學當然會對外在世界存敬畏之心的。於是，外在世界的錯綜複雜、瞬息萬變必然導致神秘主義思潮的復興。[11]在這樣的時代背景下，寫「風馬牛也相及」的小說漸漸多了起來，就不僅僅是博爾赫斯文學魅力的影響所致，也與中國作家對於歷史和人生的深刻反思緊密相聯繫。

---

10 默默：〈我們這一代人的怕和愛〉，《讀書》一九八八年第六期。

11 關於當代文學思潮中的神秘主義，參見筆者的下列文章：〈神秘之境〉（《文藝評論》一九九〇年第五期）、〈賈平凹：走向神秘〉（《文學評論》一九九二年第五期）、〈當代神秘潮〉（《文藝評論》一九九四年第一期）、〈「新生代」文學與傳統神秘文化〉（《華中師範大學學報》二〇〇五年第一期）、〈范小青與當代神秘主義〉（《小說評論》二〇〇八年第一期）。

另一方面，余華、呂志青、張潔將「風馬牛也相及」的故事寫出了喜劇意味，也可以證明中國傳統的「樂感文化」心態的根深蒂固吧。寫過了許多的悲涼故事以後，會鬼使神差寫出《鮮血梅花》、《南京在哪裡》和《知在》那樣人情練達的作品，揭示出煩惱與希望如影隨形、悲劇與喜劇交替上演的人生哲理，也是耐人尋味的。當代學者趙園在談到現代知識份子的文化品格時說過：他們「沒有『徹底悲觀』的哲學，沒有懷疑主義的哲學世界觀，這無疑有助於我們民族精神上的健全，卻又難以造成這種精神的深刻。」[12]至少對於大多數中國知識份子來說，是這樣的。不過，想想西方的大多數知識份子，不是也同樣如此嗎？畢竟，這世界上精神健全和比較健全的人，占了大多數。

這世界無奇不有。見多了，也就不以為奇了吧。

「風馬牛也相及」的故事，就這樣使人浮想聯翩……

——原載《理論與創作》二〇一〇年第四期

[12] 趙園：《艱難的選擇》，上海文藝出版社一九八六年版，第三八五頁。

關於文學與薩滿教的筆記

——東北文學研究一得

一

瞭解中國現代文學的人，都應該知道周作人是極力反對薩滿教的。在他的《談虎集》中，就有一篇〈薩滿教的禮教思想〉。其中寫道：「中國據說以禮教立國，是尊奉至聖先師的儒教國，然而實際上國民的思想全是薩滿教的（Shamanistic比稱道教的更確）。中國絕不是無宗教國，雖然國民的思想裏法術的分子比宗教的要多得多。」因此，他「相信要瞭解中國須得研究禮教，而要瞭解禮教更非從薩滿教入手不可。」[1]他主張：「要一新中國的人心，基督教實在是很適宜的。」他希望「最好便以能容受科學的一神教把中國現在的野蠻殘忍的多

[1] 周作人：《談虎集》，上海書店影印本一九八七年版，第三四一——三四二頁。

神——其實是拜物——教打倒，民智的發達才有點希望。」[2]

由此可見，五四新文化運動的啟蒙主張中，與「反禮教」聯繫在一起的，還有「反薩滿教」的命題。「反禮教」，反的是等級制度。而「反薩滿教」，則反的是迷信觀念。

而蕭紅的小說《呼蘭河傳》中對於薩滿巫師「跳大神」坑死可憐的小團圓媳婦的描寫，無疑是迷信害人的可信記錄。

二

然而，問題常常有另一面。

當代作家鄭萬隆就在他的「尋根」小說中描寫了薩滿教的兩面性——在短篇小說《黃煙》中，作家以一個少年勇敢懷疑冒黃煙的地方是神地、決定上山踩神的行為，對照出了大人們的蒙昧。而他最後死於非命的結果也揭示了愚昧扼殺青春勇氣的一幕。但到了中篇小說《我的光》中，薩滿教的另一面就出現了。老獵人庫巴圖因為信山神、信「山裏的一切，樹、草、鳥、獸、風、雨、雷電，包括石頭都和人一樣，都是有靈性的。『他們』都認得你，你一定得把『他們』當親人一樣對待」，而成為大自然的朋友和守護人。信山神、樹神、湖神、雷神、風神、虎神、熊神，正是薩滿教的泛神信仰。[3]庫巴圖的虔誠情感甚至感動了本來是為了開發山林而進山考察的紀教授，使這位教授竟然也在薩滿教情感的影響下，轉變了觀念，最後鬼使神差地與大山融為了

---

[2] 周作人：《雨天的書・山中雜信》，嶽麓書社一九八七年版，第一三七——一三八頁。

[3] 參見烏丙安：《神秘的薩滿世界》，上海三聯書店一九八九年版，第一、二、三章。

一體（小說裏寫紀教授在照相時掉進了山谷，但作家特別寫到了紀教授死後「奇怪的是身上沒有一處傷，臉上非常平靜安詳，半張著的眼睛裏還有喜悅的神色悠悠地流出來」，可謂意味深長）。這篇小說的奇特之處在於：既寫出了「薩滿教」的迷信竟然與「環境保護」的現代意識悠然相通（這樣，不就寫出了**「薩滿教」的當代性**嗎？），又寫出了一個老獵人對於老教授的影響和改造（而不是「代表先進文化」的老教授對於迷信「薩滿教」的老獵人的影響和改造）。這樣的發現，實在獨到。在這樣的發現中，我們可以對於「文明與愚昧」之間的微妙關係產生新的感悟：有時，「文明」會引人誤入歧途（多少美好的自然都是被「開發」毀掉的），而「迷信」則鬼使神差地與保護環境的現代主張不謀而合。這不能不說是文化的奇蹟、造化的奇蹟吧。

鄭萬隆的祖籍是黑龍江。他說過：「黑龍江是我生命的根，也是我小說的根。……我懷念著那裏的蒼茫、荒涼與陰暗……以及那對大自然原始崇拜的歌吟。那裏有獨特的生活方式、價值觀念和心理意識，蘊藏著豐富的文學資源。」在他的系列小說《異鄉異聞》中，作家「企圖表現一種生與死、人性和非人性、慾望與機會、愛與性、痛苦和期待以及一種來自自然的神秘力量。更重要的是我企圖利用神話、傳說、夢幻以及風俗為小說的架構，建立一種自己的理想觀念、價值觀念、倫理道德觀念和文化觀念」[4]。在這些關於「大自然原始崇拜」、「來自自然的神秘力量」的感悟中，薩滿教的影子已經十分清晰了。在這樣的表述中，作家的故鄉情感也是與薩滿教文化分不開的。

這樣，鄭萬隆證明了薩滿教與現代環保意識和古老懷鄉情感的深刻聯繫。

另一位黑龍江作家遲子建也深受薩滿教文化的影響，但她寫出了薩滿文化的又一面——

她的中篇小說《原始風景》中就有「我不是一個樸素的唯物主義者，所以我不願意相信那種科學地解釋自然的說法。我一向認為地球是不動的，因為球體的旋轉會使我聯想到許多危險」的異想，而這想法就來自薩滿

[4] 鄭萬隆：〈我的根〉，《上海文學》一九八五年第五期。

教。因為薩滿教就相信大地是漂浮水上的，而大地之所以不會沉到水底，是因為有天神派了三條大魚在水中馱著大地。[5]這樣的信念在今天這個科學知識已經十分普及的年代顯得比較可笑，但也正是因為有了這樣的奇特感覺，遲子建才寫出了非常有地域文化特色的小說。

在《原始風景》中，還有這樣的描寫：

> 我寧願認為我生活在一片寧靜的土地上，而月亮住在天堂，它穿過茫茫黑夜以光明普渡眾生。我們是上帝拋棄下來的一群美麗的棄嬰，經歷戰爭、瘟疫、饑荒，卻仍然眷念月光，為月光而憔悴。
>
> 我背著一個白色的樺皮簍去冰面上拾月光，冰面上月光濃厚，我用一隻小鏟子去鏟，月光就像奶油那樣堆捲在一起，然後我把它們拾起來裝在樺皮簍中，背回去用它來當柴燒。月光燃燒得無聲無息，火焰溫存，它散發的春意持之永恆。……我生於一個月光稠密的地方，它是我的生命之火，我的腳掌上永遠洗涮不掉月光的本色，我是踏著月光走來的人，月光像良藥一樣早已注入了我的雙腳，這使我在今後的道路上被荊棘劃破腳掌後不至於太痛苦。

這裏面，也體現了「薩滿教」信仰的影響。因為「薩滿教」就是相信萬物有靈的。民俗學家烏丙安就在《神秘的薩滿世界》中介紹說：「月亮……是一件薩滿神靈物。」[6]但遲子建卻寫出了一個東北山區少女對於月亮的美好想像，以及月亮給她帶來的神奇體驗和信仰。

5 烏丙安：《神秘的薩滿世界》，上海三聯書店一九八九年版，第四—八頁。

6 烏丙安：《神秘的薩滿世界》，上海三聯書店一九八九年版，第二十三頁。

在遲子建的筆下，「陽光也是有力氣的，原先待在葉片上挺飽滿的一顆大露珠，經陽光輕輕一推，它就墜到地上了。草叢裏的蟲子正睡得美，這一下讓墜落的露珠給砸醒了，蟲子一睜眼睛，原來天已大亮了！」（《五丈寺廟會》）靈魂也是不滅的，像《白雪的墓園》中就有這樣的描寫：「母親……的左眼裏仍然嵌有圓圓的一點紅色，就像一顆紅豆似的，那是父親嚥氣的時候她的眼睛裏突然生長出來的東西，我總覺得那是父親的靈魂，父親真會找地方。父親的靈魂是紅色的，我確信他如今棲息在母親的眼睛裏。」《遙渡相思》中也有「父親的靈魂是在那個七月的午後飄進家門的」的描寫……這樣的描寫當然是作家的感覺，但這樣的感覺的確奇幻、空靈，給人以美好的聯想。與「人死如燈滅」的唯物主義觀念相比，「靈魂不死」的薩滿教信念也許能給人更多的安慰和希望。

小說，畢竟不等於科學呵。

到了長篇小說《額爾古納河右岸》中，作家更濃墨重彩地描繪了兩個可敬又可憐的薩滿形象。在這部描繪鄂溫克人生活的作品中，這兩個薩滿的形象特別令人難忘：一個是尼都薩滿，他是族長。小說開篇寫他給病重的侄女列娜跳神。他通過跳神終於使侄女甦醒了過來。神秘的是他在跳完神，甦醒過後告訴列娜的母親，列娜的靈魂已經由一頭馴鹿代替，去了另外一個世界。而列娜的母親果然就在門外發現先前還是歡蹦亂跳的小馴鹿已經倒斃。這個情節寫出了鄂溫克人生活的神奇。這樣的神通他後來還多次顯現過。他不僅能讓失明者重見光明，讓生了疥瘡的孩子不再痛苦，並且能讓生病的馴鹿痊癒。他甚至可以在跳神時讓日本鬼子的戰馬也死去。但值得注意的是，作家沒有寫他無往不勝。即使尼都薩滿有非凡的神通，他平時也像個普通人一樣生活。他原來就是一個普通人，不幸和弟弟同時愛上一個姑娘，只好忍痛退讓。並因此而產生了異於常人的能力（可以幾天幾夜不吃不喝；光腳走過荊棘叢竟然毫無問題。「大家從這超乎尋常的力量上，知道他要做薩滿了」）。但他對弟媳一直充滿好感，為此甚至不顧氏族的習俗，追求守寡的弟媳。為此他精心收集了山雞毛，為自己愛的女人縫了一條色彩豔麗的裙子。而當他費盡力氣也沒能祛除瘟疫時，他也會痛哭失聲，並且迅速地衰老下去。

他因此而與萬能的神有所不同。他終於在自己的愛人跳舞至死以後變得魂不守舍，但即使這樣，他仍然用最後的力量讓日本人的馬死去。

繼承了尼都薩滿的法器和神衣的，是妮浩薩滿。她也是因為有了異於尋常人的舉止（她在聽尼都薩滿唱神歌時有強烈的身體反應，表明她與神歌有緣；她的身體在雪地奔跑時，她的靈魂卻在給孩子餵奶；她能自然吞吐野鴨蛋那麼大的銅鈴）而成為薩滿的。而這位薩滿的心中，其實也懷有愛情的遺憾。小說中對她拯救酒鬼馬糞包的描寫也是十分感人的。在大家的目光中，「妮浩顫抖著，她什麼也沒有說，只是悲哀地把頭埋進魯尼懷裏。她的舉動使魯尼明白，如果救了馬糞包，他們可能會失去可愛的女兒交庫托坎，魯尼也跟著顫抖起來。」然而，她還是毅然披掛上了神衣，充滿激情地跳起神來。而且「妮浩一旦跳起神來，她就不是她自己了。」她終於使馬糞包起死回生，但她的女兒也真地因為在林中遭遇了馬蜂的襲擊而不幸夭折了。在這個故事中，妮浩薩滿的善良、崇高精神、奇特神力、以及神秘預感，都得到了集中體現。一切都既富有人情味又神秘莫測。這位薩滿的死也是為了求雨澆滅山火。她終於在祈來的大雨中結束了自己的一生。這樣，她就和尼都薩滿一樣，成為以神秘法力救人急難的仁者。

在小說的尾聲裏，有這樣一句話：「尼都薩滿和妮浩的悲涼命運，使我們不想再看到一個新薩滿的誕生。」因此，當妮浩的兒子瑪克辛姆在她去世以後第三年也出現了一些怪異的舉止時，大家把妮浩留下的神衣都捐給了民俗博物館。而瑪克辛姆後來也果然漸漸正常起來了。這樣的結局是耐人尋味的：作家沒有寫「革命」對於薩滿教的打壓，而是寫了鄂溫克人自發地阻止了薩滿的產生，只因為那兩位薩滿的命運實在悲慘。這是非常有意思的安排：作家似乎沒有惋惜薩滿文化的終結，儘管作家這部作品是為薩滿譜寫了一曲動人的人情之歌、奉獻精神之歌。

作家因此而寫出了薩滿文化的一言難盡。

而且，作家在作品中也成功地保持了她一貫的風格：寫活鄂溫克人詩化的神秘感覺。例如這樣的優美文字：「在我眼中，額爾古納河右岸的每一座山，都是閃爍在大地上的一顆星星。這些星星在春夏季節是綠色的，秋天是金黃色的，而到了冬天則是銀白色的。我愛它們。它們跟人一樣，也有自己的性格和體態。」還有：「在我眼中，向陽山坡上除了茂盛的樹木外，還生長著一種熱烈的植物，那就是陽光。」讀著這些文字，我們會進一步瞭解什麼叫萬物有靈，還有薩滿教為什麼有特有的魅力。

三

但薩滿教就真的消亡了麼？如果是那樣，那是否也意味著一種文化傳統的消亡？

還在《額爾古納河右岸》發表以前，我就從《收穫》雜誌二〇〇四年第六期上讀到了這些年來一直為保護傳統文化奔走呼號的作家馮驥才的「田野檔案」《長春薩滿聞見記》。文章傳達了在長春第七屆國際薩滿文化學術研討會議期間，作家參觀民俗村薩滿表演的見聞。其中，既有「把我國北方認作世界薩滿的故鄉與核心」，而「薩滿是人類文化的基因庫」的觀點，也有「薩滿一邊仍然被視作迷信，得不到應有的在歷史文化價值上的認識……一邊卻有許多旅遊開發商……把薩滿趣味化、粗淺化、庸俗化」。因此，作家主張：「薩滿應進入學術，薩滿文化應該走出學術」，薩滿「這一珍貴的遺產」應該得到「真正的保護」。而作家對於薩滿教神秘因素的思考也足以促人深思：「薩滿的昏迷，到底是一種用想像創造的人神相通的幻境，還是用理智完全可以控制的精神狀態？」作家主張：「對薩滿的關注，應該是這種原生態的宗教現象深藏著的人類初始時的心靈，而不是形形色色怪誕的技能與功法。」然而，揭示這樣的人心之謎，又談何容易！人心的高深莫測、變化萬端，是任何心理學、社會學、人類學也難以窮盡的！

何況，在一個商業化的時代，在一切正劇都可能被「惡搞」、一切崇高都可能被嘲弄的時代，要保護薩滿教免於被「趣味化、粗淺化、庸俗化」的厄運，也談何容易！

四

新時期以來，思想解放運動波瀾壯闊。文學的多元化、思想的多元化已是不可改變的格局。而在這多元化的格局中，就有神秘主義的一元。從宗教的復活到氣功的盛極一時，從《夢的解釋》（佛洛伊德）、《現代物理學與東方神秘主義》（卡普拉，四川人民出版社，一九八四；《物理學之道》，北京出版社，一九九九）的譯介到《神秘主義詩學》（毛峰，三聯書店，一九九八）的出版，都體現出了這一元的特有魅力。而作家們更憑著敏銳的感覺和獨特的生命體驗，紛紛寫出了具有神秘主義意蘊的作品──馬原曾經坦陳：「我比較迷信。信骨血，信宿命，信神信鬼信上帝……泛神──一個簡單而有概括力的概括」[7]，他那些散發出神秘氣息的「西藏故事」正好是他信神秘主義的證明。賈平凹也曾經自道：「我作品中寫的這些神秘現象都是我在現實生活中接觸過，都是社會生活中存在的東西」，因為「我老家商洛山區秦楚交界處，巫術、魔法民間多的是」。[8]他作品中那些關於看相、測字、卜卦的神秘主義寫出了陝西文化的神秘一面，具有民俗學的意義。「女性寫作」的代表作家林白擅長寫女性的直覺、夢境，寫生命中的奇遇，她也猜測：「我這種在小說裏所表現出來的某種神秘的或者巫性的東西，可能是我們這種從西南邊陲出來的人自身天然攜帶的。」「我們南方老家那裏確實是有一種巫氣，很神秘的」。[9]徐小斌也自道：「打我很小的時候，神秘和魔幻便浸透了我想像的空間……

7 〈馬原寫自傳〉，《作家》一九八六年第十期。

8 賈平凹、張英（對話錄）：〈地域文化與創作：繼承與創新〉，《作家》一九九六年第七期。

9 〈生命的激情來自於自由的靈魂──林白訪談錄〉，張均：《小說的立場》，廣西師範大學出版社二〇〇二年版，支撐我創作的正是我對於女性繆斯的迷戀和這種神秘的智性的眩暈。」[10]她和林白一樣，善於寫女性的直覺和夢境，寫女性神奇的想像與體驗，在女性寫作的思潮中別有洞天。

而遲子建在這方面與賈平凹頗為相似：都是從地域文化的角度去展示民間神秘文化的魅力的，只不過賈平凹寫的是漢民族的神秘文化，而遲子建則渲染的是鄂溫克人的神秘文化。

上述這些作品足以證明，神秘主義是貫穿於鄉土文學、女性文學的一股思潮。它是當代文化思潮中神秘主義復興的一個重要組成部分。這思潮弄不好，會伴生出走火入魔的迷信悲劇，但弄好了，也會解放作家的感覺和想像力，而且促使人們去反思人類理性的局限，去敬畏世界的深不可測。

從這個角度看去，周作人當年極力反對薩滿教的啟蒙主張不是也顯示了他的局限性了嗎？

——原載《揚子江評論》二〇〇八年第一期

第二七七、二八二頁。

[10] 徐小斌：〈寫在《紅罌粟》叢書出版之際〉，《世紀末風景》，雲南人民出版社一九九六年版，第一〇九頁。

文學視界 PG0778

中國當代文學與國民性

作　　者／樊　星
策　　劃／韓　晗
主　　編／蔡登山
責任編輯／鄭伊庭
圖文排版／楊尚蓁
封面設計／蔡瑋中

發 行 人／宋政坤
法律顧問／毛國樑　律師
印製出版／秀威資訊科技股份有限公司
114台北市內湖區瑞光路76巷65號1樓
電話：+886-2-2796-3638　傳真：+886-2-2796 1377
http://www.showwe.com.tw
劃撥帳號／19563868　戶名：秀威資訊科技股份有限公司
讀者服務信箱：service@showwe.com.tw
展售門市／國家書店（松江門市）
104台北市中山區松江路209號1樓
電話：+886-2-2518-0207　傳真：+886-2-2518-0778
網路訂購／秀威網路書店：http://www.bodbooks.com.tw
國家網路書店：http://www.govbooks.com.tw
圖書經銷／紅螞蟻圖書有限公司
114台北市內湖區舊宗路二段121巷28、32號4樓
電話：+886-2-2795-3656　傳真：+886-2-2795-4100

2012年7月BOD一版
定價：490元

國家圖書館出版品預行編目

中國當代文學與國民性 / 樊星著. -- 一版. -- 臺北市 : 秀威資訊科技, 2012. 07
面； 公分. -- (語言文學類 ; PG0778)
BOD版
ISBN 978-986-221-970-6(平裝)

1. 中國當代文學 2. 文學評論

820.908 101009932

讀者回函卡

感謝您購買本書，為提升服務品質，請填妥以下資料，將讀者回函卡直接寄回或傳真本公司，收到您的寶貴意見後，我們會收藏記錄及檢討，謝謝！

如您需要了解本公司最新出版書目、購書優惠或企劃活動，歡迎您上網查詢或下載相關資料：http:// www.showwe.com.tw

您購買的書名：________________________

出生日期：________年________月________日

學歷：□高中（含）以下　□大專　□研究所（含）以上

職業：□製造業　□金融業　□資訊業　□軍警　□傳播業　□自由業

□服務業　□公務員　□教職　□學生　□家管　□其它_____

購書地點：□網路書店　□實體書店　□書展　□郵購　□贈閱　□其他

您從何得知本書的消息？

□網路書店　□實體書店　□網路搜尋　□電子報　□書訊　□雜誌

□傳播媒體　□親友推薦　□網站推薦　□部落格　□其他________

您對本書的評價：(請填代號　1.非常滿意　2.滿意　3.尚可　4.再改進)

封面設計____　版面編排____　內容____　文／譯筆____　價格____

讀完書後您覺得：

□很有收穫　□有收穫　□收穫不多　□沒收穫

對我們的建議：________________________